U0530921

庠序有诗音

新诗教育研究（1919—1949）

孙晓娅 著

2016年度国家社科基金一般项目
『教育视阈下民国诗歌史料的整理与研究』
（批准号 16BZW115）最终成果

商务印书馆
The Commercial Press

序 言

孙 郁[*]

我的朋友中，有多位是随王富仁先生读过书的，学问也都很独特。比如谭桂林的佛教文学史研究，鲍国华的《中国小说史略》研究，都很有影响力。对于孙晓娅，认识得较晚，大概是在一个什么聚会上，才知道她也是王富仁老师的学生，长于诗歌研究。印象是对于牛汉等人，颇多心解。然而相关的文字，几乎没有读过。这可能是对于解诗学有点畏惧，一直以为，用颇为理性的目光拆解灵动的文字，有很大的难度，而这，恰是我无力去做的。

也由于此，我读诗只是蜻蜓点水，不求甚解的时候居多。而对于诗歌研究现状，说不出什么新见解。前几日收到孙晓娅的书稿，和我想象的完全不同，不是就诗言诗，而是把灵动的鉴赏与教育史、学术史统筹起来，诗学的与教育史的，文学史的与学术史的流韵叠印在一起，殊多意味。跳出诗歌又回到诗歌，这是阐释学的尝试还是现象学的凝视，我无法判断。只觉得读这样的书，是看到了过去自己漏掉的风景。

---

[*] 孙郁，现任职于中国人民大学文学院，教育部长江学者特聘教授。

我年轻的时候喜读冯至、穆旦的译诗，觉得是超凡之韵，却不知道背后诸多语义的隐藏。待到接触文学史后，才了解到大学生活对于他们的影响之大。校园里的审美教育，构成了其词语的经纬，院系的风气、办学宗旨、知识的趣味、青年的爱欲，都是诗歌的酵母。如此说来，阐释诗歌生成的历史，教育之功，不能忽视。闻一多、徐志摩、陈梦家的出现，大概都有类似的原因。孙晓娅的研究，强化了它的重要性，从不同个案中掩卷而思，不妨说是对于艺术发生源头的回溯。

新诗的好处，是多了现代人的内觉，在寻常之处有了神思的可能。废名当年在北大讲白话诗，就多次强调了此点。与古代诗歌不同，新诗受益于外来之力，而这得益于一批知识人盗来天火，现代学术观念的演变育出了审美的新蕾。但我们研究新诗者，一般喜欢就文本而文本，对于背后的精神积叠，简单地略过，好似也缺少了一些什么。现在细想一下废名当年解诗的语境，恰如孙晓娅所说，是"对当时新诗诗人与新诗史给予关注和扶持"（见本书第54页）。那些促使他思考的内在性语义，以及"对话性"，都大有可琢磨的地方。

这一本书，从北大、女子高等师范学校、燕京大学、延安鲁艺、西南联大等背景，看青年诗人如何走进文坛，各自环境不一，知识群落有别，诞生的文字就自然带有差异。相同的地方是，艺术表达之处，有暗仿和再造的成分。诗其实产生于感觉的冲动，乃内面世界与外面世界映照的不经意的聚焦，许多时候与学问无关。但如果体察细处，思想之光有时候与美的萤火重叠，是你中有我，我中有你的。尼采、里尔克与策兰的诗句，就带着形而上的意味，诗与思是一体的。孙晓娅其实从北大、西南联大新诗的作者中，看到了此点。比如刘半农的写作，就有意从雅趣中向歌谣倾斜，那是民俗学理念的反射，呼应周氏兄弟之语也显而易见。北大民谣调查的往事，关乎诗，也关乎学术，此事可以看出学者之趣与诗趣之关系。顾颉刚、台静农、常风的学术活动与艺术活动都有挂扯，像俞平伯、顾随等都在学术与诗文中往返，有时候创作的文字，也不妨当作学术思想来看。这些对于青年学子，无疑是一种带动，老师对于青年的影响显而易见。历数民国不同时期的学校，胡适之于徐芳，周作人之于冰心，冯至之于郑敏，沈从文之于李瑛，都是一种熏染和启蒙。孙晓娅于师生间的互动中，不仅看到承传，其实也体悟到思想与审美间复杂而有趣的联系。或被延伸，或被转化，在品味审美意象的过程中，也分享了学问之乐。

现代文学的生长与教育之间的关联，近年颇被人注意，陈平原、李宗刚等都有佳作行世。有的偏于学术史，有的钟情审美，各有千秋。孙晓娅的著述带有均衡感，看得出她在学问追求中，不忘缪斯之影，也警惕诗的感受发展为自恋的表达，可谓冷静的燃烧。我疑心儒家的温柔敦厚之风有所缠绕，而又每每不忘情于个性主义。这种相斥的存在也在此拆丝扯线，织成新锦。文学研究过于偏向史学，或唯辞章为要，都失之偏颇。刘勰《文心雕龙》满是灵动之思，但内里的宗经之意闪闪，儒家之风与释家之态均在，款款然波动人心。王国维《人间词话》乃智者之言，心中灵动之火，遂成烛照。新文学研究向来缺少类似风范，孙晓娅写此书，我想也有向先贤致敬之意吧。关于"五四"之后审美的变迁,需要在更宽的范围解析,虽然现在学界状态还多不如意,而向着这条路径驶进,其境可观。

我国文化中诗教是有很深的传统的,从孔老夫子到朱熹,留下了不少遗产。到了"五四"之后,像朱自清、顾随先生的解诗路径,已经悄悄发生了变化。孙晓娅认为,新诗与旧诗,并不是毫无关系的异类,彼此也有血缘的关系。近来有学者就由杜甫的经验出发,认为新诗不仅思想上要继承真髓,审美方面亦当寻其踪迹,杜诗之美也是日常语言的自然流淌,而儒之遗风无时不在。但就新诗的产生而言,旧诗的研究经验,对于"五四"之后的青年不无启发。朱自清、闻一多在大学都讲旧体诗,可是他们尝试的却是新诗。孙晓娅注意到,北京大学直到20世纪30年代中后期的教学体系中,还是以古诗文为主,故纸堆里的味道弥漫在书斋内外。新诗人中,旧学根底好的甚多,废名、俞平伯、冯至、林庚,无不如此。新文学之所以能够在北大发生,旧学问的熏陶功不可没。自然,这些所谓研究旧学问的人,有许多通一点西学,或者说受西洋的熏染。人们总不会满足于原地踏步,一个时代有一个时代的表达,悟透于此者,才知道自己要寻找什么,如何行路的。而到了后来,随着外教的引进和留学归来者加盟,新中有旧,今而含古,便成为常有的事。像南星的诗,就有几分古人的清寂,而意象则带英国绅士之意。深入体味,都是新旧学问发酵的结果。

现代新诗的活跃,京派的教育起到的作用,在今天看来越来越明显。这与背后的新康德主义是联系在一起的。新康德主义反对黑格尔式的概念演绎,对于神话、民俗、语言的研究颇为看重。中国人接受康德思想，一是像蔡元培那样直接从古典哲学传统中受到启示，一是像周作人从日本思潮间接获得心得。周氏自己对于新康德主义并没有研究，但却是站在这个思潮延长线上的，因为其所译介的作品，许多都是溢出教条的趣味主义。那结果是超越于功利，以心绪的自由表达为要。这对于大学的环境而言，是良好的土壤，适宜各种思想的生长。细细分析周作人、废名、梁遇春的句子，既有古典的冲淡，也带域外文学的自然、个性主义的特质。其中对于自由的神往，也是颇激动了青年人的心的。校园诗人的写作，衔接了前人之思，也开掘了自我的世界。他们被引进陌生化的审美之中，像冰心、卞之琳、何其芳无不如此。后来的西南联大，也继承了这种风气，穆旦、汪曾祺的一些新式的表达，也是可以看出多种文化元素的刺激。

与新康德主义不同的是马克思主义的流行，它矫正着学院派的趣味主义，要求的是现实感的表达。后来诗歌风向的转变，与国家命运也不无关系。像延安鲁艺时期的一些作家，就渐渐脱去京派的外衣，与大地的关系更深了。孙晓娅讨论这段历史，对于其过程的描述都很客观，能够感受到作者的审美宽度。鲁艺的教育十分特殊，梳理起来颇多意味，这在北京与上海是不可想象的。从教学理念到创作理念，是带有时代特质，也有地方感，但就格局和思想而言，其实也是超越于地方性。像贺敬之、曹辛之的诗歌，有时候觉得简单，不过在精神方面完全不同于象牙塔派。他们虽然在西北一隅，而俯瞰领域却是辽阔的。"无论诗人'写地方'的难题，还是在书写'民族形式'折射出来的延安文学建构的内在逻辑以及诗人的精神结构，都指向一个共同问题，即延安文学中呈现出来的'地方性'所辐射的绝不仅仅停留在活用民间形式、方言土语的'人文因素'层面，也不是将延安文学中一类朴素粗粝的写作风格与延安的自然环境简单对应。"（见本书第160页）这样的总结，是有历史根据的。

对比北京与延安，古都的文脉与陕北高原的风气并不在一个空间，但都对于后来的文学生长有长久的影响力。就审美偏好看，我们的作者对于京派遗风的确别有所赏，其行文的温文尔雅，也是有废名以来传统的暗示无疑，但在还原战时的文化气氛中，就不再把象牙塔的趣味作为一种唯一尺度，能够在国运、革命、解放运动的语境去回望历史，这大概也是一种史的意识的要求。

诗人的成长其实很复杂，教育仅仅是一种因素，社会环境与生命体验，多诞生于书斋外。像李瑛的写作，在后来一直放置于革命诗歌的系列里的，他其实最早受益于京派的辞章，沈从文对于他的影响不可忽视。其实这个现象不止李瑛一人，像萧乾、邵燕祥都是京派园地出现的作家，后来的思想却更偏于鲁迅传统了。不过，这些"左转"的诗人和作家，在他们的文字中依然保持了文气。在20世纪70年代文学最为惨淡的季节，李瑛的作品保持了文字的温度，具有远远的性灵之光的余温。在公共性被强调的时候，诗的存在揶揄了本质主义思想，而同样地，只有在公共性的语境里，才能够理解诗的个性有时候是被公共性挤压的结果。这是解诗学普遍要处理的问题，在丰富的教育环境下透视文学的流动过程，就会觉得，纯粹的审美静观，只是一种相对性的结果罢了。

但是，在今天的文学研究里，保持一种平衡性并非容易。孙晓娅就发现，当下的诗歌教学里，一方面多是呈现出公共性的观念，史学意识漫过审美判断，另一方面是内涵阐释多于审美艺术的探索，文学讲稿味同嚼蜡，那原因就是最初的审美感受让位于知识论。这是一个很大的问题。如何处理公共性与个性的关系，是诗学研究者必须回答的问题。所以，重要的是科学理念与诗歌审美感受的互动，又各自保持着自己的特性。过于注重历史感则会覆盖性灵之意，而耽于后者就会陷入感性的自然流淌中。比如，在论述郑敏的时候，作者就发现了诗人背后的复杂性元素的缠绕，从多维的结构里，把握了存在的本真及超越性的努力。这在方法论上是一种挺进。郑敏的写作虽然带出很深的学院派味道，但时代的烟云在词语里一直弥漫着。在诸多的具象里，思想的律动与词语间处于繁复的关系中，"在写实的基底上有一层超写实的象征光晕"（见本书第383页）。孙晓娅将此看作一种结构意识的表现。在这个结构意识里，可以看到诗人在自我与时代间的位置，是背后的世界刺激了她重新发现自我，而那诗歌则以超常规的结构方式，回应了时代难题。

一般来说，大学是青年审美的温床，许多诗人的成长，与域外文学的熏陶有直接关系。西南联大的校园氛围，是个值得反复打量的个案。关于此，姚丹、易彬等人都做了深入阐述。杜运燮就承认，他通过穆旦，直接接受了现代主义诗歌的影响，知道了燕卜荪和英国"粉红色30年代"奥登等诗人群落。孙晓娅以杜运燮为例，剖析了诗人成长的过程。比如奥登对于战争中小人物的歌颂，就催生了杜运燮的《无名英雄》。现代诗在奥登那里，是呈现出"开阔丰盈的生命意识"（见本书第408页）的。杜运燮在这种意识里获得的灵感之多，自不用说。在其诗歌里，孙晓娅看到了这样的变化："奥登式的俯瞰视角给予杜运燮的不仅是诗歌风格的借鉴，更重要的是开阔的生命意识的获取——通过想象的全视野角度打开有限的现实维度。"当然，其中的"机智悲悯的反讽，轻松犀利的幽默"（见本书第408页）也有不小启示。从校园里获得的这些异样的审美参照，也是其后来写作灵感突起的原因之一。没有西南联大的熏陶，杜运燮的写作也许不是这样的道路。

但并不是所有的人都是顺应环境而成长的，诗人与艺术家的成长，背后的原因可能更为复杂，有的则是环境的叛徒。这一本书提及的几个作者，我过去很少注意到。比如，焦菊隐的写作与教会学校之关系，是另一种经验。作者从焦菊隐早期的写作实践里，看出诗人虽然在燕京大学，却是教会学校的背叛者。浓郁的西洋文化氛围，与他个体的经验颇不相同，他的诗文里关于上帝的概念，时有变化，梦幻的校园制造了一种假象，它并不能够给贫穷出身的自己带来安慰，大的时代氛围与小的校园相比，后者的分量是轻的。这也说明，教育会影响青年，但真正改变思想的，还是社会的力量。不过，也恰恰是校园文化，从另一个维度启示了诗人的道路，焦菊隐后来成为著名的导演，早期经验也或多或少产生了影响。这个从他处理契诃夫、老舍的作品的智慧，也能够感受到那种精神的辽远和阔大。

诗人无法脱离母校的背景。当年读普希金的《皇村的记忆》，能看出他对于杰尔查文的感激。正是诸位前辈，使普希金打开了瞭望世界的窗口。冯至在大学时代的作品，也有冲出凝固之气的伟力，他既受益于校园文化，也超越于眼前的平庸，把异质的、繁复的审美带到学校。我们说校园文化有不断翻新的功能，也是青年人创造性的反哺。许多诗人的成名作是在校园里产生的，这个传统一直延续到今天。20世纪80年代的海子、戈麦的写作，无不如此。当然，也有天籁式的诗人，他们生长于大地与山野，但细细察看，也是阅读了无数学院里的人所译介作品而受的启发，这是另一种经验。何其芳在延安时意识到校园写作的限度，一度是向大地诗人靠拢的，但他和几个青年的努力都不太成功。这是一个困扰诗人的难题，在大学教育的话题中难以解释。当然，这应是另一本书要讨论的内容了。

不能不说，文学之发达，无法离开的是文化生态的多元性，而差异性语境对于审美的意义可能更大。北大、燕大、延安鲁艺、西南联大当年之所以培养了一批人才，不能不说受益于文脉多样性。孙晓娅写此书，发现了历史的细节，在有节制的行文中，深藏着缕缕的情思。那些温和、舒朗的笔调，不乏对于远去的灵魂的眷恋和礼赞。看似是过往岁月旧迹的梳理，也未尝没有对当下学院派教育同质化现象的批评。谁说历史研究不是现实思想的反观呢？教育的目的是以文化人，而诗人，乃精神之塔的明珠，它闪烁于梦之空中，散发着来自大地之热。一所大学有没有这样的光与热，是不一样的。

2024年12月8日

目 录

绪论 起于危机：新诗教育场域内外 / 1

上 编

第一章 大学流脉与新诗建构
——以北京大学为例 / 41

第一节 从"尝试的热情"到新诗教育传统的生成 / 42

第二节 新诗的发祥地与"民间"的发现 / 58

第三节 西南联大：卓尔不群的教育体制 / 83

第四节 萃取精华 承袭经验：复员后北京大学中国语文学系教学 / 95

第二章 "新文学"建构与诗歌教育的延展
——以抗战时期延安鲁艺为例 / 110

第一节 教育空间下延安诗歌的生成：课程设置与地方经验 / 113

第二节 鲁艺诗歌的生产机制：以何其芳与《草叶》为中心 / 133

第三节　以鲁艺为方法　/　149

第三章　刊内刊外：发表阵地与诗才培养　/　162

第一节　从《北京大学日刊》到《歌谣周刊》：
以刘半农对《歌谣选》的选订为切入点　/　164

第二节　新旧博弈之间:《文艺会刊》与女高师学生
新诗创作统揽　/　185

第三节　燕京大学校刊《生命》与冰心的"圣诗"创作　/　207

第四章　知识生产与诗歌传播　/　220

第一节　"另类"的新诗史:《中国新诗史》的文本内外　/　221

第二节　从新诗讲义管窥现代诗教传统　/　238

下　编

第五章　薪火相传：教育情境中的师生圈　/　257

第一节　参与小诗文体建设：文坛前辈对新诗的
"芽儿"的扶植　/　259

第二节　唤醒天赋　陶冶兴趣：非"专任教员"对学生
潜能和人格的激发　/　270

第三节　"博学敦行的学者"与卓然独立的诗群：
西南联大教授对现代诗人的铸造　/　285

第四节 "重造青年"与"开创一种新文化"：
　　　　李瑛与沈从文"集团" / 309

第六章　个人与复数：教育生态场域中诗人们的成长与交汇 / 320

第一节　杜运燮与"冬青社"：诗人在社团中的
　　　　自我成长 / 322

第二节　"文艺社"·子民图书馆·学生运动 / 335

第三节　"精神圈子"：以诗会友的西南联大诗人群 / 345

第七章　"她"的心智书写：现代大学生的诗思生成 / 354

第一节　"明丽的诗风"与"读书时代的你"：典型的
　　　　女学生风格 / 357

第二节　从"晚会"的爱丽丝到"人类的一个思想"：
　　　　女学生的感性与知性 / 368

第八章　"他"的在场与介入：现代大学生的校园经验与时代书写 / 385

第一节　从"盔甲厂"到"燕舫湖畔"——"青年欲望"
　　　　与校园日常书写 / 386

第二节　"生的死亡"——战时语境·学生视角·现代
　　　　生命观 / 400

第三节 现实的"里面"与现代的"外壳"
　　——诗艺探索与风格转变 / 418

结语　历史想象之外的追问 / 438

绪 论

起于危机：新诗教育场域内外

一 研究缘起与教育视域下中国新诗合法性溯源

中国的"诗教"传统源远流长。"诗教"一词，出自儒家经典《礼记·经解》："孔子曰：'入其国，其教可知也。其为人也，温柔敦厚，《诗》教也。'"中国的"诗教"传统在五四新文化运动之后逐渐发生转型，并参与了中国新诗的诞生与发展过程。晚清以来，中国的社会、政治与文化结构发生了巨大的变革，随着科举制的废除、教育体制的变革，西方教育理念和教育方法被引入中国传统文化的肌体，诗歌教育亦呈现出崭新的风貌，"诗教"传统也因此被注入了更为丰富的内涵。在封建社会，教育往往依托于宗教、家族和专业组织，而在现代社会，教育却成为一项与国家民族命运息息相关的公共事业，教育理念、教育方法、教学目标、师生关系等诸多方面均发生了改变。中国现代文学教育一方面主要以大、中、小学学校为基本单位，通过学校课程设置、师生互动、校园刊物、校园文化等潜移默化地塑造着教育者与受教育者的思想；另一方面，文学教育的范畴不局限于以学校为单位的教育活动本身，作为推动文化发展的重要环节，文学教育勾连着近代中国政治、经济、社会的诸多方面，在广义的层面上，参与了近代中国整体文化格局的演变。

传统"诗教"的核心在于儒家人格的培养、价值观的塑造与审美能力的结合，这种教育理念也浸入到五四运动之后的教育改革中来，并与西方教育理论、思想、方法相互碰撞，继而影响了新诗的发展形态。新诗作为"知识"进入教育场域并被传播，以讲义、课堂、报刊、社团为媒介，依托校园文化生态，催生出诗歌的审美转变。诗歌教育也不仅仅围绕诗歌技艺、诗学理论加以探讨，更如学者指出，它还牵涉"启蒙论述、文化政治、权力运作、经典确立、文学传播、学科规训等"[1]。新诗合法性的确立离不开教育场域内外新诗读者的培养、创作队伍的培植、批评空间的开创，在教育的诸多具体环节，譬如诗歌史的讲授，教科书的编写、审定与出版，模范新诗选本的选定与阐释，表面上是何种诗歌形态可以作为"典范"被教授的问题，实质上也是施教者所处的文化立场、外部的教育空间、出版市场乃至政治局势等问题的延伸。将诗歌教育放置在五四运动到新中国成立（1919—1949）[2]这段具体历史语境中考察，可以发现它不断突破、延展着传统文化语境中"诗教"概念的边界。

面对三千年未有之变局，以1862年京师同文馆创立为标志，中国教

---

[1] 陈平原：《知识生产与文学教育》，《社会科学论坛》2006年第2期。
[2] 下文将这段历史时期统称为"现代中国"。

育开始走上了现代化的道路,具体表现为书院改造、新式学堂建立、西学课程设置、派遣学生出国、科举制度的改革与停废等。及至1912年中华民国成立,政治权势鼎革之际,"美感教育"被置于重要位置。1912年蔡元培出任南京临时政府教育总长,同年9月公布:"注重道德教育,以实利教育、军国民教育辅之,更以美感教育完成其道德。"[1]尽管这一目标在实践过程中遭遇了诸多挫折,但它以学校为教育载体,为多元的教育思想的发展,以及种类繁多的教育实践的展开,奠定了基调与基础,而这也为文学教育尤其是诗歌教育参与中国现代诗歌的建构提供了土壤。更值得我们深入思考的是,中国新诗的发生与发展并不是自上而下地推行与落实"美感教育"的过程,反而是新诗倡导者与新诗人自下而上地回应、解决新诗与民族国家的关系,并在不断辩驳之中推动了新诗自身的审美观念与诗学理论系统的更新。

现代中国的诗歌教育力图将受教育者塑造成为能适应现代社会的、具有理想人格的个体,但这一过程无法简单地被"启蒙""救亡""革命"等宏大叙事或套语所回收。事实上,在不同的社会与教育空间下形成了不同的教育生态,孕育了现代人不同的感受方式和表达方式。因此,诗歌教育看似是一系列"知识"的加工与生产,内在的根柢却以现代人的感性经验为基础,亦旨在回答并解决人如何在现代社会安身立命的问题。

现代中国的"教育"这一概念是充分敞开的,由此角度进入诗歌史与教育史的互动关系,有助于我们认识中国现代诗歌的丰富性与复杂

---

[1] 蔡元培:《以美育代宗教说》(在北京神州学会演讲),《新青年》1917年第3卷第6号。

性。以下仅列举几种具有代表性的研究向度，以显示"教育视域"之于启发我们打开中国现代诗歌史的诸多方式和可能性。

（一）教育视域下白话新诗起点重探

基于中国现代诗歌史与现代中国诗歌教育的复杂关系，我们有必要突破已有诗歌史的框架，将中国现代诗歌放置于民国教育场域中进行探究。学界一般将胡适的白话诗视作中国新诗的起点，诗人郑敏在20世纪末回顾新诗发展历程时，提示我们要警惕将古典与现代截然对立起来的二元思维模式，她认为胡适等人倡导的白话新诗完全斩断了新诗与古典诗歌传统的内在联系，以至于造成了新诗的种种缺陷。为新诗寻求合法性，胡适对"活文学""死文学"等概念做出进化论式的阐发，其实是基于旧诗及其背后强大的文化传统。胡适对新诗话语建构的观念生发于复杂的历史语境，但是这种新旧对立的阐释方式却逐渐被后来者演绎甚至抽象为看待新诗发生的单一眼光。事实上，中国现代诗歌是在新旧各种力量的竞合中发生的，以教育视野观照中国现代诗歌发生与演变的历史过程，有助于启发我们打破线性进化论式二元对立的思维模式，重新认识中国新诗的现代性特征。

近年来，已有研究者从地方性重探新诗发生这一命题，指出四川诗人叶伯和的白话诗创作早于胡适[1]，他的《诗歌集》标明"不禁转载"，意味着身居内陆的他强烈渴望与各异的文化立场进行对话。长期以来，

---

[1] 彭超：《叶伯和与中国早期白话诗歌》，《名作欣赏》2011年第17期。

胡怀琛都被置于新文化运动的对立面上，他的白话诗探索亦被主流诗歌史所遮蔽。在教育视域下探索胡怀琛的白话诗建构主张，对于重新审视中国现代诗歌发生有着重要意义。1920年，胡适的《尝试集》出版，次年胡怀琛则出版了诗集《大江集》，并被誉为"模范的白话诗"，这种自我标榜显然是在试图挑战彼时新文化运动中胡适所建构起来的对"白话新诗"的想象。已有学者对二人的诗学观念和创作进行过较为全面的对比与研究。[1] 如果要进一步探究二人诗学观念的异同，尤其是胡怀琛对传统诗歌的现代性转化的主张，还须将其放置在现代中国的具体语境中考察。

1919—1920年，胡怀琛曾同时在多所师范学校教授白话诗文，为日后出版诗集《大江集》、文集《尝试集批评与讨论》等，以及与新文学阵营讨论白话新诗做了准备。近代中国的师范教育兴起于19世纪末，1904年确立的癸卯学制中，在中等和高等教育中都设置了师范部分，并形成了单独的师范体系，从而适应新式教育对师资的大量需求。为了统一教育，政府"将高等师范管辖权完全收归中央政府，中等师范学校归省政府，县政府对师范学校没有任何影响。高等师范校长由教育部任命，省立中等师范校长则由省督任命。这个计划的确有削弱地方权力的意图，试图以师范学校为基础，使全国近代教育形成一个均衡统一的体系"[2]。实际上，现代中国的师范学校仍延续了晚清的一个重要功能，即在

---

[1] 参见余蔷薇《胡适、胡怀琛诗学比较研究》，北京：社会科学文献出版社，2018年。
[2] 丛小平《师范学校与中国的现代化——民族国家的形成与社会转型（1897—1937）》，北京：商务印书馆，2014年，第99页。

新旧制度转折之际，以此空间来实现旧文人的转型。[1] 师范学校为胡怀琛这类亦新亦旧的文人提供了生存的空间。

胡怀琛在《白话文谈及白话诗谈》的序言中提到，这部文集中的几篇文章是他执教于江苏第二师范、神州女校、上海专科师范时，"临时所发的讲义，油印数十份"。由此，我们可以管窥胡怀琛作为师范学校的教员，是如何试图以自己的诗歌观念与文化立场影响学生的。在"白话诗谈"部分，他谈及自己对于新文化运动中大行其道的近乎"分行散文"的自由诗的不满，他认为与其挪用外国的概念称自由诗，不如叫"自然诗"，所谓"自然"是经过人为加工过的不着痕迹，因此在"自然"的美学效果的生成上，并不只有不用韵的诗才是自然诗，而是应当根据实际要求用韵和不用韵，"遇著不用韵便不用韵，遇著要用韵还须用韵。倘存了个废韵之心，便不是自然了"[2]。有趣的是，尽管胡怀琛反对自由诗，但充分肯定了新文化运动发生的必然。

胡怀琛在胡适等新诗倡导者之外，重新框定了新诗与旧诗的关系，明确指出新诗的出现绝不是对旧诗的破坏，而是对旧诗的挽救。他认为旧体诗已经走到了极限，依循"凡事穷则变"的历史必然，只能由新诗来挽救。只不过，新诗的建立也是不容易的事情，需要大量的古诗积累才能对传统有所突破，并以表达人的真情实感为基础，他指出："作诗好像是一件很容易的事，其实是一件很难的事。为什么好像容易呢？因为信口说出来的话，也是诗。为什么实在难呢？因为诗是极其复杂的东

---

[1] 参见丛小平《师范学校与中国的现代化——民族国家的形成与社会转型（1897—1937）》，北京：商务印书馆，2014年，第60页。

[2] 胡怀琛：《白话文谈及白话诗谈》，上海：广益书局，1921年，第13页。

西。"[1]"复杂"针对的是胡适的白话诗浅白直露的缺陷,胡怀琛认为"中国诗的唯一的特点,就是他用含蓄的方法,发表他温柔敦厚的感情"[2]。胡怀琛的《大江集》共收诗33题50首,所收诗歌大多是五言体诗歌,大多保留了诗人诗兴起时的个人感觉。比如他的《爱情》一诗,一方面使用新式标点,并大胆表达个人对爱情的看法;另一方面,这种表达含蓄且朦胧,带有中国古典诗歌的美学特征:"摄心如闭门,防我情奔逸。春风不解事,又送琴声入。春晖淡荡中,爱情为我说:不让我自由,便使汝心裂。"[3]总体而言,胡怀琛的诗歌具有新旧、雅俗兼具的美学特征。

1923年出版的《新诗概说》进一步阐发了上述胡怀琛对于自由诗的理解。这是他该年暑假任教于上海艺术师范暑期学校时所编的讲义,同时也是"研究诗学的一种成绩"[4],由此可见他极力将教学与研究相结合的努力。虽然新诗在形式上有时候和古诗很相近,比如胡适的《寒江》《江上》、刘大白的《雨里过钱塘江》,但是在感情上与古诗不同:"古诗的一大部分,没有真感情,不过只有一个空壳;但是这种作品,不但新文学家说他没价值,就是真正的旧文学家也说他没价值。但新诗的格式是很自由的,并不是如上面所举的两首,才算新诗;只要有了真感情,自然而然的唱叹出来,自然而然的成了文,也不必问什么体例,也无所谓体例了。"[5]他将郭沫若的《黄浦江口》一诗作为自由体新诗的典范:

---
1 胡怀琛:《白话文谈及白话诗谈》,上海:广益书局,1921年,第18—19页。
2 胡怀琛:《小诗研究》,上海:商务印书馆,1924年,第8页。
3 胡怀琛:《爱情》,载《朴学斋丛书》第三集《胡怀琛诗歌丛稿(上)》,1948年,第109页。
4 胡怀琛:《新诗概说》"自序",上海:商务印书馆,1923年,第1页。
5 胡怀琛:《新诗概说》,上海:商务印书馆,1923年,第12—13页。

| 庠序有诗音

> 平和之乡哟！
> 我的父母之邦！
> 岸草那么青翠！
> 流水这般嫩黄！
>
> 我倚着船围远望，
> 平坦的大地如像海洋；
> 除了一些青翠的柳波，
> 全没有山崖阻障。
>
> 小舟在波上簸扬，
> 人们如在梦中一样。
> 平和之乡哟！
> 我的父母之邦！[1]

胡怀琛对于郭沫若诗歌的推崇及其对于新诗内在"自由"精神的坚持，表明他对新文化所持有的积极态度。而他所警惕的，是新文化运动倡导者以外来观念为圭臬，以此压制了人的内在情感，而胡适等人将诗歌视作普及教育的工具，更损害了诗歌的审美性。[2] 在他看来，新旧之分的关键不在于是否告别古典诗的形式，而是意义上能否真正体现现代人的思想与情感，赋予人审美体验。因此，在师范教育的语境中，胡怀

1　胡怀琛:《新诗概说》，上海：商务印书馆，1923年，第13—14页。
2　胡怀琛:《白话文谈及白话诗谈》，上海：广益书局，1921年，第69页。

琛对于新诗的思考并不着意于文化的重建,而是借助于地方性的师范学校这一"缓冲地带",将自己的新旧兼备的诗学立场诉诸师范生的课堂讲授,以此扩大影响力,从而获得与胡适等新文化运动倡导者对话甚至象征资本上相抗衡的可能性。

除此之外,胡怀琛还立足于教育的立场,提出了衡量诗人人格的重要尺度——修养。他在《新诗概说》讲义中指出,作诗需要内在的修养和外在的修养,其中内在的修养即感觉力的培养[1],亦即上文指出的对于美的体悟与追求。而外在的修养如何理解呢? 1921年胡怀琛为江苏第二师范学校的学生赋诗一首:"养树去繁枝,立言去浮词。悟得剪裁理,园丁是我师。"[2]他在诗中指出说话、写作应删繁就简,同时以园丁比喻教师。园丁这一譬喻并不新奇,有趣的是,该诗发表在上海俭德储蓄会这一民间组织主办的刊物《俭德储蓄会月刊》上,有着劝勉师范生以"修身"的道德原则来规范自我的意图。不仅如此,胡怀琛1920—1921年在《俭德储蓄会月刊》上发表了包括日后收录在《大江集》中的《长江黄河》等作品在内的多首诗歌,并连载《新派诗话》,以及发表参与新文学论战的《解释新旧学者的怀疑》《新旧文学调和的问题》《诗与诗人》等文章,还有《积钱与用钱》等与俭德储蓄会宗旨相关的文章。这意味着,胡怀琛在学校教育场域之外,还试图通过更为广泛的社会教育,传播自己的文学与文化理念。

俭德储蓄会由上海铁路职工于1915年发起成立,属于非功利的社

---

[1] 胡怀琛:《新诗概说》,上海:商务印书馆,1923年,第24页。
[2] 胡怀琛:《见园丁剪树写示江苏二师学生》,《俭德储蓄会月刊》1921年第3卷第1期。

会组织。有感于上海奢靡之风盛行,该会提倡节俭,"语有之曰:俭德之共也,侈恶之大也。德恶之分,在于俭奢。是故俭奢者,人生之贤愚,国家之治乱,社会之安宁,与倾仄系之矣"[1]。同一时期,讲求"修养"的风气亦在北京的高校中盛行,1918年5月由蔡元培发起的北京大学进德会成立,力图改造私德继而改造社会,吸收了北京大学各科科长以及著名教授等。"进德"的主张更早发生于上海,早在1912年,李石曾、吴稚晖、张继、汪精卫等人便在上海成立进德会,提倡不做官、不做议员、不嫖、不赌、不纳妾、不吸鸦片、不喝酒、不吃肉等"八不主义",以唤起人们的"公德心"。与上述两个组织不同的是,俭德储蓄会的成员大多是上海市民阶层,由他们自发组织,但其思路更贴合普通人的基本生存欲求,以之来规范人的日常生活。俭德储蓄会成员首先注重强调"个人"在社会中的角色与价值,有人称这是一种"新式的俭德生活","新式的俭德生活,是广义的,是公开的,能完全了解,那便已得了俭德的精神。虽然不能去躬耕,在道德上已不愧为正当的新人了"。"新式俭德的劳动精神,首先在于承认人类是个总体,个人是总体的单位。人类的意志在于生存与幸福,这也就是个人的目的。"[2] 他们基于人的生存问题指出,人生在世有三项不可忽视,分别为衣、食、宫室,但是"人之欲望无穷。以有尽之物力,供无穷之欲望,则丰于此者必啬于彼,足于甲也必缺于乙"。[3] 其次,个人欲望的节制有助于国家力量之间的平衡。俭德储蓄会由人生的丰富与匮乏类比强大国家与弱小国家之间

---

1 《发刊词》,《俭德储蓄会月刊》1920年第1卷第1期。
2 亚横:《俭德应有的精神》,《俭德储蓄会月刊》1920年第1卷第2期。
3 《发刊词:语之有曰,俭德之共也……》,《俭德储蓄会月刊》1920年第1卷第1期。

的关系，认为强国压迫弱国就是基于此理。最后，"俭德"不仅指涉物质上的节俭，也有精神层面上的"涵养品性""温良恭俭"之意。[1] 在俭德储蓄会这里，正是凭借对传统道德观念的现代性转化，将上海市民凝聚在一个公共空间中，对人生与社会议题进行讨论，更通过大众传媒、创办学校、设立图书馆、成立学术演讲社等方式积极推动社会教育。[2]

总而言之，这种以"俭德"为口号的社会教育有别于同时期北京大学进德会以精英知识分子"修身"为底色的思想准则。这一组织的大部分成员来自市民阶层，接受了一定的教育，他们对于"节俭"这一传统道德观念的承袭，基于对日常生活的思考，却关联着新的社会中"新人"的想象。胡怀琛的《长江黄河》等诗恰恰是生长于这样雅俗并存、新旧混杂的文化语境之中，并试图通过刊物的传播，在广大市民阶层之间产生教育意义。以教育视域观照胡怀琛的白话诗探索，发现其生长方式完全不同于主流新诗史所述的新诗是在新旧两种文化对立下艰难蜕变的产物，胡怀琛的白话诗实践更多探索的是如何表达普通人的情感诉求，如何更容易为市民阶层所接受。

以此思路考察中国新诗的发生，不仅能发掘叶伯和、胡怀琛这些过去被主流诗歌史遮蔽的白话诗人之于新诗发展史的重要性，而且可以重新检视主流文学史中对于譬如由北京大学和《新青年》这"一校一刊"所主导的新文化运动格局的表述与态度。将目光聚焦到北京大学这一教育场域的历史情境，及其与新文化批评空间的关系，讨论这一场域究竟

---

[1] 唐文治：《周年大会颂词一》，《俭德储蓄会月刊》1920年第1卷第2期。
[2] 参见李彬彬《俭德储蓄会及其在近代上海公共文化领域的影响》，《安徽史学》2020年第6期。

为新诗的传播与发展提供了何种具体的影响，这一部分将在本书的第一章具体展开，兹不赘述。

（二）语文教育与中国新诗合法性的建构

现代教育发展过程中不可忽视语言变革这一重要环节。自晚清以来，国语统一的诉求便诉诸教科书得以实现。新文化运动以来，文学革命与国语统一的合流，全面地影响了大、中、小学教育，并直接体现在教科书的编写与出版上。1918年，胡适《建设的文学革命论》一文提出"国语的文学，文学的国语"的口号，标志着"文学革命"与"国语统一"潮流的汇合。[1]总体而言，胡适对于"死文学""活文学"的定义是以文言/白话为标准产生的。但是，在新文化运动初期的具体实践上，如何将新文化运动的成绩引入教科书，却成为困扰时人的一个问题。1919年，北京大学刘半农、周作人、胡适、朱希祖、钱玄同、马裕藻六教授在"国语统一筹备会"第一次大会上提出了《国语统一进行方法》，并提出改《国文读本》为《国语读本》，提倡"国民学校全用国语，不杂文言；高等小学酌加文言，仍以国语为主体"。正如有论者指出："教科书编写过程即政府和编者联合生产知识的过程，在这个过程中，特定群体的知识被官方裁定为面向所有人的知识，社会秩序因而获得历史与文化上的合法性。"[2]自六教授提出使用国语课本以后，新诗逐渐进入了国

---

[1] 黎锦熙：《国语运动史纲》，上海：商务印书馆，1934年，第70页。
[2] 刘超：《历史书写与认同建构——清末民国时期中国历史教科书研究》，北京：社会科学文献出版社，2016年，第6页。

语教材，那么，选什么篇目、不选什么篇目，不仅关系到判断何种语言可以称为"国语"的典范，而且也关联着文学与文化场域中，新诗如何通过选目来树立自我形象、筛选文学队伍，甚至确立自我合法性的问题。

只不过，国语运动倡导者黎锦熙参与校定的《新体国语教科书》[1]、《新法国语教科书》[2]中，却并未收录新诗。有趣的是，如上文述及，胡怀琛反对白话诗成为普及教育的工具，但他的《燕子》[3]、《明月》等诗却被收录进新文化运动时期的国文教科书内。胡怀琛自诩自己的白话诗为"模范"，本意在于公开与胡适形成对话，却无形中与新文化阵营内发起的国语运动发生盘根错节的关系，甚至被称为国语的典范。新文化阵营倚靠强势的国语运动，对胡怀琛的白话诗进行了"收编"，也正是因为政治力量的介入，胡怀琛的白话诗歌被迅速编织进"国语"的谱系。1922年壬戌学制确立后，白话新诗也借此登堂入室。壬戌学制的确立是学习欧美教育理念的结果，确立了教育重心下移，更重视基础教育的方针。[4]壬戌学制是新文化运动在教育领域的成果，表现在语言层面，便是对于国语的推崇。《国民学校令》改"国文"为"国语"，并要求国民学校一至四年级均学习语体文。胡怀琛的白话诗被推举为国文"模范"，是认为它一方面以燕子的飞翔贴合五四时期追求自由的思想潮流，另一方面因为该诗具有白话新诗散文化的特征。

---

1 庄适：《新体国语教科书》第一册，上海：商务印书馆，1920年。
2 庄适：《新法国语教科书》第二册，上海：商务印书馆，1922年。
3 周靖等编校：《燕子》，《新教育教科书国文教案》第一册，上海：中华书局，1921年，第29页。
4 参见刘超《历史书写与认同建构——清末民国时期中国历史教科书研究》，北京：社会科学文献出版社，2016年，第87页。

王东杰在论及近代文化的"声音转向"与知识革命时，提出了"视觉型的认知习性"和"听觉型的认知习性"两种认知模式。他认为，视觉型认知习性与传统知识论相关，"以文字为中心"，"主要的求知方式是'取象'"；听觉型认知习性则"强调声音在知识构成中的重要，以抽象性、逻辑性、公开性或公共性作为判别知识等级的标准"，并且以淡化书本为前提，重新寻找民间文化中的价值。[1]

五四新文化运动之后，传统吟诵式微，西方朗诵传入，一部分有识之士因此注意到诵读（包括吟诵和现代朗诵）的重要性，呼吁在教学过程中重视诵读的作用。新文化运动的主要参与者将新诗和吟诵结合起来，提出了"唱新诗"的新观念，在诗歌教育和创作上做出了新的探索。吟诵与教育之密切关系历史悠久，源远流长。[2] 这种关系一直持续到了20世纪40年代，活跃于这一时期的知识分子大多生于清末，接受过传统私塾教育[3]，掌握了传统吟诵[4]，同时兼学中西，有着丰富的教学实践经验和各类文学体裁的创作经历，他们对于现代新诗与语文教育的关系思考

---

[1] 王东杰：《历史·声音·学问——近代中国文化的脉延与异变》，北京：东方出版社，2018年，第161页。

[2] 《周礼·春官宗伯》中记录了先民的教育方式，"以乐语教国子：兴、道、讽、诵、言、语"，郑玄注曰："倍文曰讽，以声节之曰诵。"晋朝谢安因有鼻疾形成了独特的拥鼻吟，名流掩鼻效仿。明朝王阳明创造"九声四气歌法"用于学生学习。清朝桐城派提出"因声求气"说，桐城派读文法流传甚广，民国唐文治唐调的形成便吸收了其营养。

[3] 如鲁迅《从百草园到三味书屋》写了他从塾师寿镜吾于三味书屋就读的经历，《追求卓越 坚守自由——北京大学校长胡适》一书中提到胡适先后随介如四叔和禹辰先生读私塾，《叶圣陶年谱》记载了叶圣陶1900年就读私塾，《朱自清年谱》写到朱自清幼承庭训，6岁后在旧式私塾学习到了14岁。

[4] 从其文章中描述，可知其诵读方法不同于现代朗诵，在此不作赘述，参见后文论证过程。

十分独特。在这样共同的文化和思想背景下,朱自清、叶圣陶等人在新诗的音乐性、传统吟诵的改造以及声义鉴赏方面做出了许多新的尝试。

(三)美育思想与中国新诗审美形态的形成

上文述及,民国初年蔡元培出任教育部总长,制定了"注重道德教育,以实利教育、军国民教育辅之,更以美感教育完成其道德"的教育目标。"美感教育"极大影响了中国现代诗歌审美形态的形成。事实上,蔡元培作为教育部总长和学者的双重身份,帮助"美育"这一教育理念渗透进知识文化层面,并且在新文化运动以来的文学与文化以至于社会实践中,不断更新着"美育"的内涵与外延。1917年蔡元培发表《以美育代宗教说》,文中谈及:"鉴激刺感情之弊,而专尚陶养感情之术,则莫如舍宗教而易以纯粹之美育。纯粹之美育,所以陶养吾人之感情,使有高尚纯洁之习惯,而使人我之见、利己损人之思念,以渐消沮者也。盖以美为普遍性,绝无人我差别之见能参入其中。"[1]可以说,蔡元培的美育观是对传统诗教的创造性转化,二者都以陶冶情操、健全人格、培养审美为基本目标。但正如有学者所言:"蔡元培在建构美育观汲取传统礼乐教化思想时,选择从'六艺'而非从'六经'出发,结果导致对传统诗教美育转化论述的内在化。他从现代文学观念出发重新认识《诗经》,认为《诗经》与现代新诗具有共通性,并将其纳入文学教育体系

---

[1] 蔡子民(元培):《以美育代宗教说》(在北京神州学会演讲),《新青年》1917年第3卷第6号。

之中；同时，在'以美育代宗教说'中隐含了美育对传统诗教的承续。由此，传统诗教在现代教育体系中受到现代价值原则的洗礼，进而经过定位调整、内容选择和形式拓展，从而以文学美育的形式继续发挥审美教育功能。"[1] 20世纪20年代以来，伴随着西方文学艺术传入中国，各种艺术类型之间相互交融，"美育"已经从具体的"主张"弥漫为知识界的一种共识，蔡元培将建筑、雕刻、图画、音乐、文学、美术馆、剧场与影戏院的管理、园林的点缀、公墓的经营、市乡的布置、个人的谈话与容止、社会的组织与演进都涵括进"美育"的范畴中。[2] 诗人和理论家亦是在现代中国多元的文化语境中不断刷新对于"美"的认知，并由此走上了审美探索的道路。

诗歌以何为"美"，"美"的范畴与评价标准该如何判定？又该如何凭借媒介、传播何种美的观念？尤其在西方文学资源和美学原理传入中国后，究竟哪些资源能够经过本土的转化而得以保留？更为关键的是，对于中国现代诗歌创作者而言，美的定义及其背后关涉的美育理想，关联着"艺术之塔"与"十字街头"之间的选择，不仅成为新诗诞生以来一项争论不休的命题，而且正是因为二者的纠缠，使得中国现代新诗在发展过程中始终背负着对现实的考量。诗人的美育理想并非纯然的关于文学本体的讨论，而是关联着他们对民族国家、社会与文化改造甚至革命等宏大命题的思考。

民国大学校园的新诗课堂、校园刊物、诗歌社团，并非是简单生产

---

[1] 席格：《传统诗教的现代美育转进——以蔡元培美育观为考察中心》，《中国文化研究》2021年第2期。
[2] 参见蔡元培《以美育代宗教》，《现代学生》1930年第1卷第3期。

知识的场域，其对各类美学资源的引入、提倡与传播，恰恰关联着师生们的现实考量，并影响着现代中国知识分子的精神走向，这一点将在后文详细展开。这里则以闻一多对张鸣琦等人的影响以及李金发的美育理想为例，说明现代中国"美"的观念如何通过学校教育与社会教育两种途径进行传播并发生衍化的。

1925年夏，余上沅、赵太侔、闻一多留美归国。是年秋，闻一多参与北京美术专门学校改组为艺术学院，添设音乐、剧曲两科，后改名"国立北京艺术专门学校"，赵太侔任戏剧系主任，余上沅为教授。学界普遍忽略了，闻一多是通过艺专师生之间的网络，来传播诗歌"三美"主张，并影响学生的诗歌创作。戏剧系诸生对小说、诗歌这两类文体多有涉猎，尤其在诗歌创作上用力最勤，其中又尤其以左明和张鸣琦最为突出。1928年2月，闻一多在给左明的回信中说："我相信你很能做诗，不是客气话。"[1] 1934年4月，左明、王绍清合作发表了独幕诗剧《释放》[2]，对人性进行了深刻的探索，与同时期标语口号式的左翼剧作在主题、情感基调上均差异极大。更值得一提的是闻一多对张鸣琦的影响。张鸣琦的诗歌与戏剧两种艺术形式的创作，不仅践行了闻一多音乐美、绘画美、建筑美的"三美"主张，而且在20世纪30年代加入乡村建设运动后，将这一主张上升为文艺大众化的标准，并进一步回应了闻一多诗学审美主张背后对于民族国家问题的深切思考。

1928—1929年，身为艺专戏剧系学生的张鸣琦在《大公报》上发

---

[1] 闻一多：《致左明》，《闻一多全集》（12：书信·日记·附录），武汉：湖北人民出版社，2004年，第246页。
[2] 左明、王绍清：《释放（诗剧）》，《文艺月刊》1934年第5卷第4期。

表了《一个大兵底爱》《相信我》《你们……》《归来……》《遗忘的海》《怎能……》《风波》等一系列诗歌，形式上均采用整齐的韵脚，诗行整齐，这种严格追求格律的整齐，正是对闻一多提出的格律理论的自觉实践。闻一多在《〈女神〉之地方特色》《〈女神〉之时代精神》中检讨了早期新诗的局限，要求新诗融合中西艺术的优长，而他本人提出的"三美"主张在视觉与听觉上建立起关于诗歌本体的诗学原理，其中创造性地将"音尺"作为标志诗歌节奏的单元，不仅借鉴外国格律诗，而且由古典诗歌中的"读"作为基础。另外，闻一多所提出的"绘画美"主张也影响了张鸣琦对于戏剧舞台艺术的思考。张鸣琦就读艺专期间写作诗歌的同时，还介绍了印象主义、后印象主义、达达主义等美术流派，并创作了《祷》《想》《讽画》等抽象画。他认为，许多人把最简单最可爱的"美"认作一种繁复而纠缠不清的对象，但其实美不是靠推理得来的，而是由直觉得来的。他在这里呼应的正是闻一多在谈及诗歌"绘画美"时对于直觉的强调。闻一多的"三美"主张不仅影响了张鸣琦的诗歌创作，而且还影响着他的戏剧创作。张鸣琦在1936年投身位于河北定县的中华平民教育促进会时参与农民戏剧创作，依旧受"三美"主张影响颇深。早在20世纪20年代末，谈及"民众的艺术"时，张鸣琦便说道："民众的艺术，就大（是）一种夸耀，一种力量，使人人更有生气，使人人更知道相爱。一个国家如果是最可爱的与最能爱的，便一定是强大的国家。没有灵魂的补养，则民众一定要变为脆弱，凋敝，与缺残。"[1]这种对于民众的"力"的美的强调，十分接近闻一多1926年之后的文学

---

1 张鸣琦：《美底需要》，《大公报》（天津版）1928年5月5日。

与文化观念。在以《死水》为代表的诗歌中，闻一多将琐碎甚至破败之物整合起来，获得整饬的美感，继而与统一的、整体性的民族国家联系在一起，而串联起这些内容的便是诗歌整饬的节奏。30年代，张鸣琦试图进一步将"美育"理想"下沉"到下层民众当中，并着眼于"美"的形式背后的思想内涵。1935年，张季纯将"近代剧的形式"形容为"有节奏，有起讫的行为"[1]，这里对戏剧"节奏"的强调看似是形式的诉求，其实着意于通过艺术整合下层社会，正如熊佛西对于民众组织形态的观察："我们的民众太颓废了，太散漫了。"[2] 由此，定县平教会以熊佛西为首，创作了诸如《过渡》等戏剧节奏鲜明的农民戏剧，试图从审美教化的层面唤醒农民。闻一多的"三美"主张因此产生了实际的社会意义，并在定县平教会与下层民众教育的碰撞之中，丰富、延展了其意义空间。

张鸣琦等人对闻一多"三美"主张的接受过程意味着现代知识分子的一种共识，即诗人对"美"的探索追求看似是审美自律的选择，其背后诉诸的却是对现实人生问题的深沉思索与不断追问，即便在李金发这样推崇西方象征主义诗歌的诗人这里，他在引入、转化西方诗学资源时所考虑的并非直接将象征主义嫁接到中国土壤中来，从而更新新诗的诗质，而是一方面关联着诗人如何在商业社会中寻求主体性的问题；另一方面投射了他对健全文明与健全人格的向往，并试图通过1928年创办的《美育》杂志这一刊物，将诗歌批评引渡至文化批评的维度。

以李金发的《小病——Ama Gerty Adorable——》一诗为例，该诗发

---

[1] 张季纯：《近代剧的形式》，《北平晨报·剧刊》1935年6月23日。
[2] 熊佛西：《〈过渡〉的写作及其演出》，《过渡演出特辑》，北平：中华平民教育促进会，1936年，第5页。

表于《美育》杂志1929年第3期,总题为《灵的图圄》。在这首诗中,他发明了"罗史必都"这个奇异的词语:

> 三年来耳鬓厮磨,
> 形影儿挤得间不容发了,
> 恰在你弱不胜衣之候,
> 遂倒病到"罗史必都"去。
> 这个不幸的别离,
> 把我由仓皇而凄清入骨了!
> 我回到平日饱受笑声之房里,
> 几欲对这孤冷流泪,
> 这种思慕至此始觉其估价。
> 床儿自己摊了,
> 案儿自己伏了,
> 灯儿自己对了,
> 黑夜之来亦只自己去防御。
> (猫儿踱来踱去不知为什么主人去了。)
> 一觉醒来,第一思潮是你的疾苦,
> 在此长夜中感念人生的遭遇真凄然欲绝。[1]

据《李金发诗全编》的注释,李金发长子李明心解释说,"罗史必

---

[1] 金发:《小病——Ama Gerty Adorable——》,《美育》1929年第3期。

都"这个词是法语、英语和客家话混合起来的发音，即医院。[1] 这种语言实验很值得我们注意——它撑破了汉语原本的表达，表明诗人试图在诗歌语言上寻求更大的表现空间。一方面，此时的李金发执教于国立西湖艺术院（后改名为国立杭州艺术专科学校），担任雕刻教授，这种大胆的美学风格与他此时在雕塑艺术上风格渐趋古典化和规范化有所不同，带有很强的探索性质；另一方面，则应注意到，这种有意为之的陌生化也隐含着他主体建构的意图。

这首诗以妻子的"病"为背景。"病"或疾病书写经常与西方现代主义美学中"颓废"等修辞术语联系在一起，但如果仔细考察，书写"病"其实是李金发建构自我主体性非常重要的一个环节。第一，某种程度上，这种"病"的书写具有极强的创造性，拒绝被读者所理解。李金发通过写"病"，刻意制造了一种自我耽溺的氛围，因此我们不能不假思索地将它与西方的"颓废美学""世纪末想象"直接联系在一起。第二，在《美育》杂志创刊的同年，他创办了一所名为"罗马工程处"的雕塑公司，商业运作显然动摇了他纯艺术的追求，商人身份介入文学创作后，面临动荡不安的市场和不稳定的生活，他的笔下开始出现"水晶之宫"的意象，比如与《小病——Ama Gerty Adorable——》同一时期发表在《美育》杂志上的《临风叩首》一诗：

我们在晴夏洗浴过，
在新春中蹈着浅草齐舞，

---

[1] 李金发：《小病——Ama Gerty Adorable——》，载陈厚诚等编：《李金发诗全编》，成都：四川文艺出版社，2020年，第726页。

以过去我最快愉之时光，
可是现在冷风向平原袭来万木齐现灭亡之气，
显出宇宙之张皇，
我忙造水晶之宫，
以御你无情之侵伐，
我将借行星暖气之一部使她枝蒂永远灿烂，
直到诗人手儿无力掩护我们一齐瘗死于空木之崖。[1]

  当"水晶之宫"遭遇现实的侵伐，诗人必须寻找一种新的表达自我主体的方法，从而承载这种现实的变化。无论是雕塑艺术界还是诗歌界，李金发所提倡的法国现代主义都是作为异质性的外来资源而存在的。因此，在这一意义上，"病气"是李金发有意营造出来的与现实主义诗歌以及商界的沉闷、不稳定相区隔的独特精神气质。

  这些诗歌发表在李金发创办的《美育》杂志上别具意味，聚合了多重身份的他意图借此园地，与诗人、学者、艺术家甚至受过教育的商人讨论，在20世纪20年代末，究竟什么才能代表"美育"的方向？李金发主张"中国艺术太无精彩，丑的事物居多"。这实际上是一种口号式的主张。他并非完全否认中国艺术，而是认为中国艺术存在对健全人格的束缚。因此，李金发之所以主张"美育"，绝非提倡纯形的艺术，而是旨在通过灌输美的体验，继而培养具有塑造健全人格的读者群。这集中体现在李金发对于身体和私人情感的大胆书写上，他在《美育》杂志上

---

[1] 金发:《临风叩首》,《美育》1928年第2期。

大量刊载了女性裸体雕塑的图像；在《为幸福而歌》的《弁言》中，李金发提到情诗的"卿卿我我"或许会引起读者的厌烦，但他将这种公开的发表视作"公开的谈心"，认为"或能补救中国人两性间的冷淡"。[1]在他的诗中，时常存在一个女性角色，时而指向德国妻子，时而是幻想出来的"穿羽鞋的公主"（《我欲到人群中》），时而袒露自己的私人生活细节甚至性幻想。在美育的视野下，这些看似内面化的书写却并非李金发的自我耽溺，而是他所强调的"健全人性"中的重要组成部分。

无论是闻一多还是受他影响的张鸣琦，抑或李金发对中国文化本体的思考，即以"病气"试图冲破中国既有的文化氛围。总体而言，这些中国现代诗人对于审美艺术的探索与"美育"理想交织在一起，诗人的"美育"理想并非纯诗的探讨，他们对"美"的思考勾连着各异的个人遭际以及对国家本位的认识。这不禁让我们进一步思考，民国的社会历史究竟赋予了中国现代诗歌何种独特的审美格局与精神品格？过去看似能够归入诗歌本体论研究的诗歌现象，如果放置在教育场域内，又如何增加我们观察的维度？

（四）新诗教育场域内的政治因素与新诗大众化的历史阐释

中国新诗的发生与发展始终离不开"革命"这条线索，诗人如何处理与集体、国家、政治的关系，是诗歌史上争执不休的话题。在这个意

---

[1] 金发:《弁言》,《为幸福而歌》,上海：商务印书馆,1926年,第1页。

义上,中国新诗并没有走上审美自律的道路,"原因就在于文学不能独立、自足地发展,文学的本体性和审美特性并没有得到张扬和凸显"[1]。抗战全面爆发后,"用着特殊的文笔武器""和全面的战事配合起来"[2],成为许多作家的共识。全面抗战时期,新诗教育场域内的政治力量也达到了互相争夺话语权的顶峰,在党派的"二元对立"间确立其对抗性内涵并运用于诗歌创作,影响了中国新诗的整体格局,"救亡压倒启蒙"说,几乎成为抗战文学历史性质的共识与标准定义,这对于探究中国新诗政治属性以及诗人复杂立体的精神结构具有重要意义。

全面抗战时期是许多诗人创作生命的转捩点。如果说,20世纪30年代的诗人还具有颇为强烈的现代观念、流派意识、浪漫冲动,那么"抗战"作为决定30年代诗人发生聚散离合的一个"历史事件",触发诗人不得不在"象牙塔"与"十字街头"两者之间,做出选择,更亟待更新自己现时对文学场域的介入方式,无论此时的西南联大诗人群,抑或延安鲁艺诗人,他们的选择都体现了个体生命在战争时代对革命、历史、现实、人生的态度。张松建认为,民国时期的革命具有很强的主观性,在诗学本体论层面提出了"大众化的抒情主义"。[3]但如果仅从审美维度去解读他们此时的文学作品,显然不足以说明其中蕴含的丰富而复杂的诗人的精神空间。许多诗人的作品,已经超越了"纯文学"的认知范围,用过去审美意义上的"文学"观念来解读它们,必然会遮蔽甚至误

---

[1] 李怡、教鹤然、李乐乐等:《"文"的传统与现代中国文学》,广州:广东高等教育出版社,2018年,第163页。
[2] 阿英:《抗战期间的文学》,《救亡日报》1937年8月24日。
[3] 张松建:《抒情主义与中国现代诗学》,北京:北京大学出版社,2012年。

读其中丰富的精神内涵和文学关怀，而引入"大文学"的视野恰好能够对应、解读这些文本中混杂、模糊甚至暧昧不明的部分。

譬如"朗诵诗"这一诗歌类型，作为一种"战时的艺术"，这一形式时常被研究者边缘化，常被用来作为一种"边角材料"出现在论者的叙述中，以佐证新诗"纯诗化"之外的另一重面向——新诗大众化；抑或是着力于分析朗诵诗所蕴含的政治动员意图，却往往脱离了文本分析，试图将朗诵诗塑造为一种"不言自明"的诗歌体裁。近来亦有学者从听觉政治的角度分析左翼文学至延安时期朗诵诗的发生与发声机制[1]，但是，朗诵诗作为一种革命时期宣传的手段，其实有着丰富的教育内涵，如何从教育的角度理解这一诗歌类型，有待我们进一步发掘。

尤其值得注意的是，过去论者在谈及教育与诗歌这一问题时，有意无意地将革命文学尤其是延安时期的诗歌筛出了论述的范围。究其原因，大多是这些诗歌多是文学大众化的体现，仅从文本审美层面分析确实很难发掘其深度，更是它们生长于中国革命的大背景下，也难以从某一具体的教育场域出发为诗歌形态寻找根源。尤其是毛泽东发表《在延安文艺座谈会上的讲话》（以下简称《讲话》）以后，延安新型文艺形态与以欧美大学教育制度为蓝本的新式大学中诞生的新文学传统构成了某种断裂式的关系。但是，这种将延安在"新文学与教育互动关系"的谱系上删削的做法，无疑忽视了一个重要问题，那就是"五四新文学"传统，如何在政治的作用下，超克为新的文学形态。其中的复杂原因当然

---

1 参见康凌《"诗的Montage"——论左翼朗诵诗的音响与意义》，《文艺研究》2019年第2期；刘欣玥《"听众"的错位与诗歌大众化的内部危机——以延安诗朗诵运动（1938—1940）为中心》，《中外诗歌研究》2020年第4期。

不是仅凭《讲话》的发表和传播便可以解释的，而是经过了复杂的搏斗过程，其中，教育构成了生成新的文学形态的重要一环。诚然，解放区的各类学校指涉着一整套不同于民国以来培养知识精英为主的教育机制，整合和配置教育资源的方式明显带有政党色彩，但是"人"的复杂性又意味着存在不囿于政治话语叙述框架的个人化话语的表达诉求。

《讲话》以前，周扬、何其芳、曹葆华等文化人进入延安后被安排在延安鲁迅艺术学院任教，他们中既包括20世纪30年代已经在"左联"崭露头角的作家，也包括自由主义知识分子，个人教育背景与知识体系差异明显，对于鲁艺教育理念的理解程度也存在较大差异。早在苏区时期，中国共产党的干部教育就成为苏区教育的核心，"干部决定一切"[1]被中共领导人反复征引，意味着，如何从理想、信仰、主义等思想层面为着眼点，引导发挥知识分子群体知识与行动上的优势，构建他们的向心力，为党的意志服务，这一"教育"过程显然并不是一幅面目单一的历史图景。那么，如何处理知识分子主体性与党对其政治品格塑造之间的关系，就成为一个可资探究的问题。另外，文学青年在某种程度上是"自由""理想""冲动"等词语的代名词，或多或少地与"延安"这一政治空气浓厚的空间形成了一种张力，但是自近代以来，从"新民"到"新人"的身份建构，经历了重心逐渐从国家向个体再向组织的演变，那么，全面抗战时期中共对"新人"的诉求显然相对于大革命时期具有了更为确切的目标，青年们被"组织起来"具有一定的历史必然性。反

---

[1] 斯大林：《在克里姆林宫举行的红军学院学生毕业典礼上的讲话》（1935年5月4日），载中共中央马克思恩格斯斯大林著作编译局编译《斯大林文选》（上），北京：人民出版社，1962年，第35页。

之，革命者的培养计划直接参与、影响着党的文艺政策的生成，一方面，青年们以创作、批评、构成读者群等方式参与到文学场域中来；另一方面，文学素养的培养与获得背后有一套强大的话语阐释机制，他们的文学实践与社会行动紧密地联系在一起。现代文学的"急先锋"——新诗相比其他文体而言，对于时代脉搏的嗅觉更为敏锐。

必须指明，无论是对西南联大诗人群的再研究，发掘这一诗人群在诗艺探索中投射出的中国文化的复杂格局，还是探讨延安鲁艺的诗歌生产机制，都应注意到：国家民族观念统摄着大写的诗歌史，因此对新诗教育场域内的政治因素的揭示，关联着主体苦难体验的内面皱褶。

二、新诗教育学术史梳理

自20世纪90年代以来，陈平原、钱理群、温儒敏等学者开始走出单一的文学内部研究，潜入文学史、教育史、学术史的交叉地带。以陈平原为例，他的系列文章和论著中对"教育"的处理方式都不再拘泥于狭义的"教育"概念，而致力于打破"教育"话题的边界，贯通教育与政治、社会、文化、文学等多重脉络的联系，使其成为透视时代场域的一个共鸣器。[1] 在专著《作为学科的文学史：文学教育的方法、途径及境

---

[1] 参见陈平原《知识生产与文学教育》，《社会科学论坛》2006年第2期；陈平原《知识、技能与情怀（上、下）——新文化运动时期北大国文系的文学教育》，《北京大学学报（哲学社会科学版）》2009年第6期、2010年第1期；陈平原《作为学科的文学史：文学教育的方法、途径及境界》（增订本），北京：北京大学出版社，2016年；陈平原、夏晓虹等《教育：知识生产与文学传播》，合肥：安徽教育出版社，2007年。

界》[1]中，陈平原通过对北京大学早期文学课程的梳理，还原了文学史浮出历史地表的复杂过程，论述了文学教育与知识生产之间的互动关系。该书既有对现代文学教育生态的宏观把握，又有以北大为落脚点的具象分析；既有动态地观照文学史著述的生产过程，又有以黄人的编纂为个案探究文学史著述之外的辞书与其对文学的定位；既有文体家以文体折射的意识，又有文体之外的历史课堂演绎；其史家关怀不仅表现在对历史细节的钩沉，而且体现在其以文学研究者的视角揭示"文"（诗）之于历史的侧面。此外，他的《知识、技能与情怀（上、下）——新文化运动时期北大国文系的文学教育》[2]以及与夏晓虹等合著的《教育：知识生产与文学传播》[3]等对教育投注了充分的关注。

在李宗刚的《新式教育与五四文学的发生》[4]一书中，作者从新式教育入手，探讨了新的课程设置、师生关系以及科举制度的废除与五四文学发生之间的关系。通过对不同时期接受新式教育的学生进行代际划分，李宗刚引入了文化心理结构的概念，认为新式教育促成了五四文学接受主体现代化心理结构的建构，而发展起来的新文学又为新式教育的发展提供了反作用力。季剑青的《北平的大学教育与文学生产：1928—1937》[5]以大学为视角，考察了北伐后至全面抗战前十年间北平的新文学

---

1 陈平原：《作为学科的文学史：文学教育的方法、途径及境界》（增订本），北京：北京大学出版社，2016年。
2 陈平原：《知识、技能与情怀（上、下）——：新文化运动时期北大国文系的文学教育》，《北京大学学报（哲学社会科学版）》2009年第6期、2010年第1期。
3 陈平原、夏晓虹等：《教育：知识生产与文学传播》，合肥：安徽教育出版社，2007年。
4 李宗刚：《新式教育与五四文学的发生》，济南：齐鲁书社，2006年。
5 季剑青：《北平的大学教育与文学生产：1928—1937》，北京：北京大学出版社，2011年。

活动。作者首先从大学视野中的新文学出发，展示作为知识生产场所的大学是如何通过学术研究和课程设置来生产和传播有关新文学的各种知识、观念和历史叙述的，继而将教师和学生之间的关系看作一个"文化共同体"，呈现由大学师生所组成的文学社团、刊物、人际关系网络等制度条件对新文学再生产的影响。汪成法的《中国现代大学与新文学传统》[1]在对既有研究成果的梳理基础之上，从校园文学所持守的文学观念、校园文学具体的创作实绩以及大学校园的文学环境三个方面出发，阐发了现代大学教育在建构和发展新文学中所起到的重要作用。姜涛的《20世纪30年代的大学课堂与新诗的历史讲述》[2]以"看不懂的新文艺"论争为出发点，阐明了教育所具有的权威性价值，进而探讨了作为"新文艺"代表的新诗进入大学课堂并被讲述的过程。姜涛认为，学院知识的生产方式潜在地塑造了新诗的历史想象，以"分期"为代表的线性叙述成为后来新诗讨论的奠基性模式。与此同时，论文还以沈从文和废名的新诗讲述为个案，探讨了他们各自所具有的独特的问题意识。李蕾的《1928—1937年北平大学文学教育观念考察——以清华大学为中心》[3]虽然以清华大学为重点论述对象，但也兼及了同时期北平其他重要大学。论文呈现了北平大学不避文理的通才式教学方式，并展示了新文学进入课堂的具体历史细节以及对西方理论资源的包容态度。王晴飞的博士论文

---

[1] 汪成法:《中国现代大学与新文学传统》，南京：南京大学出版社，2016年。
[2] 参见姜涛《20世纪30年代的大学课堂与新诗的历史讲述》,《学术月刊》2007年第1期。
[3] 李蕾:《1928—1937年北平大学文学教育观念考察——以清华大学为中心》,《清华大学学报（哲学社会科学版）》2011年第4期。

《现代文学与大学制度——以1917—1937年北京地区为中心》[1]则从大学文科特别是中文系的人事变迁、学风转变和校园文学氛围入手，考察了文学学科建设与文学研究和文学创作之间的互动关系，扩大了所涉及的地域及时间范围。

已有不少论者观察到，作为学科的中国现代文学在当下渐趋成熟的同时也带来了自我封闭的危险，研究者常常于"开疆扩土、精耕细作"上颇有心得，却缺少"突破既有框架提出新问题的动力"。[2]事实上，进入21世纪以来，虽然研究成果的批量式生产为学科带来了表面的繁荣，但是"文学"本身却在文学史家笔下呈现出一种被动的、语焉不详的姿态，恰恰失去了对人的感性体验的观照。当"文学"失去了20世纪80年代的轰动效应，无法承担其历史使命，或在当下"跨学科"的诸种实验下，在学术分封建制的道路上被其他"强势学科"所"收编"，与那被稀释的"'纯粹'的高贵"[3]一并被置于危险境地，实为中国现代文学的主体性。正如有论者所呼吁的："在当代中国面临价值、文化转型的大背景下，重新梳理、反思、选择、整合各种不同的传统资源，以构造一个面向未来的新传统，必将成为这一转折期最迫切的文化问题。"[4]近年来，愈来愈多的专业研究者将目光投向新旧、文史之间以及潜入诸多学科的

---

[1] 参见王晴飞《现代文学与大学制度——以1917—1937年北京地区为中心》，博士学位论文，南京大学，2011年。

[2] 姜涛：《"大文学史"与历史分析视野的内在化》，《文学评论》2013年第6期。

[3] 李怡、教鹤然、李乐乐等：《"文"的传统与现代中国文学》，广州：广东高等教育出版社，2018年，第7页。

[4] 温儒敏：《现代文学研究的"边界"及"价值尺度"问题——对中国现代文学研究现状的梳理与思考》，《华中师范大学学报（人文社会科学版）》2011年第1期。

边界之处，以获取一种综合性的视域和深切的人文关怀。特别是随着"民国文学""大文学"等概念的提出，张中良[1]、李怡[2]等学者要求以"大文学史"统摄民国文学，打破文学与社会、历史、政治、教育等问题的边界，回到民国社会历史文化的背景与具体情境中发现中国现代文学的意义与价值，显得尤为迫切。

"大文学"根植于广阔复杂的社会历史情态中，根植于人们对于自己生存状况的感知与理想的诉求之上，从"大文学"观念进而延伸至对"现代诗歌"这一概念的思考，可以得出这样的结论：我们无法将"传统"视作"现代"的对立面，从而衡定"现代"的品格，"现代"的文学形态中交杂着诸多不为某个概念所统合之物。章太炎有言，"复古"即"犯新"（趋新），这提示我们，现代与传统、新与旧、复古与革新恰恰需要通过"大文学"的观照，通过对复杂历史现象的深入探察，使它们彼此照亮或发现其互相渗透的一面。依此逻辑，启用"大文学"视野亦可摒除"文学/政治""雅/俗""中心/边缘""文明/落后"等渐趋僵化的二元对立式思维框架。近年来，以李俊杰的著作《诗歌教育与中国现代新诗的发展》为代表，以"大文学"观观照了"教育"与"中国现代新诗"的互动。在方法论上，李著使用文史互证，突破了过去的诗歌本体研究。总体而言，该书探讨了校园教育对新文化传播、新文学创

---

1 参见张中良《回答关于民国文学的若干质疑》，《学术月刊》2014年第3期；张中良《民国文学历史化的必要与空间》，《文艺争鸣》2016年第6期。
2 参见李怡《作为方法的"民国"》，济南：山东文艺出版社，2015年；李怡《民国机制：中国现代文学的一种阐释框架》，《广东社会科学》2010年第6期；李怡《"民国文学"与"民国机制"三个追问》，《理论学刊》2013年第5期。

作及研究所起到的促进作用,分析了现代中国的具体教育情境对于新诗发展史的重要意义与价值。[1] 可以追问的是,李著偏重教育体制对于现代诗歌的影响,那么,在接受层面,异彩纷呈的诗人创作究竟如何与教育产生互动,诗人的感性经验又如何与教育制度碰撞、交融?这正是本书着重研究的问题。此外,罗执廷的《民国时期中学生的新文学接受研究》,也以开阔的视野,从中学教育体制、课程设置、教科书编写、课堂教学、课外阅读、学生创作等层面勾勒了作为接受者的中学生在新文学场域中的位置。[2] 本书在前人研究的基础上,立足现代中国教育场域与历史情境,在观照教育过程、教育体制、课外活动对诗人影响,参与新诗建构过程的同时,更进一步强调诗人在教育场域中的精神结构和感性体验。

三、篇章结构与研究价值

一般而言,中国现代诗歌史的叙事标准往往依循"时间"而建立,其背后主导的实际上是以西方现代性为标准确立的线性时间观。那么,中国现代诗歌是否以追求"新"为基本特征呢?显然,事实并非如此。中国现代文化是在西方文化与中国传统"两列火车相向而行"的遭遇中诞生的,它不仅以外国文学为参照系建立文学标准,也深深地根植于中国传统的自身变革,其中如何看待中国"诗教"传统的现代性转型,则

---

[1] 李俊杰:《诗歌教育与中国现代新诗的发展》,广州:花城出版社,2019年。
[2] 罗执廷:《民国时期中学生的新文学接受研究》,广州:花城出版社,2019年。

显得十分关键。通过教育视域来重新审视中国现代诗歌史，意味着打破时间意义上的目的论，从空间的共时性维度，重新建构起现代诗歌的叙事坐标，继而打破过去凝固而抽象的现代诗歌总体认识框架。本书以文史互证为基本方法，是对文学研究"空间意识"的一次深化。

本书秉持贯通古今的诗教观，在学术观念上有传承和吸纳。以"通古今之变"和"观中西之别"的思想对古代诗教秉持积极的观照意识，书名主标题"庠序有诗音"，取自《孟子·滕文公上》："设为庠序学校以教之：庠者，养也；校者，教也；序者，射也。夏曰校，殷曰序，周曰庠，学则三代共之，皆所以明人伦也。"[1] 此外，《孟子·梁惠王上》中有"谨庠序之教，申之以孝悌之义，颁白者不负戴于道路矣"。《礼记·学记》中有"党有庠，术（遂）有序"。"庠序"，中国古代的学校，商代叫庠，周朝叫序，后人通释庠序为乡学，亦以庠序概称学校或教育事业；"诗音"则隐喻了研究对象，婉喻诗歌的传授、学习与传播等。立此书名，既明确了对中国悠久的诗歌传统和诗教传统的承袭姿态，亦突出了研究立足于"中"的主体性。"观中西之别"指研究中就西方现代派诗歌对中国新诗现代性演绎及新诗教育的影响，以及新诗和新诗教育如何在这种影响的焦虑下"本土化"，形成有别于西方的具有中国特色的新诗发展及新诗教育研究。

本书以北京大学、燕京大学、北京女子高等师范学校、延安鲁迅艺术文学院（简称"延安鲁艺"）、国立西南联合大学（简称"西南联大"）为研究对象，在参研相关研究成果、翻阅大量一手文献基础上，经过审

---

[1] （宋）朱熹撰《孟子集注》卷五，《四书章句集注》，北京：中华书局，1983年，第255页。

慎思考，挑选这几所大学作为核心案例管窥并带动民国期间全国高校的新诗教育，有如下考量：

1. 北京大学是现代中国最具影响力和引领意义的高等学府，它既是中国新文化运动的策源地，又延续着中国古老的诗教传统，聚合了中国诗坛极具盛名和影响力的诗人教授和诗人学生队伍，不仅阵容强大，且不同阶段均有引领性和代表性的人物。如上几点是其他高校无法比肩的。与此同时，作为国立大学、"新文学"诞生地的北京大学在新文学教育体制建设和改良中有典范性，通过考察和梳理其新文学课程比重中新诗教育逐渐发展沿革的流脉，可以关联出新诗建设的不同节点和不同层面的特质与现象，还能够涵摄或连带出三十余年不同阶段民国新诗教育的诸多话题和问题。

2. 北京女子高等师范学校（简称"女高师"）是中国自办的第一所女子高等教育学校，创办当年，全国第一批接受高等教育的女性有三分之一就读于女高师，女高师在20世纪20年代女子高等教育中占据重要地位，而且它的教师队伍构成非常特别，不少为"非专员"，比如沈尹默、钱玄同、李大钊、胡适、周作人等北大教授都曾到女高师授课；1922年许寿裳到女高师任校长，他也积极邀请鲁迅等过来，国文部系主任陈中凡毕业于北京大学，他将北大兼容并包的学风引入女高师。此外，恰如有学者指出"中国现代女性文学的发生是由一批尚就读于大学校园的女大学生所完成的"[1]，从民国初期女性文学发生学探源，我们通过女高师的

---

1 王翠艳:《女子高等教育与中国现代女性文学的发生》，北京：文化艺术出版社，2007年，第102页。

新诗教育研究发现了性别教育研究的新视点。

3．我们既关注到国立大学在实施新诗教育过程中的建构意义，也将研究目光投向基于其他社会资源的大学，以尽可能地呈现现代中国不同教育体系下的高校是如何并行开展新文艺、如何激发和实施新诗教育的。为此，本书选取中国办得最好、最正宗的具有浓郁宗教色彩的教会大学燕京大学为研究对象，呈现出鲜明的西方视野，考察燕京大学教育场域中受西方教师影响、在浓郁的宗教氛围浸染中学生如何塑造和改造自我。

4．从地缘索迹，上述三所高校均为北平高校，从地域辐射的视角出发（当然这不是主要原因），我们又选择了西北和西南两所战时高等教育的代表院校——延安鲁艺和西南联大。延安鲁艺的设立源于党培养文艺干部的需要，是解放区教育的代表院校，从办学时间、教育机制和地域等方面考量，都具有不可替代的研究价值。不过，因其人员流动大，加之资料鲜少被挖掘出来等诸多问题，教育视域下延安鲁艺诗歌教育和鲁艺诗人群等研究不仅没有引起足够重视，同时也存在大片盲区，遗留不少问题，从诗歌教育的视角掘进延安鲁艺教育研究，是本书的拓荒性工程。

5．西南联大是战时最具影响力的大学之一。抗战烽火被点燃后，北京大学与清华大学、南开大学被迫南迁合并，在昆明成立了国立西南联合大学，三所大学合办，这在中外教育史上都是不多见的。雄厚的师资力量和包罗万象、人格独立的办学方针，中西并举的教学理念、自制讲义的风尚以及艰苦的教学环境等在整个中国现代教育史上都是唯一的存在。西南联大培养出了新诗史上三位重要的诗人：穆旦、杜运燮和郑敏，他们足以代表20世纪40年代中国诗坛的最高诗歌创作水平。

本书在研究逻辑构成中首次创设出一套教育理念"能教"和"所育"。"能教"强调施教机构的能动措施和安排，比如教育机制、办学理念、课程设置、师资力量、出版刊物等，在这一个维度研究中以大学等施教机构为主体；"所育"侧重学生如何在校园中自我成长及相关文学实践，比如学生与教师、学生与学生之间的交往，以及学生习得的成果体现，比如创作和研究、学生在各个方面的主体性发挥等。

从逻辑维度阐述"能教"和"所育"，它们是互为因果的关联，在这样一个思维装置中，本书分为上、下两编共八章，上编侧重研究大学教育中的"能教"的因，下编重点研究其"所育"的果，连通上、下编的是中国新诗教育场域内外和新诗现代化进程与新诗教育的内在关联这两个核心议题。上编通过新诗教育管窥不同大学在不同时期新文学课程比重的调整以及对新文学学科建设的努力：第一、二章，侧重分析北京大学和延安鲁艺教育传统、培育机制和新诗课程设置等材料，北京大学侧重诗教流脉研究，努力呈现现代中国新诗教育理念、策略与课程教学的发展演变，而延安鲁艺则突出教学空间和政治意识形态对诗人教师和诗人学生的影响。尽量在史料梳理中不遗漏重要材料，同时努力发现有生长点的新问题、打捞被遮蔽的有价值的文献。第三、四章，侧重高校出版刊物，知识生产，诗教传统、经验、传播路径的研究，还原现代诗教如何在现代教育传播生态系统中实施传承和创新。下编打破以往文学与教育研究中因为过于关注施教者的实施能动性而导致对受教者个体主动性实践行为忽略的研究模式，更为关注受教者在大学中的自我成长。第五、六章侧重挖掘校园生态环境给予新诗研究可能的活力和动态的空间，比如师生的互动对诗歌写作方向和诗学技艺的影响，比如校园诗人的酬唱应答和精神圈子在诗歌创作中怎样得以呈现出来，比如社团、学会以及图书馆、学生运动等对学生思想、写作、阅读、精神成长的影响……在诸向度上都有新的研究和深入探讨。第七、八章重点研究校园诗人在校创作的情感经验、生命表达、美学风格与教育环境的关联，为了呈现不同时代、不同教育境遇、不同性别意识对不同诗人主体性创作的具体影响，本书聚焦于校园日常生活书写、时代关怀体验，具体分为女大学生诗写篇和男大学生诗写篇，研究校园诗人的心智成长，精神的在场与介入。这一研究打破了文学与教育研究中传统的程式化思路，即解构教与学、传授与习得的二元模式，带入学生的主体性、能动性，反观学生是如何参与不同时代不同风格的大学教育之中，更多地关注受教主体如何主动地与知识体系、教师授课、校园生活和文化语境，乃至社会运动和时代思潮发生深层的关联。如果说回忆录和史料的爬梳可以助益我们的研究返回历史现场和教育情境，那么，大学生身份的诗人或诗人身份的大学生，如冰心、石评梅、陆晶清、徐芳、焦菊隐、穆旦、杜运燮、郑敏、曹辛之、侯唯动、李瑛……他们的创作可以带我们真切地进入学生时期隐秘丰沛的青春情感和敏锐多思的生命体察之中，也最易体现青春品性与学校办学理念，与教师人格、思想、学术之间暗存的薪火承袭。

本书的创新还体现为对不同高校在教育方面存在的交叉问题的处理：比如，女高师的授课教师有不少来自北大，而女高师学生的诗歌写作又深受燕京大学冰心的影响，女高师和燕京大学同学之间也多有交流，比如石评梅与焦菊隐，从女高师走出的作家群的诗歌创作长期以来没有引起足够的重视，多被小说研究覆盖。由是，从教育研究的交叉地带和盲区进行深入挖掘，可以呈现或还原诗歌教育场域的多维度和丰富性。再如，本书特别注重诗人教师在教育中的影响力研究，从刘半农到冯至，从胡适到废名，从周作人到俞平伯，从沈从文到杨振声，从何其芳到鲁藜，从燕卜荪到奥登等等，关注他们投入现代中国新诗教育实践过程中，在课程设置、新诗建设、诗才扶植和培养等方面所做出的卓然贡献。此外，本书试图在史料的考辨和呈现中还原新诗现代性建设进程，从不同维度发掘诗人教授如何推进与促进民国新诗教育兼及对新诗建设所做出的多元努力。

在研究中，我们通过诗性的情感交汇这一关键的连接点连通1919—1949年这三十年间不同阶段、不同教育场域中的"能教"和"所育"。本书所做研究旨在为现代文学史、现代教育史的整理呈奉更多新异的视角和材料，亦期待对当下和未来的诗教给予可资借鉴吸收的经验，进而做出富有延展意味的反思。

上 编

第一章　大学流脉与新诗建构
——以北京大学为例

诚如陈平原所说："对于中国的现代化进程来说，教育思想的嬗变与教育制度的转型，至关重要。"[1] 从初创的1898年到1917年，北京大学的文学教育中心开始"从注重个人品味及写作技能的'文章源流'，走向边界明晰、知识系统的'文学史'"，从1937年到1949年"则是在'文学史'与'文学研究'的互动中，展开诸多各具特色的选修课，进一步完善专业人才的培养机制"。[2] 暂不论这种分段研究的学术史视野，仅以新文学为界，以新诗课程为线索，追索从1919年到1949年北大的新文学课程建设，我们会发现，北京大学国文系新诗教育的策略转变背后，承载着中国文化现代化进程、现代教育制度嬗变，以及新文学学科建设的诸多问题。作为五四新文化运动的发祥地及新文学的摇篮，北京大学与新文学的发生存在着千丝万缕的

---

[1] 陈平原等:《教育：知识生产与文学传播》"序言"，合肥：安徽教育出版社，2007年，第1页。

[2] 陈平原:《作为学科的文学史》，北京：北京大学出版社，2011年，第44页。

联系。一方面，校园的进步文化环境为新文学发展提供了阵地，吸纳全国最具前驱精神的新文学学者来此任课，成为培育新文学生长的精神土壤；另一方面，虽然新文学与大学教育是互促影响的关系，但是新文学课程进入北京大学课堂教育却相对较晚。1925年，新文学仍然被排斥在学科规范以外，即便在三年之后，它与同属北平知名学府的清华大学相比，仍略显滞后。"从知识社会学的角度看，在现代社会中，'大学'不仅是一个知识传播与再生产的空间，同时也是一个知识分类、筛选以及等级化的场域，大学的课程设置中，就包含了特定的权力关系。"[1]那么，在北京大学中存在着什么样的"特定的权力"以至于影响到新文学课堂教育的进程，北大诗人教师队伍又做过哪些突出的努力来推进新文学课程的建设和实施，做过哪些推广新文化运动的实绩……本章我们带着这些问题，以新诗教育中课程的建设为线索，进行深入勘察。

第一节　从"尝试的热情"到新诗教育传统的生成

一、北京大学与初期新诗的形塑

1940年，沈从文在《文运的重建》一文中谈到，五四精神最可贵的地方就是它"天真""勇敢"的特点，并且在此基础之上有一种

---

[1] 陈平原等:《教育：知识生产与文学传播》"序言"，合肥：安徽教育出版社，2007年，第6页。

尝试的热情，这种热情最直接地感染了学校的师生，同时也间接地波及了整个中国。因此，他得出结论："文运与大学一脱离，就与教育脱离，萎靡、堕落、无生气，都是应有的结果。学校一与文运分离，也难免不保守、退化、无生气、无朝气。"[1]作为五四新文化运动的发祥地，北京大学与新文学的发生存在着千丝万缕的联系。在蔡元培先生"兼容并包"方针的指导之下，北京大学不仅吸纳了一批作为新文学干将的任课教师，还在此基础之上培养了最早的新文学阅读者。所以，从某种意义上来说，正是北京大学的校园环境为新文学的滋生提供了必需的土壤。新文学与大学教育是一种二元共生的关系，二者相互影响、相互促进。随着五四运动的落潮，北京大学《新青年》与《新潮》两刊并存的盛况逐渐冷落，音韵、训诂、小学、考据重新主导了北京大学中国文学系主要的研究方向。自此以后，新文学一直在北京大学的讲台上处于弱势地位，这种情况直到西南联大时期才得以改善，但这并不妨碍我们从教育的维度观照在传统学术占据优势地位的北京大学内，新诗的力量是如何生长起来的。

北京大学虽然被认为是新文学的发源地，但是新文学课程进入课堂教育却相对较晚。正如陈平原所说："从初创的1898年，到抗战爆发的1937年，这四十年间，北京大学的文学教育，可以1917年为界，分为两个阶段。前二十年的工作重点，是从注重个人品味及写作技能的'文章源流'，走向边界明晰、知识系统的'文学史'；后

---

[1] 沈从文：《文运的重建》，《中央日报》1940年5月4日。

二十年,则是在'文学史'与'文学研究'的互动中,展开诸多各具特色的选修课,进一步完善专业人才的培养机制。"[1] 教育观念虽然发生了变化,但是这里的"文学史"和"文学教育"更多的还是集中在古典文学方面。比较北京大学中国文学门1917年所实行的课程表[2]与国文学系1925年9月改订的学科组织大纲[3],会发现传统的音韵、训诂以及古典文学教育一直占据着所开课程的首要位置。北京大学1917年中国文学门重点开设的课程有中国文学、中国古代文学史以及文字学(包括声韵之部、形体之部、训诂之部),三个年级连续开设,并且三门课程的学时占到全部总学时的三分之二以上。而1925年颁布的北京大学《国文学系学科组织大纲》则对学科内部进行了不同方向的划分,分为语言文字、文学、整理国故三类。三类学生除一年级共同必修中国文学史概要、中国文字声韵概要、文学概论、中国诗文名著选外,二年级开始分不同方向,分别选课。此一时期在必修课的基础之上开设了丰富的选修课程,较1917年来说,要更加精深、细致。但即便是就文学组的课程来看,所开课程也只是限定于中国古代文学以内,包括毛诗、陶渊明诗、汉魏六朝散文、中国文学史(词史、戏曲史、小说史)等,新文学仍然被排斥在学科规范以外。

尽管新文学并未进入北京大学的课堂,北京大学之于新文化运动的重要性仍不可忽视,无论是胡适还是康白情,这些新诗发生期的重要诗人均属北京大学的教师和学生,可以说,北京大学的新文

---

1 陈平原:《作为学科的文学史》,北京:北京大学出版社,2011年,第44页。
2 《文科本科现行课程》,《北京大学日刊》1917年第12号。
3 《国文学系学科组织大纲摘要》,《北京大学日刊》1925年第1780号。

化氛围仍为新诗的发展提供了契机。师生在这一教育场域内,通过发表和创办刊物、诗歌批评、诗人交往,以及与外部社会的互动,共同形塑了北京大学的新诗教育传统。同时,以北京大学为园地创造新诗,并不存在统一的新诗标准。尤其是新文化运动时期进入北京大学读书的青年学生,更是来自不同地方,携带着不同的个人基因,地方性传统也烙印在他们的观念、创作当中。也就是说,北京大学新诗传统自伊始便是在新、旧文化的碰撞中形成的。

以康白情为例,1917年他从北京高等师范学校考入北京大学哲学系,次年与傅斯年创办新潮社,并筹办《新潮》。1919年,他在《新潮》上发表新诗《雪后》《"棒子面"》《先生和听差》,这是他最早发表的白话新诗。1922年,康白情以诗集《草儿》"一鸣惊人"(废名语),实际上,他的新诗创作集中于1919年、1920年两年,此前此后均无意于白话新诗。如何理解康白情从旧体诗向白话新诗的转变?北京大学在其中扮演了何种角色?这又对我们认识新诗发生初期的新诗形态与诗人心态有何启发?

北京大学作为新文化运动的阵地,恰恰为康白情转化诗教传统提供了可能性。康白情在1920年《少年世界》创刊号上发表了《北京大学的学生》一文,勾勒了他心目中北京大学青年学生的风貌,并介绍了北京大学学生会、北京大学平民教育演讲团、北京大学校役夜班教授会、北京大学学生银行、北京大学消费公社等组织,他指出"德谟克拉西的精神,弥漫于北京大学。因此她的学生有所组织,大抵都注重绝端的自动,而不容有专断的制度存乎其间"。他将北京大学的教育分为德育、智育、体育、美育四部分加以介绍,在"美育"部分,他主要介绍了北京大学乐理研究会、书法研究会、辩论会、英文演说会、新剧团等学生社团,他将上述社团称为"物理的美",继而区别于个人式的"智慧的美"。由此可见,他对"美育"的推崇,更偏重从人与人的社交中得到美感,在社交中纾解学生"生活的干燥"。[1]

康白情在《北京大学的学生》一文中,尤其强调了北京大学的"社会化",并指出"北京大学的校风,在乎她的学生在种种标准之下,各以积极的精神,于时代的轨道上自动的为种种组织,依社交的手段,作学术上和行为上的种种修养"[2]。北京大学在风气上的"绝端的自动"[3],为康白情由诗人转向政治家提供了可能性,更为康白情保存诗教传统预留了空间。在北京大学里,康白情之所以从诗人转向政治家,与北京大学的兼容并包精神也不无关系。

康白情的个案表明,在北京大学,不仅新诗之于不同个体的功能与意义有所不同,而且由此开拓了新诗表现现实、社会与人生的空间。具体而言,北京大学新诗传统的建立,一方面基于新诗人的个人体验;另一方面,北京大学的新诗教育也影响了20世纪20年代以来的现代文学、学术,同时与社会思潮形成互动。这便意味着,北京大学所建构的新诗传统从来不是封闭的,而是主动与外部的社会、政治运动甚至革命产生联系的。其中,以北京大学为中心的歌谣整理尤其值得关注。在刘半农、沈尹默、罗家伦等师生的倡导下,《北京大学日刊》从1918年5月20日开始刊登歌谣,到1919年5月22日,共

---

1 康白情:《北京大学的学生》,《少年世界》1920年第1卷第1期。

2 同上。

3 同上。

刊登了歌谣148首，更影响了顾颉刚等人对歌谣的整理与研究。以北京大学为主要阵地的歌谣运动，应放置在"五四"以来"到民间去"的潮流中看待。五四时期，李大钊受到俄国民粹派"到民间去"运动的影响，发表了《青年与农村》一文，强调"我们青年应该到农村里去"。但已有论者指出，第一个将"V Narod"译成中文"到民间去"的并不是李大钊，而是周作人1918年5月发表在《新青年》第4卷第5号的《读武者小路君所作〈一个青年的梦〉》。[1] 也就是说，"到民间去"作为俄国民粹派社会改造的口号，却是借文学的名号被介绍到中国来的，歌谣运动参与了这一潮流被引入中国后"文学化"的过程，而歌谣也为新诗提供了民间资源。历史地看，五四时期在北京大学孕育的歌谣运动，也逐渐在五四落潮后暴露出这一运动过于偏重学术化，停留在纸上研究的局限性。20世纪30年代，新文学家对进一步借鉴、转化民间文学资源提出了要求，胡适在《歌谣周刊》的《复刊词》中写道："我以为歌谣的收集与保存，最大的目的是要替中国文学扩大范围，增添范本。我当然不看轻歌谣在民俗学和方言研究上的重要，但我总觉得这个文学的用途是最大的，最根本的。"[2] 新文学家不断强调民间文学对新文学提供资源甚至文化反哺的重要性，却并没有为民众制造出适宜阅读的文学产品，暴露出新文学与民众接受之间的隔膜。因此，从教育的维度考察、反思北京大学倡导的歌谣整理与新文学的关系，在发掘北京大学与"五四"以

---

[1] 袁先欣：《"到民间去"与文学再造：周作人汉译石川啄木〈无结果的议论之后〉前后》，《中国现代文学研究丛刊》2017年第4期。

[2] 胡适：《复刊词》，《歌谣周刊》1936年第2卷第1期。

来社会文化思潮的互动关系的同时，亦能洞悉，"到民间去"如果仅停留在学理性的研究层面，规范化、技术化的学术研究反而使得知识分子失去了处理现实问题的活力。

二、"登堂入室"的新诗

直至1932年，新文学才作为课程进入了北京大学的课堂。废名（冯文炳）在周作人举荐下担任北京大学中国文学系的"新文艺试作"课程的授课教师。从1935年《文学院中国文学系课程一览》[1]来看，课程表中开出了作文这一科目，共分为五门。[2]此时的"新文艺试作"虽然已经涉及新文学，但也只是以习作的方式出现，而且也并没有受到学生们的重视，恰如张中行后来回忆说："其时我正对故纸堆感兴趣，没有听他（指废名）的课，好像连人也没见过。"[3]继而在1936—1937年，废名在"新文艺试作"外又开设了"现代文艺"一科，对新文学作品进行鉴赏和批评研究。课程最初从现代诗歌讲起，预计开课到第三年的时候涉及散文的内容，最后却因为日本的侵华战争而被打断了。[4]废名授课时的十二章讲义，于1944年以"谈新诗"为题出版发行。全面抗战爆发以后，废名避居湖北黄梅，1946年

---

[1] 《文学院中国文学系课程一览·二十四年度》，载王学珍、郭建荣主编《北京大学史料》（第二卷），北京：北京大学出版社，2000年。

[2] 包括作文（一）（附散文选读）、作文（二）（韵文实习）、作文（三）新文艺试作（散文，小说，诗）、作文（四）剧本、作文（五）古文。

[3] 张中行：《废名》，《负暄琐话》，哈尔滨：黑龙江人民出版社，1986年，第68页。

[4] 知堂（周作人）：《谈新诗》"序"，北平：新民印书馆，1944年，第1页。

重新返回北京大学任教，续编了新诗讲义四章。在北京大学因为战事而被迫南迁以后，废名所开设的"现代文艺"课程并没有被打断。"1940年秋至1941年春，周作人主持下的北京大学文学院设置的'新文学研究'课程之'新诗'部分由朱英诞承担。"[1] 朱英诞为废名和林庚的学生，授课过程及课后讲义撰写极具承继和独创风格，他承继废名20世纪30年代在北京大学"讲新诗"的工作并非单向度的整理工作，一方面录废名讲稿于前，如实整理废名的新诗讲稿；另一方面，他续废名讲义所制的《沫若诗集》，续编所整理废名未曾论及的全然是自己的观点。如此一年讲下来，他将讲义延伸至《现代》杂志，1941年5月编订完成了自撰新诗讲义。有学者认为"朱英诞之讲义亦可视作废名诗学之阐释与发挥"[2]。废名与朱英诞合撰的《现代诗讲稿》，合力完成了对抗战前中国新诗史的研究，还形成了与此讲稿对应的诗选《新绿集》(中国现代诗二十年选集)。2008年，当代学者陈均将他们二人的新诗讲义编订为《新诗讲稿》。因周作人主持的伪北京大学不被北京大学校方承认，所以我们仅以废名的新诗讲义为主要研究对象，管窥作为北京大学新诗教学重要呈现成果的新诗讲义的编撰内容、方式、风格、特色等，并以此为切入点，带出北京大学新文学课程开设过程中出现的相关问题。

北京大学的新文学课程在初创时期，看似势头迅猛并在大学占

---

[1] 废名、朱英诞著，陈均编订：《新诗讲稿》，北京：北京大学出版社，2008年，第1页。
[2] 陈均：《废名圈、晚唐诗及另类现代性？——从朱英诞谈新诗的"传统与现代"》，载朱英诞著，朱纹、武冀平编选《朱英诞诗文选：弥斋散文无春斋诗》，北京：学苑出版社，2013年，第315页。

据了一席之地，而真实的情形却并非如此："如果你是一个真正爱好文艺的青年，如果你入中国文学系真是那么天真地为了获得点文学的教养，那我告诉你，你是要失望的。这里所有的仅只是古书，拿文坛流行的名词说，那内容也并不是所谓'文学遗产'，而是如同鲁迅先生所说的'奴才文学'。"[1] 由此不难发现，北京大学的新文学课程至迟在1936年仍处于被架空的状态。许多新文学出身的教员为在大学课堂占有一席之地，甚而讲授或研究起古典文学和西方文学。譬如朱自清、闻一多、李广田承担的便是古代文学的相关课程。但基于他们对新文学的坚持，在课堂之外，他们都不同程度地参与到了学生们的社团活动当中，给予了他们创作以及文学观念上的帮助与指导。在这些新文学课程当中，不仅有全校性质的公共必修课"大一国文"，也有研究更加深入的"现代中国文学"，这对于北平时期的北京大学来说是难以想象的。值得庆幸并应引发关注的是，西南联大时期出现了一批新文学作家和诗人，他们对新文学课程在大学的巩固与推广也起到了不容小觑的影响，就此我们会在本章第四节中具体分析。

不过，纵观20世纪30年代新文学讲义还是颇有成绩的，较多为人称道的是以下六部：沈从文的《新文学研究——新诗发展》[2]、朱自清的《中国新文学研究纲要》[3]、王哲甫的《中国新文学运动史》[4]、苏雪

---

[1] 王瑶：《从一个角落来看中国文学系》，《王瑶全集》（第七卷），石家庄：河北教育出版社，2000年，第182页。文章原载于1936年9月6日《清华暑期周刊》第11卷第7、8期合刊，署名李钦。

[2] 沈从文于1929年至1931年，在中国公学和武汉大学讲授"新文学研究"课程时的讲义。

[3] 朱自清于1929年至1933年，在清华大学教授"中国新文学研究"课程时的讲义。

[4] 王哲甫于1932年，在山西省立教育学院教授新文学课程时的讲义。

林的《中国二三十年代作家》[1]、废名的《谈新诗》[2]、林庚的《新文学略说》[3]。这些新文学讲义虽然在内容书写方面侧重不同，但基本上都做到了"史"的叙述与文本赏析相结合。

纵观20世纪30年代新文学讲义会发现，讲义编写者们对新诗的厚爱。就以上文提及的六部讲义为例，其中两部内容全部为新诗（沈从文的《新文学研究——新诗发展》、废名的《谈新诗》），其余四部，朱自清的《中国新文学研究纲要》其新诗部分"内容最为丰富"[4]。作为诗人，林庚的《新文学略说》对新诗作品与新诗发展的讲述独具慧眼，孙玉石、吴晓东曾在著述中独辟一章来阐述《新文学略说》对新诗的评述[5]，也从另一个角度证明了，新诗是其讲义中尤为精彩的部分。苏雪林在她的讲义中则将新诗放在第一编，在前言中也明确提到："新文学第一次试验的文艺创作，不是小说，不是戏曲，却是新诗。"[6]并足足采用十三个章节展开论述，足以看出她对新诗的重视。王哲甫的《中国新文学运动史》在第五、第六章谈新文学的创作时，也是将新诗放在四大文体的首位来讲述的。由上可知，新诗是30年代的新文学讲义中的重镇。废名在新诗第一讲时，便指出：

---

1 苏雪林于1932年至1937年，在武汉大学讲授"新文学研究"课程时的讲稿《新文学研究》，后经过整理扩充，定名为《中国二三十年代作家》加以出版。

2 废名于1936年至1937年，在北京大学讲授"现代文艺"课程时的讲义《谈新诗》。

3 林庚于1937年在国立北平师范大学授课时的讲义。

4 王瑶:《先驱者的足迹——读朱自清先生遗稿〈中国新文学研究纲要〉》，载朱乔森编《朱自清全集》（第8卷），南京：江苏教育出版社，1993年，第130页。

5 孙玉石、吴晓东:《元气淋漓的"新文学之当代史"——读林庚〈新文学略说〉》,《中国现代文学研究丛刊》2011年第1期。

6 苏雪林:《中国二三十年代作家》，台北：纯文学出版社有限公司，1983年，第39页。

"要讲现代文艺，应该先讲新诗。"[1]

新诗之所以在新文学讲义中占据头阵的地位，是因为它是四大文体中"成功最难而也最少的"[2]。此外，新诗是新文学的最早尝试，不仅有作品可做具体支撑，也引发了当时最广泛的争议，所以新文学教员们不得不在新诗方面诉诸更多笔墨。其原因在王瑶怀念老师朱自清时，做了较为合理的揣测："这一方面是因为朱先生自己是诗人，他一向关注新诗的成长。……另一方面，新诗在五四文学革命中是首先结有创作果实的部门，争论最多，受到的压力也最大；而且由于受到不同的外国诗的影响，风格流派也最多，因此在总结它的发展过程时，自然就需要更多的笔墨了。"[3]

省察新诗讲义是进入或还原北京大学20世纪30年代新诗教学的重要途径，在此，我们以废名的《谈新诗》作为考察对象，探察在新文学教学中新诗讲述的面貌。

（一）讲义《谈新诗》的编撰

《谈新诗》是废名在北京大学使用的讲义。周作人在《谈新诗·序》中道出了废名编写新诗讲义的原委："废名在北京大学当讲师，是胡适之兼任国文系主任的时候，大概是民国二十四年至二十六

---

1 冯文炳：《尝试集》，《谈新诗》，北京：新民印书馆，1944年，第1页。
2 杨振声：《新文学的将来》，《杨振声文集》，北京：线装书局，2009年，第255页。原载1928年12月12日清华大学校刊增刊之一《文学》第1期。
3 王瑶：《先驱者的足迹——读朱自清先生遗稿〈中国新文学研究纲要〉》，载朱乔森编《朱自清全集》（第8卷），南京：江苏教育出版社，1993年，第130页。

年。最初他担任"散文习作",后来添了一门"现代文艺",所讲的是新诗,到第三年预备讲到散文部分,卢沟桥的事件发生,就此中止,这是很可惜的一件事。"[1]从周作人的讲述中,可知废名的新诗教学是从1935年开始的,至1937年中止。1944年11月,此讲义以《谈新诗》为名,交付北平新民印书馆印行。1946年,废名重回北大任教,在原有新诗讲义的基础上又增加了四章。1984年,人民文学出版社将废名十六章的新诗讲义仍以《谈新诗》为名加以出版。此后,废名的学生朱英诞对其新诗讲义加以增补,并形成自己的新诗讲义,名为《新诗讲稿》。1940年秋至1941年春,朱英诞在北大讲新诗,其讲述方式是:"废名讲过的部分,朱英诞仍录原文,只在文后作'附记'表达自己的观点——仅'《冰心诗集》'、'《沫若诗集》'二章采用的是'夹叙夹议',即引述废名新诗讲义中的论断,以自己的点评加以连缀。废名尚未谈及的,朱英诞便讲下去,直至废名、林庚及'现代的一群'。"[2]因此,朱英诞的新诗讲义是对废名的《谈新诗》的延续与传承。此后,有学者将废名与朱英诞的增补讲义合编并名为"新诗讲稿"[3]。《新诗讲稿》以时间为线索加以编排,较为清晰地勾勒出废名和朱英诞的新诗讲义的承继关系,也较为完整地呈现了1917年至1937年的新诗史。然而,就"新诗讲稿"的命名,有研究者认为书名应

---

1 知堂(周作人):《谈新诗·序》,载冯文炳《谈新诗》,北京:新民印书馆,1944年,第1页。
2 废名、朱英诞著,陈均编订:《新诗讲稿》"编订说明",北京:北京大学出版社,2008年,第1页。
3 废名、朱英诞著,陈均编订:《新诗讲稿》,北京:北京大学出版社,2008年。

是《新诗讲义》而非《新诗讲稿》："废名关于新诗的讲义被黄雨改题为《谈新诗》后出版，冯健男等均依从之，遂沿误至今。后据讲义的某些章节发表的原出处《华北文学》编者按言：'《新诗讲义》曾由艺文社印行，易名《谈新诗》，抗战时在华北出版，当时销路极佳，人手一编，知者谓为先生不可多得的佳作。'方知此书原始名应为《新诗讲义》。"[1] 对此，笔者认为《新诗讲稿》的命名并无问题，《新诗讲义》是《谈新诗》的本名，而《谈新诗》只是废名的新诗讲案，作为废名和朱英诞的合集，将该书命名为《新诗讲稿》对两者来说都是一种区分。

（二）《谈新诗》的内容选择

废名20世纪30年代中期在北京大学的新诗教学都涵摄在《谈新诗》中，十二章的新诗讲义，上起1916年胡适创作的《蝴蝶》直至与他同时代诗人沈尹默、周作人、郭沫若、冰心等诗人30年代的创作，1946年补充的新诗讲义更是加入了1942年才初步完成的《十年诗草》（卞之琳）、《十四行集》（冯至），甚至还将他的学生朱英诞的诗也列入了讲义中。从废名新诗讲义内容的选择，不难发现废名作为新诗讲述者在视野和胸怀上的开阔。从中也不难发现，废名的新诗讲授是与新诗现场基本同步的。他对同时期诗人的诗作进行评价与赏析并在大学课堂上加以讲授，既是对当时新诗诗人与新诗史给予关注和扶持，同时，也奠定了个人风格鲜明的新诗史书写基调，无形中推进了作品的经典化。

1　眉睫：《〈新诗讲稿〉，还是〈新诗讲义〉？》，《出版广角》2008年第10期。

另外，就废名新诗讲义的对象选择来看，他与同时期朱自清、沈从文、苏雪林的选篇倾向存在趋同的现象。他们普遍关注的诗人有胡适、徐志摩、冰心、闻一多等。他们所关注的新诗在意象选择和情绪抒发方面也有着一致性，这些新诗作品都带有学院派写作的烙印。20世纪30年代的文学可分为京派、海派、左翼文学三大派系，被废名等人纳入新诗课堂的诗作大多可归属京派一流。这既与废名等人的审美风格、新诗理想有关，也与他所处的学院化氛围密切相连。废名作为京派文学圈中的成员，其创作始终保持京派文风，这多少影响到其新诗讲义的风格。然而需要警醒的是，作为大学课堂知识传播的重要内容，教师的选择与讲述会影响后来学习者的新诗接受，甚至会影响未来新诗的发展方向。所以，作为大学教员如何选择讲义内容、用何种方式讲述都需要慎重考量。

（三）从《谈新诗》看废名的讲课风格

《谈新诗》不仅向学生阐述其对诗人、诗作得失方面的见解，也带入废名自己的新诗观念，对后者尤为看重。废名讲诗以引例带出兼具正反两面的新诗观念："而今天讲到《晨星篇》又碰到'放进月光满地'的句子，作者自己大约也不记得，只是重复的写了爱写的句子，动了爱写的诗情，我也不知不觉的在这里又提醒了一下，——这或者正是我所认定的'诗的内容'很是可靠罢？新诗首先便是要看这个诗的内容。"[1] 举完正面例子又以《一笑》一诗举反面诗例："第

---

1 冯文炳：《谈新诗》，北京：新民印书馆，1944年，第22页。

一节里的四行还没有什么，到了第二节三四两句，'我不但忘不了他，还觉得他越久越可爱'，我以为是凑句子叶韵。第三节也不切实，到了'欢喜也罢，伤心也罢，其实只是那一笑'，简直是做题目，虽然作者未必是成心做这一个题目。总之这个诗的内容不够，因之这首白话新诗失败了。"[1] 正反诗例很有对撞感，让人很容易记住或感受到它们的优长与不足，自己该如何选择和规避自然就明确了。

从讲义看，废名讲课的第二个特点是格外注重在教学中传授他的新诗观念，几乎每章都是由问题而引出，循循善诱地引导，感性地带入，为了不单枪直入，他旁征博引中外诗歌，以他点评康白情的《草儿》为例："旧诗的内容是散文的，而其文字则是诗的，我的意思并不是否认旧诗不是诗，只是说旧诗之成其为诗与新诗之成其为诗，其性质不同。"[2] 又如，在评冰心时援引李易安作比，阐明女诗人个体差别的同时兼及论述了新诗与旧诗的本质差异："旧诗大约是由平常格物来的，新诗每每来自意料之外，即是说当下观物。古今两位女诗人，其诗情偶合之处是很有意思的事情，而新诗与旧诗的性质之不同又在同一个题材上面分别出来了，又是一件有趣的事。"[3] 在探讨新诗与旧诗差异的同时推介出白话新诗的优长与发展，比如他在评冰心诗作时，对旧诗与新诗做出根源性比较："我们从新诗人的诗的创造性又可以知道古代诗人的创造性，旧诗到后来失掉了生命徒有躯壳的存在，而这个诗的生命反而在新诗里发见，这些关系

---

[1] 冯文炳:《谈新诗》，北京：新民印书馆，1944年，第25页。
[2] 冯文炳:《草儿》，《谈新诗》，北京：新民印书馆，1944年，第141—142页。
[3] 冯文炳:《冰心诗集》，《谈新诗》，北京：新民印书馆，1944年，第176页。

都是无形中起来的，理会得这个关系乃见出新诗发展的意义。"[1] 他极为关注新诗的发展，期待新诗内生出新异的气息，放眼中国白话新诗的成长，正如他在评《草儿》一章中谈及："没有新诗运动一定没有康白情的这些诗，康白情的新诗大约又不能继续写下去，这两句话是我这回读了《草儿》总结的话。原来这里好像摆着一个事实，即是中国的白话新诗能够发展些什么东西。"[2]

废名的《谈新诗》的第三个特点是具有较强的师生对话感，尽管讲义是单维书写，但废名却已经带入师生对话的场景，还原授课现场，多诗例解析，少抽象概念的论述，具有口语化、对话性。最后，相比于同时期其他新诗讲义，废名讲义的另一编写风格也值得关注，即他将讲义所选的诗作抄录下来，然后"再说别的话"，或者，对诗人的一两首诗作详细解读，然后再抄录诗人其他的几首诗作供学生参考，而不仅仅止步于诗作目录和名单的罗列。

周作人在《知堂回想录》中曾提到编撰讲义的任务繁重："中学是有教科书的，现在却要用讲义，这须得自己来编，那便是很繁忙的工作了。"[3] 毋庸置疑，新文学在大学课堂立足之初，新文学教员们的努力至关重要，其努力体现较为外显的便是新文学课程讲义的编撰。他们对讲义编撰的态度不一——一方面或出于对现有教材的不满，或是为了避免因教员口音问题而产生误解，而支持自编讲义；另一方面则考虑到学生可能因持有讲义而不认真听讲，或是担心教

---

1 冯文炳:《冰心诗集》,《谈新诗》,北京:新民印书馆,1944年,第181—182页。
2 冯文炳:《草儿》,《谈新诗》,北京:新民印书馆,1944年,第130页。
3 周作人:《五四之前》,《周作人回忆录》,长沙:湖南人民出版社,1982年,第352页。

员会照本宣科地读讲义，或是考虑学校的经费难以为继等方面的问题而不赞同编撰讲义。但这都体现着新文学教员们细致入微地省察新文学课程的接受问题，并竭尽全力思考解决对策的努力。对这一问题的争论甚至引起了北京大学校长蔡元培的关注："以后所印讲义，只列纲要，细微末节，以及精旨奥义，或讲师口授，或自行参考，以期学有心得，能裨实用。"[1]我们在此择取废名的新诗讲义无法全面还原北大新诗讲义编撰的整体面貌，但可以借其编撰方式和整体思路反观20世纪30年代北京大学在新诗教学方面所做的努力和特色。

第二节　新诗的发祥地与"民间"的发现

1919年年初，时任北京大学图书馆负责人的李大钊在《青年与农村》中倡导"到民间去"，身处学院高墙内，作为新文化运动的精英一员，他的呼吁准确传达出一批上层知识分子隔膜于民众的焦虑。不难看出，他的倡议实为顺应五四时期的"眼光向下"的启蒙潮流，很快即在学人中得到迅速响应。具体到文学层面，刘半农、周作人、顾颉刚等北京大学教师出于各自的理解将这一口号具体落实到对民间文学的关注上。就刘半农而言，他彼时任教于北京大学，并担任《新青年》的编辑，其早前"红男绿女"小说家的前史，使其成

---

[1] 蔡元培：《就任北京大学校长之演说》，载中国蔡元培研究会编《蔡元培全集》(第3卷)，杭州：浙江教育出版社，1997年，第10页。

为北京大学校园内关注民间文化第一人[1]并不意外,但是以北京大学教授、知名诗人的双重身份倡议歌谣的集结与身体力行地创作歌谣,以平视的眼光从民间内部思索新文化持续推广的有效路径……这背后却隐藏着他在新诗建设、学术研究、新文学教育等理念和实践方面所做出的拓展与革新。

一、另一种"起点":歌谣与新诗的发生路径

中国新诗在遭遇现代性的过程中,一方面取法异域,思想和言说方式不断更新;另一方面诗歌"现代性"的生成离不开对传统的创造性的吸收。中国新诗与传统的关系这一命题关涉两方面:其一是西方诗歌催生出的中国新诗如何处理与古典诗歌传统的关系;其二则是中国诗歌如何从自我内部变革,生成现代"传统"。就刘半农等歌谣运动倡导者的实践来看,他们探索出了以民间歌谣为资源,构建中国诗歌自身变革的"传统"。

歌谣从诞生之初便以口头的形式传播,是民间社会抒情表意的重要方式,其口语化的语言与自由的格式与胡适构想的新诗立场[2]相近。刘半农试图将歌谣作为一种可能的资源整合进新诗创生的"工

---

[1] 洪长泰在《到民间去》一书中提出这一观点。〔美〕洪长泰:《到民间去——1918—1937年的中国知识分子与民间文学运动》,董晓萍译,上海:上海文艺出版社,1993年,第56页。

[2] 胡适对新诗构想的三个立场,参见姜涛《"新诗集"与中国新诗的发生》(增订本),北京:北京大学出版社,2019年,第140页。

具箱",为"新诗"的发展探索另一条路径。具体的问题在于,其一,歌谣这种"旧"形式如何参与诗歌在语言、形式、抒情等方面的现代转型?其二,刘半农的诗歌创作也展现了民间"小传统"[1]在新诗发展史中扮演的重要角色。但刘半农对"小传统"的开掘其实是出于学院知识分子对现代民族国家文化的想象,其实质是借用"小传统"建筑"大传统"。

刘半农看重的是歌谣中所表现出来的"最自然"的感情,这种"最自然"的感情经由"最自然"的言辞和声调抒发,自然流露的往往是真的感情。事实上,刘半农非常看重诗歌中"真"的部分,强调诗歌要"真""自然"正是其诗学理论的重要内容。1917年他于《新青年》上发表的《诗与小说精神上之革新》一文中,已经显露了对"真诗"的倡导。他认为,"真"的精神具有永恒的价值,他所倡导的是,"只须将思想中最真的一点,用自然音响节奏写将出来便算了事,便算极好"[2]。在刘半农看来,从思想变成文字只用自然的音响节奏写出来便为上乘,他不看重诗歌写作的技巧因素,他所强调的是"自然",是"真"。虽然,苏雪林称刘半农的民歌体写作为"文艺游戏"[3],然而,刘半农本人则完全是出于对歌谣的欣赏从事创作,

---

[1] "小传统"这一概念来自美国人类学家罗伯特·芮德菲尔德对拉丁美洲乡民社会的研究,他认为一个复杂的社会存在两个层次的文化传统,一是代表上层、国家和精英的"大传统"(great tradition),二是代表社会大众的"小传统"(little tradition)。参见〔美〕罗伯特·芮德菲尔德《农民社会与文化:人类学对文明的一种诠释》,王莹译,中国社会科学出版社,2013年,第94—134页。

[2] 刘半农:《诗与小说精神上之革新》,《新青年》1917年第3卷第5号。

[3] 苏雪林:《纪念刘半农先生特辑:〈扬鞭集〉读后感》,《人间世》1934年第17期。

并坚信歌谣"最自然"的特点可为新诗变革指明方向。

从内容和艺术形式来看,刘半农钟爱的是歌谣的自由纯洁和清新自然。《瓦釜集》于1926年由北新书局出版,就诗歌体式而言,书中大部分收录的是仿江阴民歌和四句山头歌之作。譬如《第三歌》,"郎想姐来姐想郎,同勒浪一片场上乘风凉。姐肚里勿晓得郎来郎肚里也勿晓得姐,同看仔一个油火虫虫飘飘漾漾过池塘。"[1]诗歌兼具白话的明白晓畅以及歌谣的朗朗上口之特点,"郎""浪""塘"皆押"ang"音,富有节奏感,"ang"音读来具有一种开阔之感,同时又有一种热情弥漫其间,生动表现出了男女之间纯真的恋情。

1926年,北新书局还出版了刘半农的另外一部诗集——《扬鞭集》。在《扬鞭集》中,同样收录了刘半农仿照民歌所作的新诗。以上卷中《拟儿歌(羊肉店)》一诗为例,诗中写道:"羊肉店!羊肉香!羊肉店里结着一只大绵羊,吗吗!吗吗!吗吗!吗!……苦苦恼恼叫两声!低下头去看看地浪格血,抬起头来望望铁勾浪!羊肉店,羊肉香,阿大阿二来买羊肚肠,三个铜钱买仔半斤零八两,回家去,你也夺,我也抢——气坏仔阿大娘,打断仔阿大老子鸦片枪!隔壁大娘来劝劝,贴上一根拐老杖!"[2]此诗读来通俗易懂,讲述了两小儿到羊肉店买羊肚肠、回家争夺羊肚肠的故事,读来具有童趣,句末仍押"ang"韵。在这一充满着真实童趣的画面之中,我们得以窥见当时底层人民的生活情态。《扬鞭集》中卷也有拟民歌体诗歌,

---

1 刘半农:《瓦釜集》,北京:北新书局,1926年,第9页。
2 刘半农:《扬鞭集》(上卷),北新书局,1926年,第31—32页。

如《山歌》："劈风劈雨打熄仔我格灯笼火，我走过你门头躲一躲。我也勿想你放脱仔棉条来开我，只要看看你们缝里格灯光听你唱唱歌。"[1]刘半农积极挖掘民间语言对新诗建设的有益资源，其诗好用口语，如《相隔一层纸》中将老爷、叫化子之口说出的话入诗。《我们俩》的诗题就已是口语，诗中又多次出现"着""了"这样具有代表性的口语词汇，全诗读来明白如话。再如《一个失路归来的小孩》一诗，诗人站在女儿小蕙的立场上，将她迷路跌倒时说的话直接入诗。口语入诗这一行为与刘半农对民歌价值的体认是一致的，口语的真和自然正是他从歌谣中发现的特质，因口语的真和自然，个人真实的感情便可以自由抒发，而这种自由抒发的感情则是刘半农认为文学创作中最为重要的一个元素，"歌谣之构成是信口凑合的，不是精心结构的。唱歌的人，目的既不在于求名，更不在于求利，只是在有意无意之间，将个人的情感自由抒发。而这有意无意之间的情感的抒发，正的的确确是文学上最重要的一个原素"[2]。另外，在新诗创作中，刘半农平视民间，关注民生疾苦，如早年写作的《相隔一层纸》运用口语，描写了相隔只有一层薄纸的"老爷"和"叫化子"处在同一自然环境中截然不同的反应，一个觉得"天气不冷火太热"，一个却只能咬紧了牙齿对着北风呼喊"要死"，在这样鲜明的对比中，刘半农展现了底层百姓生活的艰苦，揭露了当时社会的黑暗，这其中蕴含着他对底层百姓的同情，对"地主阶级"的批判。

---

1 刘半农：《扬鞭集》（中卷），北新书局，1926年，第126页。
2 刘复：《海外民歌序》，《语丝》1927年第127期。

第一章　大学流脉与新诗建构

《学徒苦》的悲苦生活，在形式和内容上都让人想起汉乐府《孤儿行》，"孤儿生，孤子遇生，命当独苦。父母在时，乘坚车，驾驷马。父母已去，兄嫂令我行贾。南到九江，东到齐与鲁。腊月来归，不敢自言苦……"[1]刘半农采用乐府诗的形式铺陈、渲染学徒所遭受的不公正的待遇，诗末，学徒淘米河边，看见自己面色如土，不由发出了不公的感叹：自己也是父母生养的，却和主翁、主翁的孩子、客人有如此巨大的差别待遇！在铺陈和渲染中，学徒内心的悲愤、诗人心中的愤慨在"生我者，亦父母"的呼号中达到了顶峰。另外如《铁匠》[2]一诗，写"我"在夜间行走，听到铁匠清脆的打铁声，看见门里铁匠因为打铁，裸着宽阔的胸膛，额上有"淋淋的汗"，"我"不禁发出对铁匠的赞美："你该留心着这声音，他永远的在沉沉的自然界中激荡。你若回头过去，还可以看见几点火花，飞射在漆黑的地上。"[3]从中可以感受到刘半农对底层人民的讴歌。再如《奶娘》[4]一诗，诗人以奶娘的口吻，叙述奶娘的睡眠完全取决于婴孩，奶娘不能抚育自己的孩子，做梦梦见自己哄着"我自己的孩子"[5]。此诗表现出以当"奶娘"谋生的底层妇女为生活所迫、骨肉分离的悲苦，同时诗歌表现出了奶娘善良、耐心的品质特点，奶娘哄婴孩时一直不忘"呜呜的唱着""轻轻的拍着"。通过以上分析，我们可以发现刘半农的

1　朱剑心选注：《乐府诗选注》，杭州：浙江人民美术出版社，2016年，第27页。
2　刘半农：《扬鞭集》（上卷），北京：北新书局，1926年，第45页。
3　同上，第47页。
4　刘半农：《扬鞭集》（中卷），北京：北新书局，1926年，第96页。
5　同上，第98页。

民歌体诗歌语言贴近下层民众，其他诗歌所关涉的内容也大多反映民众的生活，这取决于他汲取传统民间歌谣的策略。与此同时，他的诗歌也具备不容忽视的现代特质，表现之一便是，诗中的抒情主体具有独立性和自由性，其诗超越了物我一体的抒情方式，追求诗歌健康、质朴的品格。

同是五四新文化运动的核心人物，有别于胡适、周作人"眼光向下"的启蒙者立场，刘半农以平视的眼光从民间内部"超越"，思索建设新文化的有效路径。刘半农对民间有着切实深入的理解和体认，他认识到民间文化在新文化建设中的再发展价值，这决定了他在新诗创作和新诗教育中会有独特贡献。刘半农重视底层文化空间的艺术活力和审美再生价值，即他所提及的老百姓的"茅塞粪土"[1]。他认可民歌中无功利的真挚诚信与自由清浅，发掘歌谣中乐观积极的艺术养分。在刘半农看来，歌谣的好处在于能用最自然的言词、声调，抒发最自然的感情，"我并不说凡是歌谣都是好的，但歌谣中也的确有真好的，就是真能与我的情感互相牵引的。它的好处，在于能用最自然的言词，最自然的声调，把最自然的情感发抒出来"[2]。歌谣所展现出来的是永远纯洁、不受外物激扰的特质，"好在世间只有文字狱，没有歌谣狱；所以自由的空气，在别种文艺中多少总要受到些裁制的，在歌谣中却永远是纯洁的，永远是受不到别种东西的激扰的"[3]。

---

[1] 刘半农:《瓦釜集》"代自叙"，北京：北新书局，1926年，第5页。
[2] 刘复:《海外民歌序》,《语丝》1927年第127期。
[3] 同上。

此外，"江阴市的地理环境使其方言比较复杂，西部乡镇接近常州口音，南面乡镇接近'无锡腔'，东部乡镇接近张家港、常熟口音，长江沿岸的一段狭长地带属于江淮官话"[1]。刘半农深谙江阴方言的复杂性，于是选择以北京一带官话作为标准，逐一进行解释。譬如对于上文所引《瓦釜集》中的《第三歌》，句末刘半农注解道："来，转语助词，其作用略同而字。勒浪＝在（彼）。凡一片场一片地之片，均平读；一片纸一片面包之片，仍去读。仔＝着。油火虫，或叠虫字，萤也。"[2] 刘半农在拟民歌体诗中"注解"的这一行为意味深长。诚然，刘半农的注解使诗歌得以在方言表情达意的局限上有所突破，但更值得注意的是，在知识分子于文学革命中倡导的"国语的文学""文学的国语"理念的感召下，刘半农对江阴方言的阐释逐渐汇入了"国语"的统一性中。简而言之，以华北方言"解释"吴方言意味着：将"国语"作为参照系，一方面，边缘性方言通过出版和传播的方式获取了一定程度的公共空间；但另一方面，"注解"这一"副文本"也反作用于诗歌文本，"国语"不断消解吴方言的独立意义，使其变为一种烘托"中心方言"的存在。刘半农恰恰是在利用"阐释地方"的方式呼唤着"国语"背后那个"民族国家"的出现，这既是他的追求，也是新文化运动初期知识分子在发现"民间"的同时，常常呼唤"民族国家"的具体表现。

---

1 刘俐李、侯超等：《江阴方言新探》，北京：世界图书出版公司北京公司，2013年，第12页。
2 刘半农：《瓦釜集》，北京：北新书局，1926年，第9页。

二、师生之间：歌谣运动的代际传承

北京大学校园内，校长蔡元培从"美育"出发，在强调研求高深学理的同时，重视通过社团活动来锻炼能力养成人格，以及学术与社会人生之间的互动，"大凡研究学理的结果，必要影响于人生。倘没有养成博爱人类的心情，服务社会的习惯，不但印证的材料不完全，就是研究的结果也是虚无。所以，本校提倡消费公社、平民讲演、校役夜班与新潮杂志等，这些都是本校最注重的事项，望诸君特别注意"[1]。这一治校准则延续了其任教育总长时的教育理念，"循思想自由、言论自由之公例，不以一流派之哲学、一宗门之教义梏其心。而惟时时悬一无方体、无终始之世界观以为鹄。如是之教育，吾无以名之，名之曰'世界观教育'"[2]。这一治校理念深刻地影响了教师的教育理念以及青年学生们的学习观念，同构社会活动与学术活动，建筑起师生之间交流的多方通道，为思想及学术的代际传承营造出良好的外部环境，同时为青年学生的多维发展提供契机。"到民间去"这一思想在北京大学造成这样的局面，"20世纪—二十年代中国的'到民间去'运动不仅包含了政治运动、社会服务（如北大的平民演讲团、五四时期的工读团体实践，以及20年代恽代英、邓中夏等人在中国共产党内开展的农村组织活动），而且也与这一时期的文学变革、知识转型（如平民文学、民间文学的提出，中国民俗学

---

1 蔡元培：《就任北京大学校长之演说》，载中国蔡元培研究会编《蔡元培全集》（第3卷），杭州：浙江教育出版社，1997年，第701页。
2 《内外时报：教育部总长蔡元培对于新教育之意见》，《东方杂志》1912年第8卷第10号。

的诞生）紧密地结合在一起"[1]。譬如俞平伯对歌谣运动的关注与北京大学平民教育讲演团的成立密切相关[2]。与俞平伯路径相似的还有朱自清。朱自清在1919年年底加入平民教育讲演团，并参加北京大学校役夜班的教学工作，跟随平民教育讲演团去各地宣传国民义务与权利等内容[3]，对平民教育的关怀目光，延续为对民间歌谣的深切关注。

在新诗发展初期，有一批成长于北京大学的学人，自觉思索歌谣与新诗的创作关系。朱自清在他1929年撰写的《中国近世歌谣叙录》上提及仿作的歌谣，在《瓦釜集》之外，还提到了俞平伯[4]的《吴声恋歌十解》一诗[5]，《瓦釜集》和《吴声恋歌十解》的出现，意味着歌谣为新诗创作提供参考由设想变为现实。

俞平伯作为北京大学学生，1918年歌谣运动兴起的时候，时在北京大学读书，在征集歌谣这一活动中北京大学校长、老师、学生都积极支持与参与，身处其间的俞平伯深受影响。俞平伯的这首《吴声恋歌十解》写于1921年7月。这首诗写作时间与刘半农《瓦釜集》的完成时间相隔仅约一年，并且对于每首诗中出现的个别词汇，俞平伯亦进行了注解，如第二首，"家家月亮照成双，白罗帐子象牙

---

1 袁先欣：《俄国民粹主义、青年问题与农村的浮现：李大钊〈青年与农村〉再解读》，载汪晖、王中忱主编《区域》（第7辑），北京：社会科学文献出版社，2019年，第90页。
2 1919年4月俞平伯加入了平民教育讲演团。
3 在平民教育讲演团的分组单中，朱自清位列第四组。《本校新闻：平民教育讲演团分组单》，《北京大学日刊》1920年第566号。
4 1915年秋至1919年12月中旬在北京大学读书。
5 俞平伯：《吴声恋歌十解》，《我们的七月》，上海：亚东图书馆，1924年，第155—160页。

床。阿奴夜头困勿着，睁子眼睛到天亮"[1]。这首诗明白如话，紧随其后的是俞平伯对诗中"困"和"子"的注解，"困，睡也。子，犹言着"[2]。这种注解的方式在刘半农选刊《歌谣选》载于《北京大学日刊》上的时候就已出现，1915年秋至1919年12月俞平伯在北京大学读书，《北京大学日刊》上刘半农这一辑录歌谣的方式，或许是俞平伯的注解行为发端的源头。1918年10月俞平伯以书信的形式写作论文《白话诗的三大条件》，后来这篇论文发表在1919年3月15日的《新青年》月刊第6卷第3号上。在这篇文章中，他提出诗歌是一种抒发美感的文学，诗歌在讲求写实的同时也要注意遣词造句的"完密优美"。他提出作白话诗要注意的三大条件是："用字要精当，造句要雅洁，安章要完密"；"音节务求谐适，却不限定句末用韵"；"说理要深透，表情要切至，叙事要灵活"。[3]到了1921年，在他那篇《诗底进化的还原论》一文中，其诗观较之前则进行了倒转，他更多地开始从读者接受这个层面进行新诗写作的思考，并将视野投向"歌谣"。在这份文稿中，他也提出了作诗的三个条件，分别为，"感人""感人向善""所言者浅所感者深"[4]，这一主张显然不同于此前对用字精当、文辞雅洁的追求。此时，俞平伯更看重诗歌的接受问题和教育意义，并强调"深切动人的诗，十之八九都是言词浅俗的"[5]。俞平伯在谈论"什么是

1　俞平伯：《吴声恋歌十解》，《我们的七月》，上海：亚东图书馆，1924年，第155—156页。
2　同上，第156页。
3　俞平伯、胡适：《通信·白话诗的三大条件》，《新青年》1919年第6卷第3号。
4　俞平伯：《诗底进化的还原论》，《诗》1922年第1卷第1号。
5　同上。

第一章　大学流脉与新诗建构

诗"的问题上自然地将视野投向歌谣，他认为歌谣是原始的诗，是未经过"化装游戏"的诗，"其实歌谣——如农歌，儿歌，民间底艳歌及杂样的谣谚，便是原始的诗，未曾经过'化装游戏'（Sublimation）的诗"[1]，认为诗和歌谣并没有什么不同，只是在形式上不一样而已，"其实若按文学底质素看，并找不着诗和歌谣有什么区别，不同的只在形貌"[2]。俞平伯将歌谣称作"民间底诗"，和"作家底诗"相区别，并大力颂扬这种"民间底诗"，他强调"艺术本来是平民的"[3]。他的这一转变，与他对歌谣运动的关注以及北京大学平民教育讲演团的成立密切相关[4]，意识到启迪民智、向民间汲取资源的重要性。

1916年秋朱自清考入北京大学文预科，1920年5月从北京大学哲学系毕业。他也见证了刘半农倡导征集歌谣的活动，身处其中受到影响。在朱自清诸多对于新诗创作的探讨中，"歌谣"与新诗的关系是其诗论的重要组成部分。1927年，面对"新诗的气象颇是黯淡"[5]的情形，朱自清从新诗的音乐性方面为新诗发展寻找出路，在《唱新诗等等》一文中，朱自清认同俞平伯所说，"从前诗词曲的递变，都是跟着通行的乐曲走的"[6]。朱自清认为，从历史上看，诗与音乐的关系实在太密切了，诗的乐曲的基础不容忽视，在考虑新诗音乐性的问题上，面对着当时已"附庸蔚为大国"的歌谣研究，他直

1　俞平伯：《诗底进化的还原论》，《诗》1922年第1卷第1号。

2　同上。

3　同上。

4　1919年4月俞平伯加入了平民教育讲演团。

5　佩弦：《唱新诗等等》，《语丝》1927年第154期。

6　同上。

言"但歌谣的音乐太简单,词句也不免幼稚,拿它们做新诗的参考则可,拿它们做新诗的源头,或模范,我以为是不够的"。[1] 他认为歌谣的音乐太简单,只能作新诗的参考而不能成为模范。1928年清华历史系的学生罗香林请朱自清为自己所搜集的广东客家歌谣集——《粤东之风》作序,在这篇序言中朱自清谈到,从文艺方面来看,歌谣只可以"供诗的变迁的研究"[2],如果歌谣要作新诗创作的参考,还应当附带"相当的条件"[3],至于是怎么样"相当的条件"朱自清在此文中并未说明。在朱自清看来,歌谣的价值在于其"率真""自然"。此外,在这篇序言中,朱自清认为歌谣与诗属于两种文学形式,而非一体。对于之前在《唱新诗等等》一文中谈及歌谣的音乐太简单、不能为新诗做模范的问题,到了《粤东之风序》里,他则是认为,歌谣是以声音的表现为主的,其于意义方面的表现并不重要,"这歌谣以声音的表现为主,意义的表现是不大重要的"[4]。相较之前对歌谣词句幼稚的批评,这里他认为,歌谣的意义不重要,重要的在于它的音乐性。朱自清对歌谣的研究并不止于此,他还思索着在清华大学开设"歌谣课",并为开设"歌谣课"[5]作《中国近世歌谣叙录》。1927年,朱自清在清华首开新文学课程,1929年9月,清华大学第一学期开学,朱自清将歌谣引入大学课堂的设想开始实施,一向为

---

[1] 佩弦:《唱新诗等等》,《语丝》1927年第154期。
[2] 朱自清:《粤东之风序》,《民俗》1928年第36期。
[3] 同上。
[4] 同上。
[5] "歌谣课"在清华大学开设了三个学期,分别为1929年度第一学期、1930年度第一学期、1932年度第一学期,1931年因朱自清出国,"歌谣课"暂停。

"搢绅"所不齿的歌谣,从北京大学的歌谣运动开始,出现在众多知识分子的视野中。又在歌谣运动落潮时,"大张旗鼓"地进入了清华这所高等学府的学堂。1931年他所作的《论中国诗的出路》一文中,朱自清提到因为外国的影响,中国本土的传统被阻遏了,但中国诗人如果在接续传统上努力,"其势也甚顺的"[1]。此时的朱自清开设歌谣教育课程,与刘半农对歌谣的期望别无二致,他希望创造性地转化传统资源,为新诗更生与新诗教育另辟一条路。到了1937年,他在《歌谣与诗》一文中,对于外国文学资源、歌谣对新诗创作的影响有这样的表述:

> ……说歌谣可以供创作新诗的参考,原是对的。
> 但我们这个时代,在不断的文学史的趋势中间,拦腰插进来外国的影响。而这种外国的影响力量甚大,是我们历史上没有过的,它截断了那不断的趋势,逼着我们跟它走。[2]

歌谣在新诗创作上并未能承担起朱自清之前所期望的功能。朱自清得出这样一个结论,"那么,在现代,歌谣的文艺的价值在作为一种诗,供人作文学史的研究;供人欣赏,也供人模仿——止于偶然模仿,当作玩艺儿,却不能发展为新体,所以与创作新诗是无关的;又作为一种文体,供人利用来说教,那却兼具教育的价值了"[3]。朱自

---

[1] 佩弦:《论中国诗的出路》,《清华中国文学会月刊》1931年第1卷第4期。
[2] 朱自清:《歌谣与诗》,《歌谣》1937年第3卷第1期。
[3] 同上。

清对歌谣的态度产生了极大转变，这一对歌谣的评判显然开始与刘半农倡导歌谣运动的初衷大相径庭，歌谣对于新诗创作的意义，在朱自清这里被消解，而作为一种文体，朱自清又格外凸显它的教育价值。对于刘半农模仿歌谣所作的《瓦釜集》、俞平伯模仿歌谣所作的《吴声恋歌十解》，朱自清认为，这二者都"只当作歌谣，不当作诗"[1]，这里朱自清实则否定了歌谣能够成为新诗的可能性。1939年他在给刘兆吉所采集的歌谣集——《西南采风录》的序言中，也不再分析歌谣对于新诗创作的价值，而是转而强调歌谣在民俗研究方面的意义。

这场征集歌谣的运动也予小说创作一定的启发意义。在《北京大学征集全国近世歌谣简章》刊登不久，1918年3月29日，刘半农便在北京大学文科国文门研究所小说科第五次研究会上作《中国之下等小说》的讲演，后《北京大学日刊》连载了此文。在这次讲演中，刘半农提到"野蛮民族，未有文字，先有歌谣"[2]。在这次讲演中，刘半农提到要作下等小说，"不可不作韵文"[3]，歌谣正属于这"韵文"的一部分。在北京大学成长起来的台静农，其小说创作或正与其接受的歌谣教育密切相关。台静农1922年9月获得北京大学研究所国学门旁听生的资格，正是在同年的12月17日，《歌谣周刊》创刊，台静农也投身于歌谣搜集整理的工作，1925年他所编辑的《淮南民歌第一辑》开始在《歌谣周刊》第85号上登载，并在《歌谣周刊》第87号、

---

[1] 朱自清：《歌谣与诗》，《歌谣》1937年第3卷第1期。
[2] 刘复：《中国之下等小说（续）》，《北京大学日刊》1918年第145号。
[3] 同上。

88号、91号、92号上连续刊载,《歌谣周刊》第97号还刊载了他写给《淮南民歌》读者的话。按照王文参的说法,台静农是"直接在《歌谣周刊》的引导下深入到农村生活的最底层,在采集歌谣中了解民间生活的原生状态,从而以精细的笔触和常人无法达到的精确塑造出具体生动、乡风陋习传承下的乡土形象,并使他的乡土小说在20世纪20年代独树一帜"[1]。台静农在《致淮南民歌的读者》一文中谈道:"去年江南大战争将开始的时候,我是滞留在淮南匪区的故乡;终日除了匪的惊慌与兵的扰攘外,只有一种迫切的不安与日常生活之无聊,于此时期中,我的工作开始了!"[2]在匪兵扰攘的乡间,台静农却发现了"这些美妙的民歌"[3],如王文参所说,台静农正是在搜集歌谣的时候,深刻体验了兵匪扰乱中农人生活的悲惨,为其提供了小说素材;同时,又从歌谣中感知到民众身上那种坚韧的生命力以及对生命的歌唱,这种对生命的感知与其小说创作贯穿一致。[4]

新文化运动之际,刘半农在北京大学这一高等学府中倡导歌谣运动,俞平伯、朱自清、台静农等学生,时在北京大学学习,他们自觉探索起歌谣与新文学创作的关系,他们在研究与创作中发掘深藏于民间的力量、深藏于民众身上的生命力。1936年《歌谣周刊》复刊之后,这种经由教育传承的学术倾向,依旧在新一轮的行动中显现,复刊后的《歌谣周刊》的一个重要编辑是徐芳。1933年刘半农

---

[1] 王文参:《五四新文学的民族民间文学资源》,北京:民族出版社,2006年,第260页。
[2] 台静农:《致淮南民歌的读者》,《歌谣周刊》1925年第97号。
[3] 同上。
[4] 参见王文参《五四新文学的民族民间文学资源》,北京:民族出版社,2006年,第272页。

在北京大学开设"语音学"和"语音学实验"两门课程，徐芳选修了"语音学"这一课程。刘半农严谨的治学态度和对学生的耐心指导，给徐芳留下了深刻的印象，"……不过，在课堂里的刘先生是极其认真的。他对于学问不苟且一丁点儿，而且也不许我们苟且一丁点儿。……有多少问题去请教他，他也没有嫌过烦"[1]。复刊后的的另一重要编辑是李素英。李素英是燕京大学的毕业生，师从顾颉刚，硕士毕业论文的研究对象正是中国近世歌谣。而她毕业论文的指导老师正是在歌谣运动中扮演重要角色的顾颉刚，另一指导老师则是在歌谣研究中也颇费心力的朱自清。[2] 始于刘半农的歌谣搜集与研究，在学生那里得到了传承。

三、歌谣运动的后续力量：方言研究与学术观念的建构

1922年1月17日的《北京大学日刊》上，刊登了一则《研究所国学门启事》。这则启事宣告了北京大学研究所国学门正式成立，并强调北京大学的毕业生和在校生，只要是有做专门研究的意向和能力，或者是对于特别研究已经做出一定成绩的，都可以随时来报名，经审查合格即可加入。这是北京大学文科教育的又一"里程碑"。北京大学研究所国学门的成立与蔡元培的治校理念密切相关。蔡元培认为科举制在北京大学遗留下来的劣根性在于，学子读书只看重毕业

---

[1] 徐芳：《课堂里的刘半农先生》，《国闻周报》1934年第11卷第48期。
[2] 关于朱自清对歌谣所作的研究，本书在第四章、第五章会进一步阐释。

以及毕业以后的出路，而对于学问研究上没什么兴味，"从京师大学堂老爷式学生嬗继下来，他们的目的不但在毕业，而尤重毕业以后的出路，所以专门研究学术的教员，他们不见得欢迎；若使一位政府有地位的人来兼课，虽然时常请假，他们还是攀附得很，因为毕业后有阔老师做靠山"[1]。在蔡元培看来，这种求学姿态乃不正之风，于学问研究与教育风气不利，为了肃清这一习气遗留的不良影响，使大学走上真正研究学问的正途，蔡元培提出的办法是"设立研究所，为教授、留校毕业生与高年级学生的研究机关"[2]。

1922年1月24日的《北京大学日刊》上刊载的《歌谣研究会启事》中已经说明，为了便于歌谣研究会工作的顺利进行，"现已归并研究所国学门办理"[3]。研究所国学门成立之时，歌谣研究会便宣称归并其中，成为国学门下设的一个研究机关，暂时落下帷幕的歌谣运动实则是投入更为专业化的国学门"整理学术"[4]的运动之中了。1925年6月28日《歌谣周刊》第97号上，刊登了《歌谣周刊》停刊以及归并到《研究所国学门周刊》的启事。作为歌谣运动的核心刊物——《歌谣周刊》的停刊，标志着歌谣运动的阶段性完成。

方言研究与歌谣运动实则互为表里、一脉相连。按照周作人的说法，国学门中"方言研究会"的成立与歌谣运动关系密切。1923年

---

[1] 蔡元培：《整顿北京大学的经过——在南京北大同学聚餐会上的演说词》，载高平叔编《蔡元培全集》（第7卷），中华书局，1989年，第21页。

[2] 同上。

[3] 《歌谣研究会启事》，《北京大学日刊》1922年第942号。

[4] 北京大学研究所国学门成立之初，设立本学门宗旨的时候，主要有两点，其一为"整理学术"，其二为"整理学术之材料"。

11月4日,《歌谣》第31号上刊登了周作人的《歌谣与方言调查》。在这篇文章中,周作人指出,歌谣与方言关系密切,当初征集歌谣之时同人们便"原想一面调查方言"[1],但为人力所限,而且"歌谣采集的运动正在起头,还未为社会所知"[2],担心当时同时征集歌谣和调查方言"得不到什么效果"[3],因而这项工作暂时搁置。而此时,歌谣采集已成气候,歌谣与方言关系如此紧密,随着歌谣运动的进一步推进,对于方言的研究自然是一件特别迫切的事[4]。周作人关于方言调查的提议得到了沈兼士、林语堂、容肇祖等人的支持,在这批北京大学学者的共同推动下,1924年1月,北京大学研究所国学门成立了方言调查会。此时《歌谣周刊》在其中仍然扮演了重要角色,林语堂为方言调查会撰写的《宣言书》中指出,方言调查会"发表文字机关暂用北大《歌谣周刊》,将来成绩渐多,当可自出定期刊物,以专研究"[5]。《歌谣周刊》中刊登了大量有关方言研究的文章,并设立了"方言标音专号"。钟敬文在回忆起方言调查会时更是说,方言调查会的成立标志着"已经粗略地建立起这种新人文学科"[6]。1924年5月方言调查会同人开会,决定将"方言调查会"改名为"方言研究会",说明该会宗旨虽仍以中国方言为核心,但由"调查"改为"研究",

---

1　周作人:《歌谣与方言调查》,《歌谣周刊》1923年第31号。

2　同上。

3　同上。

4　同上。

5　《北大研究所国学门方言调查会宣言书》,《歌谣》1924年第47号。

6　钟敬文:《"五四"时期民俗文化学的兴起——呈献于顾颉刚、董作宾诸故人之灵》,《钟敬文学术论著自选集》,北京:首都师范大学出版社,1994年,第500页。

其学理性和专业化程度已进一步提高。

1925年8月，刘半农携带大批研究语音学的最新仪器回国，并发起组织"数人会"，每月聚会，研究音韵。[1] 不同于之前主要进行歌谣征集与民歌体诗歌创作的行动，重返北京大学的刘半农将主要精力投入语言学研究，接任林语堂成为方言研究会的主席，致力于对方音的考察和研究。

海外留学期间，刘半农已专注语言学的研究，其博士论文《汉语字声实验录》被列为巴黎大学语音学院丛书之一。1921年，尚在海外的刘半农便作《创设中国语音学实验室的计划书》寄予蔡元培，[2] 回国后将欧洲实验语音学的新方法引进了中国。1926年年末，国学门与北京大学文科国文系合作，成立一间语音实验室，实验室内配备各种器材，从倡导建立语音实验室到成立实验室终得落实，与刘半农重返北京大学有莫大干系。1929年，他推动建立了我国第一个语音乐律实验室，并兼主任一职。[3] 对于方言工作，刘半农付出心力颇多，包括但不限于如下事迹：草创"图式音标"，研究声律并将成果以《从五音六律说到三百六十律》《音律尺算法》等文发表，作《明沈宠绥在语音学上的贡献》的讲演，对北京方言进行研究并有《北平方音析数表》一文等。[4]

---

1 参见徐瑞岳编《刘半农年表》，《刘半农文选》，北京：人民文学出版社，1986年，第338页。

2 同上，第335页。

3 同上，第344页。

4 以上内容均见于徐瑞岳编《刘半农年表》，《刘半农文选》，北京：人民文学出版社，1986年。

北京大学研究所国学门成立之初，设立的学门宗旨主要有两点：其一，"整理学术"，用科学的方法分析古人的学说，明晰疆界，使之成为体系，以便后人研究；其二，"整理学术之材料"，国学门计划书指出，中国古籍丰富，然而，"材料虽多，譬如金之在矿"，必须要收聚并加以拣选。[1]刘半农对国学门这两种宗旨有自己的思考，他希望自己"钻进矿洞去掘出些铁沙来"[2]，以便为国学门"旧瓶改装新酒"做出自己的贡献，语言转向则是"掘铁沙"以构建一种"新"国学的具体切入口，尤其是方言研究。1925年，刘半农出版了《敦煌掇琐》一书，[3]在为此书所作的《〈敦煌掇琐〉序目》[4]一文中，刘半农高度肯定了研究所国学门所做的工作，并由此断言，中国的国学界"必定能另辟一新天地"[5]。并称"我们新国学的目的，乃是要依据了事实，就中国全民族各方面加以精详的观察与推断"[6]，从而"找出个五千年来文明进化的总端与分绪来"[7]。从歌谣运动到方言研究的转向，体现了刘半农为建构一种更为学理化的新学术范式的努力。

1925年11月4日《北京大学研究所国学门周刊》第4期上，刊登了

---

[1] 王学珍、郭建荣主编：《北京大学史料》（第2卷），北京：北京大学出版社，2000年，第1437—1438页。

[2] 徐瑞岳编：《刘半农文选》，北京：人民文学出版社，1986年，第115页。

[3] 参见徐瑞岳编《刘半农年表》，《刘半农文选》，北京：人民文学出版社，1986年，第338页。

[4] 参见徐瑞岳编《刘半农年表》，《刘半农文选》，北京：人民文学出版社，1986年，第338页，该篇最初发表于《北京大学研究所国学门周刊》上。

[5] 徐瑞岳编：《刘半农文选》，北京：人民文学出版社，1986年，第115页。

[6] 同上。

[7] 同上。

刘半农的《我的求学经过及将来工作》，这篇文章本是同年10月刘半农出席北京大学研究所国学门第三次恳亲会上发表的演说。[1] 刘半农向研究所国学门诸君介绍自己的求学经历和对将来工作的规划，他提到"我出国的时候，是想研究文学与言语学的"[2]，然而到了国外以后，他发现自己原初的文学与言语学并重的想法难以实现，于是"专重言语学"[3]。对于自己归国后在国学门中要承担的工作，刘半农有着清晰的规划，他将自己所要从事的工作总结为四项，分别是：继续研究四声问题，"希望把中国所有各重要方言中的声调曲线，完全画出，著成一部《四声新谱》"[4]；用一定的方法调查各地方音，"著成一部《方音字典》"[5]；用蓄音机收蓄各种方言，"作研究的张本"[6]；另外对于将要失传的旧乐，"也须竭力采访收蓄"[7]以及研究中国的乐律。这几项与方言都有着密切的关联，可见，刘半农对方言研究有长足的打算。刘半农对方言的研究，在当时有留学背景的知识分子之中并不多见。比如同为留学海外的胡适在美国师从杜威所学的专业是哲学，徐志摩留学海外期间所学专业均与经济学相关。刘半农关注这一民间文学资源本是为服务于新文化运动中新诗的创作，以期实

---

1 参见徐瑞岳编《刘半农年表》，《刘半农文选》，北京：人民文学出版社，1986年，第338页。
2 刘复：《我的求学经过及将来工作》，《北京大学研究所国学门周刊》1925年第1卷第4期。
3 同上。
4 同上。
5 同上。
6 同上。
7 同上。

现现代诗歌的内部生产。

刘半农这样将"贵族文学"与"平民文学"一视同仁的理念，以及从中国民间传统内部汲取新文化养分的视野，在讨论国语问题的时候也有体现，"我的理想中的国语，并不是件何等神秘的东西，只是个普及的、进步的蓝青官话"[1]。神秘的东西往往有一种高高在上的姿态，刘半农认为国语最为重要的地方是普及和进步，在更具体的层面上，普及指涉广大民众。这种民间视野、平等观念在恰逢倡导新文化运动之际，又处北京大学兼容并包的校风之中，得以推动一批批精英知识分子朝向民间。在受教育的诸生中，魏建功是受刘半农影响颇深的一位，他在回忆刘半农的一篇文章中直言，"在今日的生活中，足以影响我的学问事业而关系较深的要算半农先生了"[2]。

这种学术平等的观念，在国学门中凝聚起一股力量，形成一种学术精神，在受教育的学生中潜移默化地传承下去。顾颉刚在《妙峰山进香专号引言》用演戏角色的分配来喻指学术研究，学术研究就如同演戏一般，只有角色的差异没有阶级的高低，"正如演戏一般，只有角色，并无阶级"[3]，"在优伶的扮演上是平等的，在学问的研究上也是平等的"[4]。顾颉刚是国学门风俗调查会的一员，妙峰山的

---

1 刘复：《国语问题中的一个大争点》，《国语月刊》1922年第1卷第4期。
2 魏建功：《我对于刘半农先生的回忆》，《独立评论》1934年第111号。
3 顾颉刚：《妙峰山进香专号引言》，载顾颉刚编著《妙峰山》，广州：国立中山大学语言历史学研究所，1928年，第7页。
4 同上，第7—8页。

进香调查正是风俗调查会一次重要的学术活动。孙伏园在他主编的《京报副刊》上开辟"妙峰山进香专号"一栏，参与人员之一的容肇祖专门将此专栏留存[1]，足见成员们对这一调查活动的重视、对民俗研究的关切。这次关于妙峰山进香的调查，于1928年结集成专著，得以出版。值得注意的是，1925年这批学者对民俗予以大量心力进行研究时，当时学界对于民俗的研究和调查"单调及寂寥"[2]。前文提及，国学门分有歌谣研究会、方言研究会等机关；在这样单调且寂寥的学术环境中，国学门诸人对于民俗的研究是一种共同行为，研究所国学门诸人在建构一种包括民间的新的学术范式的过程中所采用的，是梁启超所倡导的"合作运动"的方式。[3] 国学门诸人对于新国学的建构取得了一定的成就，也波及了国外。何思敬在《读妙峰山进香专号》一文中，谈及自己在日本留学时，知道有这样一种建构新国学的运动，于是借了几本《国学门周刊》到寓中翻读，当他读到顾颉刚的"孟姜女研究"等相关内容的时候，不免深受触动，感到"从没有预期的不可名状的惊异"[4]。这一朝向民间的学术潮流之所以给予何思敬惊异感，正因为他之前从未意识到将游离在精英知识分子

---

1 参见容肇祖《妙峰山序》，载顾颉刚编著《妙峰山》，广州：国立中山大学语言历史学研究所，1928年，第1页。

2 容肇祖：《妙峰山序》，载顾颉刚编著《妙峰山》，广州：国立中山大学语言历史学研究所，1928年，第1页。

3 参见毕树棠《中文定期刊物中的论文：(二)国学：治国学的两条大路（学灯一月份，梁任公讲稿）》，《清华周刊：书报介绍副刊》1923年第2期。

4 何思敬：《读妙峰山进香专号》，载顾颉刚编著《妙峰山》，广州：国立中山大学语言历史学研究所，1928年，第248页。

视野之外的民间文学,作为正统学问来进行研究。何思敬撰文在日本杂志上介绍中国这一"新学术运动"[1]。

学术研究的变化体现了思想的改变,知识分子们将一直处在学术边缘的民间文学纳入学术研究的范畴,他们打破了以往精英式的学术观,希望建构一种学术平等的观念。对长期以经学为正统的学术传统来说,这种将民间文学与传统经学一视同仁的尝试实属不易。同时,将学术视野扩展至"民间",遂使一种新的学术面貌得以从内部催生。

综上,在新文化运动的大潮中,身兼诗人和北京大学中国文学系教授的刘半农将目光投向远离学院"气息"的歌谣,并得到时任北京大学校长蔡元培的鼎力支持,从而发起一场全国范围内影响颇大的歌谣运动。歌谣运动是精英知识分子走向民间的一次尝试,得益于知识分子对"民间"的发现,歌谣作为一种文艺化的诗的资源被整合进了新诗的谱系。借重于北京大学这一教育空间,歌谣运动在北京大学学生中得以传承。重返北京大学的刘半农在国学门中的工作以方言研究为重心,这是歌谣运动的某种延续,同时刘半农在研究所国学门中凝聚起一种学术平等的观念,背后实则蕴藏着"五四"知识分子对现代民族国家的想象。尤为值得思考的是,作为五四新文化运动最为骁勇的前驱者之一,刘半农的新文学建设的理想并未追随"五四"浪潮在北京大学中国文学系的课程设置方面取

---

[1] 何思敬:《读妙峰山进香专号》,载顾颉刚编著《妙峰山》,广州:国立中山大学语言历史学研究所,1928年,第248页。

得理想的进展，在这一大背景前提下，倡导歌谣运动、建构新国学的种种努力就颇耐人寻味了。

第三节　西南联大：卓尔不群的教育体制

抗日战争全面爆发以后，国立北京大学、国立清华大学以及私立南开大学先后南迁，最终在云南昆明组成国立西南联合大学，自1938年至1946年，前后历时八年有余，简称"西南联大"。[1]西南联大是战时中国思想和教育最活跃的地方，汇聚了来自全国四面八方最优秀的学子以及三所大学各具特色的师资力量，外加不同风格的、顶级高校资源配置，融各方所长的西南联大成就了博大自由、卓尔不群的教育环境、教育体制和教育品质。北大是西南联大重要构成之一，因为特殊历史原因，三校合一时期的教育体制、课程设置和师资团队都是统一共享的，无法也无须做出独立考察。追溯1937—1946年北京大学的教育，唯有以西南联大替代。本节重点研究西南联大的教育体制和教育课程中诗教部分的设置，通过细节还原和考察究竟是什么样的教育环境培养出如此杰出、个性不一的西南联大诗人群，是什么样的教育制度和课程设置将一所战时临时性大学打造

---

[1] 西南联大前身为国立长沙临时大学，1938年4月2日于昆明更名西南联大，5月4日正式开课，至1946年5月4日宣布结束，设立时间共8年整。严格来说，西南联大存在于1938—1946年。有说西南联大从1937年开始，这是将联大前身"国立长沙临时大学"计入在内。国立长沙临时大学，简称长沙临大，为国立西南联合大学的前身，由国立清华大学、国立北京大学和私立南开大学三校联合组成，是一所抗日战争时期位于长沙的临时性大学。创办时间1937年9月10日，停办时间1938年4月2日。

成为中国新诗现代性建设征程中重要的阵地。

一、不可复制的教育体制

西南联大诗人群中为数不多的女性诗人[1]之一郑敏，最初报考的是西南联大英文系，但在注册时，她最终将志愿改为哲学。就其个人而言，改换志愿是因为她当时认为文学可以自学而哲学需要教师讲授，否则无法学懂。事实证明，她的选择不仅明智——哲学专业为她的知性写作提供了源源不竭的思想资源，也为她晚年从事的后现代主义理论研究打下扎实的基础，而且毫不夸张地说，正是这临时举措为中国百年新诗史上最具诗学探索贡献的女诗人铺垫了未来。追溯诗人改换专业的细节并非我们研究的目的，我们旨在通过这一细节管窥、进而深入西南联大独特自由的教育体制。回视现代中国教育史，在大学教育中学生临时——注意是临时，改换志愿，绝非易事或常态，校方一般不允许这类事情随意发生。然而，据郑敏回忆，在西南联大学生中转系相当普遍和容易，学校对此没有任何严苛的要求，仅就她个人经历而言，从英文系转到哲学系只填过一张表格，其他什么要求都没有。不少西南联大学生入学后发现不喜欢原报考专业，因学校教育体制宽松，他们都很自由地、无任何障碍

---

[1] 西南联大诗人群中，女诗人有郑敏、萧珊、杨苡等。根据胡方《汉语方言的实验语音学研究旨趣》（《方言》2018年第4期），吴宗济、林茂灿主编的《实验语音学概要》（高等教育出版社，1989年）等学术成果，所谓实验语音学，主要是指语言学中的一种，用别的学科的器械和方法来探寻人类语音真相的一种语言学研究方法。

地转入喜欢的专业。那时西南联大实行的是学分制，学生有较大选择权，除共同必修课外，大约一半课程学生都可以根据自己的兴趣等因素跨专业或跨系选修。显然，这一制度定然会给校方管理带来一定的烦琐不便，但利好于学生们。不过，对此学校并非一味宽松无门槛，即便转系或者选修课程非常尊重学生的意愿，充分为学生提供自由，但西南联大对学生的学习规约却极为严格，若出现考试不及格，学生有可能被学校开除。以文学院为例，规定4年必须累计修满132个学分才能毕业，哲学系对专业的学分也有很多具体要求。西南联大独特的教育体制在中外教育史上都是不可复制的。下面从两个方面重点给予考察。

（一）民主办学、民主治校

大学教授的言论和行教方式与所在学校的办学宗旨与文化环境密切关联，联大教授能够在战争时期秉持学术自由之风气、大力培养学生独立之人格，离不开学校所营造的民主环境以及联大"教授会"的教授权力。在梅贻琦校长的领导下，西南联大不仅设立了教授治校的制度，将学校权力赋予教授，而且充分给予教授学术及教学的自由空间，鼓励和调动他们全面施展才华。从学校管理层面来讲，学校制定了"教授治校"制度。根据教育部1939年5月颁布的《关于大学行政组织机构的设置》中第八条规定："大学设校务会议，以全体教授、副教授所选出之代表若干人（每十人至少选举代表一人）及校长、教务长、训导长、总务长、各院系院长、各系科主任、会计主任组织之。校长为主席,讨论学校一切事项。"[1]学校本着民主治校的原则,在西南联大成立了"教授会"。1938年10月26日第92次常委会上通过的《西南联大教授会组织大纲》规定:"教授会以全体教授、副教授组织。常务委员及常务委员会秘书主任为教授会当然会员。同时规定了教授会的审议事项:教学及研究事项改进之方案;学生导育之方案;学生毕业成绩及学位之授与;建议于常务委员会或校务会议事项;常务委员会或校务会议交议事项。"[2]在教授会中,每位委员都可以对各事项发表自己的意见,之后讨论出决议交由校务会议执行。从这份组织大纲的内容以及会议记录可以看出,西南联大教授在学校教学、科研、学生发展以及校务会议上,有当然决策权。上述规定,不仅保证了教授课堂教育的自由权益,同时也促进了联大在决策安排上更加科学,更加符合教师、学生的教学利益。在教授会运行机制下的教学,更能呈现和发挥以教学为学校工作重点的制度模式,而这一模式也促进了联大民主办学、民主治校,尤其是民主教学的进程。得益于"教授会"的庇护,当时西南联大教授们甚至"无视"教育部制定的统一规程,他们始终坚持三校自治传统,一方面分别保持既有的个性[3],注重培养学生的独立人格;另一方面共同努力营造自由的教学环境——学生自由转系就是最好的体现。

---

[1] 王学珍等主编,北京大学等编:《国立西南联合大学史料一总览卷》,昆明:云南教育出版社,1998年,第102页。

[2] 同上,第111页。

[3] 他们一方面坚持自己的办学原则立场,拒绝服从当时教育部就课程内容、课程设置、考核方式、教授聘任等对全国大学统一下发的硬性规定;另一方面,他们认为现成教材不光彩,以自编教材授课为荣。

（二）教授担任通识课、基础课教育

作为三所一流高校的集合体，西南联大所具有的师资优势和生源优势是其他学校难以匹敌的。联大阵容强大的教授队伍造就了高水平的课堂教育，在追求学术自由的西南联大，学校在课程安排上特别注意发挥教师的最大学术价值。首先在专业基础课程安排上，大一通识课程由教授来担任。以文学院为例，查1938—1939年《国立西南联合大学各院系必修选修学程表》[1]，中国文学系为全校大一学生开设了"国文读本"与"国文作文"两门通识课。其中"国文读本"一课分为7个班，分别由罗庸、朱自清、浦江清、王力、许维遹、余冠英、陈梦家教授担任。"国文作文"一课分14个班，分别由朱自清、浦江清、许维遹、余冠英、李嘉言、吴晓铃、陶光担任。西南联大学生对精彩的"大一国文"课记忆犹新："这一年度的'大一国文'真是空前绝后的精彩，中国文学系的教授，每人授课两个星期。我这一组上课的时间是每周星期二、四、六上午十一时到十二时，地点在昆华农校三楼大教室。清华、北大、南开的名教授，八仙过海，各显神通。如闻一多讲《诗经》，陈梦家讲《论语》，许骏斋讲《左传》，刘文典讲《文选》，唐兰讲《史通》，罗庸讲《唐诗》，浦江清讲《宋词》，魏建功讲《狂人日记》等等。真是老师各展所长，学生大饱耳福。"[2] 联大在通识课的讲授模式是上越普通的课，越是由名教授来讲解。这种教学安排模式不仅在文学院实践，在其他院系

---

[1] 张思敬等主编，北京大学等编：《国立西南联合大学史料三：教学、科研卷》，昆明：云南教育出版社，1998年，第148—149页。
[2] 许渊冲：《逝水年华》，北京：生活·读书·新知三联书店，2008年，第24页。

也同样如此。例如理学院赵访熊教授讲述大一"微分方程甲"课程，地质地理气象学系地质学家袁复礼教授为大一学生开设"地质学"，生物学系动物学家陈桢教授为大一新生开设"普通生物学甲"，经济商业学系陈岱孙教授为大一学生开设"经济概论"，等等。联大教师队伍中，并非没有优秀讲师、助教，但联大的这种大一课程、教授讲的模式是联大在教学上的特意安排。德高望重的名教授为大一新生来授课，对学生成长的意义绝非仅限于知识的传授与眼界的开阔上，教授本人的人格魅力在潜移默化中给学生带来比知识更加宝贵的影响。

另外，除基础课由教授授课以外，联大还设计出同一门课程由不同教授开设的课程安排。查《国立西南联合大学各院系必修、选修学程表》可见，"中国文学史"由郑奠、罗庸教授分别讲授，"历代诗选"一课由罗庸、朱自清教授分别讲授，等等。据联大学生赵瑞蕻回忆："许多名教授担任基础课，也有配合助教进行教学的，在必修课外，开了许多选修课，甚至一门相同的课，由一至二三个教师担任，各讲各的。各有其特色，这就有'唱对台戏'的味儿，起着竞赛的互相促进作用了。每个教授必须担任三门课，而且上课时很少照本宣读．主要讲自己的专长、研究心得。"[1] 这样的授课模式"不仅调动了教授任课的积极性，而且也使学生大开眼界，有利于培

---

[1] 赵瑞蕻：《离乱弦歌忆旧游——从西南联大到金色的晚秋》，上海：文汇出版社，2000年，第13页。

养学生的思辨能力"[1]。联大教授高质量的课堂教学强烈吸引着渴望求知的联大学子,"当时,有好几位教授班上都挤满了人,满屋子晃动着渴求文艺知识与哲理熏陶的青年们。上课以前,便开始演出抢位子的喜剧,热烈地挤在一起"[2]。在学生杜运燮的内心,联大教授给予了他同样多的鼓励:"这些我早就敬慕的名作家、名教授……他们之中,有的到过外国深造,有的只是清华、北大毕业的,另有如沈从文,只不过是小学毕业,但都获得公认的巨大成就;而且都谦虚朴实,勤奋著作,在艰苦的物质条件下,继续写出新作,甚至是一生最好的作品。这对我们初学写作的大学生,都有难以形容的激励鼓舞作用、示范作用。我们也由他们接受了'五四'以来的新文艺优秀传统,使我们的洋为中用、力求创新有了榜样,也有了基础。现在回顾起来,觉得几十年来一直受用不尽。"[3] 此外,由于原属清华大学的杨振声、朱自清等人的加入,西南联大对新文学尤其重视。西南联大期间开设的新文学相关课程计有以下几种:沈从文主讲的"大一国文""各体文写作"(1941—1942年一学年、1942—1943年度、1943—1944年度)[4]、"民国时期文学"(1945—1946年度)[5],杨振声主讲

---

[1] 西南联合大学北京校友会编:《国立西南联合大学校史(修订版):一九三七至一九四六年的北大、清华、南开》,北京:北京大学出版社,2006年,第57页。

[2] 赵瑞蕻:《离乱弦歌忆旧游——从西南联大到金色的晚秋》,上海:文汇出版社,2000年,第27页。

[3] 杜运燮:《热带三友·朦胧诗——杜运燮散文集》,北京:中国戏剧出版社,2006年,第150页。

[4] 张思敬等主编,北京大学等编:《国立西南联合大学史料三:教学、科研卷》,昆明:云南教育出版社,1998年,第234、269、305页。

[5] 同上,第373页。

的"民国时期文学讨论及习作"（1938—1939年度第二学期）[1]、"民国时期文学"（1939—1940年度、1941—1942年度）[2]等课程。

二、课程安排与西方现代诗歌资源的传输

西南联大不同专业的课程安排都独具特点，为了呈现西南联大对西方现代诗歌资源的重视，我们缩小针对不同院系课程研究的范围，通过相关史料还原、聚焦杜运燮所在外文系的授课情况，并分析该系课程安排对他汲取西方现代诗歌养分的助益、对他在校诗歌创作的影响。杜运燮于1939年秋转入西南联合大学外文系二年级学习，根据他的在校学年记录以及西南联大教学记录，通过查阅《国立西南联合大学史料》[3]，可细陈杜运燮所在外文系大学二年级课程如下："欧洲文学史"是外文系二年级的专业必修课，这门课程有8个学分，由联大吴宓教授来讲授。"欧洲文学史"作为专业必修课为联大外文系学生梳理了西方文学史的基本面貌，让学生在美的享受中感受了文学的美好。据杜运燮外文系的同班同学许渊冲[4]回忆："1939年秋，我上外文系二年级，听了吴宓先生的《欧洲文学史》。……《九

---

[1] 张思敬等主编，北京大学等编：《国立西南联合大学史料三：教学、科研卷》，昆明：云南教育出版社，1998年，第150页。
[2] 同上，第175页、235页。
[3] 同上，第117—371页。
[4] 注：许渊冲为杜运燮在外文系的同班同学，因必修课程与杜运燮相同，且许渊冲有大量翔实的日记出版，而杜运燮并无当时日记，所以在文章的叙述中，引用多处许渊冲的日记以及回忆文章。

叶集》诗人杜运燮等却坐在后排，真是'才子佳人'，济济一堂，井井有条。吴先生上课时说：欧洲文学，古代的要算希腊最好，近代的要算法国最丰富；他最喜欢读卢梭的《忏悔录》，认为卢梭牵着两个少女的马涉水过河那一段，是最幸福的生活，是最美丽的描写。"[1]他还在课上讲述道："古代文学希腊最好，现代文学法国最好。我却认为苏俄不错……法国文学重理智和形式，德国文学重感情，不重形式；英国文学理智和情感并重，但都不如法国和德国。"[2]许渊冲还读完了欧亨利的《财神与爱神》等作品，并对其做出评价，认为"这个短篇和英国的《贵族之家的大门》，法国的《羊脂球》，苏俄的《第四十一》，也可以先后比美了，如果要用一字概括，可以说美国重'富'，英国重'贵'，法国重'理'，德国重'情'，苏俄重'信'，大约八九不离十了吧"[3]。这是一位联大外文系学生在学习"欧洲文学史"后，自己对于西方各国文学的见解和看法，它也从侧面反映出学生在学习"欧洲文学史"课程后对欧洲文学整体的感知程度以及课程对学生文学观塑造上的巨大影响。

从许渊冲的日记，可以将吴宓教授的授课方法归纳为从一般到具体、由抽象到具象的教学思路，他讲课既有对西方文学的整体把握，又有具体的文学作品欣赏。不难想见，"欧洲文学史"为外文系学生就西方文学的认知和知识储备打下了良好基础，也激发了学生

---

1 许渊冲：《追忆逝水年华》，《山阴道上：许渊冲散文随笔选集》，北京：中央编译出版社，2005年，第69—70页。
2 许渊冲：《联大人九歌》，昆明：云南人民出版社，2008年，第197页。
3 同上。

的学习兴趣。以系列严谨的课程设计为保障，学生们通过"欧洲文学史"的学习初步感受到西"文"的美妙，受染于外国"文学"的教化，也触摸到西方"文化"的具象。吴宓教授还教过"浪漫诗人"和"中英诗比较"两门课，并且写下详尽的《中西诗之比较（讲稿）》[1]，此讲稿是其上课内容的简要记录，在讲稿中他将自身对诗歌的认识以及内容要点记录下来，他对诗的定义是将真的事实和有价值的经验通过文字记录下来，而文字一要有序，讲究事实之逻辑；二要经济，讲究选材、省字和用典；三要讲求美，在形声义上下功夫。同时根据讲稿可以看出，吴宓先生还为学生讲解了中西诗音节及韵之本同末异以及作诗所用的翻译方法，并列出定材、选体、分段、传述、修改等步骤，他详尽地起草了每一节课的内容要点，并指出这门课程的教学方法为：第一，由浅入深法；第二，演绎法；第三，初学者实用作诗法；第四，兼论人生要理。虽然这两门课属于选修课，但这些选修课的开设也在学生的诗歌素质培养方面打下了基础。

杜运燮大二学年另外一门必修课为谢文通先生的"英诗课"。谢文通教授"很年轻，需要两份学识才能得到一份信任"[2]。大概是因为他承接的是燕卜荪教授的英诗课，学生对这位老师都抱着观望与期待的态度。"谢文通讲英诗，主要传授格律知识，解决理解问题，但

1　吴宓：《中西诗之比较（讲稿）》，《吴宓诗话》，北京：商务印书馆，2005年，第265—267页。
2　许渊冲：《联大人九歌》，昆明：云南人民出版社2008年，第152页。

考试时，却要让学生自己作出评论。"[1]从许渊冲的日记中可看出，谢文通将"英诗课"的教学重点放在了诗歌的译介并且是中国古典诗歌的译介上。在日记中，许渊冲曾经与同学一起讨论谢教授的中文错误，他们曾以孟郊的《游子吟》和另一篇《咏雪诗》来说明汉译英的翻译问题。谢文通教授在"英诗课"上讲述中国古典诗词的翻译并不是他的一时兴起，从谢文通的研究方向来看，他的研究重点为英译唐宋诗词方面，并且出版过《中国唐宋诗词英译作品集》《杜诗选译》等译作。但"英诗课"毕竟是介绍英国的诗歌，所以在他的课堂上，在翻译之余也为学生介绍了许多西方流派的诗人及其作品[2]，例如罗伯特·赫里特的《快摘玫瑰花苞》，波斯诗人的《怒湃集》，琼生的《献给西利亚》，彭斯、柯勒律治、济慈的诗歌等。罗伯特是17世纪所谓"骑士派"诗人之一，也写抒情诗和爱情诗。琼生也是英国17世纪文艺复兴时期的著名抒情诗人、剧作家。彭斯为18世纪英国农民诗人，诗歌多表现民主自由的思想。而柯勒律治、济慈则是英国18世纪末至19世纪初的浪漫派代表诗人。这些在课堂上接触到的英国古典诗歌与浪漫诗歌，正是杜运燮等学生在英诗课上所学习的诗歌类型，这极大地丰富了他们对西方诗歌的储备和打开了他们的认知视野。

　　三年级的必修课程依然侧重在西洋文学的讲述上。另外，在必修课表中出现了"英语语音学"和"英文作文贰"两门课程。"英语语音学"一课开始从语言学的角度来对英语进行系统的学习与训练，

1　清华校友总会编:《清华校友通讯丛书》(复28册)，北京：清华大学出版社，1993年，第110页。
2　许渊冲:《联大人九歌》，昆明：云南人民出版社，2008年，第150—200页。

与此同时，学校专门开设作文课来加强英语写作训练，而且作文课是专业必修课，这应和了联大培养英文高级翻译人才和文学研究人才的需要。四年级的联大男生应教育部及联大的文件通知，需赴战争前线完成一年的军事任务，即承担翻译任务。1941年10月，联大四年级男生开始报名，11月初，离开联大后先在培训班做翻译训练任务，之后再奔赴前线。杜运燮并没有完成四年级的课程。在10月还可以有一个月的课堂学习机会，但真正深入的课堂学习是不可能实现的。

通过对杜运燮所学必修课程的梳理，我们可以发现，在联大外文系课堂上，诗人实际上并未能充分接触到对他之后诗歌创作起重要影响的西方现代派诗歌作品，但对于一名转学的理工科学生来讲，杜运燮在联大课堂上的课程学习，客观上提高了他的文学素养，系统的文学史学习为他打开了文学的大门，奠定了他日后文学创作的基础。客观地说，从西南联大整体的课程安排来看，学校在诗歌教育培养方面所做的特殊努力，值得充分肯定。洪子诚教授曾经说过"大学教育对学生的诗歌理念是一种重要的'预设'"[1]。虽然，在杜运燮课程表上，只有"英诗课"一门诗歌专业课，但就整个西南联大诗歌课程安排来说，联大外文系在诗歌教育培养方面做出了令世人瞩目的努力，八年期间联大共开设了三十门与诗歌有关的必修、选修课程，这是十分罕见的课程安排现象，它反映了联大在诗歌教育传承方面所做的努力。

---

[1] 马睿:《当代大学生诗歌创作研讨会综述》,《长江学术》(第4辑), 武汉: 长江文艺出版社, 2003年, 第242页。

第四节　萃取精华　承袭经验：
复员后北京大学中国语文学系教学

随着西南联大的解散以及平津高校的复校，两地的自由主义文学思潮得以重新兴起。"1946—1948年，中国进入一个短暂的稳定时期，大西南的高校纷纷迁回北平、天津、上海，文艺界兴起一股蓬勃的文艺浪潮，试图经由文艺创作和文化革新而达到社会改造的目的。知识分子掌控报刊，开创公共空间，推广文化理想，遂成一时之风气。"[1] 从1946年到1949年，原属于"京派"的作家如沈从文、杨振声、废名、冯至、朱光潜、常风等，以及汪曾祺、郑敏、袁可嘉、穆旦等青年作家、批评家也都陆续重返平津地区。他们当中的大多数人或曾在北京大学担任教职，或曾与北大的师生构成了一张紧密的人际关系网络。高恒文曾将"京派"的成员构成归纳为四类："一是从《语丝》分化出来的《骆驼草》成员，二是从《新月》(《现代评论》的后身）分化出来的《学文》成员，三是朱光潜、梁宗岱、李健吾等30年代初从国外留学归来的学者，四是30年代初从北大、清华、燕京等大学毕业的李广田、卞之琳、何其芳、常风、萧乾、林庚等年轻作家。"[2] 这些组成成员要么是在大学任教的教授，要么是在大学环境当中成长起来的校园作者，要么也与大学校园有着非常紧密的联系，因此"京派"文学也就具有了非常浓重的"学院派"的

---

[1] 张松建：《现代诗的再出发——中国四十年代现代主义诗潮新探》，北京：北京大学出版社，2009年，第113页。

[2] 高恒文：《京派文人：学院派的风采》，上海：上海教育出版社，2000年，第6—7页。

气质。随着抗日战争的全面爆发，原本就十分松散的"京派"团体也随之解散，此次重新返回北平也只是集合了其中的一小部分，而且更集中于大学校园之内了。

一、课程设置及新文学课程的比重

西南联大解散后，原西南联大的师生自愿选择进入北大、清华、南开三校。沈从文、杨振声等新文学教师选择进入了北京大学，这对复员后北京大学中国语文学系的课程设置起到了重要的导向作用。1946年11月14日，复员后的北京大学开始上课[1]，并根据师资力量开出相应的课程。北京大学中国语文学系仍然采用分组的形式，根据在校学生的意愿分为语言文字学组和文学组两类。但不管是语言文字学组的学生还是文学组的学生，大一所学课程基本相同，"平日功课除英文不同外，很少是分班上课的"[2]。中文系科目分为必修课和选修课两种，二年级以上学生便可以根据自己所选择的方向以及个人意愿学习相应的课程。就现查到的民国三十五年（1946）度第一学期《国立北京大学文学院中国语（文）学系课程表》来看，课程安排分为两类（见表1-1，表1-2）。

---

1 参见萧超然等编《北京大学校史（1898—1949）》，北京：北京大学出版社，1988年，第265页。
2 艾治平：《今日的北大》，1947年，第11页。

第一章　大学流脉与新诗建构

表1-1　国立北京大学文学院中国语（文）学系
课程表（一）三十五年度第一学系［期］

年级	科目	必修或选修	时数	星期及授课时间						担任教员	教室
				一	二	三	四	五	六		
二年级	文字学	必	2	10—12						唐兰	北5
	声韵学	必	2		10—12					周祖谟	北5
	中国文学史	必	3	9—10			8—10			游国恩	北6
	大二英文甲	必	3	4—5		4—5		4—5		赵荣普	北12
	大二补习英文甲	必	5	4—5		4—5		4—5	2—4	常凤瑑	北5
二三年级	古文选及习作	必	2				8—10			游国恩	北8
	现代文选及习作	必	2		8—10					沈从文	北8
语文文字学组												
二三四年级	说文	必	2		2—4					沈兼士	北11
	古文字学	必	2			10—12				唐兰	北16
	古音研究	必	2					10—12		周祖谟	北17
	语言学	必	2					8—10		尤桐	北13
上期	卜辞研究	选	3	2—5						唐兰	北13
	高本汉中国音韵学	选	2					10—12		周祖谟	北16
上期	等韵学史		2			10—12				李荣	北13
下期	声韵学史		2							李荣	
语言文字学组文学专著研究												
	尔雅		2		2—4					高亨	北13

续表

年级	科目	必修或选修	时数	星期及授课时间 一	二	三	四	五	六	担任教员	教室
\multicolumn{12}{c}{文学组}
二三四年级	诗选	必	2				10—12			俞平伯	北6
上期	词选	必	2	2—4						俞平伯	北22
下期	曲选	必	2							孙楷第	
上期	小说选	必	2				10—12			孙楷第	北8
下期	戏剧选	必	2							孙楷第	
三四年级	英文文学选读	必	2	4—5		4—5				杨振声、冯文炳	北20

表1-2　国立北京大学文学院中国语（文）学系课程表（二）三十五年度第一学系［期］

年级	科目	必修或选修	时数	星期及授课时间 一	二	三	四	五	六	担任教员	教室
\multicolumn{12}{c}{文学组}
二三四年级	先秦文学史	选	2		2—4					唐兰	北18
	唐宋文学史	选	2				2—4			阴法鲁	北12
	元明清文学史	选	2	10—12						孙楷第	北12
	目录学	选	2							王重民	北12
	校勘学	选	2			2—4				王利器	北12
	文学概论	选	2					10—12		常凤瑑	北12

续表

年级	科目	必修或选修	时数	星期及授课时间 一	二	三	四	五	六	担任教员	教室
上期	现代文学	选	2			10—12				杨振声	北6
下期	传记文学研究	选	2							杨振声	北6
文学专著研究												
上期	吕氏春秋	选	2					8—10		王利器	北12
下期	史记选	选	2							王利器	北12
上期	尚书选	选	2		8—10					王达津	北14
下期	荀子选	选	2							王达津	
	杜诗选	选	2		10—12					俞平伯	北12
上期	论语选	选	2				2—4			冯文炳	北22
下期	孟子选	选	2							冯文炳	
	诗经		2		2—4					高亨	北13
	庄子		2				9—10	9—10		高亨	北13
二三四年级	体育	必	1								

不难看出，复员后的北京大学不仅有像沈从文、杨振声等新文学作家所开设的新文学课程，也有像俞平伯、废名等昔日的新文学健将所设立的古代文学课程。为了让更多的课程史料和教育现场走进我们的研究，在此，不妨以1945年9月考入北京大学中文系的诗人

李瑛为线索，追溯北京大学复课后的课堂教育情况。[1]古代文学方面，游国恩主讲的"中国文学史""楚辞"以及俞平伯主讲的"诗选""清真词"等课程，都给李瑛留下了深刻的印象。据诗人回忆，游国恩对古典诗词非常熟悉，大部分篇章都能成段背诵，让诗人非常敬佩。课程结束之后同学们都喜欢跟游先生交流问题，他总能做到有问必答，无论是知识面还是记忆力都给诗人留下了深刻的印象。同样使李瑛难以忘怀的还有俞平伯的古典诗词课程，他在教学和研究方面都非常严谨，教学风格也让诗人记忆犹新。除此之外，周祖谟所开设的"声韵学"也对李瑛产生了影响，"他把汉语语音系统的沿革、辨析字音中的声、韵、调三种要素在不同历史时期的分合异同，讲得条清缕析……对我当时写诗的语言选择和诗艺探索，很有帮助"[2]。这些古代文学课程加深了李瑛对古代诗歌传统的认识，成为他诗歌创作当中不可缺少的重要质素。对李瑛的诗歌创作产生直接影响的当属沈从文、杨振声所开设的新文学课程。

杨振声在西南联大时期就已经开设过"民国时期文学""民国时期文学讨论及习作""传记文学"等课程，在新文学的授课方面具足经验。进入复员后的北京大学后，杨振声除开设"现代文学""传记文学研究"的课程外，还与废名共同主讲"英文文学选读"，这与他沟通"新与旧"、承接"中与西"的思想是一脉相承的。李瑛在回忆中提到："记得一次当我向他请教一个问题时，他硬是热情地邀我

---

[1] 李瑛先于"临大补习班"修习一年，而后直接与复员后的北京大学一起参与了二年级的教学活动。
[2] 李瑛：《我的大学生活》，《新文学史料》2001年第1期。

去他家小坐。他很愿接近同学，谈话时不时从书橱中找出书来，旁征博引，讲得既细心又耐心。"[1]北大学生诸有琼也回忆说，杨振声的课既充实又生动，他从来不会刻板地按照讲义讲解知识，而是结合自己与新文学作家的交往经历，从文本入手，引导学生们独立思考，以自己的方式来对作品进行解读。

而沈从文所开设的"现代文选及习作"课，为学生提供了更多写作方面的直接指导。由于此课程与沈从文在西南联大时期所开课程内容基本相同，所以我们也可以根据西南联大和复课后北京大学学生的共同回忆回溯其授课的特点：首先是对写作实践的重视，他自己把这门课称为"习作""实习"，并强调让学生自己写，然后针对他们创作的得失再讲，也就是说沈从文将创作作为写作教学的中心，通过写作实践来达到预期的教学目的。其次是通过分析优秀例作来教授写作技巧。在1940年的《国文月刊》上，沈从文连续三期发表了《从徐志摩作品学习"抒情"》《从周作人鲁迅作品学习抒情》《由冰心到废名》三篇文章，总题为"习作举例"。这三篇文章应当是沈从文在西南联大时期授课内容的记录，由此可以见出他注重写作实践以外的授课方式。最后是对批阅、修改环节的看重。在北京大学学生的回忆文章当中，提到沈从文的习作课，学生们都不约而同地提到沈从文对他们交上去的习作进行了极为认真的批改。这样的教学方式对于一个初学写作的新手来说，是非常有益的，李瑛对此也深有同感："大二开学不久，他在课堂上讲解了一些写作体验和

1　李瑛：《我的大学生活》，《新文学史料》2001年第1期。

提示之后，便在黑板上写了'钟声'二字，命题作文。由于沈先生当时在编三家报纸的文艺副刊，所以大家很愿意努力把文章写好，希望被他拿走发表；我写的《钟声》这篇短文，不久便被他第一次在报纸的文艺副刊上刊出，还得到一点稿费补助伙食，心中十分高兴，更加激发了我的创作热情和信心。"[1]

除了本系所开设的课程以外，李瑛还选修或者旁听了隶属于西方文学系的朱光潜、冯至的相关课程。冯至是当时深受校园诗人们喜爱的新诗写作者，李瑛也不例外地敬慕冯至，在大学期间他就已经接触过冯至的诗歌，还曾向冯至请教过关于诗歌艺术特质的问题，冯至则将有关里尔克、海涅、歌德等诗人以及欧美诗歌历史与流派的见解介绍给了李瑛。李瑛的毕业论文原计划研究冯至的诗歌，最后因为参军南下而没有完成。

将抗战以前的北京大学与清华大学比照来看，北京大学更加侧重于古代文学以及音韵训诂等传统考据学的研究，清华大学则因为杨振声、朱自清等人的努力，更注重在大学课程当中加入新文学研究的成分。[2] 直至西南联大时期清华大学与北京大学融合，使北京大学在复员以后不仅吸纳了沈从文、杨振声这样的新文学研究者，同时也加重了自身教学体系当中新文学课程的比重。正是这样的课程设置，为李瑛等有志于新文学创作的大学生提供了提升写作能力的机会。

---

1 李瑛:《我的大学生活》,《新文学史料》2001年第1期。
2 参见黄延复《二三十年代清华校园文化》,桂林：广西师范大学出版社,2000年。

二、课堂教育的承继与尝试

（一）承袭并发扬对新文学创作的重视

在1945年11月《国文月刊》上，曾刊登过一篇署名为丁易的文章《论大学国文系》。在这篇文章当中，丁易就时下大学国文系教育当中存在的弊病进行了归纳，并提出了自己的建设性意见。围绕这篇文章，西南联大的教师针对"新文学创作能不能在大学课堂中教授"这一议题展开了一场论争。这场论争让我们看到了大学教育场域当中新文学课堂与创作实践之间所存在的裂隙，而看待这一裂隙的方式则影响了西南联大甚至是复员后北京大学新文学课程的开设，进而潜移默化地影响了李瑛的创作观念。丁易认为当时的大学国文系实际上是"沉陷在复古的泥坑里，和五十年前所谓大学堂的文科并没有两样，甚至还不及那时踏实"[1]。国文系在梳理旧文学的同时忽略了自身的另一半任务，也就是新文艺的创造。为了创造建设中国的新文艺，丁易提议将大学国文系分为三组，即文学组、语言文字组和文学史组。语言文字组承担原有的考据学研究，文学组应将创作实习当作本组课程的重中之重，而把旧文学的整理结算工作留给文学史组。

针对丁易的这篇文章，王了一，也就是西南联大的王力提出了不同的意见。王了一的《大学中文系和新文艺的创造》一文认为："大学里只能造成学者，不能造成文学家。"[2]也就是说，学术研究才

---

[1] 丁易:《论大学国文系》,《国文月刊》1945年第39期。
[2] 王了一:《大学中文系和新文艺的创造》,《国文月刊》1946年第43、44期合刊。

是大学主要的教学目标，新文学创作是不可能通过课堂来教给学生的。并且他还认为，相较于大学国文系来说，外国文学系拥有更适宜培养创作型人才的环境。

时任西南联大授课教师的李广田与王了一在同一期《国文月刊》上发表了《文学与文化（论新文学和大学中文系）》，此文针对王了一文中提到的"大学里只能造成学者，不能造成文学家"以及外国文学系更适合培养文学人才的两项观点，提出了反驳的意见。他虽然认同王了一大学中文系是以培养学者为主要目的的观点，但是他又认为，新文学是可以而且有必要在大学课堂上被讲授的。因为大学不能培养旧文学创作者，然而旧文学创作课程仍然存在并且不会遭到非议。既然旧文学可以教授，新文学也一样应该享有同等的待遇。并且从实际情况来看，大学里的学生"不管大学里有无新文学课程，却大都在努力于新文学的研究和写作，而且这情形还不只限于中文系的学生，连理工法商的学生也一样"[1]。他进而得出结论：既然有如此多的青年热衷于新文学创作，大学中文系就有责任为他们提供必要的文学环境。

也就是说，大学中的新文学教育并不仅仅在于将具体的创作技巧传授给学生，像机械作业一般生产出标准化的小说家或者诗人，还应当为有志于投身新文学创作的年轻人提供必要的成长环境，在他们文学观念的形成过程当中起到指引的作用。以李瑛为个案具体而言：首先，复员后的北京大学显然认同在大学国文系教授新文学

---

[1] 李广田：《文学与文化（论新文学和大学中文系）》，《国文月刊》1946年43、44期合刊。

创作的观点，支持沈从文、杨振声开设新文学及新文学创作的相关课程。在沈从文的悉心指导下，李瑛既对民国文学的经典作品有了更深刻的认识，也在文学习作上取得了长足的进步，这使李瑛的文学品位和鉴赏能力得到了提高，并且大大激发了李瑛文学创作的热情。其次，任课教师对新文学创作的重视形成了一种耳濡目染的良好氛围，对学生构成了一种潜移默化的重要影响。

沈从文、杨振声既是新文学创作的参与者，也是新文学学科的建设者，为了增强新文学的影响力，他们致力于在大学校园内推广新文学创作，这一诉求得到了复员后北京大学的重视，这使新文学的早期源流得以继续流淌并融汇于大学教育的河床之中，必修课程的设定更是直接为学科建设打下了坚实的基础。在这些积极的举措之下，新文学逐步拥有了自身的学科体系和教育规范，由创作自觉走向了研究自律的道路。在大学校园内推行新文学教育不仅是提倡新知，更重在启发民智，以李瑛为代表的青年在这种教育氛围的熏陶下，逐步打开视野，形成了更加完备的现代知识框架，在容纳古今的基础上，又试图沟通中西，北京大学真正地做到了向教育现代化看齐的尝试。

（二）打通中西、古今学科之界的尝试

关于新文学能不能在大学课堂中教授这一议题，闻一多虽然没有直接参与讨论，但是他曾提出大学文学院学科调整的设想："将现行制度下的中国文学系（文学组、语言文字组）与外国语文学系改为文学系（中国文学组、外国文学组）与语言学系（东方语言组、

印欧语言组）。"[1]也就是说打通中西之间的壁垒，为文学研究提供更广阔的视野。当然，由于大学学科本身的限定，这一提案从来没有在大学教育当中真正实行过，但它却得到了不少学者的认同，以更加折中的方式渗透到了教学中。

复员后的北京大学虽然没有像闻一多所设想的那样，实现中国语文学系和西方文学系的融合，但是却在跨越中西方面做出了相应尝试。杨振声就课程设置参考外国现代文学的做法表示了肯定，他一方面认为注重旧文学的研究必不可少，另一方面又提倡参考外国现代文学——"对于人家表现艺术的——文学大部是表现艺术的——进步，结构技巧的精致，批评艺术的理论，起码也应当研究研究，与自己的东西比较一下。比较研究后，我们可以舍短取长，增益我们创造自己的文学的工具"[2]。因此，杨振声在复员后的北京大学中国语文学系除了开设"现代文学"以及"传记文学研究"以外，还同废名一起开设了"英文文学选读"，希望为学生们提供融合中西的途径。他"还让同学必修'欧洲文学名著选读'，用意在矫正学中国文学而不懂西洋文学的偏向"[3]。显然，这样的课程设置为它的接受者们提供了一个连接中西的渠道，使在大学中成长起来的校园诗人可以像杨振声所预期的那样，在学习中国文学语言的基础之上，参考外国现代文学。李瑛在大学期间除了完成本学科的相应课程以外，还

1　闻一多：《调整大学文学院中国文学外国语文学二系机构刍议》，《国文月刊》1948年第63期。

2　杨振声：《为追悼朱自清先生讲到中国文学系》，《文学杂志》1948年第3卷第5期。

3　北京大学学生自治会北大半月刊社编印：《北大1946—48》，1948年，第18页。

主动选修了朱光潜的相关课程，参看了朱光潜的多部著作。西方文学的课程打开了一扇世界之窗，李瑛借助文学的窗口看到了世界的广博和人类的博大，在思维的扩展中，他的文化底蕴也呈现出螺旋式上升的趋势。另外，沈从文、冯至、朱自清等教授的言传身教也对李瑛的人格建设有着重要影响，这使李瑛尽情徜徉在知识的海洋中，深刻感受着歌德作品中的唯物哲学与美学思想，用心体会着海涅所主张的积极浪漫主义，他在艺术的熏陶和感染下，吸纳了现代主义风格，加强了对诗歌技艺的探索。更为深远的是，他逐渐具备了知识分子应有的理性思考和独立人格。李瑛的成长受益于教育体系的完善，更受益于老师们在教学中所起到的示范作用，在所"教"和所"育"这两个维度的深入挖掘和拓展。

打通中西与古今文学学科壁垒在北京大学中是有经验传承的，20世纪40年代北大刊印的《院系介绍》，曾从反向维度对此做过总结："可惜的是这当年弄新文学的健将，觉得以前太浅薄，把自己的'过去'否定了。现在说起俞平伯来，大家都恭维他的'清真词'和旧诗讲得好，废名也以为'不朽之盛事，经国之大业'莫若'绍武孔孟'，谈谈陶渊明了，只剩下杨沈两教授还是记挂着新文学的。"[1]这看似是新文学创作的一种损失，实际上有利于古代文学与新文学的融合。在此之前，与30年代逐渐兴起的左翼文学以及"海派"文学相比，以北平的高校为中心的文学创作更明显地体现出一种"学院派"的特色——创作者们往往以大学校园为依托，接受过完整的

---

1 北京大学学生自治会北大半月刊社编：《北大1946—48》，1948年，第17页。

文学教育和训练，他们对中西方的文学作品以及创作理念有系统全面的认识，形成了继承传统文学资源同时借鉴西方文学经验的创作观念。与新文学创立初期通过打破旧有传统来确立自身合法性的策略不同，30年代以后以北京大学为中心的校园文学创作，则更多地表现出对古代文学传统的继承与借鉴。他们甚至试图从古代文学中为新文学的存在寻找依据，比如全面抗战前在北京大学开设新文学课程的废名在他的课堂上就有过这样的表述："胡适之先生所认为反动派温李的诗，倒有我们今日新诗的趋势，我的意思不是把李商隐的诗同温庭筠的词算作新诗的前例，我只是推想这一派的诗词存在的根据或者正有我们今日白话诗发展的根据了。"[1]

由于北京大学中文系的教育传统一向是更看重古代文学以及考据之学的研究，因而新文学课程始终处在相对边缘的学科位置。因此，北京大学培养出来的学生都或多或少对古代文学抱有更多的崇敬，也更容易认同在新文学的创作中融汇"古今"的创作理念。

通过这一节的研究，我们可以看到复员后北京大学中文系为新诗教育体制的完善所做出的探索，其学科地位的上升得益于西南联大时期所积累的宝贵经验，也与沈从文、杨振声等人的努力密不可分。他们拥有新文学创作者和传授者的双重身份，在自上而下的文学创作中，给青年人树立了良好的榜样。新文学在突破重重阻碍后得以存续，在战火的淬炼下更有韧劲，迸发出了巨大的能量，它感召青年学生自觉投入新文学创作中。

---

[1] 冯文炳:《谈新诗》，北京：人民文学出版社，1984年，第28页。

全章从五四新文化运动发祥地的北京大学国文系开始，中间经战时的西南联大，最终回归复员后的北京大学，通过历史的回环式研究，我们可以寻踪到在新文学教育体系里，新诗在学科教育中身份的转变是如何发生的，牵动每一次转变的教育机制和社会思潮的深层根由何在，在新旧文化的对抗与融合中，新诗如何逐渐生发出蓬勃的生命力，这个回环的研究有助于呈现出新诗教育与新文学建构的多元空间。

第二章 "新文学"建构与诗歌教育的延展
——以抗战时期延安鲁艺为例

抗战时期，中国共产党在陕甘宁边区首府延安建立了一大批培养专门人才的学校，其中鲁迅艺术学院于1938年4月成立，简称"鲁艺"。1940年5月该校改称"鲁迅艺术文学院"；1943年4月并入延安大学，更名为"鲁迅文艺学院"；1945年11月鲁艺迁离延安，向东北、华北迁移。沙可夫、吴玉章、周扬、赵毅敏先后任院长、副院长。延安时期文学系共招生五届，音乐、美术、戏剧系共招生六届，共有685人毕业于此，其中文学系197人、戏剧系179人、音乐系162人、美术系147人。[1] 该校为延安建立的第一所党的综合性文艺学校。本章拟以被称作中国共产党"文艺堡垒"的延安鲁艺为个案[2]，讨论延安诗歌的生产机制。

众所周知，延安文学是一种区域文学，而讨论延安诗歌的"地

---

[1] 本书的主要研究对象是鲁艺迁离延安之前的主体部分。
[2] 罗迈：《鲁艺的教育方针与怎样实施教育方针》（1939年4月10日），载谷音、石振铎编《东北现代音乐史料》第2辑（鲁迅文艺学院历史文献），内部资料，1982年，第52页。

方性"时,研究者常常默认它的表现形式是书写民风民俗、活用地方形式与方言土语。不仅如此,研究者对上述民间形式的讨论大多嵌入与"民族形式"相关的研究中,认为在党的文艺政策下"民间"被改造与重组,继而转化成了一种新型的大众文学。研究界对延安诗歌中民间形式的发掘,为我们理解党的文艺政策以及新中国成立后的"新的人民文艺"提供了基本背景。但必须指出的是,1938年毛泽东提出"新鲜活泼的、为中国老百姓所喜闻乐见的中国作风和中国气派",其作为"民族形式"的元叙述,原本是一个政治命题[1],但该命题下却集聚了延安和国统区知识分子大量关于文学的讨论。如今检视那些字面上趋于同质化的关于"形式"的论述时便会发现,彼时无论是延安还是国统区的知识分子普遍没有注意到,这场起源于延安的文学"形式"大讨论,其重心根本不在"形式"本身,而在于究竟谁有权力来决定上述形式能否进入"民族形式"的讨论范畴。因此,如果只根据字面上的观点去理解"民族形式"论争,便会将20世纪40年代中期何其芳等人到国统区进行宣讲继而树立"民族形式"的正统标准,视作这场论争的结束,并将之与1949年以后的诸种文学实践联系起来,以证明它在民族国家形成过程中的重要性;[2]抑或抓住"民族形式"以汉文化为中心而忽视了其他民族这一点,

---

1 毛泽东:《毛泽东选集》第2卷,北京:人民出版社,1991年,第534页。
2 参见汪晖《现代中国思想的兴起》(下卷),北京:生活·读书·新知三联书店,2004年,第1503页。

指出这一缺陷在新中国的文艺实践中得以补救。[1]与此思路类似的是，研究者在发掘陕北本土地方性知识如何转化为党的文学，在分析民间形式如何被提纯、改造为典范性与普遍性的文学形式，甚至上升为评价标准的时候，也往往天然地将它视作新中国文学的"前史"。这种从共和国叙事出发覆盖延安文学主体性的方式，显然封闭了延安文学之为"地方"的更为复杂的历史事实与阐释空间。在这个意义上，以往研究者秉持着时间的线性思维，忽略了延安文学在教育的空间层面提供给现代文学的独特经验。

现代文学的"地方路径"启发我们重新发现被宏大叙事遮蔽的地方经验[2]，在此视角下考察"延安路径"，可区别于区域地理与政治力量主导下被切割划分出的"延安文学"。作为现代中国文学总体格局中的一种路径，除了直接将延安文学与新中国文学焊接在一起以证明其合法性，是否还能以具体的"延安"为切入点，更加微观地深入延安的教育空间，考察延安诗歌的生产机制？是否还能进一步厘清地方与中心、地方与地方、地方与全国之间的辩证关系与建构逻辑，在抗战的历史语境中，重新讨论延安诗歌作为一种地方文学却产生了共时性和历时性的双重影响的问题？诸上为本章的研究重点。

---

1 参见朱羽《社会主义与"自然"——1950—1960年代中国美学论争与文艺实践研究》，北京：北京大学出版社，2018年，第93—107页。
2 李怡：《成都与中国现代文学发生的地方路径问题》，《文学评论》2020年第4期。

第一节 教育空间下延安诗歌的生成：课程设置与地方经验

一、"组织起来"的诗歌写作：从鲁艺的课程设置谈起

延安时期，将大批知识分子安排进学校是中国共产党组织人才的策略之一。周扬、何其芳、卞之琳、沙汀、艾青、周立波、严文井、曹葆华、萧军、冼星海、吕骥、沃渣等都或长或短地在延安鲁艺担任过教职。鲁艺文学系曾被美化为"文学殿堂"[1]，为众多文学青年所追慕。就读于鲁艺文学系的学生贺敬之、胡征、贾芝、侯唯动、井岩盾等，均在诗歌创作上表现不凡。与传统的诗人结社和新文学诞生以来的文学社团不同，以鲁艺为中心形成的诗人群体并非诗人主动的集结，而是被编入"单位"的结果，目的在于使之成为党的文艺战线的有机组成部分。1937年鲁艺的《成立宣言》中指出，鲁艺虽是一所文艺学校，但基本任务是"培养大批的艺术干部，到抗日战争的各个部门、军队中、后方农村中，都市里以至敌人占领的区域里去工作"[2]。这表明，该学院的"专业"属性是以党的管理为前提条件，在这里接受教育是知识分子过渡到党的文艺干部的必由之路，是走上战场和民间的"前阶段"。1940年4月，艾思奇在总结边区文

---

1 冯牧：《窄的门和宽广的路》，《冯牧文集》第5卷，北京：解放军出版社，2002年，第243页。
2 《成立宣言》（一九三七年），载谷音、石振铎编《东北现代音乐史料》第2辑（鲁迅文艺学院历史文献），内部资料，1982年，第4页。

协工作的时候，提到了边区教育的成绩。"边区建立了各方面的训练抗战建国干部的学校"，比如抗大、女大、鲁艺、陕公、自然科学研究院、马列学院、卫生学校等。"这些毕业的干部，都是分配到全国各地，特别是到前线的地方做抗战工作，或在农村中做民众工作。"[1]

早在苏区时期，中共领导人便指出"干部决定一切"，重视知识分子群体在文化知识上的优势，积蓄革命力量。自1939年国民党第二次反共高潮后，国共关系开始恶化，1941年1月6日皖南事变发生，陕甘宁边区陷入两面作战的局面，来自国民党的军事围困、经济封锁，以及日本对中共武装地区的进攻，使得本来自然条件恶劣、政权根基不牢的陕甘宁边区陷入困境。在这种情况下，除了保卫边区、加紧边区生产外，中共也有针对性地调整了战局之下的文化政策。无论是鲁艺的"正规化"计划，还是《解放日报》创刊[2]，均不可离开这一政治、军事背景，一种长久的"文艺作战"计划释放了大量的话语空间。此时执掌文化宣传工作的张闻天、博古等人，也主张知识分子自由发展。不过，随着大批知识分子来到延安，鲁艺青年革命队伍中思想资源逐渐驳杂，比如虽然会聚在"鲁迅"的麾下，却服膺胡风文学观念的天蓝、侯唯动、胡征等青年诗人，他们与"鲁迅"的对话是通过胡风而非鲁艺的"教育"完成的。[3] 不仅如此，诗人借

---

[1] 艾思奇：《抗战中的陕甘宁边区文化运动——二十九年一月六日在边区文协第一次代表大会上的报告》，《中国文化》1940年第1卷第2期。

[2] 1941年5月16日在延安创刊。

[3] 以侯唯动为例，胡风对他形成"首先是人生上的战士，其次才是艺术上的诗人"的思想至关重要。(侯唯动：《宝塔高耸，延河长流》，载汤洛、程远、艾克恩主编《延安诗人》，西安：陕西人民教育出版社，1992年，第509页)

鲁艺为平台崭露头角，一时间诗歌社团、文艺小组、文学报刊的数量骤增。当然，文学青年身上自由、冲动等特质或多或少地与延安革命队伍的组织化形态形成了张力，如何处理知识分子主体性与政治品格塑造之间的关系，也随之成为一个可资探究的问题。

民国以来，大学是新、旧两派争夺话语权的场所，也折射出整体的文学与社会氛围。新文学的建构往往以大学为依托，并通过具体的知识生产重构个人知识谱系。中国共产党亦十分重视新文学教育场域之于知识传播、文学建构、话语生产的功能，这一点从鲁艺文学系的课程设置便可窥见。以整风运动为界，鲁艺文学系的课程设置与诗歌活动情况均表现出较大差异。

鲁艺文学系的课程分为必修课和专修课两种，从最初设立起便在教育计划中有较为严格的教学方案实施计划，包括总课时、授课次数、授课时间等（见表2-1）。[1] 从课程名称可以看出文学系创办伊始的"新文学"本位立场，除了"文艺思潮史"中涉及的"中国文学发展史略"与古代文学相关知识之外，其余课程均围绕着新文学和外国文学展开。尤其值得注意的是，这一时期的课程设置也体现了鲁艺注重培养新文学创作人才的特点。

---

[1] 《鲁艺第二期教育计划草案》（一九三九年六月十一日），载谷音、石振铎编《东北现代音乐史料》第2辑（鲁迅文艺学院历史文献），内部资料，1982年，第9页。

表2-1　鲁艺第二期文学系课目及时间支配表

科目	基本内容	总时	周时	周次	授课时间
文艺论	1.文艺新方向 2.文艺的本质 3.文艺与阶级 4.文艺批评	72	3	1	第一、二单元
文学概说	文艺方法论（包括各种文学形式的介绍）	60	一单3 二单2	1	第一、二单元
文艺思潮史	1.中国文学发展史略 2.西方文艺思潮发展史略	18	6	2	第三单元
名著选读[1]	1.解放区的文学名著选 2.中国现代的文学名著选 3.苏联现代文艺选读	108	一单6 二单3 一单3	2 1 1	第一、二单元
民间文学[2]	民间故事、唱本、弹词、民歌等的介绍与研究	48	二单1.3	间周次	第一、二单元
歌写作	以写歌为主，稍及一般新诗之写作	24	2	1	第一单元
剧写作	写小型歌剧与话剧脚本之方法	36	3	1	第二单元
通讯写作[3]	一般新闻通讯普及报告文学的形式	18	1.5	间周次	第二单元
小说创作	群众化的短篇小说作法	36	3	1	第二单元
习作[4]		96	3	1	第一、二、三单元
特别讲座		18	6	2	

1　原文缺失，根据《鲁艺第二期教育计划草案》中提到的"科目"补充。[《鲁艺第二期教育计划草案》（一九三九年六月十一日），载谷音、石振铎编《东北现代音乐史料》第2辑（鲁迅文艺学院历史文献），内部资料，1982年，第9页]
2　同上。
3　同上。
4　同上。

第二章 "新文学"建构与诗歌教育的延展

此时鲁艺的学制实行"三三制":"每届分两学期,每学期三个月;第一学期修毕后,分发实习三个月再回院续修第二学期。连实习期为九个月,必要时得延长或缩减。"[1] 严文井对此专门解释道,"三三制"下,不可能迅速地培养出作家来。因此,鲁艺有意招收一些有写作经验者,"给他们一个正确的写作方向,多注意文艺理论的讲授"[2]。考察第一届学生的教育背景与创作经验,大多在入学之前便已经相对成熟。如诗人天蓝进入鲁艺之前,曾先后就读于燕京大学、浙江大学,有丰富的文学创作经验。为了帮助这些学生提高政治觉悟,学校开设了许多理论"大课"。"大课"既包括政治理论,也包括文艺理论。其中政治理论主要集中在列宁主义、哲学、军事、中国近代史等内容上,文艺理论则主要指周扬主讲的"艺术论"。[3]

教学计划的制订是鲁艺保证正常教学秩序的前提,但囿于现实条件,详尽的课程计划不得不根据各位教员的知识结构和研究范围加以调整。就师资阵容而言,文学系第一期正处于师资最匮乏的时期。除了周扬负责全校"艺术论"这门必修课程外,彼时真正在文

---

1 《鲁艺第二届概况》(一九三八年九月),载谷音、石振铎编《东北现代音乐史料》第2辑(鲁迅文艺学院历史文献),内部资料,1982年,第18页。

2 严文井:《对于文学研究班的回顾与展望》,载谷音、石振铎编《东北现代音乐史料》第2辑(鲁迅文艺学院历史文献),内部资料,1982年,第69页。

3 《鲁艺第二届课程一览表》(一九三八年),载谷音、石振铎编《东北现代音乐史料》第2辑(鲁迅文艺学院历史文献),内部资料,1982年,第21页。

学系授课的只有沙可夫、陈荒煤[1]、严文井[2]、徐懋庸、卞之琳。对于新诗的讲授而言，短时的学制以及教员的流动，课堂上的讲授并不完全落实为系统的知识被学生接受，但各位教员的授课内容仍然或隐或显地映射着个人的旨趣，他们设计的教学环节有意无意地投射出自己的审美趣味与文学关怀，与一体化的教学目标构成了张力，多姿多彩的课堂为鲁艺成长为新诗的园地酝酿出多元的气候。

鲁艺第三期（文学系第二期）之后，鲁艺学制由"三三制"延长为"四四制"，在初级班培养抗战需要的艺术工作者和干部的基础上，还设立高级班以"加强和扩大党在艺术方面的影响和领导，奠定新艺术的初步基础"[3]。此时教员阵容已经趋于稳定，文学系教员除卞之琳之外，还有周立波、萧三、曹葆华、严文井、陈荒煤几位，周扬开始兼任系主任。与此同时，文学系第二期的课程相较第一期而言因教员的增多也更为丰富，包括"文学概论""中国新文学运动""民间文学研究""写作方法""苏联文学""名著研究""创作实习"。[4] 不过，这些课程并未按照计划开展。蔡其矫回忆鲁艺文学系"教学很不正规，并无教学提纲和教学方案"，自己在这里半年

---

[1] 参见陈荒煤《我的经历》，《陈荒煤文集》第10卷，北京：中国电影出版社，2013年，第551页。

[2] 严文井1938年5月先赴"抗大"第四期学习，10月毕业，年底调入鲁艺文学系任教。

[3] 《鲁迅艺术学院第三届教育计划》（一九三九年一月廿二日），载谷音、石振铎编《东北现代音乐史料》第2辑（鲁迅文艺学院历史文献），内部资料，1982年，第22页。

[4] 沙可夫：《鲁迅艺术学院工作检查总结报告》（一九三九年二月十八日），载谷音、石振铎编《东北现代音乐史料》第2辑（鲁迅文艺学院历史文献），内部资料，1982年，第31页。

"只上十次课：徐懋庸讲"文艺与政治"五次，周扬讲"艺术论"两次，陈荒煤讲"创作方法"三次"。[1] 对于一批具备创作经验的学生而言，松散的课程计划虽未令他们建立起稳固的知识体系，但教师队伍的流动性和多元化反而使他们接触了不同的文学资源。他们更从大量的自修、课余时间中获得了自学和汲取现实经验的机会。

沙可夫调入华北联大后，1939年11月28日周扬接替鲁艺副院长一职（院长为吴玉章），负责鲁艺的日常工作，何其芳则担任文学系主任。文学系第三期的新诗创作成绩十分耀目，井岩盾、冯牧、邢立斌、赵自评、李方立、侯唯动、章炼峰、贺敬之、张铁夫、戈壁舟等学生创作并发表了大量新诗，这与该时期鲁艺校园浓厚的诗歌氛围密不可分，更与诗歌文体在学院知识生产中地位上升有关。周扬上任以后修订了课程大纲，保留了自己讲授的"艺术论"和"中国新文学运动史"作为全校必修课，而文学系的专修课则增加了文学史和文学研究的讲授比重（见表2-2）。

---

[1] 参阅蔡其矫给公木的回信。（公木：《序曾阅撰诗人蔡其矫年表》，载曾阅编著《诗人蔡其矫》，北京：作家出版社，2002年，第18页）

表2-2　鲁艺文学系第三期课程及时间支配表[1]

授课时间＼学年学期＼课目	I 1	I 2	II 1	II 2	III 1	III 2	每科上课时间总计	备考
名著选读	120	60					180	全系共同必（修）课
文学概论		60					60	同上
中国文学史			60				60	同上
西洋文学史				60			60	同上
中国小说研究			60				60	同上
中国诗歌研究				60			60	同上
作家研究					60	60	120	同上
文艺批评					60		60	同上
理论名著选读						60	60	同上
写作实习								从三学年起全系分剧作理论，二组，分别进行
每学期上课时间总计	120	120	120	120	120	120		

附注：写作实习一年，每月开批评会一次，约三小时，学生写作时间则不规定时间，课目第三系"中国诗歌研究"。

这一时期鲁艺文学系课程安排有系统性、专门化的特点。不仅从课程设置上可见，教员也突破了漫谈式的教学方法，呈现出极强的专业性。据陆地回忆，文学系第二期的"世界文学"课由萧三和曹葆华分别担任，萧三主要介绍苏联文学，"漫谈他在苏联那些岁

---

[1] 《鲁迅艺术学院第四届教育计划》（一九四一年改订），载谷音、石振铎编《东北现代音乐史料》第2辑（鲁迅文艺学院历史文献），内部资料，1982年，第52页。

月的文坛见闻"，曹葆华则介绍西欧文学史。[1] 文学系第二期的"世界文学"大致与第三期的"名著选读"重合，周立波在"名著选读"课上对世界文学的讲授虽不乏个人趣味，但相比萧三"漫谈"式的介绍，已经具备了相当的研究深度，值得深入探讨。

周立波1939年11月抵达延安，随后入鲁艺文学系任教。"他初到鲁艺时，穿一件破旧的深色呢大衣，戴一副断了一条腿、用绳子系起的近视眼镜，身躯高大瘦削，两颊深陷，可是脸上显现出奕奕的神采，浑身透露着朝气。"[2] 而在鲁艺学生之间，周立波早因翻译《被开垦的处女地》等作品而助其树立了威信。事实证明，周立波的"名著选读"课十分深入人心，许多人多年以后仍对课堂的"盛况"记忆犹新，称他讲课为"筵席"，称上他的课为"美餐"，周立波讲授的内容引人入胜，许多学生慕名而来，甚至学校其他教职人员也加入了听众的行列。[3] 比对诸多当事人的回忆录[4]与《周立波鲁艺讲

---

1 陆地：《瞬息年华——延安鲁艺生活片断》，《陆地作品选》，桂林：漓江出版社，1986年，第424页。

2 葛洛：《悼念周立波同志》，载李华盛、胡光凡编《周立波研究资料》，长沙：湖南人民出版社，1983年，第146页。

3 梔亭：《记立波同志讲课》，载任文主编《永远的鲁艺》（下册），西安：陕西师范大学出版总社有限公司，2014年，第268页。

4 据陆地回忆，周立波课堂讲授内容包括普希金《驿站长》《波希米人》，莱蒙托夫《当代英雄》，契诃夫《可爱的人儿》《套子里的人》，托尔斯泰《安娜·卡列尼娜》，屠格涅夫《贵族之家》，高尔基《玛加尔·周达》，梅里美《嘉尔曼》，莫泊桑《项链》《羊脂球》，鲁迅《肥皂》。（陆地：《摇篮的记忆》，《广西当代少数民族作家丛书·陆地卷》，桂林：漓江出版社，2001年，第52页）严文井则说："他讲托尔斯泰、巴尔扎克、高尔基、莫泊桑、曹雪芹……"（严文井：《我所认识的周立波》，载李华盛、胡光凡编《周立波研究资料》，长沙：湖南人民出版社，1983年，第104页）

稿》[1]，周立波遴选的"经典"文学作品以小说体裁为主，同时穿插了对诗歌文本的介绍和评析，其中又以18、19世纪欧美和俄苏作品为主。周立波在确立诗歌"经典"时，多选取歌德、普希金等18、19世纪的诗人作品与诗学思想。"诗与真实"是他从歌德那里捕捉到的一个重要诗学命题。[2] 他说："伟大的艺术思想家，都把诗和真实联系得很紧……真实是人生的本质，诗是真实的完美的表现。反映人生的真实愈多，愈广的诗，是伟大的诗。"[3] 虽然该命题的提出背景是讲述果戈理及他的小说《外套》，但是他由别林斯基称果戈理为"诗人"出发，引出了"诗"这一广义的理论概念与"现实"的关系，将此问题上升到了理论的高度。在诗歌风格上，周立波推崇的是"普式庚、托尔斯泰式的高贵的简明的风格"[4]，这一观点是在与那些"剪除了韵文的传统的装饰的诗"对比之后产生的。除此之外，"匀称和适合"也是诗歌必不可少的品质："真正的趣味，不是包含在一个特别的字或辞令的无思索的排斥中，而是包含在一种匀称和适合的意思中。"[5] 周立波也未放弃讲授现代主义文学艺术。譬如他讲到司汤达的小说时着重讲授其心理描写激发，并延伸出小说家对弗洛伊德等心理学家的精神分析学说的运用，称为"勇敢的探险"。他对意识流作品的解读也十分精到，没有直接斥其为"不合逻辑""思想的碎片"，而是站在

---

1 周立波：《周立波鲁艺讲稿》，上海：上海文艺出版社，1984年。
2 同上，第70页。
3 同上，第70页。
4 同上，第132页。
5 同上，第132—133页。

自己的立场上妥帖地指出"要不得的地方"是"思想代替了行动"[1]。他在讨论法捷耶夫的长篇小说《毁灭》时，总体性地由"时代精神"这一话题引出了诗歌的功能。他说："'诗是先知的喇叭。''艺术直接或间接地影响那些造成或经验这些事件的民众的生活'……在诗的背后，听到和看见声音、状貌、姿势和服装，看到整个一代的'思想和感情的样子'。而且要看到现代的新的萌芽和倾向。"[2]一言以蔽之，周立波由"世界文学"视角统摄对诗歌的理解，认为诗歌（文学）肩负着反映时代精神的功能。

总体而言，以鲁艺文学系课程的系统化、专门化为背景，诗歌跃升为一门课程，新诗"升格"为一种教育情境下符合战争时代想象的文体，这给予诗人极大的创作空间。这种教学特点一直延续至鲁艺第四期。

1942年鲁艺进入第五期时，中共中央已经进入整风运动的部署阶段，并明确指出过去"宣传教育部门中没有把贯彻党的这一思想作为自己目前宣传教育工作中的中心任务"[3]。有人批评鲁艺的"专门化"，甚至蔓延为延安新干部要求"长期学习"而不参加工作的不良现象。因此，鲁艺第五期修订了文学系的课程计划，譬如将"名著选读"一课进一步细化为"近代名著选读"和"中国旧文学选读"，

1　周立波：《周立波鲁艺讲稿》，上海：上海文艺出版社，1984年，第15页。
2　同上，第128页。
3　《中共中央宣传部关于进行反主观主义反教条主义反宗派主义反党八股给各级宣传部的指示》，载中共中央文献研究室、中央档案馆编《建党以来重要文献选编（一九二一——一九四九）》（第19册），北京：中央文献出版社，2011年，第81—82页。

并增加了"民间文学"[1]和"翻译"课程。民间文学初次以课程的面貌出现在鲁艺文学系;在每学期总课时增加的基础上,"中国旧文学选读"的总课时是"近代名著选读"的一倍,其比重更是远远大于其他课程。[2]民间形式、旧形式在课程设置中的地位变化,无不体现出延安文学教育对"民族形式"讨论的回应。《讲话》正式发表以后,周扬从主张鲁艺"关门提高"逐渐倾向于"毛泽东的政治话语的文学阐释者"[3],开始逐步整顿鲁艺文化人的思想与艺术做派。鲁艺青年诗人在《讲话》后普遍不再以文艺社团方式聚集,而是应召"下乡",更逐渐放弃了自己擅长的写作方式,转而投入写通讯、报道、歌词、剧本等战时性和大众化文学形式的热潮。鲁艺作为党的"文艺堡垒"真正发挥了无可替代的战斗作用。

二、"写地方"的难题

鲁艺是一个兼具政治、社会、文化和教育等多重属性的微观空间,汇集于此的诗人产生了独一无二的生存体验。本书认为,正是

---

[1] 新增加的"民间文学"课要求教师"阐明民间文学的一般概念与历史内容,它作为民间风俗学的社会意义,与乎艺术上的价值,尤其重于中国固有之各种民歌、民谣、民间故事等之具体研究与分析"。(《鲁迅文艺学院五届教育计划及实施方案》(一九四二年二月改订),载谷音、石振铎编《东北现代音乐史料》第2辑(鲁迅文艺学院历史文献),内部资料,1982年,第125页)

[2] 《鲁迅文艺学院第五届教育计划及实施方案》(一九四二年二月改订),载谷音、石振铎编《东北现代音乐史料》第2辑(鲁迅文艺学院历史文献),内部资料,1982年,第125页。

[3] 王富仁:《关于左翼文学的几个问题》,《中国现代文学研究丛刊》2002年第1期。

经由在鲁艺学习、工作和生活沉淀下来的教育经验，一批诗人形成了以"地方"为尺度来感知与表达的习惯，以及以"地方"为基本单位看待政治与文学关系的思维方式。反过来说，作为"地方"的延安不仅辐射地理版图的一隅，指涉一般自然环境与民风民俗的描写以及中国共产党地方性革命实践，[1] 它更是以知识分子鲜活的、具体而微的教育体验与生存经验为基础，通过他们的情感与精神世界折射出他们与革命、地方社会展开互动时的迎与拒。

以鲁艺为切入口，我们可以发现，延安诗歌的生成与中国共产党抗战时期在陕甘宁边区施行的具体政策息息相关，但又无法完全涵盖知识分子的个体经验；延安诗歌的生成逻辑不是天然的，在某种程度上它以微观的教育"单位"为空间，在人与人的互动之间展开；而抗战时期的"延安"也不拘于版图一隅，在某种程度上它也是一个被不同个人经验所合力建构的"地方"。"延安路径"正是在此基础上参与了抗战文学版图的建构，更在超越地理与物理层面的意义上影响了中国现当代文学的总体格局。为延安诗歌研究引入"地方路径"的视野，有助于我们跳出"旧瓶装新酒"式二元对立地理解延安文学与地方性关系的思路，从而体察"地方性"之于延安诗歌更为复杂的意义。

在鲁艺这所艺术的"军营和工厂"，诗人被规定为"战斗员和突

---

[1] 〔美〕马克·赛尔登：《革命中的中国：延安道路》，魏晓明、冯崇义译，北京：社会科学文献出版社，2002年。

击者"[1],以诗歌为载体呼应"文化支持抗战"与文化"为抗战建国服务"的要求。[2]而从全国各地进入延安的诗人被编入单位时也面临着一系列问题,首先面临的便是如何解决自己过去的生存经验与眼下生活现实的冲突。

贺敬之的《我们这一天》一诗,全方位地展示了鲁艺的学习、工作和生活的画面,长诗的篇制浓缩了忙碌而充实的一天。在延安,党对学校这一"单位"有着绝对的领导权,其目的在于"要把全党变成一个大学校。学校的领导者,就是中央"[3]。据此,鲁艺要求每一个个体、每一个工作环节,都如同锁链般紧紧相扣。鲁艺严格规定学习时长,"每日八小时学习,每周除生产及其他活动所必需时间外,共有43小时",另外上课、自实习、自修所占全期学时的百分比都有十分具体的执行规定。[4]除此之外还有军队训练式的集合方式,赋予了日常生活"战斗化"的内涵。比如,诗人井岩盾是延安鲁艺文学院第四届学员,他曾记忆犹新地回忆道:"鲁艺的全体集合,是以一口架在房顶上的大钟为令的。每次都是这样,只要一听到这口曾经在庙宇中服务多年的铁钟一响,大家便马上带上自己的木凳,

---

1 贺敬之:《不要注脚——献给"鲁艺"》,《贺敬之文集》第1卷,北京:作家出版社,2005年,第52页。
2 洛甫:《抗战以来中华民族的新文化运动与今后的任务》,《解放》1940年第6卷第103期。
3 毛泽东:《在延安在职干部教育动员大会上的讲话》,《毛泽东文集》第2卷,北京:人民出版社,1993年,第185页。
4 参见《鲁艺第二期教育计划草案》(一九三九年六月十一日),载谷音、石振铎编《东北现代音乐史料》第2辑(鲁迅文艺学院历史文献),内部资料,1982年,第8页。

到前门口的篮球场或者礼拜堂中去集合。"[1]可以说，鲁艺军事化的管理影响了诗人对时间与空间的感知方式。但十分有趣的是，贺敬之在《我们这一天》一诗中描摹"开会"这一场景时，却引入了两个带有异域色彩的南洋意象——"热带森林"与"榕树"，保留了诗人奇异的空间想象：

> 而你，主席同志，
> 像在热带森林里，
> 你站在中间，
> 是一棵高大的榕树。[2]

诗人以"热带森林"象征热情洋溢的鲁艺师生以及蓬勃生长的革命力量，以"榕树"比喻领导鲁艺前进方向的毛泽东。在这里，贺敬之试图借此表达对领袖的崇拜之情，却反而增加了理解上的难度——"热带森林"与"榕树"虽是鲜明的形象指涉，却实在与生长于陕北贫瘠黄土地上的鲁艺相隔膜。贺敬之以陌生化的诗学处理方式展露了自己丰富的空间想象，更折射出诗人最初对文学如何参与政权建设逻辑的"陌生"。但诗人在接受"教育"的氛围中自行建构"延安"空间的探索，为我们重新理解政治介入文学书写后诗人的复杂感受提供了新的思路。具体而言，《我们这一天》体现了鲁艺诗人

---

[1] 井岩盾：《艰苦还是甜蜜？——关于延安的回忆》，《在晴朗的阳光下》，沈阳：春风文艺出版社，1963年，第104页。

[2] 贺敬之：《我们这一天》，《贺敬之文集》第1卷，北京：作家出版社，2005年，第61页。

"写地方"的难题。诚然，鲁艺是延安新型的文艺学校，但在经由书写鲁艺的生活而塑造党的形象的过程中，也无可避免地沾染了缥缈的文学想象，继而游离出了"文艺堡垒"这种政治隐喻对诗人的规约。

由于鲁艺隶属于党的领导这一特殊性质，如何写现实、写生活，处理外在的"物"与人的内在情感世界的关系等，这些文学创作中原本最为"平常的故事"（何其芳语）却都构成了鲁艺诗人的压力。比如有作者在《中国青年》上批评文学青年时，常将其创作倾向附着在一种风花雪月、"脱离现实"、与革命不相称的生活态度上，特别是"诗人"这一称谓在某种程度上作为一种批评话语为人引征，恰如冯文彬指出的：

> 有些青年，他们把三字二字坐一行，自以为是诗人，写了几十页不知说了些什么"花啊"，"鸟啊"，"树啊"一大套，一点实际内容都没有，自以为是了不起的"文学家"。这种毛病，当然都是脱离现实的结果。[1]

要想创作出"惊人的、广大青年所爱读的作品"，"就要求每个青年作者，必须到实际生活中去，到战区去，到广大群众中去"。[2]批评者对于文学青年"脱离现实"的评价，并不完全立足于文学层

---

[1] 冯文彬：《论青年与文化——在陕甘宁边区第一次文协代表大会上的讲演辞（二十九年一月八日）》，《中国青年》1940年第2卷第3期。

[2] 同上。

面，而是基于文学青年违背了党对"文艺工作者"的基本要求。

在整风前的延安舆论界，与诗人过去"风花雪月"式生活经验一同遭到批评的，还有诗歌繁复的描写[1]，与之对应，诗歌被要求简化、提纯甚至升华为统一而抽象的理念。贺敬之的诗歌《不要注脚——献给"鲁艺"》、叶克的散文《桥儿沟》、陈荒煤的小说《在教堂里歌唱的人》等作品，都以对鲁艺校园的标志性建筑——桥儿沟天主教堂为题材，这些作品十分相似地将教堂渲染得光辉无比。而现实中的鲁艺校园却恰恰相反，掩映在群山之间的鲁艺校舍逼仄不已，教堂后面的几排窑洞作为教室更是拥挤，因此课堂经常搬到露天的场院或不远处的山头上。[2] 我们不能以"美化延安"这样的结论一言以蔽之，而是应该分析"美化"修辞背后的深层意味与张力结构。[3]贺敬之在《不要注脚——献给"鲁艺"》一诗中揭示了桥儿沟天主教堂如何发生了象征性改造：

在时代的路程上，
教堂
熄灭了火焰，
耶和华

---

[1] 何其芳：《怎样研究文学》，《中国青年》1940年第2卷第6期。
[2] 穆青：《鲁艺情深》，载文化部党史资料征集工作委员会、《延安鲁艺回忆录》编委会编《延安鲁艺回忆录》，北京：光明日报出版社，1992年，第582页。
[3] 譬如林培瑞指出，"美化"修辞的一个重要目的是"把批评转嫁给别人"，以此获得道德上的清洁感。（Perry Link, *An Anatomy of Chinese: Rhythm, Metaphor, Politics*, Cambridge, MA: Harvard University Press, 2013，pp.313-314.）

> 走下了台阶……[1]

对桥儿沟教堂的改造早于红军到来[2]，但在诗中，"红军的到来"成为比宗教更为神圣的"救赎"，成为陕北革命传统中不可回避的"地方性知识"存在。林伯渠在《陕甘宁边区政府对边区第一届参议会的工作报告》中，曾谈及陕甘宁地区从蛮荒之地到"边区"的革命史，并指出党在解救边区人民的历史中扮演的重要角色。在这个意义上理解党所提出的写民众生活的要求，就会明白其目的之一在于以具象化的延安取代知识分子带有梦幻色彩的对延安的想象，并凝聚知识分子的集体认同，由此书写"地方"被赋予了极强的政治属性。在这一逻辑下，陕北恶劣的自然环境经由党领导的开荒生产转化为富庶之地，陕北被追认为祖先发祥的"圣地"，陕北人民因身处边缘地带而不得不遭受外侮的经历，也被转化为反抗外敌、维护民族自尊的传统。[3] 总的来说，中国共产党对于作为"地方"的"边区"的塑造，关联着自身在中国政治谱系中位置的重新确立。据此，中国共产党对鲁艺诗人提出了新要求——加工提纯陕北地方性传统中的要素，譬如朴素的风土人情、人民有组织地反抗外侮、敢于创造新生活等，并将之转化为一种无上崇高、坚不可摧的诗歌美学风

---

1 贺敬之：《不要注脚——献给"鲁艺"》，《贺敬之文集》第1卷，第51页。
2 陆地：《瞬息年华——延安鲁艺生活片断》，《陆地作品选》，桂林：漓江出版社，1986年，第422页。
3 《陕甘宁边区政府对边区第一届参议会的工作报告》，载《红色档案——延安时期文献档案汇编》编委会编纂《陕甘宁边区参议会史料汇编》（上卷）西安：陕西人民出版社，2013年，第7页。

格，即贺敬之强调的在鲁艺这座"场园"，"赶出了／'伤感'的女神，／摒弃了／镀金的哀愁"[1]。这种诗歌主张并不诞生于延安本土，而是源自左翼诗歌传统。只是中国共产党来到陕北之后，必须直面过去革命经验中未曾处理过的全新的"地方"问题，与陕北的"意外"遭遇使之调整了过去的革命理念以及在苏区的政治、经济与文艺政策。[2] 与之对应，对于鲁艺诗人而言，他们一方面要体现这个被改造后的"地方"具有无可替代的优越性以及将转化为文化"中心"的必然性；另一方面则是直面具体的"地方"带给他们的全新感受，而这一点常为人们所忽略。

对于抗战时期大多数受到感召踏入延安的知识分子而言，对"延安"的感知并不仅仅来自现成的革命理念和"地方性知识"，而是通过在战争中安顿自己，以及对头脑中各类空间进行加工、拼接和想象得来的。鲁艺文学系第三期学生井岩盾在《冬夜之歌》一诗中，勾勒了一幅干燥寒冷的北方冬夜画卷。这种景象对于山东籍诗人井岩盾而言并不新鲜，他以两个"又"字勾连了记忆中的冬日之景与眼前的现实。但是，熟悉的自然环境引发了诗人截然相反的感受，鲁艺虽然生活条件艰苦，却为诗人提供了一种相对稳定的创作环境，诗人居于此也获得了想象力的飞升，因此，贫瘠的黄土地可

---

[1] 贺敬之：《不要注脚——献给"鲁艺"》，《贺敬之文集》第1卷，北京：作家出版社，2005年，第52页。
[2] 参见周锡瑞《意外的圣地：陕甘宁革命的起源》，石岩译，香港：香港中文大学出版社，2021年。

以奏响"宇宙的音乐"[1]。可以说,井岩盾正是感受到一种想象中的自由后,作为"地方"的鲁艺(延安)才获得了稳定的意义。[2]但是,鲁艺诗人在延安的真实生存感受与革命版图中被加以"美化"的"知识"也存在着很强的割裂感。比如,在"歌唱光明"之外,贺敬之也发表过《红灯笼》这样的诗歌。在黄河民俗文化中,有着"穷人门前挂红灯笼"的传说[3],在意义体系上,红灯笼作为黄土地上的一抹"亮色"象征着新的希望。但贺敬之却有意刻绘"熄灭的红灯笼"这一意象[4],并将其抽象为农民宿命的隐喻,全诗因此笼罩着一种未知与恐怖的气氛。

1942年,贺龙回延安时直接表达了自己对鲁艺"关门提高"的不满,批评他们忽视与"前方"的联系,校长周扬为此做了检讨:"鲁艺的教育和实际脱节的现象是很严重的。"[5]整风运动以前,鲁艺的"关门提高"固然从周扬遵奉的"学术自由"、[6]鲁艺的课程设置、浓

---

1 井岩盾:《冬夜之歌》,《中国青年》1941年第3卷第4期。
2 段义孚区分了"空间"和"地方"。空间是相对开放的,不存在成型的意义,而地方则是相对闭锁的,是沉淀下来的价值观的中心。他认为"在开放的空间中,人们能强烈地意识到地方"。(〔美〕段义孚:《空间与地方:经验的视角》,王志标译,北京:中国人民大学出版社,2017年,第44页)
3 邓刘氏等人讲述,贺大绥等采录:《红灯笼的传说》,载雪犁主编《中华民俗源流集成》(游艺卷),兰州:甘肃人民出版社,1994年,第295—297页。
4 贺敬之:《红灯笼》,《草叶》1942年第3期。
5 周扬:《艺术教育的改造问题——鲁艺学风总结报告之理论部分:对鲁艺教育的一个检讨和自我批评》,载谷音,石振铎编《东北现代音乐史料》第2辑(鲁迅文艺学院历史文献),内部资料,1982年,第148页。
6 艾克恩编纂:《延安文艺运动纪盛(1937年1月—1948年3月)》,北京:文化艺术出版社,1987年,第392页。

厚的文艺创作氛围中有迹可循，但无论是贺龙的批评还是周扬的检讨都试图有意忽视，在鲁艺内部，诗人对"现实"的探索存在很强的多元性。一方面，鲁艺诗人以"现实主义"标榜自己的诗歌创作，以新民主主义为创作方向，譬如何其芳响亮的口号："诗歌——现实主义！""诗人——马克思主义者！"另一方面，主张"现实主义"也意味着"从现实生活去得到灵感和主题"[1]，因此，"现实"也是对自身经验的加工与再次编码。

第二节 鲁艺诗歌的生产机制：以何其芳与《草叶》为中心

一、谁是青年的导师？——从何其芳的"受挫"说起

鲁迅在延安被接受与"发明"的过程已有研究者进行过细致梳理[2]，但是根据时人的"主张""发言"构建起来的延安"鲁迅传统"忽视了以下问题：革命是一个动态的实践过程。就鲁艺而言，以"鲁迅"做"旗帜"，一是"纪念我们这位伟大的导师"，二是"表示我们要向着他所开辟的道路大踏步前进"[3]。由此可见，引导文艺青年

---

1 何其芳：《对于〈月报〉的一点意见》，《文艺月报》1941年第1期。
2 参见潘磊《"鲁迅"在延安》，桂林：广西师范大学出版社，2008年；袁盛勇《延安时期"鲁迅传统"的形成》（上），《鲁迅研究月刊》2004年第2期；袁盛勇《延安时期"鲁迅传统"的形成》（下），《鲁迅研究月刊》2004年第3期。
3 《创立缘起》，载谷音、石振铎编《东北现代音乐史料》第2辑（鲁迅文艺学院历史文献），内部资料，1982年。

133

走鲁迅开辟的道路是鲁艺创办的初衷，但吊诡的是，鲁艺在建立之初并未系统阐发"鲁迅的道路"的具体含义，也未组织过教员对鲁迅进行系统研究或讲授，直到萧军1944年调入鲁艺后还在日记中写道："这里虽然名为'鲁迅文艺学院'，但对'鲁迅'底功课过去像是从来没人讲过的样子。"[1]鲁迅及其作品仅作为"知识"在周扬的"新文学运动史"、周立波的"名著选读"等课上被提及。前者是为了证明"五四新文化运动是一个文化上的民族民主革命运动"，将鲁迅与吴虞被置于同一个层面讨论，认为二者在"反封建"层面上的同构性符合无产阶级的革命构想，因此足以并称为"当时反封建的最伟大勇敢的战士"[2]；后者则主要在介绍外国作家和文学作品时穿插援引鲁迅的相关意见，并未深究其思想体系[3]，由此可见，萧军上述指责并非全无道理。但问题的关键不在于此，正由于鲁艺在《讲话》发表以前作为党的"文艺堡垒"却迟迟未对"鲁迅的道路"盖棺论定，而是将"鲁迅"作为一个"前文本"任其置于喧哗之中，所以更值得追问的问题恰恰在于：鲁艺以"鲁迅的道路"为口号开辟出了怎样的言论空间？鲁艺和鲁迅、"名"与"实"之间，以什么方式保持着若即若离的关系？"鲁迅"作为教育青年的资源又如何被鲁艺教师解读，并以此来引导、形塑着革命"新人"？

实际上，鲁艺文学青年通过诗歌创作走"鲁迅的路"，背后的真正导师是主张天才与修养的文学系主任何其芳。1939年11月28日何其

1　萧军：《延安日记（1940—1945）》（下卷），香港：牛津大学出版社，2013年，第378页。
2　周扬：《新文学运动史讲义提纲》，《文学评论》1986年第1期。
3　周立波：《周立波鲁艺讲稿》，上海：上海文艺出版社，1984年。

芳主持文学系后，文学系的创作园地一度呈现出勃勃生机，他指导诗歌社团"路社"，牵头创办文学刊物《草叶》，以他为中心的师生群体形成了极为浓厚的诗歌创作氛围。他招收学生的条件灵活自由，格外看重富有写诗才华的青年，笔试成绩不佳、面试时受到何其芳格外关注的就有贺敬之、冯牧、戈壁舟等。[1]何其芳在《毛泽东之歌》一诗中写道：

> 我还要证明：
> 我是一个忙碌的，
> 一天开几个会的
> 热心的事务工作者，
> 也同时是一个诗人！[2]

"事务工作者"延续了大后方的教育工作伦理。在奔赴延安以前，何其芳曾在万县师范"编选三种国文教材，准备五样功课，而且改三班作文卷子"，在成都"教两班半国文，改两班卷子"。[3]何其芳对于烦琐的教育工作事项孜孜不倦，在鲁艺，也正是诗歌教育事业进一步激发了他的革命热情。他的上课地点不囿于课堂，延河河畔、学生宿舍也是他的"课堂"。他时常在傍晚时分约同学在延河边谈话交流，

---

1 贺仲明：《何其芳评传》，南京：南京大学出版社，2012年，第187页。
2 何其芳：《毛泽东之歌》，载蓝棣之主编《何其芳全集》第7卷，石家庄：河北人民出版社，2000年，第397页。
3 参见何其芳《我一年来的生活》，《战时学生旬刊》1938年第5、6期合刊，转引自宫立《何其芳佚文三篇》，《中国现代文学研究丛刊》2017年第8期。

"在夜色朦胧中,也能分辨出他的身影,因为他像一阵风一样,带上谈话的同学,超过前面的人"。他们谈话的内容也已远远超过写作本身,而是通过师生伦理打通人与人的相互理解,或者对作品的思想情绪而做出评价,或者"坦率地提出批评意见,推心置腹"。[1]

"整风"之前在何其芳与学生的共同努力下,兴起了诗歌创作和讨论的热潮。鲁艺的诗歌社团"路社"成立于1938年8月,是鲁艺官方创办的文艺社团,取名自"鲁迅的路"。路社成员主要是文学系学生,社内分研究、编辑等股,开展活动包括举行各种座谈会、主办墙报《路》、宣传纪念节和纪念活动、印发诗传单等。[2] 何其芳作为社团指导教师,直接影响了许多学生的诗歌风格。1940年元旦,文学系照例要张挂新编的墙报以迎接新年,何其芳向学生提议墙报以"希望与梦想"为主题,"放手让各人自己爱怎样想就怎样写,在抒发感情方面,不要画地为牢,束缚想象的翅膀"。墙报中有这样的诗句:"我是一条笨拙的春蚕,/吃的是败叶,吐的是缕缕金丝。/装饰了别人,束缚了自己。""你哟,你是我心的黑夜的灯光,/我呀,同影子一样,永远依伴你的身旁。/你和我不离开了,/我再也不去渴望着天堂。"[3] 细读这些诗句,无论是在象征体系、抒情方式还是在思想情感上,都与何其芳《预言》时期抒写青春的感伤基调十分相

---

1 朱寨:《急促的脚步——何其芳素描之一》,载单天伦主编《时代履痕——中国社会科学院学者散文选》(下),北京:社会科学文献出版社,2004年,第683—685页。

2 《鲁艺第二届概况》(一九三八年九月),载谷音、石振铎编《东北现代音乐史料》第2辑(鲁迅文艺学院历史文献),内部资料,1982年,第18页。

3 陆地:《瞬息年华——延安鲁艺生活片断》,《陆地作品选》,桂林:漓江出版社,1986年,第428页。

似。正是在何其芳的鼓励下，一批鲁艺青年诗人用诗句记录"别开生面的、发自肺腑的青春的呼声"[1]。1940年路社停止活动后，曾作为路社成员的天蓝、贾芝、冯牧、葛陵等人又于1941年创办了墙报《同人》，何其芳的《我为少男少女们歌唱》正式发表于刊物之前便张贴于此。总体而言，何其芳在诗歌教育上主张写自己熟悉的生活，表达真实的情感，他对于文学系诗歌方向的引导也主要集中在对现实的多元探索方面，启发学生积极面对人生的种种困惑，这对鲁艺文学系学生走上诗歌创作道路带来了极大的影响。

值得注意的是，尽管延安时期何其芳发表了大量表达"自我忏悔"的诗歌，但是仍遭受到了许多质疑。个中原因，与他担任鲁艺青年的"导师"，在青年诗人中影响力强大有关。这种质疑声最为典型的便是《中国青年》《大众文艺》对何其芳创作"天才说"的批评。由这一事件可以管窥中共塑造鲁艺新人的动态历史过程，以及鲁艺如何参与中共文艺战线视野下"鲁迅传统"建构的一个侧面。

何其芳的《怎样研究文学》一文是应中国青年社之邀的"命题作文"，也是何其芳所谓的"杂感"。何其芳在文中劝初学者不要轻易写诗，言下有维护新诗的艺术品格之意，主要原因在于写诗仍需要一定的"天才"。[2] 从根本上而言，何其芳坚信写诗需要天赋是基于写诗被当作"志业"这一前提而言的。他意在表明，写诗作为一种"志业"，是一个漫长的过程，后天努力固然重要，但缺乏智力、

1　陆地：《瞬息年华——延安鲁艺生活片断》，《陆地作品选》，桂林：漓江出版社，1986年，第428页。
2　何其芳：《怎样研究文学》，《中国青年》1940年第2卷第6期。

敏悟力以及才能和修养者所作的诗，则不能称为诗，于是他批评了那些认为摘抄"他们认为美丽的词汇、句子"便是"好的文学"的初学者和教师，重新将文学的评判标准定为"真实的思想、情感和幻想"[1]。在鲁艺的人才选拔与培养中，"天才"确实是何其芳招收与培养青年诗人的一项重要准则。何其芳以济慈、兰波早年成名为例，认为"一个智能低下，对事物缺乏感受力，而又不肯思索的人是不适宜于从事文艺工作的"[2]。当19岁的穆青向八路军总政治部组织部提出想去鲁艺学习时，负责同志的"摇头"极富深意："上那个学校的都是艺术家，你可能考不上。"[3]在边区广大热爱文学的青年之中，只有少数"幸运儿"能通过鲁艺层层选拔进入这座文艺殿堂。以贺敬之为例，贺敬之回忆称，对自己被鲁艺录取感到十分意外，因为当时"鲁艺招生已经正规化了，对学生的要求比较高，很多生源在来延安前就已经是青年作家和知名记者"[4]，只有初一学历的贺敬之在入学考试的面试环节又表现得稚嫩而紧张，却凭"交上去的诗作"打动了考官。口试时，贺敬之对何其芳提出的一些专业问题答得很勉强，虽受到何其芳的鼓励，但他依旧很泄气。发榜那天，本以为自己名落孙山，却奇迹般地被录取了。"后来我才知道，文学系本来没想要我，但看了我交上去的诗作后，他们觉得我在创作方面是可以

---

1 何其芳：《怎样研究文学》，《中国青年》1940年4月第2卷第6期。
2 《关于文学上的"才能"问题（文艺问答）》，《大众文艺》1940年第1卷第4期。
3 穆青：《鲁艺情深》，载文化部党史资料征集工作委员会、《延安鲁艺回忆录》编委会编《延安鲁艺回忆录》，北京：光明日报出版社，1992年，第580页。
4 贺敬之：《延安，我真正生命的开始》，载闫东主编《大鲁艺》，北京：中国民主法制出版社，2014年，第242页。

塑造的，于是，我成为了鲁艺文学系年龄最小的学生。"[1]从鲁艺入学选拔的标准可见，无论是笔试时的"作文"，还是面试时回答有关"读书"的问题，莫不是在考察学生的"才能"与"修养"。通过这种方式，何其芳发掘了贺敬之、井岩盾、冯牧等青年诗人。

从《中国青年》的编辑理念来看，何其芳的发言姿态十分不合时宜。《中国青年》试图将文学问题与青年的人生观、革命理论、革命方法甚至卫生习惯等实用性的问题并置，比如冯文彬在《论青年的学习》中宣称"死读书，读死书，读书死"的教育模式"破产"了，现在的学习对象不再是抽象的知识而是"向群众学习""向工作学习，向斗争学习"。[2]诚然，发表何其芳《怎样研究文学》一文的1940年第2卷第6期《中国青年》作为"中国儿童节特大号"，何其芳在此文中谈及"天才"，显然意在肯定儿童的文学创造力。但是，这个出发点被批评者直接无视了，随后引发了轩然大波。一位署名"漠芽"的读者甚至将何其芳的观点归纳为"天才遗传说"，并将其与"地主阶级"的自高自大联系起来。[3]不同于20世纪20年代《中国青年》那场"新诗人的棒喝"[4]，何其芳遭到的"棒喝"并非针对诗歌本身，其"对手"所打击的对象是何其芳以标准制定者自居、精英主义的态度和启蒙的姿态，以及那种倚重天才、灵感、缱绻于书卷

---

[1] 贺敬之：《延安，我真正生命的开始》，载闫东主编《大鲁艺》，北京：中国民主法制出版社，2014年，第242页。

[2] 冯文彬：《论青年的学习》，《中国青年》1939年第1卷第4、5期合刊。

[3] 漠芽：《谈才能或天才》，《大众文艺》1940年第2卷第2期。

[4] 姜涛：《公寓里的塔：1920年代中国的文学与青年》，北京：北京大学出版社，2015年，第276页。

之间的学院派作风和写作习惯；他们反对的不是新诗，而是基于一种共同的立场，即"文学并不是文学家的专利品"，强调诗歌的权力不再被那些具有"天赋""才能""修养"的知识分子所垄断，而是应该下放到每一个个体。这场讨论已经出离了对文学、写作本身的探讨，由青年人是否具备通过文学甚至诗歌表达自己情感的能力，是否能通过"努力"获得上升到一种革命品质的"学习"。

不久之后，《中国青年》与《大众文艺》便一唱一和地陆续发表了雪苇、茅盾、艾思奇等人的相关批评文章，《大众文艺》的编辑甚至在"编后记"中坦言，相关稿件实在繁多，刊物不得不发表。[1] 在阐释文学运动与革命的关系时抬出鲁迅，是延安文化界的普遍做法。1937年，毛泽东在陕北公学为鲁迅逝世周年纪念作过一次报告，后由大汉整理，以"毛泽东论鲁迅"为题发表在1938年3月1日《七月》第10期上。报告中指出纪念鲁迅的原因"不仅是因为他的文章写得好，成了一个伟大的文学家，而且因为他是一个民族解放的急先锋，给革命以很大的助力。他并不是共产党的组织上的一人，然而他的思想、行动、著作，都是马克思主义化的"[2]。鉴于何其芳在鲁艺文学系青年中的影响力，他的论战对手选择以鲁迅为旗帜，力图与之争夺在青年中的领导权。其中萧三1939年11月5日发表在《中国青年》上的《鲁迅与中国青年——为鲁迅逝世三周年纪念作》就是一例。与他的另一篇纪念文章——1939年11月发表于《解放》上的《纪念鲁迅

---

[1] 《编排之后》，《大众文艺》1940年第2卷第2期。
[2] 大汉笔录:《毛泽东论鲁迅》，载本书编辑委员会编辑《中国新文学大系（1937—1949）》第1集，上海：上海文艺出版社，1990年，第518页。

逝世三周年》[1]的目标读者不同，考虑到《中国青年》的读者群是青年一代，故重提鲁迅一生对青年爱护有加，但是其落脚点回到鲁迅致力于文艺"改变国民的精神"这一点。他在文中说道："鲁迅一生奋斗精神之最可取法的是，他仗义执言，毫不姑息，毫不妥协，绝不投降，斗争到底，至死不改其宗。他的斗争，不是和人们闹私人意气，而是为中华民族公共的幸福。"[2]由此，青年人生观的含义，由一种夹杂着批判现实主义观照和自我精神写照的文学与人生观，被整合为斗争性、民族性的理想型人格。至此，鲁迅作为文学家与革命家的形象一道被引入青年的接受视野中，借助"鲁迅传统"来修正青年的创作观念。何其芳的"天才说"遭遇质疑，勾连着彼时延安舆论界对新诗甚至五四新文学传统的重新界说。

1938年以后，中共建立起一套全新的诗歌批评话语，带有很强的政治意识形态色彩。毛泽东在对鲁艺发表的讲话中便提出了许多针对艺术的具体要求，日后对鲁艺文学系的办学具有一定的指导意义，譬如"我们在艺术论上是马克思主义者"，其中暗含着以马克思主义原理指导文艺的要求，"艺术作品要有内容，要适合时代的要求，大众的要求"等，则从实际方面规定了鲁艺具体的办学方向。[3]此番讲话发表于鲁艺成立当天，旨在率先获得文艺阐释的权力。据与何其芳一同到延安的沙汀回忆，他们初到鲁艺时，周扬便向他们转述了

---

1 萧三:《纪念鲁迅逝世三周年》,《解放》1939年第87、88期。
2 萧三:《鲁迅与中国青年——为鲁迅逝世三周年纪念作》,《中国青年》1939年第2卷第1期。
3 毛泽东:《在鲁迅艺术学院的讲话》(一九三八年四月二十八日),《毛泽东文集》第2卷,北京：人民出版社，1993年，第121—123页。

上述讲话的精神:"文艺是团结人民,打击日本帝国主义的武器;文艺要为工人、农民服务,要到现实斗争中去学习。"[1]这番转述一定程度上影响了鲁艺教师的教学和实践,但就何其芳个人的诗歌教育思想而言,显然他仍未完全领会诗歌与政治之间的关系。

二、诗歌与政治之间:《草叶》与延安文学的内在生成逻辑

1941年11月,何其芳的《郿鄠戏》发表在文学系自办刊物《草叶》的创刊号上,可见作为编辑的何其芳本人和主编陈荒煤对此诗的重视,大有以此为鲁艺诗人打出旗号之意。但该诗却很少进入何其芳研究者的视野,究其原因,很可能是因为这首诗艺术技法高超,在何其芳一系列表明自我"转向"的作品中也不典型,因此很少被纳为"何其芳现象"的例证。何其芳在诗中并没有直接流露出面对革命事业时的犹疑与忏悔,而是构思精巧地将郿鄠戏这种民间戏曲形式客体化,以"你"来指称;而"我"在郿鄠戏的旋律中串联起了陕北人民的苦难历史。诗歌开头写道:

> 你呜呜地唱了起来的
> 对面山上的郿鄠戏,
> 你笛子,你胡琴,

---

[1] 沙汀:《沙汀自传——时代冲击圈》,太原:北岳文艺出版社,1998年,第201页。

第二章 "新文学"建构与诗歌教育的延展

> 你敲打着的拍板,
> 你间或又响一下的锣声,
> 你的节奏是那样简单,那样短促,
> 你呜呜地唱着
> ……[1]

诗人辛笛发现,这首诗的内容与形式具有同构性,诗歌短促的节奏所模拟的正是郿鄠戏的节奏。郿鄠戏,又称"迷胡子",是一种流行于陕西关中地区的情歌小调,最初以三弦、板胡、笛子等管弦乐器伴奏,其曲调缠绵悱恻,而后又加入秦腔所使用的鼓板、小锣等打击乐器,曲调间或高亢激越。[2] 辛笛指出,"为什么'秦腔'总是那样凄厉直迫到你的心呢?因为唱的是'被侮辱与被损害的'贫苦无告的人民的故事"[3]。如果说"迷胡子"模拟的是啜泣般的哭腔,那么秦腔则表现悲壮的情绪。诗人接下来以长短错落的句子模拟郿鄠戏那时而呜咽时而高昂的曲调,内容则集中在以"我"之口代替陕北老百姓"诉苦"[4]。在《郿鄠戏》末尾,悲情的控诉戛然而止,诗人匆忙地以"灿烂的阳光在我的窑洞的门外"转折,沉重的梦境因此被拉回至光明的现实。何其芳努力化用此民间戏曲表现劳动人民的苦难史,却因为该戏曲类型不擅表现人民经历苦难之后的奋进,

---

1 何其芳:《郿鄠戏》,《草叶》1941年第1期。
2 《郿鄠戏》,《当代戏剧》1960年第4期。
3 辛笛:《夜读书记》,上海:森林出版社,1949年,第129页。
4 何其芳:《郿鄠戏》,《草叶》1941年第1期。

而不得不回落至《画梦录》时期便已成型的主观抒情方式。后设地看，何其芳化用"民间形式"的努力在一定程度上是失败的。郿鄠戏在延安文艺座谈会之后的秧歌剧改良中扮演了重要角色，著名的《兄妹开荒》便脱胎于此戏种。郿鄠戏在诉苦、表现劳动人民的个人情感时有其优越性，但由于曲调感伤，并不适宜表现"战斗、前进、冲锋等进行曲风的雄壮情感"[1]。受制于此，何其芳的笔端只能在郿鄠戏（诗歌）情感走势越发下沉的时候戛然而止，并冠以"梦"之名来试图解除诗歌战斗性不足的危险。但除了"写地方"的"失败"这种解读，我们对这首诗还有其他理解方式吗？

何其芳曾说，郿鄠戏凄婉动人的旋律牵动了他的情思。[2] 这对于不喜欢京戏的何其芳而言，实属一种特殊的地方经验。在诗中，何其芳为了表现郿鄠戏沉郁的曲调与情感，不断将郿鄠戏可视化，为了节奏和谐，他还省略了"你"与"笛子""胡琴"之间的连接词，使诗意变得朦胧。在某种程度上，"听郿鄠戏"是何其芳所说的"从现实生活去得到灵感和主题"的体现。[3] 这首诗折射的其实是何其芳在聆听地方戏之后的一种真实感受，即一方面醉心于这种地方艺术打动人心的力量，另一方面又承受着"写地方"尤其是运用"民族形式"写地方的压力，二者难以平衡，因此匆忙收尾。类似《郿鄠戏》这样带有鲜明陕北地方特色的诗歌作品，不可被"民族形式"的套语简单回收。这首诗首先折射出诗人的思维方式与政治话语不

---

[1] 萧寒编著：《郿鄠的音乐》，北京：商务印书馆，1951年，第104页。
[2] 何其芳：《解放区琐谈：京戏》，《新华日报》1947年2月18日。
[3] 何其芳：《对于〈月报〉的一点意见》，《文艺月报》1941年第1期。

相融合的一面。何其芳自称"歌唱光明"[1]，但他对"光明"的理解带有极强的主观性。他曾在延安文化俱乐部的一次报告中提及"现在我们的诗的主题就是新民主主义"，并被陈企霞批评为图解政治。[2]实际上，何其芳心目中理想的"新民主主义"诗歌以容纳更丰富的现实题材、表现更复杂的情感经验为基本特征，而非政治术语的注脚。在他看来，凡是表现"旧的中国，新的中国，新旧矛盾着，错综着，斗争着的中国，在这样的中国的土地上的人民的生活，故事，快乐，苦痛，希望，等等"[3]，均可纳入其范畴。在这个意义上，尽管《郿鄠戏》一诗借鉴民间戏曲来迎合以民族形式"写地方"的潮流，却是作为书写民族形式的"潜流"存在的。

更值得深究的是，诗人具有鲜明地方特色的书写与"写地方"要求之间的错位，指向了延安文学的内在生成逻辑。1939年，何其芳发表《论文学上的民族形式》一文，其中关于诗歌与音乐关系分离的观点，[4]矛头直指萧三。萧三将中国古典诗歌传统和民间音乐视作诗歌民族形式的两个源泉[5]；而在何其芳看来，文学与音乐各司其职，二者分离意味着人类文化的进步，因此将民间音乐引入新诗的做法是一种"倒退"[6]。何其芳公开反对萧三的民族形式"源泉说"，却在《郿鄠戏》中活用民间戏曲，这一看似矛盾的言行与鲁艺文学系的人

---

[1] 何其芳：《我歌唱延安》，《文艺战线》1939年创刊号。
[2] 陈企霞：《旧故事的新感想》，《文艺月报》1941年第3期。
[3] 何其芳：《给陈企霞同志的一封信》，《文艺月报》1941年第4期。
[4] 何其芳：《论文学上的民族形式》，《文艺战线》1939年第1卷第5号。
[5] 萧三：《论诗歌的民族形式》，《文艺战线》1939年第1卷第5号。
[6] 何其芳：《论文学上的民族形式》，《文艺战线》1939年第1卷第5号。

事纠葛不无关系。在鲁艺，萧三最早借用毛泽东《论新阶段》的论断谈及朗诵诗与"民族形式"的关系，口吻中带着不可置疑的语气。[1] 1939年5月，萧三到延安的第二天便被任命为鲁艺编译处处长，并迅速在延安文艺界开展活动，如组织文化俱乐部、新诗歌会等。他复刊《文艺突击》（后更名为《大众文艺》）并发表大量诗歌作品，后创办了诗歌刊物《新诗歌》为朗诵诗张目，发表了鲁艺文学系学生张铁夫、张沛、海稜等人的朗诵诗。何、萧二人就"民族形式"问题产生分歧后，萧三迅速利用《大众文艺》组织了对何其芳的批评。原本作为"同事"的何、萧二人文学观点上的不合，迅速升级为政治"事件"[2]，何其芳"写诗需要天才"一说也被放大为反面典型。[3] 刘雪苇、茅盾、艾思奇等"天才说"的反对者指斥何其芳的观点有损革命团结，他们将写作与革命相提并论，认为它们都是"吃苦"的事业，需要兢兢业业地耕耘才能收获。[4] 以此再来看萧三创办《新诗歌》的目的，打出"民族形式"中具有政治规约性的"朗诵诗"的旗帜，其中不排除与何其芳一争在青年学生中的影响力的意图。

与《大众文艺》和《新诗歌》不同，《草叶》是文学系的内部

---

1 萧三：《论诗歌的民族形式》，《文艺战线》1939年第1卷第5号。
2 关于这一事件，参见艾克恩主编《延安文艺史》（上），石家庄：河北教育出版社，2009年，第150—151页。
3 何其芳：《怎样研究文学》，《中国青年》1940年第2卷第6期。
4 《中国青年》与《大众文艺》陆续发表了刘雪苇、茅盾、艾思奇等人的相关讨论文章，《大众文艺》"编后记"中称，集中发表这些文章的原因在于相关稿件实在繁多。（《编排之后》，《大众文艺》1940年第2卷第2期）

刊物，整风改版以前的诗歌"以知识分子作为自己作品中的主角"[1]，大多反映何其芳、周立波、贺敬之、井岩盾等鲁艺师生投身革命事业时热情与失落交织的复杂心态。何其芳有意宣称，这些作品无法跻身党报《解放日报》的发表队列，因此只能处在延安发表场域的"下风"，并在校长周扬的授权下才取得了合法的生存空间。[2] 鲁艺原本是铸造紧密同志、战友关系的"文艺堡垒"，何其芳在《草叶》上以《鄌鄂戏》一类的诗表象上呼应"民族形式"，又为求"自保"而甘居一隅，构成对鲁艺内部分裂的暗中回应。

值得注意的是，《新诗歌》除刊登朗诵诗及战斗性鲜明的作品外，也发表颇具个人特色的诗歌，不乏延安日常琐事的诗意化呈现，萧三自己的诗也夹在这些极富"地方感"的诗歌当中。譬如，与家乡湖南不甚相似的延河风光曾引发他的思乡之情："我记得我的老家和幼年时代，／我们一道儿走到城墙上来。／一河好水连接着天边，／远远地浮着风帆一片。"[3] 再如他的《打疯狗》一诗，以粗放、狂野的语言控诉法西斯的暴行，并富有激情地赞美了苏联红军的英勇。有趣的是，留苏回国的萧三在书写异域尤其是苏联时，堆砌了大量文学性知识。与其说他意在歌唱"苏维埃爱国主义显它的神力"，不如说是在满足读者对苏联想象的同时，梳理自己阅读苏俄文学的记忆："看，高大的伊凡和奇里，／快乐的叔拉和卡嘉，／矮胖的彼得，瓦里西，／沉静的林娜，马露霞……／我都认识你们的，／现在还时

---

[1] 严文井：《评过去四期〈草叶〉上的创作》，《草叶》1942年第5期。
[2] 参见贺志强等《鲁艺史话》，西安：陕西人民出版社，1991年，第162页。
[3] 萧三：《我记得》，《新诗歌》1940年第2期。

常记起。"[1]文学作品中的人物译名被萧三编织进有节奏的诗行里,试图从形式上调动朗诵诗听众的情绪,但是,萧三的私人阅读经验注定很难向公众转化。

无论是何其芳以鄜鄂戏包裹个人情思,还是萧三在朗诵诗的宣言下书写故土、唤醒域外文学阅读的记忆,均为营造"地方感"而不是语义清晰的"地方",是借"民族形式"之名为自己书写个人地方经验拨开了一道缝隙,继而疏离了空洞的概念口号。二人在当时主流诗歌之外的"潜流"中遭遇,由此勾连的延安文学的生成逻辑便复杂得多。一方面,延安文学尤其是在延安文艺座谈会以前的文学,固然存在"主流"和"潜流",但区分不是天然的和绝对的,而是互相较量、缠绕的,不仅同一诗人身上体现出两面性,而且可以凭"主流"之名行"潜流"之实。另一方面,"潜流"是延安文学自我建构并自我区隔的产物,在政权建设的逻辑里,"潜流"始终作为被批判的对象存在,而中共的许多文艺政策正是在不断定义、区隔和翻转"主流"与"潜流"之间互动形成。回到鲁艺的具体历史语境便会发现,何其芳与萧三汇入"潜流"的行为背后,实际上隐含着权力等级关系,而知识分子在《讲话》之前便已通过辨识自己在等级序列中所处的位置,完成了自我教育。有待进一步深究的是,萧三的"矛盾"也折射出另一个问题。无法回避的"潜流"导致萧三产生了与何其芳相似的自我分裂的精神结构,这典型地体现在他的《我没有闲心》一诗当中。诗中出现了神秘而诡魅的"她"的意

---

[1] 萧三:《打疯狗》,《新诗歌》(绥德版)1941年第5期。

象，萧三暧昧地写道，"她"始终萦绕在"我"心头，使"我"无心顾及其他，"我"无法挣脱"她"，恰如无法挣脱革命事业一样。[1]

可以说，当我们回到鲁艺这一微观空间重新讨论"民族形式"论争，探究何其芳与萧三对"地方感"的体认和自我辨识时，不仅为我们提供了一种进入延安知识分子精神史的具体路径，而且有助于在知识分子矛盾纠结的心态中反过来理解延安文学的生成逻辑。

第三节 以鲁艺为方法

一、鲁艺内外：有限的地理标尺

近年来，研究者已经注意到抗战时期解放区与国统区之间的互动关系，并将其特征概括为人员流动、作品传播和理论交流三个维度[2]。本书试图进一步指出，我们之所以研究区域之间的"互动"，不仅可由此解释很多无法被简单归于政治纲领之下的文学现象，更有助于分析中国现代文学诞生以来，延安文学究竟在什么层面延展、冲击抑或重组了人们对"现代"的认识边界，并影响了他们对民族国家、革命等宏大命题的看法。

在抗战时期知识分子流散与失序状态的历史语境中，对于许多人而言，延安鲁艺只是他们短暂驻足的一站：茅盾称自己只是"客

---

[1] 萧三：《我没有闲心》，《新诗歌》1940年第2期。
[2] 周维东、郭鹏程：《"区域间"的抗战文学——抗战时期国共辖区间文学互动的三个维度》，《现代中国文化与文学》2020年第4期。

居"鲁艺；而何其芳、卞之琳和沙汀三人从成都出发奔赴延安，而后任职于鲁艺，仅有何其芳一人留下；对于鲁艺学生而言，除了少数毕业后留校任教以外，大多数均在学业完成后，被分配到部队或根据地担任编辑、记者和通讯员等。鲁艺作为一所文艺学校的历史并不悠久，它的"战时性"致使人员流动很大，许多曾驻足鲁艺的人也会因为身份的不断变动而被遗忘。那么，物理上的流散状态是否阻碍了我们追溯延安经验之于作家的意义？其实，抗战时期"延安"的完整形象是伴随着作家迁移，在他们的情感与精神的流动中凝聚的；延安也不是封闭的空间，在始终保持着与大后方的媒介联系的同时，也与之形成了"精神纽带"。考察那些曾驻足延安者在离开后如何书写延安，以及延安以外的作家如何影响着延安，为我们提供了另一重思考"延安路径"复杂性的向度。囿于篇幅原因，本书仅以曹辛之、胡风与鲁艺诗人的联系这两个个案，分别对上述两个层面略作分析。

曹辛之1938年曾先后就读于陕北公学和鲁艺美术系，1939年离开延安。唐湜曾在诗中这样谈及曹辛之的笔名："呵，你手拿画笔的诗人/你纤细的笔下怎么能发出/'杭约赫'粗犷的呐喊声音？"[1]"杭约赫"模拟劳动号子，出自曹辛之发表于1946年《世界上有多少人在呼唤我的名字》一诗，该诗以黄浦江边码头工人为描写对象，全诗充满了对工人遭受不公正待遇的控诉。[2] 此前不久，曹辛之的笔下已频

---

1 唐湜：《遐思：诗与美——献给远方的友人》，《蓝色的十四行》，北京：北京燕山出版社，1995年，第204页。
2 杭约赫：《世界上有多少人在呼唤我的名字》，《文艺复兴》1946年第2卷第5期。

繁出现"枯黄的土地""褐色的土地""金色的高原"等意象，构成了该类诗作的"准备期"，这些意象带有鲜明的陕北地方特色，与他20世纪30年代的延安经验有着密切关系。而这类描绘延安劳动场景的诗歌，也暴露了曹辛之对待革命的复杂态度，并不断作用于他40年代末期的书写，成为他借鉴西方现代主义诗歌技巧时一道挥之不去的印迹。

首先来看曹辛之的《神话》一诗：

> 在那金色的土壤上，
> 有座金色的天堂。
> 像块巨大的宝石，
> 在金河的岸上放光。
>
> 老年人嘴边的神话，
> 不再是荒诞的幻想；
> 干瘪的土地流了乳汁，
> 歌声从黑夜响到天亮。
>
> 白胡子和黑头发一样年青，
> 拿锄头的也能拿起刀枪；[1]

1　曹吾：《神话》，《春之露》，重庆：草叶诗舍，1945年，第34—35页。

这首诗以延安诗人笔下常见的"开荒"为题材，开头部分利用金色、黑色和白色制造出了强烈的视觉冲击力，冷暖色调交相辉映下有种动人心魄的绘画美。这一诗歌美学风格的形成，离不开曹辛之在鲁艺美术系的学习经历。彼时鲁艺美术系大力提倡木刻，而曹辛之离开延安在大后方从事出版工作时，大量运用木刻图画作为杂志插图和封面装帧，一面写诗，一面进行装帧设计。木刻是一种速写的艺术，在物资匮乏、要求艺术追求经济时效的战争时期受到了美术家的推崇。与之对应的则是对文学速写的要求，1939年曹辛之与鲁艺几名同学随李公朴来到晋察冀边区，写了一些街头诗、枪杆诗、诗传单等，不同于延安一些文学青年不堪速写的任务和压力，抱怨自己"一首短诗也写不出来了"[1]，曹辛之"天天都写"[2]。他写于延安和晋察冀的诗作均已散佚，1945年在重庆出版了首部个人诗集《春之露》（又名《撷星草》），署名"曹吾"。而其中《愿》一诗表达了延安经验是如何经过一段时间的沉淀后，启发他从美术的线条和光影中跳脱出来，去寻找一颗"活跳的心"。与延安诗人同时期在鲁艺写下的"到处的山头都在竞赛，新社会在竞赛中向前"一类诗句不同[3]，曹辛之开始反思，在以暖色调的画笔刻绘丰收场景时，也有可能会掩盖农民真实的苦难，"画不出农夫流汗的笑脸，／在调色板上找不

---

[1] 欧阳山：《马列主义和文艺创作——文艺思想性和形象性漫谈之一》，《解放日报》1941年5月19日。

[2] 曹辛之：《最初的蜜：杭约赫诗稿》"后记"，北京：文化艺术出版社，1985年，第251—252页。

[3] 戈壁舟：《军民开荒》，《延安诗抄》，西安：陕西人民出版社，1978年，第47页。

到他们底颜色，／今天他们的笑容虽那样天真，／我知道他们的心却长年在哭泣"[1]。《愿》触及的，在歌颂劳动生产背后，是否也潜藏着对人的基本生存问题的遮蔽？曹辛之围绕生产劳动的书写，取材上与同时期延安诗人相当一致，但相较之下却更具有智性与批判性，他试图通过将延安"他者化"来重新提炼"劳动"的本质，以此与延安诗人产生一定区别，表明诗人与延安拉开距离后，正逐渐加深对历史与社会现实的认识。

曹辛之在1947年学习艾略特等人的欧美现代派诗歌后陷入了困惑。在他的代表作《复活的土地》中，"土地"的色调开始由明转暗，由书写西北黄土地上的开荒"神话"转而写上海这座都市的灰暗。但正如有学者指出，当模仿现代主义诗歌展开对城市的批判时，受制于"二元对立"的世界观与分析框架，他又陷入了对"新世界"的幻想中。[2] 他同时期写作的劳动题材诗歌《拓》《神话》流露出相当的浪漫主义色彩及对革命圣地的留恋与向往：

> 千年的桎梏一齐打碎，
> 人类在那儿生了新的希望。
>
> 千万人心里亮着它的名字，
> 千万人冒着死生去寻访；

---

[1] 曹吾：《愿》，《春之露》，重庆：草叶诗舍，1945年，第20—21页。
[2] 李章斌：《地狱之城与乌托之邦：杭约赫与艾略特诗歌比较》，《中国比较文学》2015年第4期。

> 哪怕山高路遥，抖抖身子往前奔，
> 像江河汇流海洋，谁的心不朝向太阳？[1]

在诗中，他一方面反思那种对劳动的歌颂的虚假性，另一方面寄希望于党解救劳动人民。《讲话》发表以后，许多延安诗人以自我贬损为代价歌颂劳动，如鲁艺文学系学生戈壁舟写道："我生产了十七石，／比我写一篇漂亮的文章，／比我发表一个动人的讲演，／更能减轻老百姓的负担。"[2] 曹辛之认为，诗人应具备"抒阐自己感情的'民主'"[3]。背负政治表态压力的延安诗人，在歌颂劳动的同时也压抑了自己对待劳动的真实情感，掩盖了劳动的艰苦本质。曹辛之的《启示》一诗展示了诗人如何摆脱"迷失"，"向自己的世界外去找寻世界"[4]，带有"九叶派"典型的"思想知觉化"特征。但此诗的主题与延安诗人书写自我蜕变具有同构性，身处延安以外的曹辛之亦怀抱着思想改造的内在自觉。他在诗中明确地将自己短暂的延安经历提炼为从"旧世界"跃向"新世界"的转折点[5]，他的劳动书写则更清晰地体现出对于延安政权的认同。延安的开荒生产取得了瞩目成绩，

---

[1] 曹吾:《神话》,《春之露》, 重庆: 草叶诗舍, 1945年, 第35—36页。
[2] 戈壁舟:《我生产了十七石》,《延安诗抄》, 西安: 陕西人民出版社, 1978年, 第52页。
[3] 编者:《编余小记》,《诗创造》1947年第5期。转引自赵友兰、刘福春编:《曹辛之集》（第1卷 诗文）, 上海: 上海人民出版社, 2011年, 第229页。
[4] 杭约赫:《启示》,《火烧的城》, 上海: 星群出版社, 1948年, 第5页。
[5] 曹吾:《寄》,《春之露》, 重庆: 草叶诗舍, 1945年, 第30页。

毛泽东称其为"中国历史上从来未有的奇迹"[1]。曹辛之在诗中有意刻绘农民的"血丝和汗滴"、揭示劳动艰苦的同时，也称农民在"穷山恶水"中开荒为"新的奇迹"[2]，有意无意地呼应了中共的官方评价。总体而言，曹辛之对于歌颂劳动的虚假性的反思存在限度，并未深入延安生产劳动背后的意识形态内涵。曹辛之离开延安带有战争时代的偶然性，但从他日后主动靠近欧美现代主义诗歌可见，这也是一种个人选择的必然。尽管如此，曹辛之离开延安后仍无法摆脱革命赋予的思维方式，这也典型地揭示了中国现代主义诗歌无法通向审美自律的内在原因。

二、鲁艺诗人与大后方：流动的延安文学

可与曹辛之书写延安及其转变进行对读的，则是鲁艺诗人与身处大后方的胡风取得关联的现象。鲁艺成立以后，胡风在编辑《七月》杂志时，十分注意与鲁艺的联系。1939年7月，《七月》停刊一年后复刊，首页与复刊词一同刊出的，还有鲁艺美术系沃渣创作的木刻作品《播种人》（署名沃查）。《播种人》的创作有其具体语境，即1939年2月开始的边区大生产运动，而胡风将这幅画的意义加以引申，

---

1 毛泽东：《抗日时期的经济问题和财政问题》（一九四二年十二月），载中共中央文献研究室、中国延安干部学院编《延安时期党的重要领导人著作选编》（上），北京：中央文献出版社，2014年，第231页。
2 曹吾：《拓》，《春之露》，重庆：草叶诗舍，1945年，第18—19页。

寓意着文学的"播种—发芽",寄托着他对《七月》未来的期望。[1] 胡风对《播种人》的解读超出了政治意图,旨在遴选鲁艺的部分文艺资源,使之既能贴合自己的编辑理念与审美趣味,又能为大后方读者提供耳目一新的感受,既能深化自己对"主观战斗"的理解,也能增加读者认识抗战的维度。以贺敬之的《跃进》一诗为例,诗人以"马群""倔犟的驾驭者""高原""大风沙"等意象描摹西北风景,漂泊远走的青年将革命理想寄托在宽广的高原、沉睡的马群之中。[2] 诗人将对革命的主观理解与现实生活联系起来,与胡风主张的"主观战斗精神"十分契合,[3] 而对于寓居大后方的读者而言,贺敬之的西北书写则以其粗粝的美学风格冲击了他们的审美习惯。

不仅如此,以《七月》为纽带,胡风还建立了与天蓝、胡征、侯唯动等延安部分青年诗人的联系,他们发表在《七月》上的诗歌均摆脱了公式化的弊端,胡风也通过编辑刊物影响了这些青年的革命观。[4] 鲁艺诗人侯唯动赴延安以前便发表了《斗争就有胜利——献给东北抗日联军的兄弟们》:

<blockquote>
透出残雪层的
——迎春花
</blockquote>

---

[1] 沃查:《播种人》,《七月》1939年第4集第1期。
[2] 艾漠(贺敬之):《跃进》,《七月》1941年第6集第4期。
[3] 胡风:《今天,我们底中心问题是什么?——其一,关于文学与政治,创作与生活的小感》,《七月》1940年第5集第1期。
[4] 参见李扬、孙晓娅《"失败"的经验与"拯救"的智慧——从天蓝诗歌的修改谈起》,《汉语言文学研究》2017年第2期。

> 开了!
> 那金黄的,
> 生在血迹里,
> 象征着斗争就有胜利。[1]

诗歌色彩对比鲜明,对应着诗人毫不畏惧牺牲的壮烈情怀,诗人战斗的人格与诗歌风格在此达成了统一。侯唯动服膺胡风的"主观战斗精神",在日后的整风运动中不断遭受批判,然而在《讲话》发表以后,侯唯动仍未动摇其诗歌理念。1942年10月胡风致侯唯动的公开信中称:"第一是人生上的战士,其次才是艺术上的诗人。"胡风在信中说明了自己收到侯唯动的叙事诗诗稿却未发表的原因,最主要的是它们"由于主观情绪底贫乏而成了非诗的东西"。[2] 1945年2月4日侯唯动的诗歌《来看他们的儿子》发表于《解放日报》,写一对父母来探望他们就读于干部学校的儿子的场景,表现两代人在党的领导下得到了"翻身",但这首诗最打动人心的并非"翻身",而是它的"主观情绪"——回忆父母过去受苦的经历和亲子之间的温情:

> 你们的脸上,
> 那被已往贫苦折磨成的皱纹,
> 因脸色红润而浅了,

---

1 侯唯动:《斗争就有胜利——献给东北抗日联军的兄弟们》,《七月》1938年第10期。
2 胡风:《关于题材,关于"技巧",关于接收遗产》,《胡风全集》(第3卷),武汉:湖北人民出版社,1999年,第79—82页。

> 正像过去的暗影
> 虽给我们留了一个可怕的记忆,
> 却不能再走近我们。
> …………
>
> 妈妈从褡裢里
> 取出油圈圈给儿子喂着,
> ——妈妈是习惯哺养的。
> 可是你的儿子大了呵!
> 爸爸把一卷新钞票,
> 给他塞在口袋里。[1]

据侯唯动回忆,这首诗写于抢救运动时期,为了证明自己没有被运动"打倒"而做。这种自我证明再次指向了自己被"抢救"的原因,亦即接受了胡风对自己的"指导",精神上再次与胡风取得了沟通。

1944年以后,鲁艺文学系聚集了不少日后被归入"七月派"的诗人,其中鲁藜、公木、胡征等人在胡风1945年创办于重庆的《希望》杂志上发表诗歌。鲁藜1945年任教于鲁艺期间,创作了《泥土》一诗,而后以《第二代》为总题发表在《希望》创刊号上:

---

[1] 侯唯动:《来看他们的儿子》,《解放日报》1945年2月4日。

老是把自己当作珍珠
就时时怕被埋没的痛苦

把自己当作泥土吧
让众人把你踩成一条道路[1]

　　这首诗当然不能被简单解读为哲理诗，诗人使用了"踩"这一字眼，道出了知识分子在整风运动中的真实生存体验。鲁藜在回忆中谈及此诗时说道："这首小诗是我通过《讲话》，经过整风而战胜我自己心灵矛盾的自白；也可以说是我人生征途上的一首凯歌。"[2]《泥土》发表于重庆，为大后方读者理解《讲话》及整风运动增加了新的维度。1944年4月，何其芳、刘白羽被委派至重庆宣讲《讲话》精神，胡风不合时宜地指出大后方不宜写工农兵。[3] 他随即便在《希望》创刊号醒目地刊登了延安诗人鲁藜的14首组诗，显然有与延安工农兵题材诗歌形成对话之意。这些诗中虽不难见"哨兵"（《时间》）、"村女"（《河流》）、"高山大原"（《牧童的歌》）等沾染延安地方特征的意象，却表达了诗人"真实的控诉和真实的追求"[4]，将更富有个人主观性的延安经验传播到了国统区。

1　鲁藜:《泥土》，《希望》1945年第1集第1期。
2　鲁藜:《我的一点心迹——纪念〈在延安文艺座谈会上的讲话〉四十周年》，载张学新、吕金山、王玉树主编《鲁藜诗文集》（第3卷），北京：作家出版社，2004年，第173页。
3　胡风:《回忆录》，《胡风全集》（第7卷），武汉：湖北人民出版社，1999，第595—596页。
4　胡风:《编后记》，《希望》1945年第1集第1期。

如果说《讲话》后的延安文学有着明确的阶级立场，并试图抽象出一种政治纲领来规约国统区进步文艺界，那么后者对于《讲话》接受的分歧体现出，《讲话》发表后，延安文学的内部张力反而在延安之外产生了回响，也就是说，《讲话》发表后，延安文学的复杂性通过跨区域的方式呈现了出来。值得进一步思考的是，这一模式在全国范围内的延续与深化，很大程度上奠定了1949年以后中国文学界的结构性变化。

不仅如此，之所以研究鲁艺的诗歌创作，是因为这一个案还提供给我们一种延安文学研究方法论层面上的启示。无论是诗人"写地方"的难题，还是在书写"民族形式"折射出来的延安文学建构的内在逻辑以及诗人的精神结构，都指向一个共同问题，即延安文学中呈现出来的"地方性"所辐射的绝不仅停留在活用民间形式、方言土语等"人文因素"层面，也不是将延安文学中一类朴素粗粝的写作风格与延安的自然环境简单对应。以区域地理的尺度衡量延安文学的做法存在很大局限性，最显在的便是提取延安文学与陕北地理因素上的对应特征，来证明创造"民族形式"参与民族国家建构的合理性。在空间维度下审视延安文学，区别于其他地方路径的一个因素在于，个体受到书写地方的"规范"以后，又凭借自己的生存体验与"规范"形成了互动，合力塑造了延安文学。除此之外，抗战时期知识分子的流散状态与精神体验，使得"延安"具有一定的流动性。一方面，延安经验影响了许多作家的思维方式，以致离开延安后仍留有烙印；另一方面，延安作家与其他区域保持着精神联系，并高度影响了其他区域的文学。此类现象无疑为我们理解延安文学的复杂性以及延安文学与新中国文学的关系，增加了新的维度，更挑战着以行政区划或政治取向为标准划定延安文学范畴的研究范式。最后应当指出的是，在"地方路径"的视野下考察延安文学，既是对延安文学的充分历史化，同时也提醒研究者在文本细读中充分体察那些被宏大叙事所压抑的"言外之意"。

第三章　刊内刊外：发表阵地与诗才培养

"五四"前后，各类期刊如雨后春笋，蓬勃发展，《上海图书馆馆藏近现代中文期刊总目》编者据国内各图书馆馆藏及专业书目统计，自1853年至1949年间，在大陆和台、港、澳地区出版的中文期刊总量达23 200种之多。[1] 若仅统计其中的文学期刊，"实际存在过的文学期刊、与文学相关的综合性期刊及戏剧电影文艺期刊，数量估计当在三千种以上"[2]。而若详究"五四"之后文学期刊发展繁荣的情形，从刘增人等纂著的《中国现代文学期刊史论》的统计数字可见一斑。据该书统计，"五四"前后出版的现代文学期刊在3504种左右，其中：1915年9月至1927年4月，共创刊350种；1927年4月至1937年7月，共创刊1186种；1937年7月至1949年7月，共创刊1968种。[3] 这

---

[1] 祝均宙主编；上海图书馆编：《上海图书馆馆藏近现代中文期刊总目》"前言"，上海：上海科学技术文献出版社，2014年，第1页。

[2] 吴俊等主编：《中国现代文学期刊目录新编（上）》"前言"，上海：上海人民出版社，2010年，第1页。

[3] 刘增人等纂著：《中国现代文学期刊史论》，北京：新华出版社，2005年，第3—4页。

些为数众多的文学期刊是社会思潮、作家思想传播的重镇，是培育新文学的园圃和绿茵，也是文学消费的平台。抛开社会上林林总总的文学期刊，本章主要聚焦于高校期刊怎样或如何影响到在校大学生和诗人的诗歌生产与传播，管窥经由现代期刊传媒的凝聚，现代大学生诗人群精神构建的路径是如何得以发端、怎样产生关联。就中国现代文学期刊与现代文学发生和发展的关系已有学者做过深入研究，不说数量众多的单篇论文、硕士学位论文及相关的专著，就近些年的博士学位论文来说，代表性的就有：吉崇敏的《〈文学季刊〉与1930年代文学》（吉林大学，2006）；李相银的《上海沦陷时期文学期刊研究》（华东师范大学，2006）；王鹏飞的《"孤岛"时期文学期刊研究》（华东师范大学，2006）；周宁的《〈现代〉与三十年代文学思潮》（山东大学，2007）；张志云的《〈文艺先锋〉（1942—1948）与国统区文艺运动》（四川大学，2007年）；赵亚宏的《〈甲寅〉月刊与中国新文学的发生》（吉林大学，2008年）；刘庆元的《〈小说月报〉（1921—1931）翻译小说的现代性研究》（华东师范大学，2009）；等等。[1] 不过，具体到高校刊物对诗人及诗歌创作影响方面的研究还不多见。本章从不同时期、繁多的现代高校期刊中遴选出四种期刊，从歌谣、宗教题材诗歌、女性诗歌、解放区诗歌等几个不易为人关注的面向，深入考量现代高校期刊对校园教师诗人、校园学生诗人产生的具体而深远的影响，最终，回归到中国新诗现

---

[1] 明飞龙：《现代文学期刊"塑造"作家方式的发生——从〈小说月报〉"塑造"冰心说起》，《贵州社会科学》2012年第9期。

代性进程中，探察校园场域、期刊媒介与诗人主体意识构建、诗歌文体自觉等几个维度如何交织起来参与并丰富了新诗的建设。

第一节　从《北京大学日刊》到《歌谣周刊》：以刘半农对《歌谣选》的选订为切入点

一、从浪漫的冬日想象到歌谣征集的开展

刘半农在《海外民歌序》一文中，谈及歌谣运动的开端曾说："这已是九年以前的事了。那天，正是大雪之后，我与尹默在北河沿闲走着，我忽然说：'歌谣中也有很好的文章，我们何妨征集一下呢？'尹默说：'你这个意思很好。你去拟个办法，我们请蔡先生用北大的名义征集就是了。'第二天，我将章程拟好，蔡先生看了一看，随即就批交文牍处印刷五千份，分寄各省官厅学校。中国征集歌谣的事业，就从此开场了。"[1]在这篇文章中，刘半农交代了征集歌谣的始因，歌谣运动甫一开展便以"北大"官方的名义来进行。歌谣征集的起始，表面看来是源于刘半农"忽然"的一个念头，实际上此前刘氏曾从事"红男绿女"的通俗小说创作，他在这一时期对民间的关注并不会因为否定"红男绿女"小说就消失殆尽。恰逢文学革命，胡适等人鼓吹白话文学，旨在将少数精英知识分子之外的一直少有话语权的广大民众也纳入文学革命的大潮中，"歌谣"正是通向

1　刘复:《海外民歌序》，《语丝》1927年第127期。

大众的一条路径。而歌谣征集活动又以北大官方的名义开展，北京大学聚集着一批精英知识分子，而这批精英知识分子却重视起一直处于边缘地位的民间歌谣，这不能不令人深思。

1918年2月1日，《北京大学日刊》在第一版上刊登了蔡元培的"校长启事"：

教职员及学生诸君公鉴：

本校现拟征集全国近世歌谣，除将简章登载日刊，敬请诸君帮同搜集材料。所有内地各处报馆学会及杂志社等亦祈各就所知，将其名目地址函交法科刘复君，以便邮寄简章，请其登载。此颂公绥（简章见本日纪事栏内）。

蔡元培敬白[1]

在这则"校长启事"中，蔡元培说明了北京大学所开展的歌谣征集活动的对象是北大全体师生、各地报馆杂志社，征集歌谣的范围是"全国近世"，并明确指出来稿需标注名称和来源并交托给刘半农。同一天的日刊上还刊登了《北京大学征集全国近世歌谣简章》，《简章》中交代了歌谣征集的截止时间定于1919年6月31日[2]，"九年十二月三十一日为编辑告竣期"[3]，"十年本校二十五周年纪念日"之

1　1918年2月1日的《北京大学日刊》，《北京大学日刊》（影印本），北京：人民出版社，1981年。
2　此处为原文错误，应为6月30日。
3　1918年2月1日的《北京大学日刊》，《北京大学日刊》（影印本），北京：人民出版社，1981年。

时出版《中国近世歌谣汇编》和《中国近世歌谣选粹》二书;《简章》中对歌谣的征集办法、歌谣的征选时代、入选资格以及歌谣征集的负责人都做了具体规定。歌谣征集的途径有两条：一为面向北京大学的师生，"本校教职员学生各就闻见所及自行搜集"[1]；一为面向社会，"嘱托各省官厅转嘱各县学校或教育团体代为搜集"[2]。由此两种征集歌谣的方法可得见，歌谣运动从一开始就并未限制在北京大学的围墙当中，它从征集之初就表现出要在社会上引起轰动的野心，与同期文学革命希望扩大影响的野心相映照。事实上，以北京大学教授为干将的《新青年》亦随即刊登了这一简章。[3] 作为倡导新文学的核心刊物、新文化运动的主要阵地，《新青年》的参与，证实了歌谣运动与新文化运动关系之紧密。歌谣运动引起了社会的广泛响应，在仅仅几个月的征集活动中，便收到校内外来稿歌谣1100多首，"本校自二月初发起征集全国近世歌谣以来，进行甚顺。计所收校内外来稿已有八十余起，凡歌谣一千一百余章"[4]。深有意味的是，在这场歌谣运动中，北大校长蔡元培亲自站出来发布"校长启事"，某种程度上，就意味着一种权威的介入，使得这场歌谣的征集活动从一开始就显示出了特殊之处。并且歌谣运动的负责人有沈尹默"主任一切并编辑《选粹》"，刘复"担任来稿之初次审定并编辑

---

[1] 1918年2月1日的《北京大学日刊》,《北京大学日刊》(影印本)，北京：人民出版社，1981年。

[2] 同上。

[3] 这一简章刊登在《新青年》1918年第4卷第3号上。

[4] 1918年5月20日的《北京大学日刊》,《北京大学日刊》(影印本)，北京：人民出版社，1981年。

《汇编》，钱玄同、沈兼士"考订方言"[1]，分工明确，有所规划。饶有趣味的是，歌谣运动的发起者是作为"知识分子"的刘半农、沈尹默等人，而歌谣所在的维度是"民间"，按照徐新建在其著作《民歌与国学——民国早期"歌谣运动"的回顾与思考》一书中所提到的，中国传统社会是一个"三级社会"结构，知识分子居于中间的位置，向上可连接政府，向下可关联大众，"如果在较为广泛的意义上可把'士'与'知识人'等同的话，所谓'智识阶级'或'知识分子'就是晚清至民国时期的'士'。他们上可达'官'——政府，下可通'民'——大众、平民、蛮人"[2]。"歌谣运动"是知识分子投向民间的一场运动，而这样一种"知识分子向民间去"正与文学革命的大背景密切相关。在文学革命伊始倡导白话文学、开启民智之时，歌谣运动就以一种势如破竹的姿态朝向民间，联系起民众。所谓"民众"，根据上文所提及的中国传统社会的"三级社会"结构来说，首先"民众"所处的位置是社会的"下"层。至于"民众"这一语汇在歌谣运动中的具体含义，根据1918年2月1日的《北京大学日刊》上刊登的《北京大学征集全国近世歌谣简章》，其对于入选的歌谣有这样一条说明，"征夫、野老、游女、怨妇之辞，不涉淫亵而自然成趣者"[3]，在歌谣征集之最初，"民众"这一概念简单来看包括"征

---

1 以上内容均见于1918年2月1日的《北京大学日刊》，《北京大学日刊》（影印本），北京：人民出版社，1981年。
2 徐新建：《民歌与国学——民国早期"歌谣运动"的回顾与思考》，成都：巴蜀书社，2006年，第37页。
3 1918年2月1日的《北京大学日刊》，《北京大学日刊》（影印本），北京：人民出版社，1981年。

夫、野老、游女、怨妇"之类。俞平伯1922年在《诗》第1卷第1号上发表的《诗底进化的还原论》一文中提到,"诗人底诗,留着贵族性的遗迹,不能充分民众化,还是少数人底娱乐安慰,不是大多数人底需要品"[1],这实则将"民众"这一概念与社会中的"大多数人"联系起来。《歌谣》周刊发刊词中强调歌谣研究会对于歌谣的搜集与研究所想要实现的目标之一是,"编成一部国民心声的选集"[2],歌谣所面向的"民众"这一概念亦涵括了"国民"这一含义。"编成一部国民心声的选集"[3]是歌谣运动"文艺的"目的。歌谣征集活动的目的有二,一为"文艺的",一为"学术的"[4]。而"为学术的"这一目的所关切的是民俗学,作为民间文学的重要组成部分,歌谣运动所指向的是对民间文学的关注。在倡导歌谣征集活动不久,作为歌谣征集核心负责人之一的刘半农,便于1918年3月与钱玄同合唱了一出双簧戏以期引起社会对文学革命的重视,推动文学革命的进展。钱玄同化名"王敬轩"在《新青年》上以新文学敌对者的身份对新文学进行批评,对胡适、沈尹默、刘半农的新诗创作都予以批判。"王敬轩"所持批评的声音代表了新文学诞生之初所面临的质疑,刘半农以记者的身份对"王敬轩"的质疑一一加以辩解。这两篇文章以"文学革命之

---

[1] 俞平伯:《诗底进化的还原论》,《诗》1922年第1卷第1号。
[2] 《歌谣》第1号,《歌谣》(影印本),上海:上海文艺出版社,1962年。
[3] 同上。
[4] 1922年12月17日《歌谣》第1号上所刊登的发刊词中明确有"本会搜集歌谣的目的共有两种,一是学术的,一是文艺的。我们相信民俗学的研究在现今的中国确是很重要的一件事业,虽然还没有学者注意及此……歌谣是民俗学上的一种重要的资料,我们把它辑录起来,以备专门的研究……"这一表述。

反响"为题在《新青年》上发表,这一策略扩大了文学革命的影响。

此后,《北京大学日刊》"校长启事"一栏仍有"征集全国近世歌谣"的布告,并说明会在《北京大学日刊》上刊载。在仅仅几个月的征集活动之中,"所收校内外来稿已有八十余起,凡歌谣一千一百余章。由刘复教授选其最佳者略加诠订"[1],并以《歌谣选》为名在《北京大学日刊》上发表。刊载所收歌谣的同时,歌谣征集的活动仍在继续进行,并且倡导者不断思索优化的方法,1918年5月22日的《北京大学日刊》上,刊登了《征集全国近世歌谣之又一办法》的布告:"……兹为扩充起见,特刊就简章一百份行文各省长公署行知教育厅转行各县教育机关代为征集,俟征集后,仍由各省长公署汇寄。本校将来材料定必丰富也。"[2] 由此可见,歌谣征集所指向的受众是整个社会,而非仅仅局限在北京大学这一汇聚了精英知识分子的"象牙塔",倡导者希望以学院为起点,扩大歌谣运动的影响。作为"来稿之初次审定"与"选其最佳者略加诠订"的刘半农,在刊登的歌谣之末,都会加以注解,这些注释或是对所刊歌谣地方风情的介绍,或是对歌谣中个别字词的释义,或是对读音的考订意见。如,选刊的第五首歌谣为:"黑龙江有三宝:人参、貂皮、靰鞡草。"[3] 刘半农对此注解道:"靰鞡草为黑省特产。生近水处,柔细如

---

[1] 1918年5月20日的《北京大学日刊》,《北京大学日刊》(影印本),北京:人民出版社,1981年。

[2] 1918年5月22日的《北京大学日刊》,《北京大学日刊》(影印本),北京:人民出版社,1981年。

[3] 1918年5月24日的《北京大学日刊》,《北京大学日刊》(影印本),北京:人民出版社,1981年。

丝，寒路苦寒多石碛，且易沮洳，不宜布履。故居民多纫革为履，名曰'乌拉'，即'靰鞡'。乌拉坚硬不可裹足，絮草其中；虽履霜雪，足可不冷。草本无名，即以履名名之。"[1] 从这一细节可以看出，刘半农对"靰鞡草"这一黑龙江特有的事物做了详细的解释，使得远离这一区域的读者们也都能够了解。对所选歌谣之末加注这一行为，足以见出刘半农在这场歌谣运动中的用心之深，在刘半农本人的民歌体诗歌创作上，他也对诗中某些方言词汇加以注解，本书后文会具体阐释，此处不再赘述。

《北京大学日刊》从1918年5月20日开始刊登歌谣，到1919年5月22日，共刊登了歌谣148首。在歌谣征集的活动中，北京大学的学生展现出极大的热情，据台静农回忆，"简章出来后，同学投稿甚多，因在《北大日刊》每天选登一首，后来成立'歌谣研究会'，并创刊《歌谣周刊》"[2]。根据台静农的这一说辞，歌谣研究会的成立与北京大学同学的热情投稿密切相关，事实上也正如此。刘半农所选刊载北京大学学生的来稿超过了所刊歌谣总数的四分之一，对歌谣征集充满着热情的北京大学学生来说，这一选刊的行为无疑是一种极大的激励。

除了选刊北京大学学生所收集的歌谣，刘半农还积极与北京大学学生通信讨论歌谣。北京大学学生常惠就曾对刘半农所刊选的罗

---

[1] 1918年5月24日的《北京大学日刊》，《北京大学日刊》（影印本），北京：人民出版社，1981年。
[2] 台静农：《忆常维钧与北大歌谣研究会》，《龙坡杂文》（增补本），北京：生活·读书·新知三联书店，2002年，第229页。

家伦搜集的北京歌谣中与实际情况不相符合的地方写信给刘半农,予以修正,刘半农给以回信:

维钧兄:

来书言习惯名之不可擅改,极是极是。但罗君来稿、当是得闻或记忆之误、未必有意代改也。至"高等旗人"四字、来稿本作"亲贵"。复以凉棚等物、较为富厚之人即可有之、不必亲贵、故用"高等"二字、以别于不富厚者。今见来书所言、亦自悔用此二字之不当也。

刘复[1]

在这封回信中刘半农言辞极其真诚,态度极其谦卑友善。这种对学生意见认真查阅并做出反思的行为,无疑能鼓励学生继续勇敢表达建议,有助于学生独立人格、独立思想、平等观念的养成,而独立人格、独立思想、平等观念正是现代社会的重要特征之一。在三天以后的《北京大学日刊》上又刊登了这一通信中涉及的主要人物罗家伦和刘半农的通信。罗家伦在这封书函中详细交代了引起争议的这首歌谣的来历,并提及,自己看了《北京大学日刊》上所载常维钧的书函后,认为常惠从习惯名词角度所说的话有一定道理,并"打电话去问王先生,方知道这条歌谣系旅京的南方人所编

---

[1] 1918年11月22日的《北京大学日刊》,《北京大学日刊》(影印本),北京:人民出版社,1981年。

的……"[1] 罗家伦在看到这首歌谣引起的争议后,并没有不予理会,而是积极考证,写信加以解释说明。可见在这场歌谣运动中,师生双方的参与度都极高。刘半农看到这一书信,回信如下:

> 志希兄:
>
> 尊稿所举是通行于北京客籍社会之歌谣、常君以北京人之眼光评判之、自不能相合。抑或常君所举五种、是北京社会中原有之谣。当时旅京南人、以旗人有不读书之子、而亦居然延师、乃为增入"先生"一种、遂成尊稿所举六事、亦未可知。总之,歌谣随时代与地方为转移、并非永远不变之一物。故吾辈今日研究歌谣、当以"比较"与"搜集"并重。所谓比较、即排列多数之歌谣、用研究科学之法、以证其起源流变。虽一音一字之微、苟可讨论、亦大足增研究之兴味也。
>
> 刘复[2]

这封回信依然语气平易近人,并且从中可以看出刘半农治学之严谨。面对这首歌谣产生的争议,他生发出研究歌谣要以"比较"和"搜集"的方法并重,考证其起源流变,哪怕是"一音一字之微"的差异。他所提出的这一方法,后来在《歌谣》创刊以后,便被加以运用,且影响了众多学者对歌谣的研究。《歌谣》周刊第4号

---

[1] 1918年11月25日的《北京大学日刊》,《北京大学日刊》(影印本),北京:人民出版社,1981年。
[2] 同上。

上"讨论"一栏,就有《几首可作比较研究的歌谣》的讨论;《歌谣》周刊第7号上,腥脓的《再比较一下》一文,正是对刘半农提出的"搜集""比较"方法的直接运用,对越俗出嫁女所唱歌谣和通行于浙江诸暨的歌谣进行了对比,等等。《北京大学日刊》是面向北京大学师生、面向社会的一个公开刊物,刘半农、常惠、罗家伦对歌谣如此认真、热情的态度,必然潜移默化地影响到一些人。顾颉刚曾直言,"我搜集歌谣的动机,不消说得,自然是北京大学征集歌谣的影响"[1]。

不仅是师生互动之间体现了北京大学学人对《北京大学日刊》所刊歌谣的关注,师与师之间亦有交流和互动昭示其对歌谣运动的重视。作为歌谣运动主要负责人之一的教授沈兼士和刘半农,对歌谣中出现的争议也会进行讨论,如沈兼士曾从语言学的角度对刘半农将《歌谣选》第75首末句中的"侪"字注为"挤"字表示异议:

半农先生:

歌谣选七五末句中之"侪"字,尊注疑是"挤"字之误,鄙意以为不然。"侪"之本字当为"齐"。读如"侪"者,变音耳。"侪跌倒"者,齐跌倒也。尊意以为何如。

兼士[2]

---

[1] 顾颉刚:《吴歈集录的序》,《晨报》1920年11月3日。
[2] 1919年2月27日的《北京大学日刊》,《北京大学日刊》(影印本),北京:人民出版社,1981年。

刘半农则从吴语的用语习惯加以解释，并采取一种折中的办法，认为两种说法可以并存：

> 兼士先生：
>
> 尊论甚是，弟以"侪"字为"挤"字之误，其说当然不能成立。惟吴语以"侪"字平读，作"也""竟"二字之义，亦甚普通。似不妨两说并存也。
>
> 复[1]

随着北大师生、社会各界对歌谣运动的关心，也为了促进歌谣运动的进一步发展，1920年12月14日，北京大学歌谣征集处在《北京大学日刊》上刊登了发起成立歌谣研究会的启事："请同学中有研究歌谣的兴味者自由加入、共谋进行。校外有热心的人、也可以由会员绍介入会。"[2]正如上文提及，"歌谣研究会"的成立与北京大学学生的热情参与密切相关，而这与时在北京大学读书的常惠关系最为密切，"……我们现在仍是欢迎投稿，但一面也想筹备编辑的进行方法、值适得到常维钧先生的来信，所以我们便决定发起一个歌谣研究会……"[3]学生的建议得到了采纳，蔡元培"兼容并包"的办校理

---

[1] 1919年2月27日的《北京大学日刊》，《北京大学日刊》（影印本），北京：人民出版社，1981年。

[2] 1920年12月14日的《北京大学日刊》，《北京大学日刊》（影印本），北京：人民出版社，1981年。

[3] 同上。

第三章　刊内刊外：发表阵地与诗才培养

念渗透到了北大师生的思想中，歌谣研究会得以成立或正可作一实证。其后，在北京大学成立纪念日，《歌谣》周刊创刊，而此刊物的编辑工作则主要是由周作人、常惠主持，在实际的编辑工作中，作为学生的常惠和顾颉刚等都扮演着极其重要的角色。《歌谣》周刊时常刊登常惠自己对歌谣及这场歌谣征集活动的理解，如《歌谣》周刊第2号、第3号上刊登了他的《我们为什么要研究歌谣》。此外，常惠与"读者"（这其中有些读者还从事歌谣征集活动）讨论歌谣的通信就有近十封。教育具有即时和延时的作用，从广义上来说，身处北京大学歌谣运动之中的诸人实则接受着歌谣运动给予的"教育"，编辑之一的顾颉刚自陈，正是因为主编过《歌谣周刊》，才得以对民众文艺的认识更深刻，对普通百姓及民众也更加了解，"五卅惨案"发生的时候，他所写的宣传单便是仿照民歌所作，收效甚好。此后，抗日战争时期，燕京大学同仁推举顾颉刚担任宣传工作，他意识到，要想打倒日本帝国主义，必须运用这样一种宣传的方式，真正发动起民众的力量。他认为，精英知识分子的那种讲求典雅的文字并不能为普通民众所了解，普通民众有他们的语言系统，有着他们一听就懂并十分感兴趣的词汇和语句，要想在这些民众中顺利开展宣传工作，就要运用他们的语言，顺着他们的口味。[1] 后来《歌谣周刊》[2]归并到《北京大学研究所国学门周刊》，《歌谣周刊》停刊，直到

1　参见顾颉刚《我怎样从事民众教育工作》，《顾颉刚自传》，北京：北京大学出版社，2012年，第73—74页。

2　根据上海文艺出版社1962年所影印的《歌谣》合订本来看，第49号起《歌谣》周刊就已更名为《歌谣周刊》。

1936年复刊。复刊后的《歌谣周刊》的一个重要编辑是徐芳。1933年刘半农在北京大学开设"语音学"和"语音学实验"两门课程,徐芳选修了"语音学",在课堂上,刘半农治学的严谨和对学生的耐心指导给徐芳留下了深刻的印象,"……不过,在课堂里的刘先生是极其认真的。他对于学问不苟且一丁点儿,而且也不许我们苟且一丁点儿。……有多少问题去请教他,他也没有嫌过烦"[1]。复刊后的《歌谣周刊》的另一重要编辑是李素英。李素英是燕京大学的毕业生,其硕士毕业论文的研究对象正是中国近世歌谣,她毕业论文的指导老师正是在歌谣运动中扮演重要角色的顾颉刚,另一指导老师则是在歌谣研究中也颇费心力的朱自清。从刘半农开始的对歌谣的重视与研究,在他的学生那里得到了传承。

二、不在现场的"在场者"

1920年刘半农赴欧洲留学,他将歌谣运动交托给时任北京大学教授的周作人负责。然而,因为周作人生病,歌谣运动在当时并未能进一步推进,影响力并未进一步扩大。

1922年12月17日是北京大学成立二十五周年纪念日,在这一天,《歌谣》周刊创刊。周作人为《歌谣》周刊撰写了发刊词。[2] 在文中周作人将搜集歌谣的目的分为两种,一为"学术的",一为"文艺

---

[1] 徐芳:《课堂里的刘半农先生》,《国闻周报》1934年第11卷第48期。
[2] 根据施爱东在《〈歌谣〉周刊发刊词作者辨》(《民间文化论坛》2005年第2期)一文里所论述,发刊词作者的"周作人说"已基本成为现代文学界以及民俗学界的共识。

的"。周作人强调民俗学方面有很多值得研究的地方被忽视了,在对歌谣的搜集上,他指出搜集者不必自己先予以甄别,学术研究上无所谓粗鄙与否。在后来的发展过程中,如刘锡诚等学者所阐释的那样,歌谣运动更大程度上走向了推动中国民间文学研究发展的道路。关于歌谣搜集"为文艺"的这一目的,周作人强调歌谣研究会将以文艺鉴赏的眼光加以选择、辑录一部表现"国民心声的选集"[1]。事实上,对歌谣的文艺鉴赏也为新诗创作提供了一种可能。

《歌谣》周刊创刊以后,远在海外的刘半农以其相关活动对此予以了鼎力支持。

(一)《江阴船歌》与《吴歌甲集》《淮南民歌》

《歌谣》周刊创刊以后,在第6号第4版便转录了周作人在《学艺杂志》上为刘半农所辑录的《江阴船歌》所作的序文——《中国民歌的价值》,还特意配文字说明这篇文章是刘半农所编《江阴船歌》的序文。实际上,刘半农所搜集的《江阴船歌》直至几个月后才在《歌谣》第24号上刊登。《江阴船歌》的发表,一方面丰富了《歌谣》的刊物内容;另一方面,为有志于歌谣搜集与整理的读者们提供了一种范式。随后《歌谣》第25号上又刊登了刘半农撰写的《海外的中国民歌》一文,由此,歌谣研究的视野从本土扩展到了海外。在巴黎留学期间,刘半农参加了巴黎大学助教阿脑而特女士的歌谣讲演会,此后二人一直保持着联系。为推进歌谣运动的发展,1924年刘半

---

1 《发刊词》,《歌谣》(影印本)第1册第1号,上海:上海文艺出版社,1962年。

农特邀阿脑而特担任北京大学歌谣研究会的通信员。[1]

在《中国民歌的价值》一文中,周作人试图为"歌谣"的价值正名,并希望刘半农的《江阴船歌》能激励更多志同道合之人进行民歌的搜集与整理工作,或写文章对歌谣相关活动进行撰述。不久,《歌谣》第15号便转录了《晨报》上刊登的《吴歈集录的序》一文,此文作者为北京大学学生顾颉刚。顾颉刚在这篇文章中详细交代了《吴歈集录》产生的始末,坦言自己之所以会加入搜集歌谣的队伍,和北京大学倡导的征集歌谣的活动有很大关系。"那时我正患了很厉害的神经衰弱,在家里养病,书也不能读,念头也不能动"[2],北京大学每天都会在日刊上刊登一两首歌谣,这激发了他搜集歌谣的兴趣:"适《北大日刊》上天天有一二首的歌谣登出,吾想吾不能做用心的事情,何妨做做这种怡情的东西呢!所以我便着手采集歌谣。"[3] 出乎意料,"居然成绩很好,到今有三百首的左右了……现在积了这些,似乎可以出一本《吴歈集录》的专书了"[4]。

《北京大学日刊》上的《歌谣选》由刘半农选订,他的这一编选活动无意中启发了顾颉刚,而这种启发与浸染也是一种教育。顾颉刚的《吴歈集录》之后更名为《吴歌甲集》,并从《歌谣周刊》第64号起开始刊登。《吴歌甲集》刊载完毕后,《歌谣周刊》紧接着又刊

---

[1] 关于刘半农与阿脑而特女士的这一交游活动见于徐瑞岳编《刘半农年表》,《刘半农文选》,北京:人民文学出版社,1986年,第336页。
[2] 顾颉刚:《吴歈集录的序》,《晨报》1920年11月3日。
[3] 顾颉刚:《吴歈集录的序》,《歌谣》第15号,《歌谣》(影印本),上海:上海文艺出版社,1962年。
[4] 同上。

登了台静农的《淮南民歌》。从北京大学教师刘半农的《江阴船歌》，到北京大学学生顾颉刚的《吴歌甲集》，再到北京大学学生台静农的《淮南民歌》，在《歌谣周刊》这一刊物上形成了师生之间有趣的映照。《吴歌甲集》和《淮南民歌》的出现，与刘半农对歌谣的征集活动密不可分，刘半农的《江阴船歌》或为后来者的民歌集提供了一种范本亦未可知。后来顾颉刚的《吴歌甲集》作为"歌谣研究会丛书"之一出版发行时，刘半农亲自为其写作序言。在序言中，刘半农对顾颉刚的《吴歌甲集》推崇备至，将其视为歌谣研究以来的第一件大事。他将歌谣征集活动戏称为开"歌谣店"，"现在编出这部吴歌集，更是咱们'歌谣店'开张七八年以来第一件大事，不得不大书特书的"[1]。这一方面来说，体现出刘半农对学生搜集歌谣的鼓励与支持；另一方面来说，于无形中扩大了歌谣运动的影响。在序言中，刘半农认为，对民歌民谣或者其他民间作品进行研究，虽或会有不同的研究方向及着力点，然归纳起来不外乎语言、风土及艺术："这语言、风土、艺术三件事，干脆说来，就是民族的灵魂。"[2] 由民歌研究推广到一切民间文学，刘半农对于民间文学资源所看重的是其间蕴含着的"民族的灵魂"。这一以民间文学资源对"民族的灵魂"的呼唤在刘半农本人的诗歌创作中亦有所体现，本书将于下文详论，此处不赘。在序言中刘半农还提到了另外一件事，"前年颉刚做出孟姜女考证来，我就羡慕得眼睛里喷火，写信给他说：'中国民

---

[1] 刘复：《序五》，载顾颉刚辑《吴歌甲集》，北京大学研究所国学门歌谣研究会，1926年，第2页。

[2] 同上，第1页。

俗学上的第一把交椅,给你抢去坐稳了。'"[1]之后《歌谣周刊》第69号特意开辟"孟姜女"专号,用来刊登顾颉刚所做的考证。1925年1月,"孟姜女"专题研究发表不久,刘半农特意把自己从敦煌写本中搜集到的《孟姜女小唱》寄给顾颉刚,供他研究,《孟姜女小唱》起到了很好的材料佐证的作用。可见,刘半农在自己投身歌谣运动之外,对于学生的研究亦十分关注,尽全力为学生提供帮助。而正因为对孟姜女故事的研究,使顾颉刚对于治学有了更深意义上的感悟,"研究孟姜女故事的结果,使我深切知道一件故事虽是微小,但一样地随顺了文化中心而迁流,承受了各地的时势和风俗而改变,凭借了民众的感情和想象而发展。又使我知道,它变成的各种不同的面目,有的是单纯地随着说者的意念的,有的是随着说者的解释故事节目的要求的","孟姜女故事之研究,亦借以说明古史之创造、演变、成立等情状,使人确知古史与故事无殊,故研究之目的并不专在故事"[2]。从某种程度上说,顾颉刚在"孟姜女"故事研究上所取得的成就与刘半农的支持密不可分。

虽然《歌谣》周刊创刊后的很长一段时间,刘半农身在海外,然而,《歌谣》周刊中诸多丰富的内容离不开刘半农一直以来对歌谣运动的关注和支持。

---

[1] 刘复:《序五》,载顾颉刚辑《吴歌甲集》,北京大学研究所国学门歌谣研究会,1926年,第2页。
[2] 胡逢祥:《从方法看顾颉刚与"古史辨"》,《历史教学问题》2018年第2期。

（二）"她"字的产生与《歌谣》"看见她"专题

1920年8月9日，刘半农在上海《时事新报·学灯》副刊上发表《"她"字问题》一文，这实质上是刘半农倡导"她"字的正式亮相。在此之前，关于刘半农主张造一个"她"字的问题周作人在译作《改革》[1]的前言中提到过此事。在《"她"字问题》一文中，刘半农指出因为对"她"字读音的不确定，在其实际创作中用得很少。刘半农虽则使用"她"字少之又少，但他主张造一个"她"字这件事本身，还是引起了《新人》杂志对于要不要有"她"字、该不该废"她"字的讨论，刘半农得知后便写作此文，以阐释"她"字存在的必要性。刘半农认为，"在已往的中国文字中，我可以说，这'她'字无存在之必要，因为前人做文章，因为没有他，都在前后文用观照的功夫，使他的意义不至于误会，我们自然不必把古人已做的文章，替他一一改过"[2]。但在新文学中，"在今后的文字中，我便不敢说，这'她'字是绝对的无用；至少至少，他总能在翻译的文字中，占到一个地位"[3]。此外，刘半农认为无论"她"字是否古已有之，"她"字皆有存在的必要："一，若是说，这个字，是从前没有的，我们不能凭空造得。我说，假使后来的人，不能造前人未造的字，为什么无论哪一国的字书，都是随着年代增加分量，并不是永远不动？""二，若是说，这个字，从前就有的，可是意思不是这样

---

[1] 周作人在发表于1918年《新青年》第5卷第2号上的《改革》一文中有明确表述，"半农想造一个'她'字，和'他'字并用"。

[2] 刘复：《"她"字问题》，《时事新报·学灯》1920年8月9日。

[3] 同上。

讲，我们不能妄改古义。我说，我们做的文章里，凡是虚字（连代词也可算在内），几乎十个里有九个不是古义。"但关于"她"字的读音问题，刘半农认为还可商榷与研究："我们可以定原有的'他'字为'ta:'音；把新制的'她'字缩短一点，定为'te'音；或延长一点，定为'ta:j'音。改变语音，诚然是件难事；不过我觉得'ta:'转为'te'或'ta:j'，比转为'ji:'，还容易得许多，所以我把这层意思提出。我希望周先生和孙君，同来在这一点上研究研究；若是寒冰君也赞成'她'字可以存在，我也希望他来共同研究。"[1] 1920年9月4日，刘半农在伦敦作《教我如何不想她》，将"她"字引入诗句中，这首诗后经赵元任谱曲广为传诵。"她"字的产生，使得文学作品中指代女性不再是和其他指称共用"他"，也不再是以使用范围有限的"伊"字来指称，而是终于有了在形体上与"他"字相似的、明确的文字表义。"她"字使得对于女性的指称得以独立，这折射了新文化运动对女性的重新发现、对女性价值的重新审视，同时语言文字上女性指称的独立也推动了对女性精神、生活与价值重新关注与审视的进程。

"她"字的出现引起了诸多讨论，这种讨论的声音自"她"字出现以来便贯穿始终。这其中自然不乏拥趸，比如，1921年《解放画报》将"她"字用于画中，用以谴责与警示封建观念对妇女的戕害。[2] 当然，这其中也不乏反对者，比如，1934年《妇女共鸣》杂志还刊登

---

[1] 刘复:《"她"字问题》,《时事新报·学灯》,1920年8月9日。
[2] 参见黄兴涛《"她"字的文化史：女性新代词的发明与认同研究》(增订版),北京：北京师范大学出版社,2015年。

第三章　刊内刊外：发表阵地与诗才培养

了拒用"她"字的启事，虽则这一反对的立场也是出于对女性之于男性平等地位的强调。[1] 1924年《歌谣周刊》第62号上则刊登了"看见她"专号，可以说正是因为有了"她"字的诞生，也才有了"看见她"这样命名的专号，《歌谣周刊》这一专号的命名实则对"她"字的使用予以了支持。随后"看见她"专号更是作为"歌谣小丛书"第一编得以出版。[2]"看见她"专号所刊登的歌谣虽则仍是以男子的视角看女子，但这一"观看"确实将女性的鲜活形象纳入了广大读者的视野之中，比如：

花花园里跑白马，

丢了鞭，跑了马，一跑，跑到丈人家。
大舅儿拽，小舅儿拉，
一拉，拉到炕头上
……
跳下炕来就要走，
门口里有个大黄狗，
干邦邦，不下口，东风刮，西风刮，
刮开门帘儿看见她，

1　参见黄兴涛《"她"字的文化史：女性新代词的发明与认同研究》(增订版)，北京：北京师范大学出版社，2015年。
2　《歌谣周刊》第71号第8版上刊登了"'歌谣小丛书第一编'——'看见她'出版了"这一讯息。

> 倒坐着门限儿做莲花，
> 手儿白的面哥大，
> 脸儿白的粉头花，
> 趣黑的头发没根儿紫，
> 脚儿小的针锤把，
> 走也罢，走也罢
> ……[1]

在这首《看见她》的诗中，读者看到的是一个肤白、貌美、勤劳的女性形象。显然，这一专号的出现以及丛书的出版，使得女性得以进一步进入大众视域。而对这一专号的研究涵括了风俗和方言等方面[2]，风俗和方言所在的维度正是"民间"，这一专号的出现，实则折射的是身居学院之中的精英知识分子对"民间"的关注。

刘半农启用"她"字，体现了新文化运动以来精英知识分子对于女性生命鲜活、精神自由的体认，这种体认背后蕴含的是刘半农的"民间"情怀。"她"字的大胆启用亦体现着刘半农大胆革新与实验的精神，而这种革新精神，投射到其诗歌创作层面，则是运用民间文学资源开拓诗歌创作路径。

---

[1] 《歌谣周刊》第62号第3版，《歌谣》（影印本），上海：上海文艺出版社，1962年。
[2] 参见《歌谣周刊》第63号，《歌谣》（影印本），上海：上海文艺出版社，1962年。

第二节 新旧博弈之间：《文艺会刊》与女高师学生新诗创作统揽

中华民国成立后，中国的女子初等、中等教育进入快速发展时期，同一时期颁布的《师范教育令》中尽管对设立女子高等师范学校做出了明文规定，却因各种原因没有得到落实，初等、中等的师资出现了大量短缺，如何为女子学校充实师资队伍，成为亟待解决的现实问题。同时大学尚未开放女禁，意味着女性最多也只能接受到中学教育。此种境地下，增设女子高等师范学校已经成为必然的趋势。1917年2月，北京女子师范学校呈请改组为高等师范学校，并于当年增设教育国文专修科，设立附属中学，预备改组事宜。1919年，北京女子师范学校的《请设女子高等师范学校案》为教育部通过，同年3月11日教育部发布《女子高等师范学校章程》，据《文艺会季刊》[1]中《国内女界消息：本学年本校记事》载，1919年4月11日北京女子师范学校正式向教育部提交改组申请，23日教育部令改定名称为"北京女子高等师范学校"（简称"女高师"），5月1日教育部正式颁发木质校章。[2]女高师作为教育部批准成立的国立大学，经费来自国家拨款，校长由教育部直接认定，因而学校发展极大地受到了政治变动的影响。

作为彼时中国官方体制下的女性最高学府，北京女子高等师范学校在政界与社会上均具有天然的优越地位。女高师的招生事宜与

---

[1] 《文艺会刊》初办时名为《文艺会季刊》，1920年第2期出版时改名为《文艺会刊》。
[2] 《国内女界消息：本学年本校记事》，《北京女子高等师范文艺会刊》1919年第1期。

入学试题、学生出游、毕业作品、学校建设情况等方方面面，多次被各地教育刊物及《时报》《新闻报》《益世报（天津版）》《妇女杂志（上海）》等颇有影响力的报刊与《云南旅京学会会刊》等地方刊物所刊载。中央及各地政府也极为重视与女高师相关的行政调度，在涉及各地高等师范、女子师范学校的政府法令中女高师均被单独列出，如1918年12月31日由教育部颁布的《教育部训令第五〇八号》开篇即明确："令直辖高等师范及私立专门以上各学校、北京女子师范学校。"[1]地方政府也颇重视与女高师相关的事务，为了女高师的招生、录取、毕业生工作等事项单独发布通告。此外，据不完全统计，仅1921年至1922年，教育部就向各省教育厅先后发布了十条关于女高师的训令，涵盖女高师招生、公布录取名单、毕业返乡安排教职等事由，而这两年间教育部总共也就发布600余条训令。其中女高师学生游学日本的经费来源等问题，先由女高师以"长途跋涉需费浩繁，生等家境贫寒"[2]等类似说辞，呈请教育部，教育部下发训令至各省教育厅，教育厅再要求学生籍贯所在县提供路途花销。应当说，女高师"生等家境贫寒"的说法很大程度上只是讨要公费。根据1922年女高师学生家属职业统计，女高师学生出身分别为教育界（37%）、政界（26.7%）、实业（14.7%）、未详（7.3%）、家居（5.6%）、军界（3.9%）、议员（2.2%）等。[3]想考取女高师，显然是极困难的事，毕

---

1 傅增湘：《教育部训令第五〇八号》，《政府公报》1919年第1053期。
2 教育部令：《教育部训令第四号（十年十二月二十六日）：令江苏教育厅：饬转各县拨给北京女子高等师范学校国文部学生游日旅费》，《江苏教育公报》1922年第5卷第2期。
3 《北京女子高等师范周刊》1922年第12期。

业于女高师的著名学者程俊英自述1917年入学时"我班同学约四十人，除在北京招来的十三人外，其余都是由各省教育厅保送入学的"[1]。1920年8月9日福建教育厅布告第12号中宣布，谭彩珠等三人被女高师录取。1923年度的女高师调查概况显示，全国实际参与入学考试313人，录取97人，只有在各省市考试中名列前茅的学生才有机会被女高师录取。[2]庐隐就这样描述自己初入学的感受："当我进学校时，看见那些旧学生，趾高气扬的神气，简直吓倒了，并且我们这一班的学生，又是各省师范毕业生，或小学教员里选拔出来的，中文都很有根底，所以我更觉得自惭形秽了。"[3]庐隐虽幼时不大受家庭待见，但其父亲毕竟是前清举人，庐的见识与眼界仍要高于社会上大多女性，即便如此，仍自觉惭愧。石评梅则在以思亲悲秋为主题的散文《母亲》[4]中表现出了对自身社会地位的自觉意识："再想想可怜穷苦的同胞，除了悬梁投河，用死去办理解决一切生活逼迫的问题外，他们求如我们这般小姐们的呻吟而不可得。"[5]石评梅的父亲石铭

---

1 程俊英：《回忆女师大》，载朱杰人、戴从喜编《程俊英教授纪念文集》，上海：华东师范大学出版社，2004年，第346页。
2 《全国高等学校概况调查表：北京大学、北京师范大学、北京女子高等师范……》，《学生杂志》1924年第11卷第5期。
3 庐隐著，金理编：《庐隐自传》，昆明：云南人民出版社，2011年，第28—29页。
4 该文未列写作日期，但石评梅于1919年夏离开太原，考入北京女子高等师范学校，据文章开头"母亲！这是我离开你，第五次度中秋"可得出，该文的写作日期应为1924年的中秋节，即民国十三年九月十三日。石评梅：《母亲》，载山西省地方志办公室编《石评梅全集》，太原：山西人民出版社，2014年，第2页。
5 石评梅：《母亲》，载山西省地方志办公室编《石评梅全集》，太原：山西人民出版社，2014年，第8—9页。

同样是举人出身，先后供职于山西大学堂（今山西大学）和山西省立博物馆；母亲李棠妮之父曾任滋维知县。再如程俊英的父亲程树德则为前清翰林，历任京师大学堂教习、北京大学教授、清华大学教授。显见，女高师的学生在物质条件、家庭氛围、文化教育等方面均优于彼时中国绝大部分女性，甚至胜于彼时中国绝大多数男性。

一、文艺研究会成立与《文艺会刊》的发刊

1919年，女高师在成立文艺研究会的同时，还创办了社团刊物《北京女子高等师范文艺会刊》（简称《文艺会刊》）。文艺研究会是女高师所有社团中，成立时间最早、覆盖范围最广的社团。《北京女子高等师范学校暂行简章·立学规则》划定学校应有国文部、外国语部、史地部、数物化学部、博物部、家事科六大学科[1]，其中外国语部、史地部因招生人数不足等原因而未能开设。女高师改组完成后，随即围绕数物化部、博物部、保姆讲习科，分别成立了对应的数理研究会、博物研究会与幼稚教育研究会，此外还有学校全体学生参与的学生自治会组织。唯一例外的是，文艺研究会于1919年2月10日已经召开讲演部第一次常会。[2]

不难发现，每一个学生社团均依托于各自所对应的学科，且这

---

1 《北京女子高等师范学校暂行简章·立学规则》，《北京女子高等师范文艺会刊》1919年第1期。
2 据《文艺会刊》第1期刊载的《转载本会记事民国八年》，文艺研究会的简章于1919年1月1日即正式拟定，3月前就已召开一次讲演部特别会与三次讲演部常会，由此推测其开始筹办的时间理应在1919年之前。

些社团里除文艺研究会以外,唯一还有记载的幼稚教育研究会明确只接纳本学科学生。《文艺研究会简章》虽声明"凡本校同学赞成本会宗旨月出文艺稿件或加入讲演者均得入会充本会会员"[1],但1922年前实际仅国文部学生可加入。[2] 此外,不仅国文部有《文艺会刊》,幼稚教育研究会与学生自治会也分别有自己的会刊《北京女高师幼稚教育的研究》《北京女子高等师范临时自治会会刊》。《北京女子高等师范临时自治会会刊》原刊已佚,而还能查找到的《北京女高师幼稚教育的研究》与《文艺会刊》,均声明会费每月一角,每季度将会员作品结集出版。[3] 综上来说,五四运动前后"社团蜂起"的潮流或许推动了文艺研究会的成立。蔡元培的忠实追随者陈中凡在加入北京女子师范学校国文专修科后,也确实鼓励、筹划了文艺研究会与《文艺会刊》的发生[4]。但不能忽视的是,女高师改组后相继依据学科成立的社团如出一辙地办刊,和这些社团对参加人员的学科要求、会刊出版周期与会费的收取采用的统一口径,以及相当一段时

---

[1] 《文艺研究会简章》,《北京女子高等师范文艺会刊》1919年第1期。

[2] 曾就读于女师大的女作家石评梅就未曾加入文艺研究会,也未曾在《文艺会刊》上刊载作品,一是因为她就读于女高师体育部,1922年前无法加入文艺研究会;二是从石评梅现存文本分析,她直到1922年年末才开始大量创作诗歌,1923年3月开始在《晨报副镌》《京报·诗学半月刊》上频繁发表作品,而同一年6月石评梅即毕业,不太可能再参与文艺研究会的活动。

[3] 参见高奇如《本会纪要:我们在一九一九年,肄业女高师保姆科……》,《北京女高师幼稚教育的研究》1920年第1期;《文艺研究会简章》,《北京女子高等师范文艺会刊》1919年第1期。

[4] 程俊英:《陈中凡老师在女高师》,载朱杰人、戴从喜编《程俊英教授纪念文集》,上海:华东师范大学出版社,2004年,第342页。

间内女高师仅存在着这几个社团，都揭示了校方对社团组织存在着统一调控。且《文艺会刊》虽名义上由学生组建的文艺研究会负责编辑出版，但相当一部分编辑权仍掌握在胡光炜、陈中凡、顾震福等教师手中[1]，这些都意味着作为组织的文艺研究会相当关键的"自我构建"与"协同发声"两大功能，即社团人员与刊物编辑都多少仰仗于女高师管理层与教师的意见，文艺研究会临时变动《简章》中"凡本校同学赞成本会宗旨月出文艺稿件或加入讲演者均得入会充本会会员"这一条例，也可能是社团被校方整合规划的缘故。

类似情况，在现代中国其他高校中也有过先例。如北京高等师范学校于1915年设立数理部，次年由数理部主任刘资厚发起组织课外研究机构，定名北京高等师范学校数理学会，成员为该校数理部本科及预科的全体学生[2]；国立武昌高等师范学校在1914年设立数理部，同年由数理部第一届学生发起成立"数学研究会"，1918年该研究会出版的第1期会刊中称"名誉会长一人，本校校长充之；会长一人，

---

[1] 程俊英在《陈中凡老师在女高师》中指出陈中凡曾参与筹备、编辑《文艺会刊》，提及陈中凡为第1期《文艺会刊》写了一篇《文艺会刊缘起》，但实际上查无此文，仅有顾震福所做的《题词》，程俊英写这些文章已年近九十，毕业六十余年，故讲述可能存在讹误。此外，王翠艳在其专著注释中指出《文艺会刊》第2期刊登苏梅、田隆仪、吴琬的《新禽言》；第4期刊登苏梅、陈定秀、梁惠珍、高晓岚的《杨柳枝》等（《女子高等教育与中国现代女性文学的发生》，北京：文化艺术出版社，2007年，第108页）。值得注意的是，朱敏在论文中写到苏梅、田隆仪、吴琬的《新禽言》乃刊登于第3期（《北京女高师〈文艺会刊〉与"五四"知识女性的写作转型》，《汉语言文学研究》2015年第3期），经核实，后者为正确的，实际上这三位同学的同题诗乃刊登于第3期。

[2] 张友余、赵爽英：《五四时期的数理学会和数理杂志——现代数学在中国全面起步的故事》，《第三届数学史与数学教育国际研讨会论文集》，第261—279页。

总理会务，由本校数学物理部主任充之"[1]，社团虽名义上由学生发起，却不由学生掌控。上述组织及刊物与女高师内的数个社团不无相似之处，均是在学科设立后随即成立，仅包含本学科学生且名义上由学生组织实则被教师或校方不同程度地把控大方向。

因而，不应该先验地将文艺研究会理解为新潮社、国民社等那般思想高度自主，能够引动历史潮流的学生组织，实际上文艺研究会并不如过往文学史叙述的那般拥有充足的自主性，在1919年的女高师内也不容许真正自主的社团出现。彼时女高师对学生的管教颇为严格，形似"闺阃"的校舍布局与严格的门禁管理制度，都使得女高师更类似于一座放大了的闺阁。在震动了大半个新文化界的"李超之死"事件中，女高师校方起初对李超的遭遇毫无作为，直至李超去世整整两个月后，10月15日区谳、梁惠珍、苏甲荣三人在《少年中国》上刊登《李超女士追悼会筹备处启事》，这起事件方才逐渐为人所关注。至于女高师官方在校内举办追悼会，又要等到一个半月后的11月30日了，且校方言称因女高师会场过狭，除女界一律招待外，特发男宾入场券，以稍事限制，凡男宾不持有入场券者恕不招待[2]，可见女高师管理的封闭与谨慎。彼时的校长毛邦伟（1919年8月至1920年9月）即为鲁迅小说《头发的故事》中的N先生，女高师要求所有学生留长发，已被拟录取的许羡苏因留短发而不得入学，最后靠周氏兄弟出面抗议，许羡苏等人才复学。民国政府层面，实现

---

1 夏隆基：《(附录)数理学会会志》，《国立武昌高等师范学校数理学会杂志》1918年第1期，第93页。
2 《李超女士追悼会筹备处启事》，《晨报》1919年11月30日。

真正平等的男女教育的《壬戌学制》要等到1922年才颁布。作为中国第一个摆脱传统血缘、地缘关系而建立于学缘关系上的女性文学社团，甚至可能是唯一一个全体成员均为女性的文学社团，文艺研究会诞生之时就已被重重阴影笼罩。

曾就读于女高师国文部的陆晶清、苏雪林、庐隐等均曾是文艺研究会成员，她们后来成长为中国新文学史上的第一批女作家，应该说得益于在文艺研究会中的发展。作为一个文艺社团，文艺研究会为处于校园环境中的女学生们提供了更为广泛地接触文学的机会，一方面以《文艺会刊》为依托，学生们即可以创作并发表作品；另一方面，《文艺会刊》作为传播媒介，将文艺作品传递给学生们，让她们能够接触到与文学相关的内容。女学生们以《文艺会刊》为依托，得到了很多锻炼，进步良多，为将来走上创作之路打下了基础。

二、旧文学主导的新女性刊物：《文艺会刊》概观

《文艺会刊》创刊于1919年6月，停刊于1924年年初，总计出版六期，持续时间比北京大学的《新潮》长了两年。尽管刊物出版期数较少，但其仍然因较长的时间跨度、较早的创刊时间与专门刊发女性学生文学作品而具有重要的史料价值，可以帮助我们从历史的尘埃中窥见"五四"前后的女学生对文学与社会以何种方式进行想象，以及这一时期"新文学"与"旧文学"、"启蒙"思想与"传统"文化交锋的痕迹。《文艺会刊》前三期分别出版于1919年6月、1920年4月和1921年4月。后三期均未注明出版时间，而俞钰在《文艺会刊》

上发表的《望着》《怀疑》写于1923年，根据刊发文章的落款日期推算，后三期出版时间应为1923年两期、1924年一期，而非"保持了每年一期的出版频率"[1]。1920年4月1日《时事新报》第14版的左下角，刊载了《文艺会季刊》的订阅广告，值得注意的是，广告内的《文艺会刊》还名为《北京女子高等师范文艺会季刊》，且广告末尾宣称"每册定价大洋三角全年四册定价一元二角"[2]。可见《文艺会季刊》改名为《文艺会刊》是突然发生的事情，尽管第2期已与第1期出版间隔了10个月，但直到第2期正式出版前夕，文艺研究会还未放弃将它办成季刊的努力。此外，据程俊英回忆《文艺会刊》出版后"各校学生纷纷订购，销路很广"[3]，可见《文艺会刊》不仅仅是一份女性校园刊物，更是一份进入了现代商业逻辑的新兴文学刊物。

过往文艺理论界多习惯于从文化语境的变迁来诠释"现代文学的发生"，而学校女性教育无疑是促进文化语境转型的重要推力，有学者认为，"中国现代女性文学的发生是由一批尚就读于大学校园的女大学生所完成的"[4]。庐隐、冰心等人也正是在大学就读时发表了成名作，并成为文学研究会同仁。相较而言，长期以来媒体转型的作用却并未得到充分的梳理与阐释，事实上在女性文学的发生这一问

1　王翠艳:《女子高等教育与中国现代女性文学的发生》，北京：文化艺术出版社，2007年，第106页。
2　《北京女子高等师范文艺会季刊》，《时事新报》1920年4月1日。
3　程俊英:《陈中凡老师在女高师》，载朱杰人、戴从喜编《程俊英教授纪念文集》，上海：华东师范大学出版社，2004年，第342页。
4　王翠艳:《女子高等教育与中国现代女性文学的发生》，北京：文化艺术出版社，2007年，第102页。

题上,"媒体的转型亦是其中不可不谈的重要因素,甚至可以说是新的媒体促发了新的文化语境,而新的文化语境又促发了新的文学样式,一部中国现代文学史,从侧面看去,又正是一部新闻事业发展史"[1]。北京女子高等师范提供给学生相对进步的教学资源,加之办学地点位于彼时的文化中心北京,女学生易于接触到各类启蒙思潮与文化领袖。这为女高师学生的创作挣脱男性审美体系的束缚,突破狭窄的校园文化空间而衍生为社会现象提供了条件。

文艺研究会较为重要的成员有庐隐(原名黄英)、苏雪林(原名苏梅)、冯沅君(原名冯淑兰)、陆晶清(原名陆秀珍)、玉薇(原名隋廷玫)、王世瑛。文艺研究会下属四个部门,除庶务部的任务系"总理会中一切杂务"外,其他部门各有自己的专属职权与工作:编辑部负责编辑出版《北京女子高等师范文艺会刊》,游艺部专职于"研究书法音乐及各种游艺",讲演部则需要每周五组织同学练习讲演,以及邀请各类社会文化名人到校进行讲演。数年间,文艺研究会各部门均取得了斐然的成绩,游艺部较为频繁地组织起演剧活动,并作为20世纪20年代初期"爱美剧"的重要参与者之一,其组织演出的《罪恶家庭》(据国文部学生李超之死的实事改编)、《脖链》(改编自莫泊桑的小说《项链》)、《叶启瑞》、《归去》、《这是谁的罪?》(石评梅创作,连载于1922年4月的《晨报副镌》)、《孔雀东南飞》(女高师国文部1922届学生集体创作)均取得了较为热烈的反响,不仅鼓舞了女高师学生文艺创作的热情,更重要的是从女性角

---

[1] 曹聚仁:《文坛五十年》,上海:东方出版中心,1997年,第83页。

度较为针对性地批评了封建文化,给予女学生建立起女性自觉意识与审美体系的信心,无形中促进了女性现代意识的成型。讲演部则先后邀请蔡元培、鲁迅、李大钊、周作人、李石曾、黄炎培、陈宝泉等文化界、教育界名流,以及邀请杜威、罗素、勃拉克、爱罗先珂等世界著名文化人士前往女高师讲演。这意味着女高师同世界先进文化潮流保持着一定的联系,并且它不只是作为各类思想的承接者,还通过将讲演整理成文字在《北京女子高等师范文艺会刊》上刊载,而成为"五四"时代整体文化场域的塑造者之一。

从各栏目的设置与文章内容来看,《文艺会刊》旧文学色彩极为浓厚。1920年第2期《文艺会刊》开始出现白话文作品,黄英(庐隐)的《利己主义与利他主义》即是一篇用白话创作的论说文。1921年在第3期《文艺会刊》上出现了两篇白话小说,1922年出现了十首新诗,1923年出现了六首新诗、一篇白话小说,1924年出现了二十二首新诗、三篇白话小说。白话文学作品就这样一步步出现在《文艺会刊》上,至最后一期时,在篇目数量上已经接近于旧文学,但因新文学多为新诗,内容体量较小,实际所占版面还远不及旧文学。

表3-1 《文艺会刊》新旧文学统计表

期次	旧文学(篇)	新文学(篇)
第1期	65	0
第2期	79	1
第3期	72	2
第4期	99	10
第5期	44	7
第6期	33	25

尽管新文学早期最主要的阵地之一《晨报副刊》自1917年改革后就着重于刊发白话散文与新诗，上海《民国日报》也裁撤大量发表旧体诗的黄色副刊，代之以刊载新文学作品的进步文学副刊，但"文学改革"的势头仍需要时间来逐渐传导至文化接受场域，薛鸿猷就曾这样描述1921年的诗歌刊载生态："以最销行的报纸而论，《申报》《时报》《新申报》《新闻报》《中华新报》皆登载旧诗。以思想最高，而带有欧美化的杂志而论，《留美学生季报》本年第三期，所登载康白情君之诗，完全是旧诗，不过多几个新式标点罢了。至于《新声》《栩园杂志》《小说新报》《半月》各种杂志上，文言诗多极了。"[1] 整个办刊过程中，《文艺会刊》并未透露出排斥新文学的意图，而是以一种暧昧的态度兼收并蓄新文学与旧文学。1919年出版的第1期《文艺会刊》设置成"论文""诗文""记载""讲演"这四个版块，至1924年出版第6期时，细划为"考证""论说""研究""讲演""讨论""杂感""杂著""诗词""语体诗""短篇小说""谐文"11个栏目。其中"考证""论说""研究""讨论""杂感""杂著"均从"论文"衍生扩展而来，"讲演"栏目始终未曾变动。第1期"记载"栏目刊发了《国外女界消息》与《国内女界消息》，一方面有助于女学生拓宽自我视野；另一方面，女学生对于国内外繁多消息的择取、编排也多维度地还原了彼时女学生的女性认知。遗憾的是"记载"栏目第2期就被裁撤。其中"诗文"这一栏目最引人注目——第4期刊物中新诗与旧体诗均被放置在"诗词"栏目中，排版

---

[1] 薛鸿猷：《一条疯狗！》，《文学旬刊》1921年第21号。

上也并未有意区分新诗与旧体诗,而是毫无顺序地编排,但栏目内容量的设置也多少体现了其办刊趋向与会员对新旧文学的态度。第5期中则明确地划分出"诗词"与"新体诗"(第6期中"新体诗"改名为"语体诗")。这一刊物排版的转变,体现出女学生对新、旧体诗区别的相关认识逐渐深化。《文艺会刊》上诗歌作品无论是在数量上还是在艺术成就上都要高于小说等其他体裁,由此不难看出女高师学生的艺术积累更偏向于接近传统文化的诗词,对较为"进步"的小说则缺乏足够的审美兴趣。聚焦于刊发的诗歌作品做进一步考察会发现,在出版的6期刊物上,总计发表了350余首诗歌,而新诗不过33首。[1] 尽管相较于旧体诗较为弱势,新诗在《文艺会刊》的白话文学作品中仍具有很大比重,也可以说,《文艺会刊》上的新文学是以新诗为主导的。

三、"对镜女郎"与"活泼少女"之间:《文艺会刊》想象女性的方法

"感情是盲目的,社会是黑暗的。你是活泼而富于情感的少女,初到社会的热心者。"这是1922年文艺研究会会员俞钰在《文艺会刊》中发出的声音,尽管她的声音稚嫩而平白,却多少展现出一个普通女性在时代整体潮流中的体认与挣扎。两年后,另一会员

---

1 另有黄璧元在第6期"语体诗"栏目中刊发了两篇文本,过往的统计一般将其计入新诗范畴,但这两篇作品语言上文白夹杂,体式上并未分行,表现内容上也尚未脱出传统的抒情范式,故不计入新诗内。

隋玉薇则这样展开对女性的想象："点点零乱的胭脂，／涂遍了芳草地，／女郎们微笑地拾起，／在银镜前，却将凄零的泪暗滴。""女郎""银镜"都是时髦的西洋词汇，倘若将"银镜"调换为"铜镜"，"女郎"调换为"思妇"，不难发现，这正是一首地道的闺怨诗。不过，这显然是具有现代意味的"闺怨"，置身新旧文化形态间的现代女性自我意识的觉醒与摇摆，构成了《文艺会刊》的整体基调。

而对诗歌所谓"本体"价值的坚持，也是"新诗"区别于其他文体的一大特征。早在"新诗"尚未发生前，胡适就与梅觐庄、任叔永等友人发生过争论："现在反对的几位朋友已承认白话可以作小说戏曲了，他们还不承认白话可以作诗。"任叔永也有自己的坚持，觉得白话诗无法承载诗的本质，"盖诗词之为物，除有韵之外，必须有和谐之音调，审美之辞句"。[1] 即便新诗的合法性地位已相对稳固，类似论调仍未断绝，陆志韦就强调："我的意见，节奏千万不可少。押韵不是可怕的罪恶。"[2] 至于为"新诗坛"所排斥的胡怀琛，则从"为胡适改诗"开始直至1938年去世，从未放弃"情感"与"音节"的诗歌本质主义，可见新诗文体的特殊性。新诗文体的内在变迁常常存留有更为深厚的历史积淀，当女性用新诗创作来表现新旧杂糅的校园教育与女性尚不明晰的自我认同时，其中的暧昧态度被成倍地放大了。

在新诗创作方面，《文艺会刊》整体风格还是较为稚嫩，部分作

1　胡适：《逼上梁山：文学革命的开始》，《东方杂志》1934年第31卷第1号。
2　陆志韦：《我的诗的躯壳》，《渡河》，上海：亚东图书馆，1923年，第24页。

品有意识地探索新诗的主题与语言风格。陆秀珍（即陆晶清）在第5期发表的《新诗丛谈》上提出，"新诗是写出来的，不是作出来的；是由情感自然迸发出来的，不是勉强凑杂成的，诗人因外界的美感或刺激，感情上受了冲动，不得不写出来的，才是真正的诗；换句话说：'是诗来找诗人，并不是诗人去找诗。'""现在新诗正在试验建设中，我们虽不能实现理想的新诗，但无论如何，也应该做到'感情丰富''句调圆稳'的地位。……""新诗最易犯的毛病是'太长'和'太详'，而最忌的也是'太长'和'太详'；'太长'则近于繁冗，流为散文；而'太详'则呆滞而欠含蓄，失了诗的色彩，至于所以'太长'和'太详'的原因，就是由于'太自由'了！超出范围以外。"[1] 尽管陆秀珍的"因外界的美感或刺激，感情上受了冲动""由于'太自由'了，超出范围以外"等描述缺乏足够的精准性与理论认识，很难称得上是对彼时新诗的建设性意见，但体现出她对于新诗"试验建设"的探索，并在自己的创作实践中贡献出《墙隅的梅花》（第5期）这样的作品，以组诗的方式组织文本，单首行数不超过五行，通过凝练意象抒发自己瞬时的感受。

因《文艺会刊》中相当一部分作者尽管发表数量较少，但作品多为组诗，实际体量较大，惯用的以"首"为单位的计数标准无法准确反映新诗及该作者在刊物中所占的版面面积，所以本书尝试以"行"和"首"结合的计数方式，统计《文艺会刊》中的新诗分布（见表3-2）。

---

[1] 陆秀珍：《新诗杂谈》，《北京女子高等师范文艺会刊》1923年第5期。

表3-2 《文艺会刊》作者发表新诗行／首数统计表

单位：行／首

	第4期	第5期	第6期	合计
松泉	38/1		29/1	67/2
俞钰	88/4		86/2	174/6
隋廷玫（玉薇）	20/2		58/7	78/9
刘作炎	37/1			37/1
李悫	26/2			26/2
陆秀珍		36/2	53/2	89/4
李英瑜		53/2		53/2
孙祥偈		36/2	30/2	66/4
王咏苏			34/2	34/2
孙尧姑			31/1	31/1
合计	209/10	125/6	321/17	655/33

基于表3-2不妨从主题的新旧、意象的新旧与押韵与否三个维度分析这些文本。这些诗作整体上以抒发自我学生时代的情绪为主，题材大同小异，且普遍未呈现出具体的叙述对象与场景，难以以题材为标准划分。相较之下，关注这些女学生对同一题材的态度，以及怎样处理这些题材的语言技术，更能凸显出文本之间的差异。具体到文本上，则呈现为每首诗的主题与使用的意象是不是传统诗词未曾使用过的。显然，这些诗作中尽管不再追求传统诗歌中森严的韵律，但部分诗作仍在有意地押韵，因此本书将押韵与否纳入统计

范围。

鉴于相当一部分作品尝试从一个全新的主题展开言说，但会在中途转入与主题无关的旧诗抒情范式中，或在"明月""清风"等传统诗词的意象中突然插入"宇宙"等时代前沿的词汇，故在统计表中额外加入了"断裂"这一数据，用以呈现文本中部分语句是否偏离了整体的表述范式（见表3-3）。

表3-3 《文艺会刊》诗歌主题／意象／押韵统计表

	新主题	断裂	旧主题	断裂	新意象	断裂	旧意象	断裂	押韵否／是	
第4期	4	4	6	0	0	0	10	4	9	1
	40%	100%	60%	0	0	0	100%	40%	90%	10%
第5期	6	3	0	0	1	0	5	4	6	0
	100%	50%	0	0	17%	0	83%	80%	100%	0%
第6期	7	2	10	0	6	2	11	2	12	5
	41%	29%	59%	0	35%	33%	65%	18%	88%	12%

结合表3-2、表3-3与对文本的细读，可以初步得出以下结论：

第一，作者分布较为集中。在六期刊物中，仅有后三期刊发了共计十位诗人的33首新诗，其中俞钰、隋廷玫、陆秀珍三人发表首数超过了一半，行数则超过了52%。这种情况的出现，一是《文艺会刊》是文艺研究会的会刊，而文艺研究会在1919年至1921年间仅有国文专修科学生可加入，自1922年始会员范围才逐渐扩大"凡本校同学志愿研究文艺者均可为本会会员"；二是女高师学生的家庭背景政商两界者居多，幼年时多接受过较为完备的古典诗词教育，难以经过大学教育立时扭转过来，即便是刊载的新诗，也充斥着文白交杂的痕迹；三是因学校的整体办学方针以及古典文学研究专家陈中凡在1919年至1921年期间任国文部主任，校内旧诗词写作气氛浓厚；四是该刊物虽由学生组建的文艺研究会负责编辑出版，但相当一部分编辑权仍掌握在胡光炜等古典文学研究者手中。[1]因而，新诗的整体创作无论是在作者人数上、创作数量上，还是在编刊话语权的把控上都要弱于旧体诗，造成了《文艺会刊》上新诗较为弱势。

第二，由于作者较少，不同期数内诗歌的行数/首数与整体主题/意象的新旧变动较为剧烈。尽管第5期诗歌整体上都采用了更妥帖于现实语境的主题，但第6期的主题普遍又向旧体诗的抒情传统靠拢。这种现象出现的原因是作者变动较大，李英瑜仅在第5期中发表了新诗作品，陆秀珍与孙祥偈尽管在第6期中仍贡献了主题与意象上较为自觉的文本，但被大量新涌入的旧主题/意象作品所稀释了。

第三，这一时期的新诗在主题、意象上都与旧体诗的写作范式

---

[1] 据程俊英在《陈中凡老师在女高师》(《程俊英教授纪念文集》上海：华东师范大学出版社，2004年，第342页）一文的记述，《文艺会刊》最早系由陈中凡（陈钟凡）筹备、编辑的，可见该刊虽然系纯以学生为会员的"文艺研究会"的会刊，但亦有相当一部分的编辑权掌握在教师（尤其是陈钟凡、胡光炜、顾震福等女高师专任教员）手中。《文艺会刊》刊发的文章中有许多篇目同时也是胡光炜、顾震福由课堂作业中遴选出来的优秀之作，这一点也是《文艺会刊》登载的旧体诗词数量始终居上并常出现许多同题作品的主要原因。如第2期（注：实际为第3期）苏梅、田隆仪、吴琬的《新禽言》，苏梅、张雪聪的《观弈》；第4期苏梅、陈定秀、梁惠珍、高晓岚的《杨柳枝》。参见王翠艳《女子高等教育与中国现代女性文学的发生》，北京：文化艺术出版社，2007年，第108页。

相混杂。大部分作品仅采用了白话诗的语言与体式，审美趣味与思维内核仍是旧体诗的，属于戴望舒所指出的"新瓶装旧酒"[1]。作者即便有意以新的主题呈现自我的情绪，或是在诗歌中纳入诗的词汇，但多数情况下会在文本中混入旧体诗式的与诗歌主旨关联不大的景物描写，或是在旧体诗的写作范式中，调用"宇宙""社会""军队"等古典诗歌无法承载的词汇。实际上，如果后来者再次对这些诗歌进行细读，可能并不会认同笔者对于这些诗歌"新"与"旧"的划定，但这种现象不是消解而是强化了这一论断，即这一时期女高师的新诗创作中文白、新旧处于交杂、难以清晰辨认的态势。这种情况离不开彼时的学校教育，国文部主任陈中凡在聘请了大量古典文学讲师外，还聘请了鲁迅、胡适、周作人、李大钊等新文化运动的主将兼任女高师的讲师；启蒙思想虽波及文化教育部门与校园，但直到1919年，"伦理""家事"等传统色彩浓厚的科目仍为女高师所有部门的必修课。因校园教育中新旧文学交杂，加上较"新"的校园教育与这些女学生自幼就接受的家庭教育角力，且女学生接受新文学教育时长尚短，多种因素的合力导致了这种现象。

第四，在白话诗与旧体诗的对抗中，旧体诗的韵律与体式最易被革除；女学生不难寻找出新的主题并表达自我，但旧体诗的主题难以被根除，新主题很容易在大量旧体诗的辞藻堆砌中被偏离至旧主题；如果作者能够大量使用新词汇，则往往能够让整首诗的主题

---

[1] 戴望舒：《谈林庚的诗见和"四行诗"》，载梁仁编《戴望舒诗全编》，杭州：浙江文艺出版社，1989年，第695页。

也脱离旧诗的范式。在这些诗歌中,尽管出现了押韵,但并非依照古典诗歌中严格的平仄,而更多是作者有意在句末使用声韵。相当一部分诗作中作者尝试抒发自己对当前时代的感悟,或者对时代现象有只言片语的批判,但往往沉迷于与主题关联不大的场景描写,如刘作炎《夜中杂感》一诗中,句末体现出较鲜明的进化论意识,"我觉悟应当顺着'行健不息'的天运兢兢业业!／绝不可违逆自然原律'自甘暴弃'的荡荡悠悠!人生的秘诀,／就是向上的'奋斗'!"起句却是"耿耿的银河,／斜挂在天上;／朦胧的残月,／照着我的床头"[1]。使用新诗的主题与旧诗的意象与抒情手法,使得这首诗的表述是不协调的。而如果作者能克制住使用旧体诗经典意象的欲望,在大量新词汇的辅助下,则能够更好地脱离旧体诗的阴影。17首采用新主题的诗歌中,有超过半数出现了"断裂"现象,足以说明传统诗词的思维模式对这些女学生强大的统摄力;共有12首诗歌为新主题旧意象,而7首使用了新意象的文本中,仅有两首是新意象旧主题,这两首也是唯二出现"断裂"现象的文本,并且它们都是隋玉薇的作品,长度均在十行以内,词汇较少,没有形成完整的意象群。

此外,在《文艺会刊》上发表的作品中,有近一半的诗歌单首长度不超过十行,王咏苏、孙祥偈与陆秀珍都曾刊发过单首长度不超过五行的组诗,隋廷玫则大部分诗歌的长度都在五行左右。"短诗"现象的出现,说明女高师文艺研究会内部在有意尝试小诗体的

---

[1] 刘作炎:《夜中杂感》,《北京女子高等师范文艺会刊》1919年第4期。

创作。小诗体直接受郑振铎翻译的泰戈尔《飞鸟集》与周作人翻译的日本短歌、俳句所启发，呈现出诗人对内心细微感受的发掘与对形式的探索，文艺研究会另一重要成员苏雪林就这样评价彼时的小诗创作，"自从冰心发表了那些圆如明珠、莹如仙露的小诗之后，模仿者不计其数。一时'做小诗'竟成为风气。但与原作相较，则面目精神都有大相径庭者在：前者是天然的，后者则是人为的；前者抓住刹那灵感，后者则借重推敲；前者如芙蓉出清水，秀韵天成，后者如纸剪花，色香皆假；前者如姑射神人，餐冰饮雪，后者则满身烟火气，尘俗可憎"[1]。女高师学生的作品更倾向于苏雪林描述中的前者，区别在于，她们的诗学资源更多地源自中国传统诗歌的小令，诗句为哀婉幽咽的个人情绪所笼罩，意境体察入微，格局狭小，语言风格兼具玲珑剔透与朦胧含蓄。

尽管女高师仅有文艺研究会这一个文艺性社团，积六年之力也不过出版六期《文艺会刊》，如吕云章在写给河北诗人谢采江的信中所做描述，"本校有个文艺会，全校加入的不过三十人，一年中两本会刊都不能出，因投稿的太少了。旧文、古书，在我们班很有势力，盖主任是位考古者，谁不迎合心理，多得点分数呢！说起来实在是我们女性的耻辱！"[2]但这并不妨碍1919年到1926年短短七年的时间里，这所仅有两百余人的学校相继走出了庐隐、冯沅君、苏雪林、王世瑛、程俊英、石评梅、陆晶清、隋玉薇、吕云章、许广平等对20世

---

1 苏雪林：《冰心女士的小诗》，载沈晖编《苏雪林文集》（第3卷），合肥：安徽文艺出版社，1996年，第121页。

2 子波、湘灵：《诗兴的友谊》，北京：海音书局，1927年，第108页。

纪20年代文坛产生了重要影响的新文学作家。"这一表面矛盾的现象实则蕴含着极大的合理性，即女高师／女师大学生在校园外获得了新的生长空间，校园内外的结合为她们文学才能的施展准备了良好的机遇。"[1]可以说，《文艺会刊》及其带动的新诗创作，成为这些女学生从较为边缘的女高师步入主流文化视野的跳板，提供给她们无法被替代的创作氛围与早期文学储备。

诚然，教育与现代女性诗歌创作的发生存在千丝万缕的联系。这些成长于书香世家、受教于全国最高等级的女子大学的女诗人，她们的诗歌创作观念与实践处处存在"新旧博弈"的痕迹，这影响到早期女性诗歌的完成度与新锐性。此外，在编刊过程中，来自各方势力的干预，削弱了她们对《文艺会刊》的编选权，所刊发的作品也不尽然全面代表早期高校女学生的诗艺标准。但不可否认，在李大钊、胡适、鲁迅、周作人、胡小石等一批高校教师的引导下，从女高师与《文艺会刊》中唱响了现代女性诗歌的雏音。与此同时，文本之间缠绕的"新"与"旧"，既折射出彼时女高师学生所面临的外在困境与内在拘囿，也佐证了彼时《文艺会刊》的作者与编辑队伍中已然萌生了新诗建设或发展的自觉意识，并对她们未来离开校园后的创作产生了极为深远的影响。

---

1 王翠艳：《女子高等教育与中国现代女性文学的发生》，北京：文化艺术出版社，2007年，第128页。

第三节　燕京大学校刊《生命》与冰心的"圣诗"创作

1921年3月至1922年3月，在燕京大学教授刘廷芳的推动和促成下，冰心创作了一系列"圣诗"，以"谢婉莹"之名发表在重要的基督教杂志《生命》月刊上。燕京大学是基督教会学校，校长司徒雷登不仅是基督徒，也是自由派，他秉持自由包容的办学方针致力于提升燕京大学的办学水平，大力开展学术研究，仿照西方模式办学，提高学校的管理效率。在这样的氛围中，冰心的文学创作延续了纯净的宗教情怀，自由地表达她对宗教要义和故事的理解与诠释。《生命》月刊是现代中国基督新教著名的教会期刊，出版了一些专著，发表了新文化运动的领导人或学者对基督教的言论，如陈独秀的《基督教与中国人》、胡适的《基督教与中国》、周作人的《我对基督教的感想》等。由于《生命》月刊是由北京基督教学校事业联合会负责出版发行，所以读者主要面向学生。从1920年第1卷第4期开始，期刊由《生命》月刊杂志社接管，刘廷芳负责，生命社的成员也基本上由燕京社成员和青年会为主。1925年北京证道团改名为生命社，倡导在教义上不分宗派，在政治问题上不分党派的自由讨论方式，多采用白话文写作，发行量较大。1926年《生命》月刊与《真理周刊》合并，改名为《真理与生命》，被誉为教会内三大期刊之一。[1]然而，冰心写作的这一系列"圣诗"，无论是当时还是当下，都鲜少被研究界关注，而冰心撰写的追忆文学创作道路的文章中，也未曾

---

[1] 杨靖筠:《北京基督教史》，北京：宗教文化出版社，2014年，第222页。

提及这些"圣诗"。事实上,这些"圣诗"构成了冰心诗歌的另一面向,它们不仅表达了女大学生冰心的精神向度,而且在语言和风格上对诗人后来的诗歌创作也产生了一定影响。

一、宗教视域下的"圣诗"创作

本节所论的"圣诗"[1]特指冰心在1921年3月至1922年3月间分别发表在《生命》月刊第1卷第8册、第9、10合期和第2卷第1册、第2卷第2册、第2卷第3册、第2卷第4册以及第2卷第7册上的诗作,它们分别是诗歌《傍晚》《黄昏》《夜半》《黎明》《清晨》《他是谁》《骷髅地》《使者》《生命》《孩子》《沉寂》《何忍》《天婴》以及一篇散文《我+基督=?》。尽管这些诗作在最初发表时都独立地刊登在"诗"栏目下,但后来以组诗"圣诗"为题收录在冰心本人认可并作序的海峡文艺出版社1994年《冰心全集》中。冰心创作并发表在《生命》月刊上的这些白话诗理应属于新文学的一部分,但事实上冰心不认为这些"诗"是诗,比如,她在《冰心全集》自序中,比较详细地回忆了从童年到1920年末的文学生活,字里行间却没有提及"圣诗"创作。研究者常在冰心的其他诗歌、小说、散文中寻找基督教思想的

---

[1] 杨剑龙在论述冰心圣诗创作的基督教价值时,以奥古斯丁在《诗篇》中"圣诗就是向上帝唱出的赞美"为标准,将冰心在五四时期创作的所有带有宗教意味的、有赞美上帝内容的诗歌全部归为"圣诗"。如此一来,连同《繁星》《春水》两本诗集中的一部分小诗以及其他或多或少带有宗教色彩的诗歌都被纳入了考察范围。这样的界定虽有一定的依据,仍未免过于宽泛。

痕迹，而这些真正的宗教文学作品反而没有进入他们的研究视域中。

冰心坦言这些"圣诗"的创作灵感和内容均深受《圣经》的影响，"圣经这一部书，我觉得每逢念它的时候，——无论在清晨在深夜——总在那词句里，不断的含有超绝的美。其中尤有一两节，俨然是幅图画；因为它充满了神圣、庄严、光明、奥妙的意象。我摘了最爱的几节，演绎出来。自然原文的意思，极其宽广高深，我只就着我个人的，片断的，当时的感想，就写了下来，得一失百，是不能免的了"[1]，冰心对于宗教的信仰是由内而外的，而这种沉浸式的信仰也增进了她表达生命的理解力与感受力。受宗教博爱与救赎思想的影响，冰心看待问题的眼光是温柔的，是充满爱和宽容的，她不愿意表现生活的阴暗面。正因为如此，冰心的圣诗和《圣经》中宣扬的救赎及宽恕有明显区别，冰心在圣诗中逐步形成了自己的世界观。例如在《客西马尼花园》和《髑髅地》等诗中，她没有将笔触用于表现耶稣受难时神与人的残酷斗争，而是将重点放在了对爱的弘扬与歌颂，也没有宣扬宗教的救赎思想。[2] 诚如冰心所说，有些诗句就是原文的演绎，比如《沉寂》中"尽思量不若不思量，／尽言语不如不言语""我只口里缄默，／心中蕴结；／听他无限的自然，／表现系无穷的慈爱"[3]，这些诗句是对《圣经·约伯记》中的原文进行改写与化用。原文十分通俗易懂，和原文相比，冰心的诗句更整齐，可读性更强，在沉寂中写出了诗人的所思所想，表现出自

1　冰心：《诗》，《生命》1921年第1卷第8册。
2　参见王炳根《爱是一切：冰心传》，北京：作家出版社，2016年，第132页。
3　冰心：《沉寂》，《生命》1921年第2卷第3册。

然的无限与神明的博爱，充满哲思。在内容上，不少"圣诗"则是对《圣经》文本或圣经故事的演绎，再借由想象重构《圣经》中某一小节甚至某句话的具体情境，比如《傍晚》的创作灵感源于《圣经·创世记》第三章第八节[1]，这一段是亚当和夏娃偷食禁果后上帝巡视伊甸园，夫妻二人不敢面对上帝而躲躲闪闪。冰心以经文为根据，展开了诗意的想象，生动又细致地描绘了傍晚时分伊甸园的景致，"光明璀璨的乐园里；／花儿开着，／鸟儿唱着，／生命的泉水潺潺的流着，／太阳慢慢的落下去了，／映射着余晖"[2]，人间仙境之景是诗人对伊甸园赋予的完美想象，而随即要发生的是上帝将把亚当和夏娃驱逐出伊甸园以示惩罚，但是诗人却完全以赞美的口吻歌唱上帝的降临，语气中没有忧伤遗憾，对神之于人的控制表达最忠诚的臣服，没有丝毫怀疑或埋怨。根据《圣经·约伯记》第十五章第八节而作的《黄昏》，表达了诗人对上帝无上的崇敬。上帝忠实的追随者约伯因为上帝与撒旦的"赌约"而被"无端"试炼，相继失去了财产和儿女，身体也受到严重的伤害。约伯的三位朋友来看望他，认定他遭遇这些缘于"有罪"，继而他们三人因为妄自揣测神的意志而被惩戒。于是诗人在《黄昏》中说："上帝啊！／无穷的智慧，／无限的奥秘，／谁能够知道呢？／……求你从光明中指示我，／也指示给宇宙里无量数的他，阿门。"[3] 抒情主人公以渺小的生命个体拜服上帝神旨的浩瀚和广博，随后希冀得到神的指示，以引领去

---

1 《圣经》(中英对照本)，上海：中国基督教两会，2011年，第5页。
2 冰心：《傍晚》，《生命》1921年第1卷第8册。
3 冰心：《黄昏》，《生命》1921年第1卷第8册。

路,并且希望这种智慧的引领可以推而广之,惠及无数生命。爱上帝、爱自己、爱他人,对宇宙中所有生命平等的爱与宽容正是这首诗歌的精神内核。当然,诗人未止步于某一段经文,描写耶稣诞生的《天婴》即演绎于圣经故事:

> 我这时是在什么世界呢?
> 上帝呵!
> 是繁星在天,
> 夜色深深——
> 我这微小的人儿,
> 只有:
> 感谢的心情,
> 恬默的心灵,
> 来歌唱天婴降生。[1]

短短的诗行中浸润着宗教式的思索,诗人仿佛在与上帝进行对话,面对深沉的夜色与满天的繁星,"我"心中充满了静寂与感激,在热烈地歌唱天婴的诞生。"我"完全地被一种神圣的光环笼罩,夜色也变得静穆,一种淡淡的幸福感充溢其间。冰心的"圣诗"创作和问题小说以及小诗有很大的不同,在"圣诗"中她主要进行宗教式、哲思性的思考,对上帝、宗教进行歌咏与礼赞,"圣诗"的宗教

---

[1] 冰心:《天婴》,《生命》1921年第1卷第5册。

性更强。"圣诗"中这种宗教情结和问题小说以及小诗中对于宗教的阐释又是互渗的,正是在这种相互交叉中,冰心的宗教观才得以不断成型。

冰心创作"圣诗"绝非简单地出于信仰,从教育视域和创作经验进行考察不难发现:第一,她多年接受教会学校教育,浸染于基督教氛围中,对《圣经》十分熟稔,"圣诗"创作是其宗教文学生产冲动的一次集中迸发,对于理解冰心的宗教思想和教育经历,是重要的素材;第二,"圣诗"创作不仅为冰心后来的诗歌写作积累了经验,还为她的新诗发表拓宽了道路,诗人通过这样的练笔找到了抒发宗教情怀的有效出口,"圣诗"的言说方式逐渐变为诗人在表达上的一种习惯,对冰心此后的诗歌创作和其他文体的创作均产生了影响[1];第三,与西方传教士及其助手用文言或方言所编译的赞美诗不同,冰心的"圣诗"是在新文化运动时期创作的白话诗,兼有文学意义和文学史意义,不能因其宗教性和为基督教宣传所具有的社会意义而遮蔽、抹杀了它在新诗发展初期为新诗文体建设带来的可能性。正如有学者指出的:"圣诗也应该在中国新诗中占一席之地,我们必须拓宽对于圣歌、圣诗的研究,只有这样才能真正全面反映中国新诗的发展与嬗变的轨迹。"[2]

---

[1] "在字句上,比从前更凝练一些。"参见冰心《我的文学生活》,载卓如编《冰心全集》(第3卷),福州:海峡文艺出版社,1994年,第11页。

[2] 杨剑龙:《五四新文化运动与基督教文化思潮》,上海:上海人民出版社,2012年,第335页。

二、刘廷芳对冰心宗教诗人身份的建构

冰心的宗教文学练笔开始于中学时代，远早于"问题小说"的发表。早在贝满时，15岁的冰心就尝试着模仿"所罗门雅歌"的格调写了些赞美她的代数老师的句子，她很珍视这十几篇作品，写后叠起夹在两层书皮之间，不敢示人，又不忍毁去，后来这些文字被同学发现，并当众诵读出来，同学一阵哄笑之后，冰心把这些作品尽数撕掉，从此连雅歌也不敢写了。[1] 能够成功摆脱中学时代的阴影，大学期间重新提笔进行创作甚至还大胆地发表出来，一方面是出于诗人心中充满爱和歌颂的欲望；另一方面可以视为其履行教徒责任的实践。诗人发表在《生命》月刊上的作品，全部署名"谢婉莹"而非在当时已经在文坛上获得一定认知度的笔名"冰心"，也不是最早的"女学生谢婉莹""冰心女士"。然而，这组诗作直接以本名发表颇耐人玩味。试想，如果知名的"问题小说"创作者冰心女士连续在《生命》月刊上发表多首新诗作品，对于这份刊物的好处是不言而喻的：既可持续向新文化运动靠拢，还能再度提升大众的认可度。然而，无论是月刊的主编刘廷芳还是作者本人都选择用"谢婉莹"这个名字，其意图应是重在保留诗人的本心，即诗人对基督教的歌颂完全出自真情流露，作者不担心经验尚浅的创作有可能被读者嘲笑，刊物也不愿利用作者的知名度引发话题。

当《生命》月刊主编和诗人自己放弃"冰心"笔名的同时，也

---

[1] 参见冰心《我的教师》，载卓如编《冰心全集》（第3卷），福州：海峡文艺出版社，1994年，第199页。

就意味着宗教诗人"谢婉莹"应运而生。在刘廷芳的精心设计下，《生命》第1卷第8册开始设立诗歌栏目，名称就是"诗"。在这一期的"社论"中，刘廷芳以编者按的方式表述了设置这一栏目的意图："基督教圣经的价值……肯真诚地去研究的人，没有落空的。有的人得着文学上的美趣，有的人得着美学上的观感，有的人再进一步，以文学及美学做导线，得享受灵性上的陶养。本期《生命》月刊我们介绍几首诗有两个原因：一方面证明上文这几句话，不是无依据的；一方面做一个祷祝的喻言，祝我们的希望成功，喻言我们的希望必定成功。我们的希望是什么呢？读《生命》月刊诸君请猜一猜！"[1] 在这个栏目开设之前，刊物上发表的文章基本可以分为三种：阐释基督教原理、翻译外国基督教著作以及带有时评性质的"干货"文章。"诗"栏的开辟，尤其是由女学生谢婉莹来吹响这个栏目起步的冲锋号，犹如一股清新之风渗透进那些高屋建瓴的文章中，以其细腻的触角和独特的感性魅力为《生命》月刊带来了新的意趣和生命力，在审美层面上增加了刊物的可读性和欣赏价值。由此，燕京大学女校学生谢婉莹成为《生命》月刊上第一位用白话进行基督教诗歌创作的诗人，这一栏目刚设立的最初几期里，她的作品每期必登，而且每期的作品都不少于三首。更有甚者，刘廷芳、赵紫宸两位基督教领袖的作品也都排在她的创作之后，足见主编对她的重视和推崇。

除此之外，《生命》月刊的特殊性质以及它和燕京大学的种种联

---

[1] 刘廷芳：《社论》，《生命》1921年第1卷第8册。

系，更加证实冰心的"圣诗"是在燕京大学的宗教话语影响下进行创作的。《生命》月刊的主编刘廷芳在发刊宣言中阐述了办刊缘由和动机，并直言这份刊物与燕京大学之间存在不可分割的联系，"所以联合起来办这月刊，愿在文字上做证道的工夫。并且做京中基督徒学生发挥'言论'和'精神'的机关，把基督教的'真理'和'实力'介绍给全国学界，作为基督徒对于新时代的供献"[1]。在后文介绍刊物的宗旨和内容时，刘廷芳又反复重申《生命》乃是基督徒学生运动的一部分，"我们愿意尽力的将基督教学生联合起来成一种运动，做发挥'真理'和'改造社会'的中心，就将这月刊做发表他们'言论'和'精神'的机关，引起社会的注意，做各地的提倡"[2]。由此可知，《生命》月刊的存在不仅以"证道"为第一要义，还要照顾到燕京大学渴求"发声"的基督徒学生们，使刊物成为他们的发声阵地，以及传播基督教的平台。

　　创刊之初，《生命》月刊还没有收到足够数量、足够水平的燕京大学学生的创作，但它的主编、编辑团队、发表文章的作者许多都是燕京大学的人，有一些甚至是学校各院系的首脑。主编刘廷芳是燕京大学的"重臣"，是司徒雷登在建校时期极为倚仗的左膀右臂，1921年被推举为神科科长，并在1922年正式接受任命。四位副主编中，吴雷川自1922年开始在燕京大学任教，并在1926年升任燕京大学副校长；赵紫宸作为证道团的发起人之一，也于1926年从东吴大学来

---

[1] 《发刊〈生命〉月刊宣言》，《生命》1920年第1卷第1册。
[2] 同上。

到燕京大学,同年开始在宗教学院和中文系授课。特约编辑中的燕京大学教授有司徒雷登、1920年促成华北协和女子大学并入燕京大学后旋任燕京大学女部主任的麦美德,以及燕京大学男部的第一任主任,后又任燕京大学哲学系主任的博晨光。《生命》月刊的启事中也显示,每年的七、八两月因大学放暑假该刊停刊。考虑到《生命》月刊与燕京大学的密切关系,几乎可以说这是一份燕京大学创办的面向全社会的基督教"校刊"。可见,若脱离燕京大学的宗教文化生态,冰心很难写出,即便写出亦难以集中刊发出这十几首"圣诗"。

三、师生关系"交恶"与"圣诗"创作的终结

冰心创作"圣诗"并发表在《生命》月刊是她作为基督徒的一种写作实践,在宣传宗教思想的同时,无形中也挖掘了诗人在这方面的创作潜力。刘廷芳作为筹划者,是打造冰心另一种文化形象的推手。但是这也给冰心带来了困扰,直至发生"庐山寄语诗"事件,二人"交恶"。事件起因是1921年9月4日,刘廷芳将自己暑假期间在庐山创作的诗歌《寄冰心》公开发表在《晨报》上,"明确传达了自己对冰心欣赏、思念、追求的一腔激情。但是其态度却相当轻薄"[1]。针对这首诗,冰心第一时间写下《蓄道德能文章》一文,给予回应,同样刊发于《晨报》。短文以曲笔对突如其来的、来自同校教授的"公开表白",予以委婉拒绝和有力的回击,指认这种不体面的创作

---

[1] 方锡德:《冰心与刘廷芳的文学交游考述》,《中国现代文学研究丛刊》2009年第1期。

给自己造成了"妨害",同时对写这首诗的人而言也是种"贬损"[1]。随后,燕京大学的学生们要求报社发表声明保护冰心的名誉,其出发点本来是为同学抱不平,实际上却把事态扩大化了,甚至引来了鲁迅的嘲讽。他在给周作人的信中写道:"夫被赠无罪,而如此断断,殊可笑……诚哉如柏拉图所言,'不完全则宁无'也。"[2] "不完全则宁无"的说法则更具讽刺意味,冰心在同年8月1日连作三篇文章《非完全则宁无》(一、二、三),分别发表在8月4日、8月11日、8月15日的《晨报》上,鲁迅正是用冰心自己的文章题目嘲讽了冰心的同学,也难免牵涉当事人。由于当事人双方的"表白"和"拒绝"都是公开发表,冰心与刘廷芳"交恶"也在所难免。

冰心与刘廷芳之间这种微妙的"交恶"过程掺杂了太多"不可说"和无法还原的真相,但透过一些细节则可以洞窥到这一事件之后,冰心和《生命》月刊之间的关系越来越疏离。这种关系表现在办刊方,主要是对作者的称呼一变再变,没有表现出足够的尊重。供稿人从最初的谢婉莹,到第2卷第1册、第2册[3]时的"谢婉莹女士",从第2卷第3册[4]开始又变回到谢婉莹,第2卷第4册目录中显示作者中有谢婉莹,但刊内诗作下面本该印上创作人名的地方没有任何痕迹,第2卷第5册目录中的"谢婉莹女士"在内文中变成了"谢

---

1 冰心:《蓄道德能文章》,载卓如编《冰心全集》(第1卷),福州:海峡文艺出版社,1994年,第282页。
2 鲁迅:《致周作人》(1921年9月11日),《鲁迅全集》第11卷,北京:人民文学出版社,2005年,第122页。
3 《生命》第2卷第1册、第2册分别出版于1921年6月15日和1921年9月15日。
4 《生命》第2卷第3册出版于1921年10月15日。

婉莹"。如果这是编辑的一时疏忽,那么这种"漫不经心"发生的时间点过于巧合。并且也恰好从1921年10月开始,冰心的作品在"诗"栏中不再享受排在第一的优待。转年3月之后,冰心正式与《生命》月刊分道扬镳,月刊的"诗"栏仍在,并保持每期都有多篇白话的宗教诗歌发表,但冰心却不再把自己的宗教诗歌投稿给《生命》月刊,也再没有任何其他形式的作品发表其上。

对冰心而言,刘廷芳是师长,是学校的管理者,对自己有知遇之恩,然而面对这种掺杂了男女之情的"不尊重",冰心除了息事宁人,尽可能令此事淡出人们视线之外,也没有更好的办法。纵然刘廷芳在塑造冰心的宗教诗人身份方面有推助之功,但他给冰心带来的困扰也不小。1921年10月之后的数月时间里,冰心写下三首《病的诗人》,连同这段时间其他诗作中表现出来的不同以往的忧郁哀愁的情绪,可推想她受扰于此事的余绪并未完全平复。在《病的诗人》里,冰心塑造了一个诗情满满却不知被何所困而无法创作的忧郁文人形象:"诗人病了——／诗人的情绪／更适合于诗了,／然而诗人写不出。／菊花的影儿在地,／藤椅儿背着阳光。／书落在地上了,／不想拾起来,／只任它微风吹卷。／……镜里照着的,／是消瘦的庞儿;／手里拿着的,／是沉重的笔儿。"[1] 又如《谢"思想"》中"只能说一声辜负你,／思想呵!／任你怒潮般卷来,／又轻烟般散去。／……便听凭你／乘兴而来,／无聊又去。／……思想呵!／无可奈何,／只能

---

[1] 冰心:《病的诗人(一)》,载卓如编《冰心全集》(第1卷),福州:海峡文艺出版社,1994年,第307—308页。

辜负你，／这枝不听命的笔儿／难将你我连在一起"[1]，诗人心中千头万绪，表达的欲望却遭到了掣肘，诗情尽在心中，却难以言表。这种郁结于内的忧愁与冰心多数诗作中所表现的向爱而生的积极态度构成了反差。诗人不仅病在身，更病在心，于是周遭的环境也因此染上了感伤的调子："诗人病了——／却怪窗外天色，／怎的这般阴沉！"[2]另外，小说《最后的使者》的主人公就是一位对自己的使命感到无比困惑故而求助于神祇的诗人，在向众神之王的表述中他道出对诗歌写作的迷惘："神呵！你赋予我以绝特的天才，使我的诗思横溢，使我笔下惊动了万千的读者。不过我细细地观察，他们从我的诗中所得去的，只是忧愁，烦闷，和悲伤。于人类于世界，只是些灰心绝望的影响。"[3]在这样的状态下进行创作，给读者也增添许多眼泪和哀愁，这就是诗人的使命吗？当爱也不能解决一切问题的时候，诗歌写作的目的是什么，出路在哪里，都是诗人此时的疑问。当然，小说中诗人的结局也预示着光明的未来，他最终获得了一把金斧，"这枝金斧，劈开了黑暗，摧倒了忧伤，领着少年人希望着前途……拒绝了现在，闪烁着将来；欢乐沉酣地向前走——向着渺茫无际的尽头走"[4]。第二年春天，冰心开始投入《春水》的创作中，又重新焕发了活力。

---

1 冰心：《谢"思想"》，载卓如编《冰心全集》（第1卷），福州：海峡文艺出版社，1994年，第319—320页。

2 冰心：《病的诗人（二）》，载卓如编《冰心全集》（第1卷），福州：海峡文艺出版社，1994年，第312页。

3 冰心：《最后的使者》，载卓如编《冰心全集》（第1卷），福州：海峡文艺出版社，1994年，第291页。

4 同上，第294页。

第四章　知识生产与诗歌传播

　　知识生产的样态和表征丰富多样，它不仅指原创性新知识的创造，在广泛意义上还包括在已有知识基础上再复制和传递产生的知识。本章侧重研究现代中国新诗知识生产与诗歌教育和传播的实践路径。从新诗史写作内外、新诗诗教传统及对当下启示两个维度展开。

　　20世纪30年代出现的新文学史写作热潮与现代教育"知识生产"的因素有关[1]，我们有意抛开几部被人多有研究和关注的新诗史，在第一节中通过对北京大学徐芳的本科毕业论文《中国新诗史》的深入挖掘，探察作为新式教育制度产物的"异类"新诗史写作在选题与成文等方面与现代大学课程体系的诸多关联。第二节从20年代末到40年代的新诗教义管窥现代中国的新诗诗教传统，本章从朱自清撰写的《中国新文学研究纲要》谈起，从沈从文、苏雪林、废名、朱英诞等以大学课堂讲稿的形式出现的新文学讲义，考察新诗讲义在20世纪三四十年代的传播与再生产过程中，如何成为新文学课堂的

---

[1] 详细论述参见温儒敏等《中国现当代文学学科概要》，北京：北京大学出版社，2005年。

核心并逐步衍生出诗教传统,及其对新诗教育传统产生过哪些影响,这些传统对当下新诗教学又带来了哪些启发与借鉴。在上述研究的基础上,展开知识生产与教育机制、诗教传统与传播接受等焦点议题。

第一节 "另类"的新诗史:《中国新诗史》的文本内外

20世纪30年代前期与中期,学界曾出现过一阵文学史的写作热潮,这与胡适从20年代中期以来提倡的"整理国故"不无关系。文学史内部又有相当部分所关注的是新文学,一方面,源于高校学科建构的要求,新文学史越发成为现代教育体制规定内的一种"知识体系",需凭借一套整饬的框架去度量新文学的历史;另一方面,由于同"第一个十年"相去不远,这一期的新文学史论著在秉持历史总结的态度之外,多带着发展的眼光与评论的性质,论者在其中亦有意无意地保留和穿插了许多共时的文坛气息。除却当时已有专书的出版并奠定后来新文学史写作框架的名家研究之外[1],在学院内部,还出现了深入文学史内面做细部研究的学生论文,北京大学国文系学生徐芳在胡适指导下完成的《中国新诗史》,即是代表性成果之一。[2]

---

[1] 相关研究介绍见本书结语部分。

[2] 20世纪30年代,清华大学中文系学生余冠英在朱自清的指导下,撰写了以"论新诗"为题的毕业论文,文章以"新诗的前后两期"为题,部分发表于《文学月刊》1932年2月号。朱自清还在《〈中国新文学大系·诗集〉导言》中采用了余冠英的观点,谈到新诗草创时期"写景诗特别发达"。

徐芳是20世纪30年代北京大学校园及北平新诗坛上"一时声名鹊起"的女诗人，由于40年代后，她迁居台湾并基本停止了文学创作活动，在文学史上几乎不被提及。1934年，临近毕业的徐芳邀请胡适担任自己本科毕业论文的导师，以"中国新诗史"为题，讨论了从新诗诞生到1935年的历史。作为最早一批以"史"之脉络进行钩沉的"中国新诗史"，徐芳撰写的毕业论文无疑带有殊异的文本特质和生成空间。以此为原点，本节试图勾连起文本的内外，以一名在校大学生的视角还原民国新诗史叙述之外的20世纪30年代的新诗历史现场，从学生视角考察大学生撰写新诗史的写作和生成过程以及传播路径等此前鲜少被关注的议题。

一、《中国新诗史》的"论文"体例

《中国新诗史》共设四章，包含引论和新诗的三段分期，已相当符合一般"诗歌史"与"文学史"均衡端严的写作趣味。那么，作为初出茅庐的本科学生，徐芳会以何种目光来审视"新诗"的生成与发展？又将用何种策略为"新诗"建构起"史"的论述？这些问题的背后关涉新诗史写作体例、徐芳新诗史观的来源、其个人诗歌趣味对其入选诗人的影响、诗歌史与其个人创作是否有所关联等诸多问题。

徐芳为"新诗"所下的定义，无疑是打开其对于"新诗史"某种独异想象的有效入口。"引论"一章，作者开门见山地针对"什么是新诗"提出设问：

>
> 新诗就是白话诗。我们可以说新诗是诗的一种，它的产生是由于新文化运动者的倡导，首倡新诗的便是胡适之先生。他在鼓吹文学革命的时候，便主张了诗体大解放。
>
> 我们的高深的理想和复杂感情，绝不是古旧的诗体能装得下的。所以我们要创新体来表达我们的新思想和新精神。
>
> 新诗是诗体中最新的一种，它是推翻旧诗的格式、平仄和押韵而另创了一个新体：它是用现代的语言，自由的形体，自然的韵律来表现人们的复杂的生活和情感的。
>
> 如果将旧诗中的老调子写到自由的形体中算不得新诗，因为它的形式虽新，其内容却是陈旧的。如果将电灯、火车放入词曲中，也算不得是新诗，因为它的内容虽新，形式仍是旧的。所以我要补充一句：要有新的内容，同时要有新的形式，才能算是新诗。

白话语体，涵容"新思想"和"新精神"的新的内容，以及包括"自由的形体"与"自然韵律"的新形式，徐芳对于"新诗"的理解集中在以上三个层面。事实上，"新诗史"在对语体、内容与形式的研判中预置了潜在的"高下之分"，这在《中国新诗史》的"分期"中显示得更加清晰。

《中国新诗史》认为，新诗的发生起点应从1917年2月胡适在《新

223

青年》上发表《白话诗八首》算起,到"五卅"前夕是为第一期。这一阶段,新诗已将"一切有韵的诗体推倒",却谈不上有何"艺术价值",只建立起了"新的雏形"。第二期的诗人们则开始对这"新的雏形"进行有意识的"琢磨"和"修整",以1925年4月1日《晨报副刊·诗刊》的出版为转折点,诗人们自此开始苦心经营"诗的格调",用"格律"为新诗造一个"适当的躯壳",使得新诗有了截然不同于往日的面貌。1932年起,诗坛进入了新诗的第三期,"因为在这年有的杂志上开始登载意象诗(象征诗),诗坛又开了一个新局面"[1]。从"白话"到"格律"再到"意象"/"象征",徐芳对新诗的整体观照以及演变线索的抓取集中在"形式"一端,这既是对新诗内部演进方式的有效概括,还与徐芳个人的新诗趣味息息相关。

新诗的第一期选择了胡适、刘半农、周作人、俞平伯、朱自清、宗白华、郭沫若、冰心、康白情、徐玉诺、刘大白、汪静之、王独清、穆木天等14位诗人作为代表。按照徐芳个人的眼光,能够代表第一期成就的诗人要数郭沫若、谢冰心和王独清。徐芳认为,冰心诗歌的独异性在于"小诗体"以及善于妥帖地"表达个人的感情";而王独清的诗充溢着情调深沉、气势强大的特征,并达到了"色"与"音"的完美结合。而第一期的"新文坛上最有成绩的一个诗人"当属郭沫若,因郭诗风格独树一帜,诗中"处处表现着丰美的感情,和伟大的力量"。这一评价背后的激赏态度正可对应第一期新诗在

---

[1] 徐芳:《中国新诗史》,台北:秀威资讯科技股份有限公司,2006年,第10页。在对第三期新诗进行具体论述时,徐芳使用了"象征诗"的概念代替了分期时提到的"意象诗"。

普遍缺乏艺术价值的前提下，诗界对于"感情"和"力量"等内在诗质的隐性追求。在新诗的第二期当中，徐芳首先对新月诗人的格律运动做了相当全面、细致的介绍；其后，以徐志摩、闻一多、朱湘、孙大雨、梁宗岱、陈梦家、曹葆华、林徽音、饶孟侃、于赓虞、孙毓棠、焦菊隐、邵洵美等13位诗人为个案加以评述。徐芳对第二期整体的评价是："第二期的诗显见得是比第一期进步了"，尤其对于徐志摩、闻一多等新月派诗人，徐芳给予了相当正面的评价，并认为"第二期的诗，在形式与音节方面都极讲求，这给我们的新诗，打下了一个很好的根基"。按下徐芳与新月诗人有诸多交游之谊暂且不表，能够厘清诗、文界限的新诗"格律"实践，显然与徐芳的新诗趣味最相符合，徐芳在同时期的新诗创作便能显著见出新月派的影响。

《中国新诗史》对于第三期新诗的叙述则显现出不同于前两期的新异面向。这一期推介了李金发、戴望舒、卞之琳、臧克家、林庚、何其芳、废名、李广田等8位现代诗人。有意味的是，徐芳基本只对诗人做知识性的简介，对其作品大都只列举不评价，甚至在"宜读者自己去领会"等表达中吐露，个人对于这一期广泛流行的"象征诗"充满了阅读的困惑。在徐芳眼中，"象征诗"的发生近于一场新诗实验者们的"异军突起"：创作声势虽然格外浩大，诗的内核一时间还无法为大众所理解，其前途如何，尚不能推测。从这番"述而不评"的做法，很能见出20世纪30年代初期一部分人对于"象征诗"前景的疑虑和困惑。在前期的"诗体大解放"及"诗的格律"等运动中，新诗的演进往往外显于形式的变动之上；而"象征诗"的写作意在充分发挥词语的暗示力量，不注重形式而重视词的色彩和声音，倾向从内部改换诗质，这显然与徐芳更熟悉且认同的新月派格律诗之间存在明显的差异。因而无论是作为诗人还是文学专业的评论者，徐芳对"象征诗"内含的多义性始终感到隔膜。

论文以"中国新诗的展望"作为收尾，在钩沉近二十年的新诗历史之后，徐芳写下了个人对于新诗前途的五点思考：

1.新诗应该有一个自由的形式和自然的韵律；
2.新诗应以感情为主；
3.一个诗人应该有丰富的生活经验，而且应该多读书；
4.介绍西洋的诗歌的理论，与翻译西洋的诗歌，是当今第一要务；
5.诗的精神贵创造，自己能写什么诗，就写什么诗。要表现自己的独立人格。

这五点思考确乎均属于新诗写作的题中应有之义。若考虑到徐芳作为本科生的学力和学位论文体例等方面的限制，便无须苛责论者过于平直而缺乏纵深感的表述方式。五点思考之间虽缺乏系统的关联性，所延展开的视域却是相当开阔的：从"形式""情感"到"诗人修养""理论与翻译""诗之精神"，徐芳精准捕捉到了百年新诗史上为人孜孜求索的一系列话题。"形式"和"情感"作为"诗的本体论"范畴内的概念，目前仍是学界所热议的主题之一；"诗人修养"在早期新诗理论中属于核心命题，20世纪20年代的"诗人"曾是作为"新青年"典范和"理想"国民而受到关注的[1]，与"创造精神""独立人格"密不可分。译介西方诗歌和理论，则始终是使新诗创作实现有效自我更新当中最重要的外部资源。

综上可以见出，《中国新诗史》的写作是带着徐芳个体丰富、生动而细微的诗歌经验的。一方面，这种个体经验帮助作者有效抓取到早期新诗史中富有代表性的多个面向，同时敏锐地捕捉到早期新诗创作中存在的多方面问题；另一方面，丰沛的个体经验还在无意中凸显出了作者某些"非自觉"贯穿的行文线索，如对"韵律"的看重便在另一维度上开启了作者的某种自我叙述。

二、胡适对《中国新诗史》的影响

《中国新诗史》中征引最多的外来资源莫过于胡适的见解，从新诗的定义到新诗的起点，行文风格与内在理路都显而易见地脱胎于胡适早期与"谈新诗"相关的理论叙事。在整部《中国新诗史》当中，胡适的话语还被置于权威和标准的位置，用以辅助徐芳对新诗发展演进中出现的问题做出明晰的判断。究其背后的动因，一来因胡适作为"新诗的发明人"，对新诗的阐发既多且深，"谈新诗"自然可以尊胡适为正统；二来徐芳与胡适私谊颇深，加之由徐芳主动邀请胡适担任毕业论文的指导老师，胡适的新诗观念最有可能成为

---

[1] 如20世纪20年代，康白情对诗人在"人格、知识、艺术、感情"之修养的阐发，宗白华对于"诗人人格"养成三种方法的阐发。详细论述参见姜涛《诗人人格："合群"或"独在"》，《公寓里的塔：1920年代中国的文学与青年》，北京：北京大学出版社，2015年。

徐芳所熟习的一套知识。

在对新诗的定义中,徐芳从形式的角度阐明了现代的语言、自由的形体、自然韵律三大要素,基本和胡适"诗体大解放"的表述如出一辙:

> 若要做真正的白话诗,若要充分采用白话的字,白话的文法,和白话的自然音节,非做长短不一的白话诗不可。这种主张可以叫做"诗体的大解放"。诗体的大解放就是把从前一切束缚自由的枷锁镣铐,一切打破:有什么话,说什么话;话怎么说,就怎么说。这样方才可有真正白话诗,方才可以表现白话的文学可能性。[1]

此外,"引论"一章中叙述"什么是新诗"和"新诗起来的原因"所援引的五篇原始文献,有四篇都是胡适的自我言说。从发生学的角度来看,徐芳对新诗最本源的认知可以说悉数来自胡适。2006年台湾出版的《中国新诗史》在"文前栏目"中曾披露了徐芳在1935年写作时的两页目录手稿,上面清晰记录下了几处由胡适亲笔修订的印迹,胡适主要是在诗人的选定及其排序方面提供了一些参考。对比手稿和定本,徐芳对胡适的建议可以说是悉数采纳。因而在《中国新诗史》一开始,徐芳沿袭胡适过去对于新诗的相关辩护和想象应属有意为之。有关"自然韵律"的认知,徐芳最初应该也

---

[1] 胡适:《尝试集》"自序",上海:亚东图书馆,1920年,第39页。

受到了胡适所谓"自然音节"的影响，但事实上，随着文本写作的延展，属于徐芳个人的新诗观念也在潜移默化的生成与更新当中，对于"自然韵律"的理解和观照，就逐渐偏离了胡适所谓的"自然音节"的既定轨道。

细察胡适与徐芳对于"自然音节"和"自然韵律"的阐释语境，二人显然有各自的偏重：胡适倾向于诗歌无韵无体而生的自然，而徐芳更认可的显然是既有外在形式又有内在节奏的"韵律"，尤其是在对"第二期的诗人"的评点中，这种观念时有流露。如对于闻一多《飞毛腿》之"严整的格律"表示激赏，特意提到梁宗岱在《诗与真》中在格律层面阐释"怎么用字，怎么用韵"的方法论，以及评论陈梦家诗的好处在于"全运用形式的美丽"，可谓"美而无疵"，都显现了"韵律"处在徐芳阅读经验和评述方法的重要位置上。颇有意味的是，整本《中国新诗史》当中，徐芳与胡适在诗学观念层面的最显在的冲突发生在二人对于康白情纪游诗的看法上。胡适曾在《草儿在前集·序》里高度认可了康白情纪游诗的成绩："洪章的《草儿在前集》在中国文学史上的最大贡献，在于他的纪游诗。中国就是最不适于作纪游诗，故纪游诗好的极少。……这是用新体诗来纪游的第一次大试验，这个试验可以算是大成功了。"徐芳引述了此段观点，并反驳道："我认为康氏也许是，中国第一个用新诗写纪游诗的人。不过他并没有成功。如他的《庐山纪游》《日光纪游》等，写得够烦乱的，一点没有诗意，倒不如写一篇散文的好。"借用废名对于新诗定义的论述，"新诗"所应包含的是"诗的内容，散文的文字""新诗首先便要看这个诗的内容"。康白情的"纪游诗"所强

| 庠序有诗音

调突出的恰是诗的"叙事性":有了"诗的内容",诗形上自然应该"不拘格律、不拘平仄、不拘长短;有什么题目,做什么诗;诗该怎么做,就怎么做",与胡适的自然诗学观不谋而合。而显然,徐芳在此颇有异议,如其所言,没有诗意的文字倒不如凑成一篇散文,潜在说明了,若想恢复诗意,一首诗需有其"自律性",而以"韵律"为首的形式要素正是新诗"自律性"的标志所在。

让徐芳和胡适对同一类观念产生罅隙的原因很多,究其根源,是师生二人在新诗实践中的取向有明显不同。胡适提出"自然的音节"的直接意图是以此来取代旧诗的形制,"新诗发展的方向是长短无定、依据语气轻重高下而产生的'自然的音节',以区别于依靠平仄、声律形成的旧诗音节",可知在新诗和旧诗截然对立的前提下,胡适言说的重心放了"自然"二字上。但实际上,在胡适力主"自然的音节"之初,曾伴生了不少波澜,如任鸿隽曾发出诘问:"今人倡新体的,动以'自然'二字为护身符。殊不知'自然'也要有点研究。不然,我以为自然的,人家不以为自然,又将奈何?"[1]胡适对此复信虽承认"'自然'也要有点研究",但对于究竟用什么限定"自然"的尺度与规律,却并没有明白的阐发。也因如此,论及新诗的"韵律"和"音节"时,胡适的观点显得有些含糊:比如针对新诗的用韵问题,胡适言"有韵固然好,没有韵也不妨"[2];再如,胡适一面强调,新旧诗之间应有绝对的分立,却又认为新诗有时也可以采纳旧诗的音

---

1 转引自胡适《答任叔永》所附原信,载欧阳哲生编《胡适文集》(2),北京:北京大学出版社,1998年,第75页。
2 胡适:《谈新诗》,《胡适文存·卷一》,北京:外文出版社,2013年,第225—227页。

节，在其谈新诗的文章中，不止一次地提到双声叠韵对于新诗节奏"和谐"的积极贡献。今天看来，胡适"自然的音节"理论中还存在不少前后矛盾与悬而未决的症结，但不可否认的是，胡适提出这一理论是伴随诗体革命的革新尝试，在解放诗体上是有开创之功的。

而徐芳在新诗方面的几重实践，集中在新文学发展中的20世纪30年代，这一时段，随着时代与诗学思潮的演进，"新诗"面对的诗学资源、创作语境、建构目标均在变动。早期胡适等人强调的"诗体"建设在这一时段已被"新月派""现代诗人"等实践者对于"诗质"的求索所代替，《中国新诗史》的写作，无疑也是受到了以上多种观念的合力形塑而最终生产出来的。从"自然"到"韵律"倾向上的微妙偏移，背后直接关系到新诗的创作和理论在1925年之后，逐渐开始翻转且日趋复杂的情境。如果将徐芳最初对"自然"的有意抓取归结到胡适的直接影响下，那么，《中国新诗史》在"无意"中流露出的对于"韵律"的看重，则关涉同一时段驳杂多元的新诗观念，在不断更新并逐渐蔚为大观，在此种意义上，《中国新诗史》既是"自觉"的产物，又是时代的塑造。

三、新式教育制度下的产物

20世纪30年代出现的新文学史写作热潮与现代教育"知识生产"的因素有关[1]，而作为一篇本科毕业论文，《中国新诗史》本属于此种

---

[1] 详细论述参见温儒敏等《中国现当代文学学科概要》，北京：北京大学出版社，2005年。

新式教育制度下的产物，它的选题与成文所倚重的首先是现代大学的课程体系。

1931年，徐芳从北京女子师范大学国文系一年级转学，考入北京大学国文系一年级当插班生。彼时徐芳所设想的是，北京大学的师资与氛围较别处有所不同，能更好地助力个人在新文学方面志趣的发展，尤其是在胡适重返北京大学出任文学院长后，北京大学国文系的新文学研究和课程的开设有了崭新的面貌。根据1931年9月14日《北京大学日刊》，从这一年起，国文系开设A、B、C三类"分类必修及选修科目"，并对文学系学生大四如何写作毕业论文做出了明确的规定。[1] 更引人注目的是，由胡适、周作人、徐志摩担纲的"文学讲演"和"新文艺试作"课程在这一年首次登台。

事实上，此一阶段，北京大学国文系在新旧文学的课程设置上仍是有偏重的。爬梳1932年至1935年的《国立北京大学文学院课程》，与"新文学"存在直接相关的课程仅有"戏剧作法"（余上沅）、"文学讲演""新文艺试作"（周作人、冯文炳等）和"作文"（冯文炳）等。除此之外，学生仍主要与文言打交道，整个国文系弥漫的"重古典，轻现代；重考据，轻批评；重学术，轻创作"的氛围，直到20世纪50年代出于意识形态重建的需要才发生根本性变革。纵观30年代初期的北平各大学课堂，新文学在中文系的课程结构中都处于较边缘的位置，但"新诗"往往是新文学讲授的重点，这与30年代新文学的建

---

[1] 转引自沈卫威《"国语统一"、"文学革命"合流与中文系课程建制的确立》，《中山大学学报（社会科学版）》2011年第3期。

构理路有关，"要讲现代文艺，应该先讲新诗"[1]，因为"新诗在五四文学革命中是首先结有果实的部分，争论最多，受到的压力也最大"[2]。需作强调的是，新诗在北京大学场域里比别处有着更深厚的滋养氛围。如叶公超执教北京大学时曾提及："中国新文学运动，一二十年来集中在北方如北大、清华几间大学。清华学生承受的是批评与戏剧的传统，北京大学发展的途径是诗。"[3] 因此，当新诗既作为"问题"又作为"成果"进入系统化讲授的新文学课堂后，学生对其进行知识化梳理以及经典化构造的论文写作才逐渐有了生成的可能。

在《徐芳诗文集》的自序中，徐芳回顾了给她留下过深刻印象的课程：一类与其新诗及新文学兴趣直接相关，如孙大雨主讲的"新诗创作"、余上沅的"戏剧作法"；另一类是文学史方面的基础课程，如胡适的"中国哲学史"，傅斯年的"中国文学史"[4]以及梁实秋

---

[1] 废名著，陈子善编订：《论新诗及其他》，沈阳：辽宁教育出版社，1998年，第1页。

[2] 王瑶：《先驱者的足迹——读朱自清先生遗稿〈中国新文学研究纲要〉》，载朱乔森编《朱自清全集》，南京：江苏教育出版社，1993年，第130页。

[3] 转引自艾山《文采风流 音容宛在——叶师公超侧记》，载秦贤次编《叶公超其人其文其事》，台北：传记文学出版社，1983年，第99页。

[4] 徐芳在自序中所提及的是傅斯年主讲的"中国古代史"。而据杨向奎文章回忆："本世纪30年代，傅孟真先生先后在北大文学院开有三门课程：'中国文学史'（1932）；'中国古代史专题研究'（1933）；'秦汉史'（1934）。中国文学史是当时中文、历史两系选修课程……傅先生在第二学期开始，宣布上学期考试成绩时，说：'有些人的成绩不好，全班最好的是两人，是徐芳、杨向奎'。徐芳是中国文学系二年级学生，聪明绝顶，而长于新诗。不久，她就和北大的卞之琳、何其芳等同学并为有名诗人。"（杨向奎：《回忆傅孟真先生》，载王富仁、石兴泽编《谔谔之士——名人笔下的傅斯年 傅斯年笔下的名人》，上海：东方出版中心，1999年，第178—179页）根据上述两篇文章语境推测，徐芳所选修的应是傅斯年的"中国文学史"课程。

的"英国文学史"等。在国文系就读期间，徐芳在新文艺创作方面下了不少功夫，如1933年，徐芳创作了独幕剧《不规矩的女人》，到年末便作为"北京大学三十五周年纪念大会"的演出剧目而受到新文学界的关注。叶公超读后，邀徐芳面谈并指导修改，并将其改名为《李莉莉》发表在1934年的《学文月刊》上。同一时期，徐芳还有多篇诗作发表在《每周文艺》《京报·文学周刊》《大公报·文艺副刊》《国闻周报》《北平晨报》等在内的期刊报纸上面。作为诗坛一位备受瞩目的新诗人，徐芳的新诗创作受到了包括朱光潜、梁实秋、梁宗岱和孙大雨等在内的师长的鼓励和提携，徐芳也由此进入到20世纪30年代北平最富饶的"新诗圈"中。

　　提起20世纪30年代的北平文化圈，人们往往会将目光集中到两个影响力颇大的文艺沙龙上：由林徽因领衔的"太太客厅"与朱光潜、梁宗岱共同主持的"读诗会"，而徐芳曾是这两个沙龙的座上宾。朱光潜组织"读诗会"有一明晰的交流宗旨，即以探讨诗歌格律和实验诗朗诵为主要内容，这个完全自发性的聚会几乎囊括了30年代生活在北平的所有具有影响力的诗人。读诗会上，徐芳虽尚属诗坛新人、高校学生，在一众熟谙中外诗歌、长于新诗创作的师友面前，却是丝毫不露怯："当时长于填词唱曲的俞平伯先生，最明中国语体文字性能的朱自清先生，善法文诗的梁宗岱、李健吾先生，习德文诗的冯至先生，对英文诗富有研究的叶公超、孙大雨、罗念生、朱光潜、林徽因诸先生，此外还有个喉咙大，声音响，能旁若无人高声朗诵的徐芳女士，都轮流读过些诗。"[1]寥寥几句很能显现出徐芳读诗时的专注与热情。有学者曾总结，"沙龙利于交流，利于把新人推向文坛，如萧乾小说和何其芳散文得京派沙龙的推荐。它能启发、促进文艺的繁盛，能试验性地提出文学革新的命题，像在朱光潜的'读诗会'讨论过的新诗形式和前途，和'语体文'的发展走向，但不足以产生伟大的作品"[2]。且不论有无"伟大的作品"产生，"读诗会"的确建立起了一个富有生产性的公共讨论空间。以诗歌的创作、阅读、朗诵和批评为媒介，参与者由此不断接触到诗坛最"前沿"的理论与创作，多元的新诗观念在"读诗"行动的潜移默化中得到形塑和更新。联系徐芳对"自然韵律"的"天然"爱好，或许来自"读诗会"的经验与《中国新诗史》写作之间有相互激发的可能性。

《中国新诗史》的写作显露着突出的"在场感"，一方面是因其本科论文的求真性质规约着《中国新诗史》叙述的基本要求："重点不在于如何评价历史，而是希望通过展开新诗的历史景观证明作者对新诗知识的掌握程度，尝试从中找到发展的线索。"[3]另一方面，或受到徐芳借由诗人之眼而非专业研究的标准来评估新诗的影响。

---

1 沈从文：《谈朗诵诗》，《沈从文全集》第17卷，太原：北岳文艺出版社，2009年，第248页。
2 吴福辉：《序一》，载费冬梅《沙龙：一种新都市文化与文学生产（1917—1937）》，北京：北京大学出版社，2016年。
3 龙扬志：《新诗史的书写与差异——以20世纪30年代草川未雨和徐芳的新诗史为中心》，《海南大学学报（人文社会科学版）》2012年第1期。

徐芳对新诗发生兴趣可以追溯至少年时期，这种发生的可能性亦是被植根在她早年的教育背景当中的。徐芳随家人迁居北平后，曾就读于"私立适存中学"，在学校停办后转往北平市立第一女子中学念初中二年级。有意思的是，在女一中读书期间，徐芳的老师就包括了庐隐、石评梅、陈学昭和朱湘等一众新文学的创作者。据徐芳回忆，石评梅那时所教授的是全校的体育课，然而徐芳记忆更深的却是她"晚上用过餐就趴在桌上写稿"的写作者形象。徐芳的早期习作带有明显的自娱性质，每当在纸店里看到好看的本子，她便买下来，用以写随笔记心事。最早呈现在纸页上的新诗均是"小诗体"，正如徐芳对冰心的评价，徐芳的小诗也称得上情真意切，充满了少女的意趣。进入北京大学之后，徐芳的诗作风格亦出现"陡转"："小诗体"长度增加，早期歌颂"爱"和"美"的主旋律渐渐消隐，开始书写与现实社会直接相关的题材，如《老农人》《去吧！爱我的人》《中国好像……》。1932年之后，徐芳的写作技巧更加成熟，视域也明显有所扩展，试举一例：

> 我展开那灰色的厚布，
> 为我们的战者制作军服。
> 我一件又一件地裁剪，
> 我细心地缝上棉，线。
>
> 这件将把谁的壮躯包裹？
> 可能使他暖和？

这件将披在谁的肩上？
是否正合他的身量？

也许他穿着得胜而归，
给我们带回无限安慰。
也许他穿着躺在原野，
在衣襟上染满热血。

我作的是戎装，还是殓衣？
我不敢，也不忍去推臆。
缝衣的人将感到光荣，
假若穿衣的人是刚强，奋勇。

（"一·二八"之役为抗日将士缝战衣时作）

（《征衣》）[1]

  这首诗在形式和音节方面都极为讲究：格律齐整、末字押韵，诗情真挚而流畅，隐现着新月诗派式的创作格调。如徐芳所言，新诗要有"自由的形式""自然的韵律"，还"应以感情为主"，在这首作品中，徐芳的创作实践和理论倾向达成了相对统一。

  《中国新诗史》写成之后，据言胡适曾把论文交给赵景深，拟将出版。虽然这个计划最终受到战争因素影响而搁浅，却显示了胡适

---

[1] 徐芳：《征衣》，《徐芳诗文集》，台北秀威资讯科技股份有限公司，2006年，第156页。

对这篇论文的认可与看重。从北京大学毕业后，徐芳在胡适的提携下曾短暂从事过《歌谣周刊》的编撰工作，后辗转多地，最终于新中国成立前跟随家人迁居台湾，从此寂寂无闻于现当代文坛。直至2006年，《中国新诗史》及《徐芳诗文集》在台湾出版，才让学界得以重新审视这位"新诗史上的'失踪者'"。

《中国新诗史》之"另类"正在于它无法被简单归入到传统"新诗史"的序列，它的论文性质、学生笔力以及有偏好的新诗兴味在某种程度上影响了它作为"历史"叙述的客观性；而从另一个角度看来，《中国新诗史》近似于20世纪30年代新诗现场的一幅"卷轴画"，在"观看—叙述"的方式中生成，这种直接而无遮蔽的眼光，有效还原出30年代一位青年大学生对于新诗发展历程的追问和描绘，展现了徐芳作为写作主体在新诗历史中的富有创造力的实践。遍览当代的新诗史写作，被构造的成分居于主流。而徐芳以在读大学生本科"毕业论文"形式写作的《中国新诗史》在某种"非自觉"的情况下成为有效"回到历史现场"的"活化石"，在这一点上，《中国新诗史》称得上是一个极具生命力的有效参照。

第二节 从新诗讲义管窥现代诗教传统

中国大学设立中文系"中国文学门"（简称"国文门"）最早发端于清末民初，如果说"中国文学门"是中国文学研究现代化转型的开端，那么"中国文学系"树立规范并走向成熟则经历了漫长的历程。杨振声首次针对传统国学的研究模式做出公开批评或反思是在1928年，他认为当时及此前中文系研究的关注点仍然是校雠目录之学或语言文字之学，并非文学研究。[1] 几乎是同一时间，杨振声以国立清华大学中文系主任的身份提出，将"创造我们这个时代的中国新文学"[2]确立为清华大学中文系办系宗旨，大力倡导新文学。在朱自清和杨振声等人的积极筹备下，清华大学首开"中国新文学研究"等新文学课程，这标志着传统国学授课模式的终结，新文学正式进入大学课堂，他们开设的"高级作文"课包含小说、诗歌、散文等新文学试作。随之，1929年9月，北京大学的国文系几近"复制"地开出"新文艺试作"的课程，由徐志摩、孙大雨、周作人、冯文炳、余上沅等授课，课程涵盖了诗歌、散文、小说、戏剧这四个门类。同期，冰心在燕京大学也为学生开设了"新文学习作"课，带领学生集中进行白话文训练和新文体创作。经过如上北平几所高校的教学"见习"，新诗终得以"正统"身份进入大学课堂教学中。

---

[1] 原话是："现在讲起办大学，国文学系是要算最难了。第一是宗旨的不易定，第二是教员人选的困难。我们参考国内各大学的国文系，然后再来定我们的宗旨与课程，那自然是最逻辑的步调了。不过，难说得很，譬如，有的注重于考订古籍，分别真赝，校核年月，搜求目录，这是校雠目录之学，非文学也。有的注重于文字的训诂，方言的诠释，音韵的转变，文法的结构，这是语言文字之学，非文学也。"郝御风：《清华中国文学会有史之第一页（中国国文系计划一段，经杨振声修改过）》，《国立清华大学校刊》1928年第22期。

[2] 清华大学中文系：《中国文学系的目的和课程的组织》，《国立清华大学一览》，1929年，第39页，转引自李蕾《1928—1937年北平大学文学教育观念考察——以清华大学为中心》，《清华大学学报（哲学社会科学版）》2011年第4期。

一、四个诗教传统及启示

从诸上诗歌讲义出发，结合不同时期大学课堂的诗歌教育经验，可以从以下四个维度梳理出1919—1949年极具代表性的诗教传统。

（一）选篇风格与个人审美趣味

如果说20世纪20年代末是新诗诗教的滥觞，30年代是新诗诗教的发展，那么40年代则是集大成时期。朱英诞以废名学生的身份于1940年秋至1941年春在北京大学文学院讲授新诗，其新诗课是废名在30年代中后期未完成的新诗课程的延续。朱英诞一方面整理了废名讲义做出选用，一方面自撰讲义，名为《现代诗讲稿》，可视为废名新诗讲义的延续：从新诗内容的选择看，体现为数量的扩充。废名讲义中所选的新诗仅为早期新诗，而朱英诞的新诗讲义一直延续到《现代》杂志刊登的新诗。可以说，《现代诗讲稿》囊括了抗战前的新诗史和新诗批评。另一方面，则是所选作品诗歌风格的一脉相承，这可以归因于30年代诗教传统的影响。

20世纪30年代，受朱自清、废名等人审美品格和新诗评判标准、所处学院化环境及交际氛围的影响，这些大学教授所选新诗往往带京派文风。朱自清、沈从文、废名本身属于京派文学圈，倾向于京派文学也在情理之中。诚然，这种新诗讲授内容的选择本来并无定规，根据个人爱好、审美趣味加以取舍虽具有一定的合理性，但作为大学课堂上公共性的知识传播，却在无形中影响了一批新诗接受者的审美与新诗评价标准，以及新诗批评的走向。虽然朱自清曾强调过"兼容并包，放弃了正统意念，省了些无效果的争执"[1]，但其所说的"兼容并包"是针对正统写作内部的分支而提出的。翻开当代新诗史，"另类"写作与底层的声音往往是以边缘的形态出现，而当下大学新诗的讲授又多是按照新诗史进行的，虽也偶有关注"异数"者，但研究发现"边缘"的讲述从不占据主位。不论是新诗史的编写还是新诗的讲授，它们在当代都采用了较为统一的声调，这不免受到第一批新诗讲述基调的影响。作为新诗后来的讲授者，他们比第一批开创者有了更多可供参考的集成资料，但如何走出前人讲述的桎梏，重新开辟学术道路，也是当下应当突围的方向。显而易见的是，作为40年代的新诗讲授者，朱英诞并没有摆脱老师对他的影响。

（二）重视文本细读，重视诗论引鉴

在新诗讲授的特点方面，朱英诞延续了20世纪30年代新诗诗教的传统。深入30年代的新诗讲义，会发现其共性特点，归纳起来主要有以下三点：一是编写的体例，基本上都体现了"史"与文本的结合，在"文"与"史"的侧重方面，尤其侧重文本细读，"史"的介绍多是作为背景的需要而被提及。比如朱自清在《中国新文学研究纲要》"诗"论一章中，从初期的诗论与创作谈起，较为细致地梳理了新诗初创时期具有代表性的诗论和诗作，之后便侧重于评析新

---

[1] 朱自清：《新诗的进步》，《新诗杂话》，北京：生活·读书·新知三联书店，1984年，第9页。

诗诗作与诗论；王哲甫在《中国新文学运动史》第五章中谈及新文学创作第一期的状况，首先将新诗部分分为讨论时期和尝试期，并对这一时期的诗坛状况以及诗论进行解析，着重分析了此时期的诗人诗作。第六章谈及新文学创作的第二期，此阶段将新诗归为演进时期，同样在介绍时代背景后，重点评析了此时期《晨报副刊》诗人、创造社诗人及作品。二是重视诗论，将诗论纳入讲义的一部分。王哲甫在《中国新文学运动史》第五章中关于新诗的论述便是由解析关于新诗的文论开始，作者谈及当时颇具影响的诗论：刘半农的《诗与小说精神上之革新》、胡适的《谈新诗》、周无的《诗的将来》、康白情的《新诗底我见》以及俞平伯的《诗底进化的还原论》，并对其中的一些观点加以评析。此外，苏雪林的《中国二三十年代作家》、沈从文的《新文学研究——新诗发展》在评析诗人诗作时，也注重诗论的引用。比如，在"五四左右几位半路出家的诗人"一章中，苏雪林便借胡适的诗论谈及沈尹默、周氏兄弟等几位新诗人；沈从文在论汪静之的《蕙的风》时，大段地引用朱自清、胡适等人的评论。这种对诗论的重视和引用，反映出新诗讲义的第一批撰写者在对新诗作品下结论时的严谨态度，同时，也体现了在新诗步入大学课堂的初始阶段，教员们对新诗发表评论时所秉持的审慎心理。三是新诗讲义本身也是诗论。如朱自清的《中国新文学研究纲要》对新诗部分的论述可以看作一篇篇完整的诗论；沈从文的《论徐志摩的诗》《论闻一多的〈死水〉》等篇，是发表了的诗论；苏雪林讲义中的第七章《闻一多的诗》发表于《现代》杂志，第八章《论朱湘的诗》发表于诗歌半年刊《我们的诗》等也是明证。

综上，20世纪30年代的新诗诗教在发端阶段便形成了自己的诗教特点，并不断被后来者延续与强化，在承袭过程中，逐步形成了新诗特有的传统。这一传统延续到当下，洪子诚先生的《在北大课堂读诗》将其诗歌教学讲义命名为在北大课堂"读诗"，更是颇有重视诗作本身、看重文本细读的意味。

（三）具有问题意识的研究型教学

因绝大多数新诗讲义是面向大学讲堂的，故而20世纪30年代的新诗诗教在课堂实践方面也形成了一些较为鲜明的传统。虽然这些讲义风格各有不同，但略作比较后可发现它们的共同点，即这些讲义都具有探讨、研究的性质。这一特质的形成，源于新诗初创时期解诗的困难。1944年朱自清在《新诗杂话》序言中仍流露出对解读新诗所持有的谨慎态度："分析一首诗的意义，得一层层挨着剥起去，一个不留心便逗不拢来，甚至于驴头不对马嘴。书中各篇解诗，虽然都经过一番思索和玩味，却免不了出错。"[1]因此，新诗教员们在编写新诗讲义、对新诗做解读时往往慎之又慎，促使历代新诗教授者谨慎地对待诗作，细加"思索和玩味"，进而形成了一种独特而有效的新诗教学方式，即研究型教学。

新诗的研究型教学传统体现较为明显的便是讲义中的问题意识。朱自清的《中国新文学研究纲要》新诗篇便是带着早期新诗作者们"怎样从旧镣铐里解放出来，怎样学习新语言，怎样寻找新世界"的

---

1 朱自清:《新诗杂话》"序"，上海：作家书屋，1949年，第5页。

问题展开的；沈从文的《新文学研究——新诗发展》在每一个章节里都隐含着问题意识。在论汪静之的《蕙的风》时，沈从文提及鲁迅在同时期创作没有比冰心的创作给人更大的兴味，这其实就是对问题的思考，最后他得出答案："因为冰心是为读者而创作，鲁迅却疏忽了读者。"并继而谈到"诗的一方面，引出一个当前的问题，放到肯定那新的见解情形下，写了许多诗歌，那工作，在汪静之君是为自己而写，却同时近于为一般年青人而写作的"。[1] 整篇文章如同问题的"套锁"，在发现问题与解决问题的过程中，不断向前推进。废名的讲义更是如此，几乎每章都是由问题引出，纵观《谈新诗》，会发现其中对作品的解析正是为了探讨和回答什么是新诗、以往的诗文与新诗的关系、新诗的发展等问题。当然，上述讲义中所体现的"问题意识"并非现代教育学中的概念，但是，这些讲义却为当时及未来的大学诗教提供了带着问题进行探究和分析诗人诗作或新诗理论的范本。

（四）具有专业性

新诗研究型教学的第二个特点便是专业性，这也是大学新诗教学的特色所在。新诗教学的专业性体现在至少两个方面，首先，在诗作方面，讲授者对诗作并非泛泛而谈，而是深入解析诗作的优长与不足，并能为诗的进步和完善提出意见。比如沈从文在论闻一多

---

[1] 沈从文：《论汪静之的〈蕙的风〉》，《沈从文全集》（第16卷·文论），太原：北岳文艺出版社，2002年，第87—88页。

的《死水》时，这样解释闻一多《死水》与徐志摩诗歌的差异："作者所长是想象驰骋于一切事物上，由各样不相关的事物，以韵作为联结的绳索，使诗成为发光的锦绮，于情诗，对于爱，是与'志摩的诗'所下解释完全不同，所显示完全的一面也有所不同了的。"他还进一步说明闻一多的诗呈现出与徐志摩热情洋溢之诗不同的状态的原因："作者的诗无热情，但也不缺少那由两性纠纷所引起的抑郁。不过这抑郁，由作者诗中所表现时，是仍然能保持到那冷静而少动摇的恍惚的情形的。但离去爱欲这件事，使诗方向转到为信仰而歌唱时，如《祈祷》等篇，作者的热是无可与及的。"[1] 废名在谈胡适的《四月二十五夜》时，肯定了此诗的长处，并指出此诗的遗憾处："最后的'直到月落天明，也甘心愿意'来得响亮明净，可惜作者没有就此打住。"[2] 这些讲义已经初步具有学术研究的雏形，充满了发现问题的眼光并具备分析问题的能力。

其次，新诗研究型教学专业性还体现在批评的视野方面，这里的"批评视野"既指理论视野，也指批评的历史眼光与高度。在理论方面，批评的专业性多体现在引用、比较等批评方法上，上文提到的讲义中善于引用诗论便是此特点的显现，苏雪林是这方面的代表，她融贯古今、中西，在批评中兼容古典诗歌文论与西方现代诗作，充分呈现多维批评的视野。她在新诗讲义中对诗人诗作进行多向度的挖掘和总结，较为全面地揭示了诗人的诗作特点和艺术风格，

---

[1] 沈从文：《论闻一多的〈死水〉》，《沈从文全集》（第16卷·文论），太原：北岳文艺出版社，2002年，第113页。
[2] 冯文炳：《尝试集》，《谈新诗》，北京：人民文学出版社，1984年，第8页。

对诗人后来在新诗史上的评价产生了一定影响。苏雪林的许多见解常常被后来的新诗史著作引用，比如说胡适的《尝试集》"在文学史上将有不朽的地位"[1]、对徐志摩诗的形式和精神的总结、对李金发象征诗派创始者的定位及诗作特点的分析等。另外，朱自清等人都普遍将诗人诗作放入历史背景中去考察，即使像沈从文这样体悟式批评的讲授者，也体现着新诗的整体观和新诗"史"观，并对新诗的发展阶段、新诗与文坛、社会气候等方面都有所考量。

新诗研究型教学是在新诗教学开创阶段的一次自觉尝试，在20世纪30年代没有先例可循的情况下，朱自清等人的尝试本身就是一种教学策略。既然没有结论或定论可以直接引用，那么以研究、探索的姿态对新诗进行分析、对诗人诗作进行引介、评价和解读，并将这一过程以讲义的形式呈现给学生，从而完成新诗课程的讲授，未尝不是一种有益且有效的教学路径。

二、诗教的策略与方法

20世纪30年代的新诗教学作为起步阶段，讲授者们在新诗教学的方法和策略上多为摸索和试验。从上面所概述的新诗讲义研究来看，我们可以获得一些处理新诗讲义内容和组织方面的经验。而新诗教学的实施策略是新诗教学的另一组成部分，我们通过以30年代极具

---

[1] 苏雪林：《胡适的〈尝试集〉》，载沈晖编《苏雪林文集》（第3卷），合肥：安徽文艺出版社，1996年，第108页。

代表性的朱自清等人为切入点，对30年代的新诗教学策略做一番考察，梳理和总结初期新诗教学的策略。

朱自清等人著有诸多与国文教学相关的论文和随笔，并在这些文章中相继提出有关国文教学的策略和方法。在朱自清有关国文教学的主张中，有一项值得注意，即记诵。记诵是背诵而不是吟诵，"偶然的随意的吟诵是无用的；足以消遣，不足以受用或成学。……学习文学而懒于记诵是不成的，特别是诗"[1]。"初学觉得诗难懂，大半便因为这些法式太生疏之故。学习这些法式最有效的方法是综合，多少应该像小儿学语一般；背诵便是这种综合的方法。"[2]在背诵时，学习者才能发现诗与诗之间的隐微分别，才能对诗的用字、句法、章法、音韵等有更细致的把握。虽然这是朱自清针对中学古体诗教学提出的建议，但对大学、中学的新诗教学也同样有借鉴价值。再者，与记诵并行不悖的是教师的"说诗"，"记诵只是诗学的第一步。单记诵到底不够的；须能明白诗的表现方式，记诵的效果才易见。……固然，这种表现法，记诵的诗多了，也可比较同异，渐渐悟出；但为时既久，且未必能鞭辟入里。因此便需要说诗的人。""说诗有三种：注明典实，申述文义，评论作法。这三件就是说，用什么材料，表什么意思，使什么技巧。"[3]朱自清在《新诗杂话》中提到了一个概念，即"解诗"，并认为解诗是"意义的分析"，也即"说

---

1 朱自清：《论诗学门径》，载朱乔森编《朱自清全集》(第2卷)，南京：江苏教育出版社，1988年，第83页。
2 同上，第84页。
3 同上，第85页。

诗"中的第二种"表什么意思",即认为"解诗"是"说诗"的一部分。所以说,记诵是一种有效的"学"的方法,那么"解诗"便是新诗有效的"教"的方法。

在"解诗"过程中,朱自清提出应从文学知识的基础技术层面着手:"欣赏得从辨别入手,辨别词义、句式、条理、体裁,都是基本。囫囵吞枣的欣赏只是糊涂的爱好,没有什么益处。"[1]对此,朱自清在《国文教学》的序中也有阐述:"本书的各篇文字便根据这些经验写成。不过这些文字都偏重教学的技术方面,精神方面谈到的很少。因为精神方面部定的课程标准里已经定得够详细的。再说五四以来国文科的教学,特别在中学里,专重精神或思想一面,忽略了技术的训练,使一般学生了解文字和运用文字的能力没有得到适量的发展,也未免失掉了平衡。……我们根据实际情形立论,偏向技术一面也是自然而然。"[2]朱自清的这段论述也道出了近百年来语文教学中始终存在的问题:过分关注精神和意义层面,而忽视了技术方面的训练。而在技术要求较高的新诗方面,此内容的偏颇与缺失则显得尤为严重,比如对新诗"看不懂"便是其恶果之一。因此,加强基础技术层面的训练,并着力提高学生对文字的敏感是当代新诗教学中需要重视的内容。

新诗诗教传统中还格外偏重写作教学。在早期新诗教学中,教员们非常重视写作实践的重要性。朱自清的学生在回忆中提到:"朱

---

[1] 朱自清:《论教本与写作》,载朱乔森编《朱自清全集》(第2卷),南京:江苏教育出版社,1988年,第44页。
[2] 同上,第3页。

先生主持中国文学系,很重视培养学生的实际写作能力和创作实践。"[1]沈从文对写作的训练也同等关注,汪曾祺曾在《沈从文先生在西南联大》[2]一文中提到,沈从文在西南联大共开过三门课:"各体文习作""创作实习"以及"中国小说史",其中有两门课程皆是写作、习作课。《从徐志摩作品学习"抒情"》一文的注释标明此篇文章原载于《国文月刊》创刊号上,是沈从文发表的总题为"习作举例"中的第一篇。"习作举例"系列文章是沈从文在西南联大教授"各体文习作"课程时所用的讲义,此系列习作文章共有十篇。这明确表示了沈从文的确开有新文学习作课程并著有讲义。在写作教学中,沈从文还特别著有"习作"举例,是沈从文为了教学的需要而特意写出的作品。汪曾祺的回忆中也有记录:沈从文"为了教学生写对话,有的小说通篇都用对话组成,如《若墨医生》;有的,一句对话也没有"[3]。对于沈从文的这种习作教学法,汪曾祺甚为认同,并颇为提倡:"创作本是不能教的。沈先生对一些不写小说,不写散文的文人兼书贾却在那里一本一本的出版'小说作法'、'散文作法'之类,觉得很可笑也很气愤(这种书当时是很多的),因此想出用自己的'习作'为学生作范例。我到现在,也还觉得这是教创作的很好的,也许是唯一可行的办法。……我倒愿意今天大学里教创作的老

---

[1] 张清常:《怀念佩弦老师》,载郭良夫编《完美的人格——朱自清的治学和为人》,北京:生活·读书·新知三联书店,1987年,第99页。

[2] 汪曾祺:《沈从文先生在西南联大》,载《云南文史资料选辑第34辑》(西南联合大学建校五十周年纪念专辑),昆明:云南人民出版社,1988年,第193页。

[3] 汪曾祺:《星斗其文,赤子其人》,《汪曾祺全集》(四·散文卷),北京:北京师范大学出版社,1998年,第253页。

师也来试试这种办法。"[1]另外，写作要有真情实感也被反复提及，而这恰恰是学生写作的难点，对此，朱自清曾提出"假想读者"的概念。"训练学生写作而不给他们指示一个切近的目标，他们往往不知道是为了给谁读的"[2]。有了"假想读者"，写作者便有了情感的激发，写作才更能有真情实感。朱自清非常肯定"假想读者"的意义和作用，曾说："写作练习可以没有教师，可不能没有假想的读者。"[3]

诗教传统的另一个启示是，可以将诗朗诵作为新诗教学的可行性策略。新诗篇幅的长度、韵律、白话语言等方面皆显示着新诗适宜于课堂朗诵教学的特点。朱自清在《新诗杂话》中更是提倡"新诗不要唱，不要吟；它的生命在朗读，它得生活在朗读里。我们该从这里努力，才可以加速它的进展"[4]。新诗朗诵教学法，不仅可以通过声调、节奏等外显方式直观地呈现出诗作的节奏变化与情绪波动，还能够使学生更好地融入诗作的想象空间与诗意氛围。当然，这一点是基于有技巧的诗歌朗诵手段之上的，正如沈从文在《谈朗诵诗》中所提到的："多数作者来读他自己的诗，轻轻的读，环境又合宜，因作者诵读的声容情感，很可以增加一点诗的好处。若不会读

---

[1] 汪曾祺：《与友人谈沈从文——给一个中年作家的信》，《故人往事》，北京：文化发展出版社，2021年，第177—178页。

[2] 朱自清：《论教本与写作》，载朱乔森编《朱自清全集》（第2卷），南京：江苏教育出版社，1988年，第46页。

[3] 同上，第46页。

[4] 朱自清：《朗读与诗》，《新诗杂话》，北京：生活·读书·新知三联书店，1984年，第94页。

又来在人数较多的集会中大声的读,常常达不到希望达到的效果。"[1]沈从文提示读者应注意诗朗诵的"环境",另外还应注意新诗朗诵的技巧,这种"技巧"包括诗歌朗诵声音的高低急缓。沈从文还举了胡适朗诵的例子加以说明:"胡先生是一个乐于在客人面前朗诵他新作的诗人。他的诗因为是一种纯粹的语言,由他自己读来,轻重缓急之间见出情感,自然还好听。可是轻轻的读,好,大声的读,有时就不免令人好笑。"[2]诗歌朗诵除了声音的大小轻重之外,还有别处的技巧需要注意:"现在的白话诗有许多是读出来不能让人全听懂的,特别是诗。新的词汇、句式和隐喻,以及不熟练的朗读的技术,都可能是原因。"值得注意的是,沈从文曾提到闻一多家中开展的诗朗诵的试验,并得出诗歌朗诵应有诗作文本做参照和依托的结论:"结果所得经验是,凡看过的诗,可以从本人诵读中多得到一点妙处,明白用字措辞的轻重得失。凡不曾看过的诗,读起来字句就不大容易明白,更难望明白它的好坏。"[3]

最后,作为课堂新诗教学的延伸,课外的诗歌活动也应予以重视,20世纪30年代的诗歌活动是很活跃的,它们多以诗歌社团、诗歌聚会或诗歌座谈等形式出现,对新诗教学起到了不可估量的补充作用。刘兆吉的《南湖诗社始末》介绍了南湖诗社的成立:1938年4月,西南联大第一个学生社团——南湖诗社成立,是由刘兆吉、向长清、赵瑞蕻、查良铮、杜运燮、周定一、林振述(林蒲)等20余名"爱

---

[1] 沈从文:《谈朗诵诗》,《文学闲话》,成都:四川文艺出版社,1998年,第28页。
[2] 同上,第24页。
[3] 同上,第25页。

写诗的人"组成的社团,在闻一多、朱自清的指导下,以"研究新诗、写新诗为主要方向",讨论"新诗的前途、动向""新旧诗对比"等问题。[1] 当时的学术阵地——西南联大的学生诗社或文艺社就有许多,最早的是蒙自分校的南湖诗社,后来在西南联大又有高原社(南湖诗社扩大后,改为此名)、南荒社(包括校外社员)、冬青文艺社、文艺社、新诗社、耕耘社以及叙永分校的布谷社。[2] 这些社团不仅凝聚了一批诗歌爱好者,还邀请到当时著名的诗人做导师,这对推动新诗发展、鼓励诗歌写作、培养年轻一代的诗人起到了重要的作用。这种诗歌活动,在朱自清的日记、文论中都有记载:"听说张仲述先生前回在南大电台广播,诵读徐志摩先生的诗,成绩很好。清华那边也有过两回诵读会。北大教授朱光潜先生也组织了一个诵读会,每月一回。"[3] 另外,据《朱自清年谱》记载,1935年4月3日晚"主持读诗会。在座有张清常、孙作云等"[4]。当时张清常、孙作云皆为清华大学学生,朱自清还在当日的日记中对他们的朗诵进行评价:"今晚举行朗诵会。张清常与唐宝兴才华出众。王小姐朗诵时声音发抖,口型亦颇不雅。孙作云不够认真。"[5] 这些读诗会与诗歌交流活动

---

1 刘兆吉:《南湖诗社始末》,载南开大学校史研究室编《联大岁月与边疆人文》,天津:南开大学出版社,2004年,第264—268页。
2 参见杜运燮、张同道编选《西南联大现代诗钞》"书前",北京:中国文学出版社,1997年,第2页。
3 朱自清:《语文杂谈》,载朱乔森编《朱自清全集》(第8卷),南京:江苏教育出版社,1993年,第204页。
4 姜建、吴为公:《朱自清年谱》,合肥:安徽教育出版社,1996年,第143页。
5 朱乔森编:《朱自清全集》(第9卷),南京:江苏教育出版社,1998年,第349页。

以一种轻松愉快的方式培养起学生对于诗歌的兴趣，并在交流探讨中提升了学生的新诗审美品位。从某种程度上看，这种形式的新诗教育要比新诗课堂教学更接近新诗教育的本质，也更能激发学生对诗歌的感受力和领悟力。

除了以上新诗诗教传统带来的启示外，反观当下新诗教学，与朱自清等人的新诗教学相比之下，除了语言风格和批评风格方面的个性外，在当代新诗讲述中至少有三点缺憾需引起学界注意，而这也恰好是新诗诗教传统带给当下新诗教学的另类警醒与启示：其一，以新诗史为主的新诗教学往往是一种"史"的呈现或叙述，而缺少了以问题为线索的研究精神；其二，以作品为主的新诗教学多是内涵与意义的诠释和解析，而缺少了新诗在技艺上的挖掘和探讨，在诗歌艺术的成败得失上教师应亮出自己的观点和立场，或者营造一种学术争鸣的氛围，从这个意义上说，以作品赏析为主的新诗教学应向新诗试作课程学习经验；其三，在各种诗歌理论及交叉学科比如哲学、心理学、伦理学，乃至自然学科等研究成果的帮助下，当代新诗教学对一首诗的挖掘可以达到前所未有的深度和高度，而这在开阔学生视野的同时，也容易给学生造成一种困扰，即深奥复杂的解析会将学生带离诗作文本最初的美感和真实，甚至走向过度阐释的反面，让学生陷入文本"细读"的陷阱里。此外，这种过分专注于细部的解析模式也往往使人忽视对诗人诗作的整体把握。因此回归"本文"不仅要对文本做适度阐释，还要对诗人诗作做全面了解，正如废名在《新诗问答》中回答"这样说倒很有趣，只是能够断定这一定是作诗人当时的意思么？"这一问题时所说的："这话自然很难说，不过我们可以从他的许多诗看出他的灵魂之一致处。"[1]

综上，起步于20世纪30年代，新诗走入大学课堂，新诗教学经历了从无到有的开创期，并一直延续到40年代，在这一过程中，新诗初步形成了其诗教传统。譬如，在讲义方面，新诗讲义类型的设定、内容的选择、专业性的考量等；在教学方面，如诗朗诵、诗歌写作教学、课外新诗聚会和新诗社团活动，等等。

虽然新诗诗教传统起于30年代，但其尝试与探索一直延续到当下，这既离不开初创者们的蓄力奠基，也离不开后来传承者们对新诗文脉与传统的保护与传承。从这一角度来说，更好地保持并发扬新诗诗教传统更具有历史关怀兼及现实指导意义。

---

[1] 废名：《新诗问答》，载陈建军、冯思存编订《废名讲诗》，武汉：华中师范大学出版社，2007年，第156页。

下编

第五章　薪火相传：教育情境中的师生圈

大学教育与文学家、诗人的培养之间没有必然的联系，但是大学课堂、校园文化活动、大学教授等为秉具文学创作天赋和热情的学生们提供了充分发展的条件，正如北京大学校长蒋梦麟先生所归纳的大学存有校长、教授、学生三派势力。诚如所言，校长的办学理念需要通过教授得以实施，而学生的知识习得和人格养成主要承袭于教授，可见大学教授在现代教育中所占据的核心地位。"五四"后，知识传播远不及当下科技和媒介迅捷发展的便利，课堂教学和教授的言传身教对学生的影响至关重要，正如女高师第一届学生程俊英撰文追忆的："胡适老师教我们中国哲学史，讲义是用崭新的白话文写的。《新青年》中的《文学改良刍议》一文，提出'八不主义'，给我的影响尤大。我们过去一直作文言文或骈文，认为只有俗文学的明清小说才用白话写，是不登大雅之堂的。经他在课堂上的分析、鼓吹，我们从1918年起就不作堆砌辞藻、空疏无物的古文了。"[1]

---

[1] 程俊英：《回忆女师大》，《档案与史学》1997年第1期。

不同的办学宗旨和理念、不同的教育环境和校园文化、不同的时空环境，会形构出不同的教师队伍，对学生带来的影响也不尽相同，身为白话文运动的倡导者，胡适讲完课，学生们就开始用白话创作。可见，教师对学生的思想影响无时不在，就诗歌教育而言，教师对学生的美学储备、审美取向、艺术风格、诗学资源乃至流派风格的择定、诗性精神成长均会产生影响。1932年陆晶清回忆说："我因为努力学写新诗，周作人先生告诉我：新诗要求写到妙处，应该对旧诗词及歌谣有相当的研究。因此，在女高师时代有一个时期我是放下了诗，专读词曲及歌谣。"[1]因为教师的影响，从古体诗词的热爱者转向新诗者不在少数。

从另外一个维度反观，师生关系又折射出不同的教育环境，师生的互动和影响丰盈着校园的文化氛围，形成画面纷呈的教育情境。以诗为媒介，本章择取燕京大学、女高师、西南联大和复课后的北京大学极富典型案例特色的师生交往和影响现象进行研究，每一节侧重维度不一：第一节寻踪周作人参与小诗建设和推介工作，从导师的视角看他对小诗文体的影响；第二节考察女高师教师如何通过写作训练以及中外知名教授来校开展讲座等多形态的授课形式，唤醒学生的写作天赋，熏陶学生的诗歌创作兴趣；第三节以杜运燮和郑敏为例，梳理西南联大雄厚的师资队伍对学生走上诗坛、完成诗学储备、确立诗艺风格所起到的关键作用；第四节以复员后的北京

---

[1] 陆晶清：《我与诗——〈市声草〉序》，载潘顺德、王效祖编《陆晶清诗文集》，成都：四川大学出版社，1997年，第118页。

大学校园诗人李瑛为例，梳理沈从文等教授对他就读北京大学时自觉于新诗现代性探索之路所发挥的引领作用。在材料比重上，本节相对增加了回忆和日记，清理陈旧史料的同时侧重挖掘迥异纷呈的教学场景，再现新诗教育现场中生动的师生交往如何参与现代大学教育以及新诗和民国文学的建设之中。

第一节　参与小诗文体建设：
文坛前辈对新诗的"芽儿"[1]的扶植

教育是一种有目的、有计划、有组织地向受教育者施加影响的活动。在由课堂和课外活动所构成的学校教育活动中，教师的课堂讲授固然对学生的思想、行为会产生深刻的影响，但其在课下对于学生课外活动的参与和指导亦会对学生产生潜移默化的作用。[2]周作人在冰心自我定位与主体精神的成长方面给予了相关指导，他多次撰文公开鼓励冰心创作，并多方面大力推介小诗文体，赞誉冰心的创作实绩，扩大其在以男性话语为主导的文坛影响力，无形中率先踏入冰心小诗创作经典化的历程。

1　王富仁：《中国现代新诗的"芽儿"——冰心诗论》，《北京师范大学学报（社会科学版）》1996年第5期。
2　参见王翠艳《女子高等教育与中国现代女性文学的发生》，北京：文化艺术出版社，2007年，第78页。

一、燕京大学女校中"诗的女神"

从1919年冬到1922年夏，就读燕京大学的冰心完成了《繁星》和《春水》的小诗创作，其间她经历了从初登文坛的女学生"谢婉莹"到"冰心女士"再到"冰心"的成长，从最初懵懂地登上诗坛、成为小诗运动的引领者到逐渐明确诗人身份归属，从单纯记录零碎的思想转变为自觉的文学表达。深入这一时期的诗歌不难发现，诗人常不断地叩问内心：诗人是什么？诗人为了什么而写作？诗人的创作有什么社会功用？诸如此类的问题，《春水》中不少诗作给出了一些回答，如认为诗人作诗是受到自然的感召，目的是描摹、展示自然之美："诗人！／不要委屈了自然罢，／'美'的图画，／要淡淡的描呵！"[1] 以及："诗人！／自然命令着你呢，／静下心潮／听它呼唤！"[2] 或认为诗歌是反映诗人全部情绪与爱："诗人从他的心中／滴出快乐和忧愁的血。／在不知不觉里／已成了世界上同情的花。"[3] 或认为诗歌创作是为了抚平人类的精神病苦："诗人！／笔下珍重罢！／众生的烦闷／要你来慰安呢。"[4] 还有指认诗人的生存状态："何用写呢？／诗人自己／便是诗了！"[5] 等等。这些作品无一不体现出冰心对诗人身份的思考以及对进行诗歌创作目的的追问，创作于《繁星》

---

1 冰心：《春水》，载卓如编《冰心全集》（第1卷），福州：海峡文艺出版社，1994年，第350页。
2 同上，第356页。
3 同上，第377页。
4 同上，第353页。
5 同上，第361页。

之后、《春水》之前的《假如我是个作家》可以佐证这一点。在这首诗中，冰心以这样的口吻表述对诗歌创作的希望："我只愿我的作品／……在他的生活中／痛苦，或快乐临到时，／他便模糊的想起／好像这光景曾在谁的文字里描写过；／……然而在孩子，农夫，和愚拙的妇人，／他们听过之后，／慢慢的低头，／深深的思索，／我听得见'同情'在他们心中鼓荡；／这时我便要流下快乐之泪了！……我只愿我的作品／在人间不露光芒，／……只我自己忧愁，快乐，／或是独对无限的自然，／能自由抒写，／当我积压的思想发落到纸上，／这时我便要流下快乐之泪了！"[1]

除了文本中的蛛丝马迹，冰心在《我的文学生活》中提到另一个重要线索：1921年之前，她在《〈冰心全集〉自序》和《我是怎样写〈繁星〉〈春水〉的》两篇文章中，都曾提到自己的《繁星》和其他诗作只是杂感，不能称其为诗歌。但在《可爱的》这首诗在《晨报副刊》上分行刊登出之后，冰心受到编辑的启发，开始"立意做诗"[2]。这篇文章作于1932年，在对"五四"及其后文学创作的回忆中，这一篇几乎可以算是最早的，也是后来回忆文章中常引用和重复的"范本"，这篇文章确证冰心开始创作《春水》的时候已经慢慢形成了对诗人身份的认同，那么究竟是什么外因导致诗人如此快速、自觉、成熟地完成自我身份的主体确认呢，这就不能不提及周作人对冰心的扶植和鼓励了。

---

[1] 冰心：《假如我是个作家》，载卓如编《冰心全集》（第1卷），福州：海峡文艺出版社，1994年，第336—338页。
[2] 冰心：《我的文学生活》，载卓如编《冰心全集》（第3卷），福州：海峡文艺出版社，1994年，第9—10页。

二、周作人对冰心的提携与小诗文体的确立

在冰心建立主体认同感的过程中,周作人也起到了不可忽视的作用。周作人对五四时期许多年轻诗人都有提携之功,比如汪静之、赵景深、废名等,冰心也是这个行列中的一员。

周作人1922年秋开始在燕京大学国文系新文学部任教,当此之际,冰心的《繁星》《春水》已于同年7月前在《晨报副镌》完成连载,周作人对她的创作颇为肯定和赞赏,1922年6月13日他作《论小诗》一文,并先后发表在6月21日至22日的《晨报副镌》以及6月29日的《民国日报·觉悟》上。在新文化运动中处于"导师"地位的学者里,周作人是最早对小诗做出评论并公开表示关注和支持的。他在这篇文章中力图为小诗找到创作的合法性依据,他首先上溯中国古代诗歌传统,谈到新诗发生以来的新文学创作要求,然后分别尽陈欧洲希腊文学中的"诗铭"、亚洲古印度宗教哲学诗"伽陀"、泰戈尔的小诗、日本的短歌和俳句等多种文体的发展,探寻出与小诗相类似的文体之所以留存下来的历史合理性,进而以冰心、俞平伯、汪静之等人的创作为例,指出国内的小诗所受到的来自东方的影响,指出抒发诗人真情实感是小诗获得生命力的方式。这种可以使诗人自由抒发感情与表达思想的创作与周作人的审美趣味相一致,他表示:"我于这小诗的兴起,是很赞成,而且很有兴趣的看着他的生长。"[1]并且"护短"地认为,对于这些小诗"我们只能赏鉴……却

---

[1] 周作人:《论小诗》,《民国日报·觉悟》1922年6月29日。

不容易批评"[1]。从周作人这里所言的"批评"可以揣度到当时已经有针对冰心小诗创作的批评意见。我们从周作人此文刊发一年后梁实秋和苏雪林的评价中可以看出两类批评的意见：梁实秋针对《繁星》和《春水》的批评是："最大的失望便是她完全袭受了女流作家之短，而几无女流作家之长。"[2] 苏雪林针对《繁星》和《春水》的批评是："千篇一体"，"从无变化"，"取径又未免太狭"[3] 诸如此类，总有相反的声音泛出文坛。

冰心和周作人的文学创作意图极为契合，冰心在多首小诗和《假如我是个作家》中表达的创作宗旨与周作人的"文艺以自己表现为主体，以感染他人为作用，是个人的而亦为人类的"[4] 这一观点不谋而合，这也是周作人欣赏冰心的一个原因。据日本学者萩野修二回忆："丸山昏迷委托周作人撰文介绍以北京为中心的中国新文艺。周作人承诺后，将风靡一时的冰心诗集《繁星》推荐给他。因周作人诸事繁忙，无暇翻译，所以刊登了《繁星》中文原文1到81篇。"[5] 此外，周作人还翻译了冰心的两篇作品发表在《北京周报》上，分别是发表在第18号上的散文《爱的实现》，以及发表在第48号上的诗歌《晚祷》。为了表达他对冰心的赞赏，在《晚祷》译文前周作人丝毫不掩饰他的赞誉："冰心女士是极少数的民国时期诗人中，无论是

1　周作人：《论小诗》，《民国日报·觉悟》1922年6月29日。
2　梁实秋：《〈繁星〉与〈春水〉》，《创造周报》1923年第12期。
3　苏雪林：《我所认识的诗人徐志摩》，载沈晖编《苏雪林文集》（第2卷），合肥：安徽文艺出版社，1996年，第327页。
4　周作人：《文艺上的宽容》，《晨报副镌》1922年2月5日。
5　〔日〕萩野修二：《谢冰心の研究》，京都：日本朋友书店，2009年，第288页。

自己还是别人都承认的富有灵感的诗人,在她的诸多诗篇中,《晚祷》尤为出色。她小说集及诗集《繁星》(部分已在本刊登载)、《春水》即将出版。"[1] 为了解释他翻译《爱的实现》的缘由,他又另作《关于〈爱的实现〉的翻译》一文,发表在1922年8月28日的《晨报副镌》上。

除了在报刊上推介,周作人在燕京大学的新文学课堂上也会讲到冰心的诗歌和散文。[2] 冰心此时已经是大四的学生,临近毕业,选修这门课程在很大程度上是出于对新文学的兴趣。虽然他们师生二人在课下的交流不多,但周氏经常在公众场合表达他对冰心的器重,当年有位日本作家曾问他:"文坛上露头角的得意门生很多罢?"他答道:"不多,只二三个,现任清华教授的俞平伯,用废名这笔名的冯文炳以及冰心。"[3] 综上种种,足见周作人对冰心的肯定。

从《繁星》到《春水》,再到《春水》之后的诗歌创作,冰心虽然已经在新诗创作道路上开展了不少实践,但因为受限于对诗歌文体陈旧或不自觉的认知,一度她不承认自己所写的是"诗"。周作人的新文学课程虽然没有直接影响过《繁星》的创作[4],但在一定程

---

1 冰心:《晚祷》,仲密译,《北京周报》1923年1月14日,转引自〔日〕萩野修二:《谢冰心の研究》,京都:日本朋友书店,2009年,第288页。

2 "他给我们讲现代文学,有时还讲到我的小诗和散文,我也只是低头听着,课外他也从来没有同我谈过话。"冰心:《我与散文》,载卓如编《冰心全集》(第7卷),福州:海峡文艺出版社,1994年,第654页。

3 倪墨炎:《中国的叛徒与隐士:周作人》,上海:上海文艺出版社,1990年,第153页。

4 冰心在《我是怎样写〈繁星〉和〈春水〉的》一文中说:"我上新文学的课,也听先生讲过希腊的小诗,说是短小精悍,象蜜蜂一样,身体虽小却有很尖利的刺,为讽刺或是讲些道理,是一针见血的等等。而我在写《繁星》的时候,并没有想到希腊小诗。"载卓如编《冰心全集》(第5卷),福州:海峡文艺出版社,1994年,第142页。

度上帮助懵懂中的冰心开始自觉建立文体意识。从撰文为小诗寻找合法性到在课堂中以冰心的创作为例讲析新文学，周作人一直积极介入小诗文体建构中，冰心《春水》集的出版就是另一例最好的明证。

1920年周作人出任新潮社主任编辑后，新潮社出版物屡屡愆期，因为稿件来源不稳定和经费不足的原因，各项工作推进都比较缓慢，《新潮》月刊出了两期后即宣告停刊，《新潮文艺丛书》也一度陷入停滞状态。这样的状态在1922年年底迎来了转机，这一年12月24日的《晨报副镌》上登载了新潮社的专稿，写道："文艺丛书是最近的计划，其稿件已经预备就绪有六种……其中第一种已经付印，一月内可以出版。"[1] 这个"文艺丛书"正是《新潮社文艺丛书》，"其中第一种"就是冰心的《春水》诗集，甚至排在鲁迅的小说和译作还有周作人自己的译作之前。[2] 所谓的"一月内可以出版"事实上推迟到了次年的5月底，5月22日《晨报副镌》上登载广告，预告冰心女士诗集《春水》三两日内即可出版，随后从6月1日始《新潮社文艺丛书》的广告就连续见报。周作人充分利用自己的文学影响力和话语权，为小诗做宣传和推广工作。《春水》诗集得以迅速出版，几乎完全出自周作人的推助，为了这部诗集的出版，冰心重新抄录了这组

---

1 《新潮社的最近》，《晨报副镌》1922年12月24日。
2 周作人主编的新潮社"文艺丛书"从1923年起陆续出版，共出10种：1.冰心诗集《春水》；2.鲁迅译爱罗先珂话剧《桃色的云》；3.鲁迅小说《呐喊》；4.CF女士（李小峰）译法国孟代童话集《纺轮的故事》；5.孙福熙的散文集《山野掇拾》；6.李小峰译丹麦华耳特童话集《两条腿》；7.周作人译诗歌小品集《陀螺》；8.冯文炳小说集《竹林的故事》；9.李金发诗集《微雨》；10.李金发诗集《食客与凶年》。

小诗并把手稿交给了周作人,而周氏为之撰写题记,以线装方式装订成册,一直保存着这份手稿到20世纪30年代末,后将其赠给了日本友人滨一卫。[1]

此外,冰心的诗歌创作观念早已与周作人的艺术观点相契合,他们曾相隔20天在同一个刊物《晨报副镌》上发表诗歌《假如我是个作家》(冰心)和诗学论文《诗的效用》(周作人),前者创作于1922年1月18日,发表在《晨报副镌》1922年2月6日,收入《春水》;后者刊登在《晨报副镌》1922年2月26日。一诗对一文,虽然两位作者未明确指出所作回应谁或回应了什么,但稍加内容比照即可发现文本背后的端倪。"五四"退潮后周作人用文学的私人性和独立性取代了此前在《人的文学》《平民文学》中所强调的文学启蒙不可或缺的现实性和阶级性:"诗的创造是一种非意识的冲动,几乎是生理上的需要,仿佛是性欲一般;……个人将所感受的表现出来,即是达到了目的,有了他的效用,此外功利的批评,说他耗费无数的金钱精力时间,得不偿失,都是不相干的话。……真的艺术家本了他的本性与外缘的总合,诚实地表现他的情思,自然地成为有价值的文艺,便是他的效用。……但是过于重视艺术的社会的意义,忽略原来的文艺的性质,他虽言叫文学家做指导社会的先驱者,实际上容易驱使他们去做侍奉民众的乐人,这是较量文学在人生上的效用的人所

---

[1] 手稿系冰心为刊行诗集单行本所抄录的定稿,周作人的题记、手稿装订方式可参见中里见敬《冰心手稿藏身日本九州大学——〈春水〉手稿、周作人、滨一卫及其他》,《中国现代文学研究丛刊》2017年第6期。

最应注意的地方了。"[1]《假如我是个作家》这首诗体现了冰心"真"的审美倾向，更可以看作对周作人所说的文学家不是社会指导的先驱者、不应做侍奉民众的乐人的认同和回应。

《假如我是个作家》的第一节："假如我是个作家，／我只愿我的作品／入到他人脑中的时候，／平常的不在意的没有一句话说，／流水般过去了，／不值得赞扬，／更不屑得评驳；／然而在他的生活中／痛苦或快乐临到时，／他便模糊的想起／好像这光景曾在谁的文字里描写过；／这时我便要流下快乐之泪了！"[2] 这一节中冰心认为一个好的作家应该让读者在他的文本中有所际遇，读者在"痛苦或快乐临到时"回忆起作家的作品时感到安慰，便是作家写作的成就。冰心认为，写作的最高境界，就是读者读了他的作品能够找到自己的情感、经验的际遇感，与作家在文本中相遇，这也是一个作家的使命。赵景深认为冰心的作品引起了他"深深的共鸣"[3]，这便是冰心所希望达到的写作境界。

《假如我是个作家》第三节："假如我是个作家，／我只愿我的作品／在世界中无有声息，／没有人批评，／更没有人注意；／只有我自己在寂寥的白日或深夜，／对着明明的月／丝丝的雨／飒飒的风／低声念诵时，／能以再现几幅不模糊的图画；／这时我便要流下快

---

1 钟叔河编订：《周作人散文全集》（2），桂林：广西师范大学出版社，2009年，第521—522页。
2 冰心女士：《假如我是个作家》，《晨报副镌》1922年2月6日。
3 赵景深：《冰心的〈繁星〉》，载范伯群编《冰心研究资料》，北京：知识产权出版社，2009年，第366页。

乐之泪了！"[1]这一节冰心从将文本作为作家思想感情载体的角度，谈作家与文本之间的关系。她认为对作家来说，作家自己创作的作品除了抚慰读者、服务于读者外，也是对自己的一种安慰，也服务于自己的思想感情。文学创作是作家情感与思想表达的窗口，而创作出来的作品则是作家思想情感的纪念品，当作家独自回味自己的作品，回顾自己的创作历程、情感体验、思考结晶时，作家便也感到十分满足了。因此，冰心认为作家的文学创作，不仅是为读者而创作，也是为自己而创作，文本承载着作家的思想和情感，对作家本人来说也是一笔宝贵的财富。这一节又进一步呼应了周作人在《诗的效用》中的另一个文艺观："真的艺术家本了他的本性与外缘的总合，诚实的表现他的情思，自然的成为有价值的文艺，便是他的效用。"[2]冰心的诗早于周作人的文20天刊发出来，这显然不是后置性的应和，虽然我们无法从现有资料中打捞出冰心明确指出《假如我是个作家》是对周作人的"呼应"，但至少能够捕捉到他们师生之间的文艺思想早有遇合。

另外值得一提的是，1923年冰心开始准备毕业论文，她的导师正是周作人。冰心的毕业论文作元代戏曲，很显然，这绝非周作人擅长的领域。燕京大学学生毕业论文导师的分配制度如何现已无法考证，周作人成为冰心毕业论文指导老师是出于学生的请愿、老师的意向还是学校的安排也已无从查证，不过可以明确的是，在论文撰写过程中二人建立起十分友好的师生关系。临近毕业时，冰心身体

---

[1] 冰心女士：《假如我是个作家》，《晨报副镌》1922年2月6日。
[2] 周作人：《诗的效用》，载钟叔河编《周作人文类编3 本色 文学·文章·文化》，长沙：湖南文艺出版社，1998年，第700—701页。

抱歉，周作人也将"冰心病呕血"[1]写在日记中。周氏的日记极简略，除了自己每日的行踪、收发信件等情况，很少涉及家人以外之人的情况，遑论学生的身体健康状况。另据周作人日记显示，1923年冰心从燕京大学毕业后，仍与周作人有信件往来，即便在前往美国留学的途中，依然保持和周作人的通信。[2]

综上，冰心创作《繁星》《春水》300余首小诗，以及其他白话新诗的写作，伴生于其诗人身份的转型。她经历了从记录"零碎的思想"到创作自觉的意识转变，在这一过程中，她所幸值遇到重要的新文学导师。周作人教授从未掩饰过他对冰心的欣赏，他曾多次在公开场合介绍冰心及作品，以提升冰心在文坛和诗坛的影响力，肯定其创作的时代意义和文体价值，从不吝赞美之词，并助推了《春水》诗集快速结集出版；间接体现于他作为老师或新文化运动的导师对"直系"学生冰心诗人身份的形构。立足当下，回眸他们的师生交往，不得不说，其中依稀存有新文艺同仁的呼应、助阵甚至是"造势"，这是只在五四时期才会存在的师生关系，令人无限神往与回味，百年后重新捡拾他们在文学历史中驻留的点点滴滴，令人无限向往和感怀。

不难看出，燕京大学对冰心而言不仅是学习知识的教育场域，更是张扬其创作主体性的场域，冰心的大部分诗歌创作和发表都于

---

1 鲁迅博物馆藏：《周作人日记（影印本）》（中册），郑州：大象出版社，1996年，第312页。
2 据《周作人日记》：1923年7月4日"得冰心函"（第316页）；8月10日"寄冰心函"（第321页）；8月24日"得冰心神户函"（第323页）。

燕京大学求学期间完成，她的文学号召力和社会影响力的形成与燕京大学所赋予的话语平台和教育资源有密切关联。

第二节　唤醒天赋 陶冶兴趣：非"专任教员"对学生潜能和人格的激发

女高师的前身是北京女子师范学校，在教育内容以及管理方式上偏于保守与陈旧；在新文化运动的推动下，女高师成立后保守派校长被驱逐，校园环境不断松动。国文部系主任陈中凡毕业于北京大学，他将北京大学兼容并包的学风引入女高师，邀请北京大学的李大钊、胡适、周作人等教授到女高师授课。1922年许寿裳到女高师任校长，他也积极邀请鲁迅以及北京大学教授沈尹默、钱玄同等到女高师教学。鲁迅在1923年10月13日的日记中记录"晨往女子师校讲"[1]，此后鲁迅一直在女高师国文部授课，直到去往厦门。"女师大向来少有专任教员"[2]，这是女高师在师资构成上的一个重要特色，不过外聘的除来自北京高等师范教师，多是与北京大学共享[3]师资。教

1　鲁迅：《鲁迅全集》（第15卷），北京：人民文学出版社，1981年，第483页。
2　鲁迅：《"公理"的把戏》，《鲁迅全集》（第3卷），北京：人民文学出版社，1981年，第166页。
3　由于学校初创及在政府财政支持方面明显弱于其他国立高校等原因，女高师很难获得自己独立稳定的教师资源，故多方延聘北京大学、北京高等师范学校教师及政府部门官员以充师资，兼职教师比例最高时达到70%。另外，诚如鲁迅所言："我向来也不专以北大教员自居，因为另外还与几个学校有关系。"［鲁迅：《我观北大》，《鲁迅全集》（第3卷），北京：人民文学出版社，1981年，第157页］北京大学直到1931年才实行教授专任制，在此之前教师同时兼任几所学校教职属于常事，这也是为什么女高师和北大师资常常重合的缘由之一。

师队伍的壮大，使得国文部的教学水平得以提升。女高师不仅培育出石评梅和陆晶清两位诗人，还培养出庐隐、冯沅君、苏雪林等近代历史上第一批女作家，这离不开女高师的教育环境。

一、女高师的诗歌教育场域

女高师创办之初就十分重视诗歌教育。胡适、沈尹默等人先后在女高师国文部任教，胡、沈均为白话诗创作的先驱，他们的白话诗创作实践给学生树立了榜样。虽然这时还未开设专门的新诗课程，但是新诗已经走进女高师。女高师国文部学制时限四年，第一年为预科，另外三年属于本科，是该校成立时间最早、学科结构最完整、最具社会影响力的系部，诗歌在国文部的教学中占据重要位置。从我们制作出的表5-1和表5-2对女高师国文部文学类课程教授及开设情况进行汇总可知，国文部设立了"诗选""诗歌及诗史""词曲选""诗赋词曲"等和诗歌相关的课程，诗歌教学的重要性不言而喻。国文部既重视已有的文学及史学知识，又增加了文学前沿领域的课程，集中体现为"西洋文学史"等授课安排，此外还开设"模范文选"课程，对近世诸文体进行教授。国文部课程虽然以古典文学为基础，但积极引入新精神、接纳最新知识。

表5-1　女高师国文部文学教授概况[1]

预科						
主课	单位	选课	单位	辅课	单位
各体文选	3（附作文一单位）	文学概论	2		
文法	2	国学概要	2		
中国史	3				
本科					
主课	单位	选课	单位	辅课	单位
文字学	3	中国学术源流	3		
声韵学	2	美学	2		
文学史	2	言语学	2		
比较文法	2	诗选	2		
模范文选	5	诗歌及诗史	2		
学术文选	5	词曲选	1		
语体文选	5	修辞学	2		
附作文	3	西洋文学史	2		
评点及改作法	2				

附：

1.模范文选：预科选授近代纪事、说理、各体文，用选本，潘树声任。本科三年内选授先秦至明清诸文体，由顾震福、胡光炜等任。

2.语体文选：本科第一二年选授各家语体文，陈中凡任。

3.文学概论：预科讲述文章界限、文章源起、文言分合、古今艺文部类、文体名实、文章派别等篇，用讲义。黄侃任。

4.文学史：本科第一年及第二年第一学期讲授上古至夏商、周秦、两汉、三国至隋、唐五季、宋元、明清文学，近代文学之趋势等，用讲义。王家吉任。

5.西洋文学史：本科第二学年讲授西洋古代迄现世文艺思想变迁史，用讲义及口述笔记，周作人任。

---

[1] 表5-1根据《女子高等教育与中国现代女性文学的发生》中收录的女高师国文部课程一览与教授概况、文科国文部学科课程一览及说明等内容编制，王翠艳：《女子高等教育与中国现代女性文学的发生》，北京：文化艺术出版社，2007年，第87—93页。

表5-2　女高师国文部文学课程[1]

公共必修课	学分	分组选修课	学分	公共选修课	学分
模范文（并作文）	10	中国学术源流	5	语体文及语法	2
学术文（并作论文）	8	言语学	2	语法文法之比较	1
诗赋词曲	4	美学及美学史	2	日文	1
文本学	3	西洋文学史	2	国文教学法	1
声韵学	2	诗歌及诗史	3	同文评点及改作法	2
国文法	2	小说	2		
文学概论	2	词曲史	2		
修辞学	2	小说史	2		
中国文学史	3	文字学史	2		
国学概要	2	声韵学史	2		
		言语学	1		
		宏辩术	1		

在课堂教学过程中，黄侃、沈尹默等教师尤为重视专门的诗歌创作训练，着重学生诗歌创作能力的培养。国文部第一届毕业生程俊英（1917年至1922年就读于女高师）在回忆文章中对黄侃的"诗歌选作"课进行了追忆："黄老师教法很新颖，在'诗歌选作'课上，他登上讲台，让我们先出一个题目，按此题目，自己在黑板上先示范地作一首诗，接着让我们在台下也各作一首诗，然后他在黑板上写了古人同题的诗一二首，讲解它的艺术特点。师生诗和古人诗互

---

[1] 参见王翠艳《女子高等教育与中国现代女性文学的发生》，北京：文化艺术出版社，2007年，第95—97页。

相比较，课堂上显得特别活泼，一星期练习一次，他确实提高了我诗歌写作的水平。"[1]教师在课堂上进行严格的诗歌创作训练，为学生的诗歌创作打下了扎实基本功。国文部的课程在女高师十分受欢迎[2]，一方面与国文部和北京大学共用教授有关；另一方面也离不开教授自身的社会影响力。有些学生虽然不是国文部学生，却被国文部课程及师资队伍吸引而走上了文学创作道路，比如石评梅。

沈尹默1922年开始在女高师任教，他在女高师的课堂教学很生动。吕云章和陆晶清是同一届学生，于1922年到1926年在国文部就读，她回忆过沈尹默[3]的课堂情境："我们很兴奋地学习，除了课业之外，研究白话文和新诗的趣味也很浓厚，最喜欢沈尹默先生自己填的词，每逢下课时都不放他走，非逼他写几首词在黑板上，再读几次才允许他去。"[4]学生们对诗歌的热爱以及进行诗歌创作的积极性由此可见一斑。长期受染于诗性的课堂氛围，极大带动了学生们对诗歌的兴趣，将她们引上了诗歌创作之路。

国文部非常重视创作训练，创作训练可以最直接地唤醒和刺激学生的审美意识，增进学生自主创作的意识，也可以快捷提升写作能力。近百年前，女高师就用实践证明了课堂创作训练对于学生创造力的积极推动作用。程俊英与罗静轩在回忆文章中指出正是李大

---

1 程俊英：《回忆女师大》，《档案与史学》1997年第1期。
2 胡适在女高师授课时，教室内外每次都挤满了学生。
3 沈尹默具有深厚的古典文学积淀，还是著名的书法家，他与胡适等人一起编辑了《新青年》。1920年开始白话诗创作，是白话诗创作的早期践行者。
4 吕云章：《吕云章回忆录》，台北：龙文出版社股份有限公司，1990年，第24页。

钊的教育与引导，她们班同学进行论文写作的积极性才被调动。[1] 这一潜移默化的影响作用于很多女高师学生，以古体诗创作起步的陆晶清，在女高师却从旧体诗转向白话诗，并发表新诗评论文章《新诗杂谈》。[2] 石评梅到女高师之前曾接受传统教育，在女高师期间她才尝试创作诗歌、散文，1921年她在校期间创作的第一首新诗《夜行》发表在山西省《新共和》杂志上。较同时期北京大学国文教学偏重文学史而言，女高师国文部则在重创作的教学模式中取得突破，这在当时的国文教育中也是开风气之先的。

二、课堂之外的引导

课堂中的教学活动对学生的学习产生着更直接的影响，而课堂之外教师的引导对学生们的诗歌创作同样具有不可忽视的意义。李大钊、胡适、周作人、鲁迅等教授构成国文部教师的核心队伍，他们中的不少人还是新文化运动的倡导者。胡适积极提倡白话新诗实验，沈尹默积极致力于新诗创作，周氏兄弟除倡导新文化运动外也是新诗创作的早期践行者，周作人除创作小诗外，还推进了小诗的理论建设。这些知名学者、教授的加入，为女高师带来崭新的文学、文化思潮，他们不仅引导学生们转变诗歌创作观念，还对学生们进行具体的诗歌创作指导，使得新诗在学生中产生了更大的影响力。

1　程俊英、罗静轩：《五四运动的回忆点滴》，《文汇报》1959年5月4日。
2　陆秀珍：《新诗杂谈》，《北京女子高等师范文艺会刊》1923年第5期。

1919年胡适开始在女高师任教，彼时《新青年》在学生中很受欢迎，胡适在《新青年》上发表了专门的理论文章对白话文进行鼓吹，女高师学生们逐渐放弃文言文，开始用白话文写作。作为最早的新诗倡导者，胡适在学生中还带起新诗创作的热情，女高师学生非常关注胡适的白话诗。程俊英回忆："但对新诗还有保留的意见，如胡老师《尝试集》中的'一对黄蝴蝶，双双飞上天；掉下那一个，孤单怪可怜'。总觉得它的味道不如旧诗词含蓄隽永，所以仍旧跟着黄侃老师学旧诗。"[1] 程俊英在文章中指出了胡适早期白话诗诗味缺乏的缺点，白话诗作为一种新的诗歌形式，虽然存在不足之处，但是代表着诗歌创作新面向，在女高师学生中产生了一定的影响力。女高师图书馆没有全套的《新青年》杂志，胡适把整套杂志介绍给了学生："他很爽快地把书橱里的全套《新青年》取出来，我们立刻告辞……回校以后，我一口气从第一卷读到末卷，顿觉头脑清醒，眼睛明亮，好像从'子曰诗云'的桎梏里爬了出来。"[2]

胡适是第一个将《新青年》介绍给女学生的人，在守旧气息浓厚的女高师，《新青年》的传播让学生们耳目一新，也让她们在新旧文学选择上有了更加清醒的认识，以前排斥新诗的观念亦发生了改变。石评梅、陆晶清在女高师就读后，开始尝试利用白话创作新诗，诗歌观念也逐渐转变，这与胡适的影响密不可分。

此外，陆晶清写新诗得到了周作人的指导："后来我因为努力学

---

[1] 程俊英：《回忆女师大》，《档案与史学》1997年第1期。
[2] 同上。

写新诗，周作人先生告诉我：新诗要求写到妙处，应该对旧诗词及歌谣有相当的研究。因此，在女高师时代有一个时期我是放下了诗，专读词曲及歌谣。"[1] 周作人指出早期新诗创作和歌谣及古典诗词之间有相通的地方，让陆晶清去进行新诗创作的探索。在《北京女子高等师范文艺会刊》第5期上，陆晶清推出了自己的诗论文章《新诗杂谈》："新诗固然是白话，固然是没有一定的格律，可是它无形中还是有它的范围呢！在范围以内的是诗，超出范围的就是白话，是散文，是……"[2] 陆晶清因为积累了新诗创作的经验，才能在新诗发轫不久，就形成自己的看法而非亦步亦趋，她比新月派诗人更早发现新诗具有的节奏感。[3] 1925年就读女高师的她发表诗歌《南来雁》，一改初期白话诗的散漫，诗行凝练而紧凑：

> 雁儿！
> 你来自南方，
> 曾否经过我的家乡？
> 静寂的南关，
> 有我父亲的新坟——
> 在碧澄的小溪旁。

---

1 陆晶清：《我与诗——〈市声草〉序》，载潘颂德、王效祖编《陆晶清诗文集》，成都：四川大学出版社，1997年，第118页。
2 陆秀珍：《新诗杂谈》，《北京女子高等师范文艺会刊》1923年第5期。
3 参见王翠艳《女子高等教育与中国现代女性文学的发生》，北京：文化艺术出版社，2007年，第174页。

| 序序有诗音

> 小溪旁——父亲的新坟上,
> 那点点血泪,
> 干也未干?
> 那点点血泪,
> 干也未干?[1]

  这是一首写战争的诗,前面两小节分别写了音讯全无的"弟弟"和已经牺牲的"哥哥",第三节写的是牺牲的"父亲"。诗人将牺牲的将士当成自己的亲人来歌咏,如泣如诉的诗行中表达了诗人对牺牲将士的爱和内心的伤痛。虽未直言战争的残酷,但是战争的残酷以及诗人对战争的厌恶皆呈现出来。诗行尾字押韵,音韵婉转,很有节奏感、韵律感。"碧澄的小溪"和血泪点点的新坟形成鲜明的对比,在色彩的互相映衬下,"父亲"的死变得惨烈而又悲壮。全诗问句和自述句交替出现,引出"父亲"的惨烈牺牲。诗歌最后两句虽然是对前面两句的重复,但正是在反复确认、反复强调、反复逼问中,诗歌情感才达到高潮,把"父亲"去世给自己带来的伤痛推到极致。"我"宛如得了癔症,无法接受"父亲"去世这个事实。

  教师对学生的影响,不止于诗歌创作技巧的传授,还有诗学观念上的引导,比如鲁迅对石评梅和陆晶清的影响。据查《鲁迅日记》,鲁迅于1923年10月开始兼任女高师国文部讲师,教授《中国小说史略》,一直坚持到1926年8月离开北京。陆晶清在文章《鲁迅先

---

[1] 陆晶清:《南来雁》,《京报·妇女周刊》1925年11月4日。

生在女师大》中回忆:"鲁迅先生讲课,不是在讲台上旁若无人,口若悬河、滔滔不绝地自说自话,也不是用记录速度念讲义。而是在深入浅出地讲解教材时,联系实际,提出问题,并引导学生思考、分析问题。每听鲁迅先生讲一次课后,我们都要议论、咀嚼多时。"[1]鲁迅在教学过程中不是死板地将知识灌输给学生,他更注重学习方法,通过锻炼学生的思维水平来培养学生的自学能力。在北京大学就读的冯至也上了鲁迅的这门课,他在回忆文章中追述:"这本是国文系的课程,而坐在课堂里听讲的,不只是国文系的学生,别系的学生、校外的青年也不少,甚至还有从外地特地来的。那门课名义上是'中国小说史',实际讲的是对历史的观察,对社会的批判,对文艺理论的探索。有人听了一年课以后,第二年仍继续去听,一点也不觉得重复。""我们听他的讲,和读他的文章一样,在引人入胜、娓娓动听的语言中蕴蓄着精辟的见解,闪烁着智慧的光芒。对于历史人物的评价,都是很中肯和剀切的,跟传统的说法很不同。"[2]鲁迅在上课时不局限于臧否历史人物,也会对时人时事进行评判,对于正值青年的学生来说,既新鲜又渴求。正因为如此,学生们在课堂上不仅学习了知识,还逐渐形成了独立的世界观。

鲁迅的杂文很受女高师学生欢迎,陆晶清追忆:"我班同学大多数爱读、勤读鲁迅先生的著作,特别是经常在报刊上发表的杂文。有些同学熟记了许多鲁迅先生的口语、名言、警句,常在讲话中引

---

[1] 陆晶清:《鲁迅先生在女师大》,《人民日报》文艺增刊《大地》1981年第5期。
[2] 冯至:《笑谈虎尾记犹新》,载本社编《鲁迅回忆录(第1集)》,上海:上海文艺出版社,1978年,第84页。

用,有时在和鲁迅先生讲话时也搬用他的语言。"[1]鲁迅的杂文、小说等公开发表的作品在学生中产生了很大影响,尤其是那些揭露社会问题、寻求救国良药的作品。鲁迅对于学生的影响,更在于他维护学生、维护正义的一个个举动。女高师学生许羡由于剪短发被学校开除,鲁迅借助小说《头发的故事》对学校当局进行声讨;1924年至1926年间,女高师发生了女师大风潮,鲁迅联合其他教授支持学生,和学校当局做斗争,虽然女高师被毁,但仍坚持在宗帽胡同办学,直到学校复校。鲁迅到女高师教学的时候,石评梅已经毕业,但是翻看《鲁迅日记》,可知自1926年6月4日至1926年8月26日,石评梅、陆晶清、许广平等女高师学生的名字频繁出现于鲁迅的日记之中,她们和鲁迅在私下进行着交往并互通信件。[2]石评梅、陆晶清作品中的家国情怀、悲愤情感等和鲁迅具有相似之处,这或许和鲁迅的影响有关。

李大钊的影响分为两方面,一方面是他对社会平等与妇女解放思想的宣传,他把新式伦理与女权意识输入到女高师;另一方面是他对马克思主义等革命思想的倡导,这对女学生自立意识与女权意识的觉醒具有启发意义。1919年李大钊开始在女高师授课,他教授的课程有"历史哲学""社会学""西方伦理学史"等,这些课程虽然和诗歌没有关联,但是却让女学生们在思想上发生转变。李大钊在课堂内外宣传社会平等、女性解放,直陈封建社会弊端,并介绍马克思主义给学生。李大钊在女高师提倡的一系列新的伦理观对学生

---

[1] 陆晶清:《鲁迅先生在女师大》,《人民日报》文艺增刊《大地》1981年第5期。
[2] 鲁迅:《鲁迅全集》(第15卷),北京:人民文学出版社,2005年,第623—634页。

第五章　薪火相传：教育情境中的师生圈

们具有很大的冲击，程俊英曾回忆：李大钊在给学生上课时公开批判封建伦理道德的不合理，直陈忠孝节义等的实质、具有的社会危害性等。[1]她还指出李大钊宣传的思想对自己产生的影响。在学期末，李大钊以"论妇女解放"为题，让学生们创作学期考核论文，并把优秀论文发表在学校刊物上。在主动的宣传引导与被动的作业强制过程中，李大钊试图将这些崭新的思想传授给学生。李大钊传授的这些思想观念在学生中引起很大反响，石评梅创作话剧《这是谁的罪？》、小说《董二嫂》等作品，她站在女性立场审视妇女的现实处境，同时发表自己对于妇女解放的见解。此外，石评梅与陆晶清还一前一后主持过妇女刊物《京报·妇女周刊》[2]和《世界日报·蔷薇周刊》[3]，为女性发声。李大钊提倡的马克思主义等革命思想对石评

---

[1] 程俊英：《怀念李大钊老师》，载朱人杰、戴从喜编《程俊英教授纪念文集》，上海：华东师范大学出版社，2004年，第318页。

[2] 《京报·妇女周刊》，《京报》设置的三种周刊的一种，属妇女刊物。1924年12月创刊于北京，1925年12月停刊，先后发行50期，此外还有一期纪念特刊。由北京蔷薇社编辑，北京京报社发行，女高师学生陆晶清、石评梅、庐隐等曾担任主编。主要撰稿人有波微（石评梅笔名）、蔓菁、娜君（陆晶清笔名）等。设置的栏目有评论、通讯、诗歌等。该刊物创办的宗旨是提高妇女觉醒意识，推动妇女解放运动。该刊物在内容选取上具有鲜明的时代性和问题针对性，在民国妇女刊物发展史上做出了突出贡献。石评梅、陆晶清从刊物创办伊始到刊物结束都参与了刊物的编辑出版工作。

[3] 《世界日报·蔷薇周刊》，是一份妇女刊物，属于《世界日报》第二种周刊，由北京世界日报社发行。1926年创刊，1929年停刊。该刊物旨在介绍与妇女解放运动相关的论述以及世界各国妇女运动状况、外国著名女性，发表妇女题材的作品，还设置有专门的诗歌栏目。刊物创办时由石评梅、陆晶清主持，主要撰稿人有石评梅、陆晶清、庐隐、蔓菁等，大部分为女高师学生。陆晶清参与了刊物1926年、1927年两年的编辑工作，之后因南下而搁置。石评梅自1926年刊物创刊，一直坚持到1928年去世，陆晶清南下之后刊物的重担压到了石评梅一个人身上。石评梅去世后该刊物转交他人主持。

梅、陆晶清等女高师学生也具有重要意义。最先将马克思主义介绍给石评梅的是她的恋人高君宇，高君宇是早期共产党员，在和石评梅交往期间曾向石评梅宣传过马克思主义思想。李大钊在女高师课堂上则系统地介绍了马克思主义理论，他还向学生们介绍了俄国十月革命的情况，鼓励女学生去追求自由以及平等。李大钊对革命思想的宣传在女高师学生中产生了很大影响。在李大钊被迫害后，石评梅有感于恩师英勇就义，创作了《断头台畔》。这首诗作于李大钊就义当日，诗歌风格雄浑而又充满力量。李大钊是石评梅的授课老师，是石评梅革命道路上重要的引导者，李大钊的就义在石评梅内心引起极大的震荡。朝阳隐没，天地昏暗，英雄李大钊就这样死在了断头台畔。诗歌采用第二人称的形式展开，这样能够让悲痛、惋惜的情感更顺利地传达出来。诗人仿佛在与李大钊对话，这种近似于与亡魂对话的自白将诗人的伤痛之情呈现得淋漓尽致。惨死于断头台畔的岂止李大钊一人，还有无数的革命先驱："狂飙怒卷""黄尘滚滚""惊涛汹涌""地狱的铁门""惨白的尸身"，石评梅选用的词语大开大阖而又充满张力，将现实世界的黑暗、烈士惨死的悲壮形象地呈现出来。宇宙好像阴森的坟墓，夜幕的掩饰下死神像飘动的鬼魅。诗人好像在与英雄对话，问英雄的热血有没有燃烧，有没有呼唤沉睡的灵魂。但诗人内心却是肯定的，英雄虽然逝去，他的精神不灭，仍向沉睡于黑暗中的人们发出召唤。诗歌前两节表达了诗人对英雄陨落的悲悼及感伤，后两节则传达了诗人坚定的革命信念。她没有沉浸于英雄惨死的悲哀情绪里，反而因英雄的牺牲，革命意志变得更加坚定。英雄的鲜血让无数人的灵魂受到洗礼，他墓头的芳草生生不息，即便英雄已经逝去，精神却永远留存，他的魂魄永远留存世间，鼓励更多的人为革命事业奋斗。这首诗一扫女性诗作的温柔与细腻，石评梅也不再沉落于爱情的感伤，她积极向革命靠拢，英姿飒爽，宛如一名投身革命的战士。诗歌四行一节，共有四节，字字铿锵，把石评梅胸中的悲愤传达出来，诗人的革命意志变得更加坚定。这首诗也具有鲜明的时代感，由此可以看出青年石评梅对时代和社会担负的责任感与使命感。这离不开李大钊对革命理论以及革命精神的宣传、弘扬。石评梅虽然想投身革命但终未实现，陆晶清却得偿夙愿，成功加入革命队伍，为民族国家的明天而奔走。值得注意的是，一方面，李大钊、胡适、鲁迅、周作人等教授积极倡导妇女解放与社会革命的观念，比如周作人在1918年就将日本著名评论家与谢野晶子的《贞操论》引入中国，他还对她的妇女解放思想进行了系统的介绍，他们对女性问题的关注继而对学生产生了潜移默化的影响。另一方面，他们还在女高师展开不少富有性别针对性的演讲，比如鲁迅的《娜拉走后怎样》、胡适的《美国的妇人》、周作人的《女子与文学》，演讲唤醒了女学生们对性别身份主体建构的觉知。苏雪林曾在文章中写道：

> 我到北京的那一年，正值五四运动发生未久，我们在讲堂上所接受的虽还是说文的研究，唐诗的格律，而我们心灵已整个地卷入那奔腾澎湃的新文化怒潮，每天我们都可以读到许多有关新文化运动的报纸副刊，周期性的杂志，各色各样的小册。每天我们都可从这些精神粮食里获取一点营养料，每天我们都

可以从名人演讲里，戏剧宣传里，各会社的宣言里得到一点新刺激，一点新鼓动。我们知道什么是革命，什么是反抗，什么是破坏。我们学习革命，学习反抗，学习破坏。我们也崇拜革命，崇拜反抗，崇拜破坏。对于旧的学术思想，我们都从头给予评判，对于我们素所崇拜的偶像都推倒了，素所反对的反而讴歌赞叹起来了。我们都是旧社会出来的人，深受旧社会压迫的痛苦，我们也都是被传统思想束缚过的人，深知传统思想妨碍进步之大，所以用不着多少宣传劝说，我们自然会争先恐后地向着光明阵营跑。[1]

在诸多演讲中，1923年12月26日晚鲁迅所做的题为《娜拉走后怎样》的演讲在两百多个学生的思想中掀起巨大波澜。鲁迅以其一贯的冷峻和深邃的话语，尖锐地陈列出娜拉"出走"后要面对的现实困境——"在目下的社会里，经济权就见得最要紧"，"可惜我不知道这权柄如何取得，单知道仍然要战斗"，并且是"比要求高尚的参政权以及博大的女子解放之类更烦难"的"剧烈的战斗"……[2] 鲁迅的演讲没有指明女性解放之路，但同学们思潮汹涌，此后，会互问"娜拉走后怎样"？[3] 他们的演讲以新思想的熏陶和启蒙，对"新女

---

[1] 苏雪林：《我的学生时代》，载沈晖编《苏雪林文集》（第2卷），合肥：安徽文艺出版社，1996年，第61—62页。
[2] 鲁迅：《娜拉走后怎样》，《鲁迅全集》（第1卷），北京：人民文学出版社，1981年，第159—161页。
[3] 陆晶清：《鲁迅先生在女师大》，载潘颂德、王效祖编《陆晶清诗文集》，成都：四川大学出版社，1997年，第233页。

性"自我人格的觉知和人格重建，起到了推进作用，无形中唤醒学生沉埋的写作天赋、自由平等、自立自强的精神，以及投入时代和社会的正义感、责任心和反抗精神。

第三节 "博学敦行的学者"与卓然独立的诗群：西南联大教授对现代诗人的铸造

通常意义上，课程教育指教学内容的基础性设置，在教学中，欲实现或超越教育目标，不断攀升既有教育高度，最终要落实到学校的师资力量，即教师队伍的配置或建设上。这是学校办学中的核心力量。西南联大雄厚的师资阵容是战时任何一所国内高校都难以比肩的，在百年中国教育史上也是蔚为壮观的存在。

西南联大由三所一流高校集合而成，是抗战时期中国思想、学术和教育最活跃，民主自由的文学氛围最浓郁的高校，这离不开由一大批知识精英、学界大师构成的教师团队。不过，艰苦的办学条件、激荡的战争境况和静谧的学院氛围构成极大的反差，这种中国教育史上无可比拟的校园处境反而不断给予联大校园诗人以创作上的新启示。当时的西南联大，不仅校舍简陋，还没有统一的教材课本，图书馆也捉襟见肘，防空洞在空袭时成为临时教室也是常有的授课景观。郑敏在回忆冯友兰先生的文章中曾讲述过空袭时师生"淡定"的姿态："每当空袭警报拉响时，老师和学生们就会默默地夹起书本，向新校舍后一片野地荒坟散去，但没有什么能打断他们对真理的沉思，即使敌机从头上飞过，眼见炸弹落下，他们也仍在思考，思考中国的明天。那时的课堂已变成坟堆的空地，飞机过去后继续看书、讨论。在生活与学术之间几乎没有什么空隙。"[1] 初看这段文字，眼前跳脱出冯至在《十四行集》里的诗句"给我狭窄的心／一个大的宇宙"[2]，原来承载着辽阔的心灵和精神空间的诗句只有在紧张的生死考验和焦灼的日常现实中才能熔铸出来。

值得庆幸的是，空袭与时局并没有减损西南联大校园中浓郁的诗歌创作氛围，校园里几乎云集了新诗发展各个阶段的重要诗人，他们以绵延的文学渊源、独特的人格魅力、丰沛的诗学才华培育出中国新诗史上最耀眼的诗群，其中，穆旦、杜运燮、郑敏、袁可嘉四位极具影响力的"九叶派"诗人，均得益于西南联大的师资阵容。这四位从西南边陲走出的校园诗人足以代表20世纪40年代中国诗坛最高水平。没错，就在这偏狭闭塞的城郊一隅，在窘迫的生活条件中，在战机轰鸣的蓝天下，短短的几年时间里，西南联大包罗万象、自由民主的教育方针和卓尔不群的"大师"灵魂，孕育出杰出的世界级大诗人。

一、"大师"的灵魂："博学敦行的学者"

"所谓大学者，非谓有大楼之谓也，有大师之谓也。"[3] 这是西南

---

1 郑敏：《忆冯友兰先生的"人生哲学"课》，载冯钟璞、蔡仲德编《冯友兰先生百年诞辰纪念文集》，北京：清华大学出版社，1995年，第336页。

2 歌德（Johann Wolfgang von Goethe, 1749—1832）曾经在书信里说："我要像《古兰经》里的摩西那样祈祷：主啊，给我狭窄的胸以空间。"冯至在此基础上改成诗歌名句。

3 梅贻琦：《所谓大学者，有大师之谓也——1931年任清华大学校长的就职演说》，《国立清华大学校刊》1931年第341期。

联大校长梅贻琦办校的态度，他高屋建瓴地指出学校的灵魂在于有"大师"。"教授是大学的灵魂，一个大学学风的优劣，全视教授人选为转移。假使大学里有许多教授，以研究学问为毕生事业，以教育后进为无上职责，自然会养成良好的学风，不断地培植出来博学敦行的学者。"[1] 在不同学科中，西南联大都凝聚了一批有灵魂、有使命感、有中国士大夫情怀的"博学敦行的学者"，他们绝大多数"是在五四运动后出国留学的新一代知识分子，他们通晓古今、融汇中西，道德文章都堪称一流"[2]。

郑敏说她在西南联大读书期间非常幸运，因为在她的老师里有很多让她记忆深刻的哲学大师。冯友兰教"中国哲学史"，他独创的"人生哲学"对学生影响非常大；郑昕专门研究康德，郑昕较年轻，他讲的是一个永远没有办法解决的问题：是否有超生死的物本身存在？康德在这个问题上困惑了很久，郑昕似乎也一直在这里面矛盾和挣扎；汤用彤教"魏晋玄学"，汤先生个子比较小，治学非常严谨，讲的又是玄学，给大班上课时嗓门特别大；冯文潜（南开大学教授）教"西洋哲学史""美学"……几乎中国那个时代所有优秀的哲学大师都给郑敏上过课，这让她一生都受益极深。

知识渊博、学贯中西而又极具人格魅力和文化气度的教授，不仅在学识方面教诲和启迪着学生，对学生人格的塑造也发挥着积极的作用："在校园里，可说尽管没有听过课、见过面、谈过话……就

---

[1] 樊洪业、段异兵编：《竺可桢文录》，杭州：浙江文艺出版社，1999年，第71页。
[2] 杨立德：《西南联大的斯芬克司之谜》，昆明：云南人民出版社，2005年，第4页。

凭他们的不凡成就和个人风范，也能对我们起教师的作用。那是一种榜样作用、身教作用、潜移默化作用。"[1]学者李光荣指出："这些教授带给西南联大的，首先是一种文化气息，人们从他们的气质风度上可以感觉到；其次是一种眼界，广取博收，引导着人们从世界的角度看问题；最后是思想观念，他们把对世界的认识和认识世界的方法传授给学生，让学生去学习和运用。"[2]正是因为联大教授的存在才奠定了校园的学术基调，保证了高质量的课堂教育，成就了课堂教育的传奇。高质量的教师队伍以及第一章谈及的"教授治校"的制度，保证了联大高质量的课堂教学，为学生的专业学习打下了扎实的基础。下面，我们以"三叶诗人"（笔者命名，源自"九叶诗人"）杜运燮、郑敏、穆旦等为连接点，从三个方面考察和回溯西南联大独具魅力和情境特色的师生圈。

二、感召和启迪：中外名师的言传身教

冯至、闻一多、朱自清、沈从文、陈梦家、卞之琳、李广田……西南联大会聚了中国不同阶段最优秀的诗人、文学家授课，他们在校园诗人的成长道路中发挥了重要作用。陈平原教授曾经说过："当时的西南联大生活圈子缩小了，教授们第一次和学生走得这

---

1 杜运燮：《热带三友·朦胧诗——杜运燮散文集》，北京：中国戏剧出版社，2006年，第149页。
2 李光荣：《民国文学观念：西南联大文学例论》，北京：商务印书馆，2014年，第91页。

么近，互相感召与启迪。"[1]这种"感召与启迪"并非单纯体现为学生对教师学术能力的敬仰，或者教师课堂教授的维度，而是时常体现为教师与学生在课下多层面的沟通、交流和互动，很多校园诗人在课余都得到过教师的悉心辅导和不遗余力的扶植。

首先是知名教师诗人身份的光环和形象感召。西南联大的教师不仅是学界闻名的学术研究者，同时也是学生崇拜的诗人。教师的诗人身份以及他们的诗歌创作不仅给予学生切身的诗歌存在感——超越课堂知识的关乎人生或命运感悟的诗性感召，而且，西南联大教师作为诗人榜样就存在于学生身旁，没有山水迢遥之隔，不需要发挥想象交流或相约前往拜访，西南联大学生就可以轻松接触到在中国新诗史上具有重要地位的诗人——影响或决定了新诗史进程的诗人。这些真切生活在学生身边的大诗人在西南联大学生心中留下了深刻的记忆，比如杜运燮回忆过他"常去请教"西南联大文学院诗人、教授卞之琳。[2]

鲜活而富有个性的诗人教师就在他们身旁，校园中随时都会闪现他们崇拜的文学榜样，榜样会聚成耀眼的辉光又不断激发学生去追寻或模仿，西南联大校园的诗歌文化氛围自然而然弥散在教师与学生中间。郑敏曾给西南联大的教授们做过漫画式的勾绘：闻一多先生讲课观点很犀利，一边讲课一边叼着烟斗，黑板上却一个字也不写。卞之琳诗人气质非常浓郁，作为江苏海门人他口音非常重，

---

1 陈平原：《阅读·大学·中文系》，广州：花城出版社，2017年，第204页。
2 袁可嘉、杜运燮、巫宁坤主编：《卞之琳与诗艺术》，石家庄：河北教育出版社，1990年，第86页。

学生常常感觉听不懂他在讲什么。不过他带着口音的讲述，让学生加倍集中注意力，他讲的东西反而记得更牢固了。数理逻辑学家沈有鼎教授教逻辑学，他讲课时总喜欢盯着自己的手。沈从文先生讲"中国小说史"，字斟句酌，非常之慢，特别爱写黑板字。他的每一句话、每一个字都非常有逻辑性，如果把他的课记录下来就是一篇很好的文章。郑敏为我们呈现出的西南联大教授的讲课现场，非常生动形象，每一位教授的讲课风格都跃然纸上。而杜运燮回忆侧重创作的影响，他很大胆地比喻："西南联大是培育我热恋新诗、开始大量写诗的母亲。那时联大校园里，诗的空气很浓。爱读诗、谈诗、写诗的同学很多。……这大概也与当时闻一多、朱自清、冯至、卞之琳、陈梦家等著名诗人和钱锺书、沈从文等著名作家学者的无形鼓励有关。榜样就在身旁，我们都敬仰他们。"[1]

　　西南联大的教师用切身的诗歌创作构建了西南联大的诗歌文化底蕴，比如"私淑"里尔克的中国诗人冯至，他的两部代表作《十四行集》和《伍子胥》即创作于此，前者助益他攀登至20世纪40年代中国诗歌史上的高峰，也开启了他通往新诗现代主义写作的新征程；后者则以诗化的语言将逃亡与复仇主题书写为含有现代色彩的《奥德赛》故事，饱含存在主义哲思与现实关怀，为现代诗化小说开拓了新的审美空间，成为中国现代小说史上不可重复的绝唱。多年后当杜运燮回忆起冯至教授时说："时间跨度已有半个多世纪，冯至先生给我印象最深的还是西南联大那一段岁月，虽然只有那么

---

[1] 杜运燮：《我和英国诗》，《外国文学》1987年第5期。

一些接触，并且总是与他在西南联大期间所写的《十四行集》联系在一起。那些平易近人的外表与充满智慧与深刻人生哲理结合得那么完美的诗行，总使我把它们同冯先生的学者诗人形象联系在一起。"[1] 言及冯至对西南联大校园诗人的影响，最不能绕过的是他对郑敏诗歌教育的启蒙和诗学引路，我们放在后面具体研究。

其次是教师对学生诗歌创作的指导。西南联大教师的诗人身份给予学生的是精神的指引，而教师对学生直接的创作指导则成为"西南联大诗人群"集结的动力。备受学生爱戴的闻一多和朱自清先生，虽然在西南联大期间已不再进行诗歌创作，但是，他们的存在如同光，普照每一位诗歌爱好者。朱自清作为西南联大新文学的积极推动者，在鼓励学生新文学创作方面不遗余力，他是公开评论杜运燮诗歌作品的第一人。当时杜运燮只是一名在校学生，而朱自清是西南联大德高望重的中文系教授。杜运燮与朱自清先生并非亲密的师生关系，只是"旁听过他的课，没向他求教过。他当时先在联大课堂上讲课时，后又在刊物上发表专文评论，肯定我1942年年初在昆明《文聚》杂志发表的诗《滇缅公路》。这篇评论，即后来收入他的《新诗杂话》一书中的《建国与诗》"[2]，朱自清对杜运燮的诗歌给予了真诚而高度的评价："有一位朋友指给我一首诗，至少可以表示已经有人向这方面努力着；这是个好消息，他指给我的是杜运燮先

---

1 杜运燮：《热带三友·朦胧诗——杜运燮散文集》，北京：中国戏剧出版社，2006年，第152页。
2 杜运燮：《海城路上的求索：杜运燮诗文选》"自序"，北京：中国文学出版社，1998年，第5页。《建国与诗》即《诗与建国》。

生的《滇缅公路》……这首诗就全体而论，也许还可以紧凑些，诗行也许长些，参差些。"[1]朱自清用超过文章三分之一的篇幅介绍这篇歌咏现代化的"现代史诗"《滇缅公路》，用整页的篇幅肯定诗歌的主题，也不回避一些问题——恰恰是这一点足见对学生的真诚指点。同时他将学生杜运燮的诗作大段引用到自身立论文章的做法，给年轻的杜运燮带来的影响与鼓励可想而知。

教师的提携与认可态度给予学生莫大鼓励。闻一多在西南联大任教期间主讲"楚辞""唐诗""古代神话"等中国古典文学课程，但他却非常关注中国新诗的发展以及大学生的新诗创作。作为知名教授，他热情地为喜爱新诗的学生指点助力，"对联大各个阶段不同类型的'诗人'，他都有栽培之功，亦具识人之慧。从穆旦、王佐良、杨周翰、俞铭传、罗寄一、杜运燮这些'早期联大诗人'，到何达、马逢华、沈季平等'后期联大诗人'的诗作，都包罗在《现代诗钞》中"[2]。此外，闻一多一直担任西南联大文学社团的指导教师，从早期的"南湖诗社"到"冬青文学社"再到"新诗社"，他见证了西南联大整个校园诗歌的发展过程。作为指导教师，闻一多经常关注学生的诗歌观念和诗学建设，曾多次受邀参加学生社团的讲座，多次发表过对于中国新诗发展的意见。他成为西南联大学生新诗创作的精神力量或源泉，正如杜运燮所说："朱、闻二先生都是我多年十分敬仰

---

[1] 朱自清：《诗与建国》，《新诗杂话》，上海：作家书屋，1949年，第66页。
[2] 姚丹：《西南联大历史情境中的文学活动》，桂林：广西师范大学出版社，2000年，第348页。

的作家和学者，他们的鼓励，对我的影响之大，可想而知。"[1]

西南联大学生在多位诗人教师的悉心指导下，逐渐找到自己的创作方向："在联大期间，为了在街头、农村宣传抗战的需要，并因向往解放区的经验，我也模仿写过马雅可夫斯基和田间的'楼梯式''鼓点式'的诗。……但后来因在外文系读了更多的外国诗，以及受联大的闻一多、卞之琳先生极力提倡的影响还有自己实践的体会，我也一直认为以'顿'（音步）建行最切实可行，并以'顿'为单位写了不少格律诗。"[2]西南联大教师的诗学观念直接决定了校园诗人的诗风和诗艺选择，在这方面，杜运燮还不及郑敏典型。

郑敏坦言她能走上诗歌创作道路离不开西南联大哲学系教授和冯至的引导："……哲学方面受益最多的是冯友兰先生、汤用彤、郑昕诸师。这些都使我追随冯至先生以哲学作为诗歌的底蕴，而以人文的感情为诗歌的经纬。这是我与其他九叶诗人很大的不同起点。"[3]从冯至的课堂汲取诗的养分，而在他的作品中，郑敏找到了写诗的方向与归宿："但诗真正进入我的心灵还是二年级的一个偶然的机会。作为一名哲学系的学生，学校规定必修德文。当时有两个德文班，而我被分配到冯至先生的德文班上。这个偶然的决定和我从此走上写诗，并且写以'哲学为近邻'的诗，有着必然的联系。因为我从那时起，就在冯至先生的《十四行诗集》中找到了自己诗歌最终的

---

[1] 杜运燮：《海城路上的求索：杜运燮诗文选》，北京：中国文学出版社，1998年，第5页。
[2] 杜运燮：《在外国诗影响下学写诗》，《世界文学》1989年第6期。
[3] 郑敏：《忆冯至吾师——重读〈十四行集〉》，《当代作家评论》2002年第3期。

道路。"[1] 郑敏极为欣赏冯至《十四行集》中朴素的诗句，深厚的文化积淀，融合了西方的哲学和杜甫的情操，认为它达到了中国新诗的最高层次。[2] 显然，郑敏最初能够坚定创作诗歌的决心，与老师冯至的鼓励不无相关。大学三年级时，她将自己创作的诗稿拿给冯至请教，冯至鼓励她："这里面有诗，可以写下去，但这却是一条充满坎坷的道路。"[3] 郑敏听后备受鼓舞，久久不能平静，也正是这次事件，铸就了郑敏与诗歌的不解之缘[4]，这句话也令郑敏对诗人未来的命运做足了精神准备，她以寂寞的心境去迎接诗坛的花开与花落，度过了生命中漫长的有诗与无诗的日子。

郑敏与冯至的诗歌中均有哲学文化背景，他们都是先学哲学，而后进入诗歌领域，相近的思想储备使郑敏更容易亲近冯至的作品。郑敏直言："我不是冯先生在外语系的学生，但是，我确实认为，我一生中除了后来在国外念的诗之外，在国内，从开始写诗一直到第一本诗集《诗集（一九四二——一九四七）》的形成，对我影响最大的是冯先生。这包括他诗歌中所具有的文化层次，哲学深度，及他的情操。"[5] 这种影响深入精神和文学层面、思维和气质层面，关涉写作策略、艺术风格，亦关涉灵魂和认知，如郑敏所言："冯（友兰）先

---

[1] 郑敏口述，祁雪晶、项健采访整理：《郑敏：跨越世纪的诗哲人生》，载刘胜主编《讲述：北京师范大学大师名家口述史》，北京：光明日报出版社，2012年，第459页。
[2] 同上，第461页。
[3] 郑敏：《忆冯至吾师——重读〈十四行集〉》，《当代作家评论》2002年第3期。
[4] 同上。
[5] 郑敏：《遮蔽与差异——答王伟明先生十二问》，《诗歌与哲学是近邻——结构—解构诗论》，北京：北京大学出版社，1999年，第452页。

生的'人生哲学'与'中国哲学史'课程却像一种什么放射性物质，一旦进入我的心灵内，却无时不在放出射线，影响我的思维和感性结构。……冯先生关于人生境界的学术启发了我对此生的生存目的的认识和追求。人来到地球上一行，就如同参加一场越野障碍赛。在途中能支持你越过一次次障碍的精神力量，不是来自奖金或荣誉，因为那并非生命的内核，只是代表一时一地成败的符号，荣辱的暂时性，甚至相互转换性，这已由人类历史所证明。只有将自己与自然相混同，相参与，打破物我之间的隔阂，与自然对话，吸取它的博大与生机，也就是我所理解的天地境界，才有可能越过'得失'这座最关键的障碍，以轻松的心情跑到终点。"[1]

最后，教师的扶持与引荐是西南联大诗人群快速引起诗坛关注的不可或缺的因素。西南联大的教师在上课之余，为爱好诗歌创作的学生提供各种帮助，最实际的援助即积极推荐学生作品公开发表。沈从文此前是《大公报》的编辑，与香港《大公报》的主编萧乾有着很深厚的情谊。"香港《大公报》于1938年创办，其主编萧乾本为西南联大教授沈从文提拔起来的作家，同时也是沈从文推荐萧乾到《大公报》工作。早在萧乾在《天津文艺》副刊工作时，依靠的基本作家队伍是杨振声和沈从文组织的，乃至《文艺》的编辑也是他和沈从文共同进行的。后来，萧乾到上海《大公报》工作，一些稿件也是杨振声和沈从文交给他的。萧乾在赴任香港《大公报》主编一

---

[1] 郑敏：《忆冯友兰先生的"人生哲学"课》，《冯友兰先生百年诞辰纪念文集》，清华大学出版社，1995年，第336—337页。

职之前一直在昆明生活，萧乾的夫人在西南联大文学院读书，萧乾任香港《大公报》主编之后，能够联系到的只有大后方极少数作家，加之萧乾与沈从文、西南联大的关系，西南联大成了香港《大公报》最重要的合作对象。"[1] 沈从文因此也热心组织大量稿件输送到香港，由是就不难理解，为何香港《大公报·文艺》初创时期的作品基本上都是西南联大和沈从文的作品。萧乾出国以后，杨刚接任《大公报》文艺副刊主编工作，杨刚继承了萧乾的编辑思想，继续与西南联大、与沈从文合作。据统计："仅1938年8月到1940年8月两年时间中，就发表了西南联大24位作者的作品99题，108篇，分208次刊出。作者中有教师7位，学生13位。"[2] 其中杜运燮发表数篇诗歌作品，他回忆说："到联大后不久，我开始大量写诗。香港《大公报》文艺副刊主编杨刚女士经常发表我的诗习作，有时隔一天发表一两首。她给我写过不少鼓励的信，可惜都在战乱中遗失，现在也记不起其中具体内容。她是使我增强写诗信心的第二位前辈。"[3] 郑敏当时也频频在《大公报·文艺》上发表诗歌，沈从文为大学生一手搭建的诗歌发表平台，成为西南联大诗人群快速形成与成长的重要因素。在国家级报刊发表诗歌的经历对学生成长的作用是巨大的，它磨炼了学

---

[1] 李建平、张中良主编：《抗战文化研究》（第二辑），桂林：广西师范大学出版社，2008年，第46页。

[2] 注：李光荣教授对杜运燮的诗歌发表情况尚有遗漏，参见李光荣《西南联大与香港〈大公报·文艺〉》，载李建平、张中良主编《抗战文化研究（第二辑）》，桂林：广西师范大学出版社，2008年，第50页。

[3] 杜运燮：《海城路上的求索：杜运燮诗选》"自序"，北京：中国文学出版社，1998年，第4页。

生的写作技艺，增强了学生的创作信心，从而使西南联大的学生完成了从诗歌爱好者到诗人的蜕变。

这样的帮助对于西南联大教师来说已经成为常态，同样以杜运燮为例，闻一多是第一个将杜运燮的作品收入诗选的教师。受英籍教授白英的邀请，闻一多在西南联大期间编写了一部《中国新诗选译》(即《现代诗钞》)一书。《现代诗钞》共收录65位诗人的作品，共190余首。这本诗集收录了新诗发展史上众多著名诗人的诗作，其中收录西南联大学生诗歌作品多达数十首，包含杜运燮三首。与之并列的其他作者有郭沫若、冰心、徐志摩、戴望舒、陈梦家、何其芳、艾青等早已闻名诗坛的大诗人。再如，郑敏的《金黄的稻束》首次发表于《明日文艺》(1943年第1期)，初题为《无题(之二)》，同期的《明日文艺》共发表了郑敏九首诗作，均为冯至推荐。

战时学生的创作能够快速发表并非易事，若非老师的推荐，周期长不说还容易遗失手稿，有时因为没有保存作品，投递出去的手稿再也无法寻回。在20世纪40年代学生诗人的创作中类似的例子不少，比如，1941年上半年牛汉创作完成了足有300多行的《西中国的长剑》，这是他的第一首长诗，写成后直接将底稿投寄给重庆《文学月报》，很快得到该刊主编力扬的肯定，并回信说希望牛汉再凝练修改后寄来。年轻气傲的牛汉出于自负不愿意再修改，后来底稿遗失。[1]相比较而言，西南联大的诗人们因为有一众老师的推荐，很多学生时期创作的作品得以顺利公开发表，对他们的创作是鼓励也是保护。

---

[1] 参见孙晓娅《跋涉的梦游者——牛汉诗歌研究》，长春：北方妇女儿童出版社，2003年，第65页。

三、外籍诗人教师独具一格的授课方式与影响力

除却本土教授,西南联大现代派诗歌热潮与现代诗人燕卜荪不无关联。1939—1941年的西南联大校园里,现代派诗风盛行,穆旦、王佐良、袁可嘉、赵瑞蕻等学生诗人这一时段写出许多具有较高艺术价值、带有浓郁现代派风格的诗歌作品。考察1939—1941年西南联大诗歌课程必修、选修表,除冯至先生开设的"德国抒情诗"外,西南联大并未有其他教师开设诗歌课程,但现代派诗歌的写作热潮却在西南联大校园诗群中客观存在,这离不开外籍教授燕卜荪所讲授的现代派诗歌的影响。

燕卜荪是英国著名诗歌评论家、诗人,是一位有数学头脑的锐利的新批评家,早在1930年他就凭借《朦胧的七种类型》一书在英美批评界享有很高声誉。这本著作的研究成果将导师瑞恰兹倡导的文学批评中的语义分析推向了一个新阶段,从而直接推动了美国新批评运动的兴起。燕卜荪教授认为诗人应该如此展开诗歌批评:"他首先必须能对一首诗作出敏感明确的反应(可以把这叫作女性气质),然后,他还必须将这反应恰当染色后固定在承物玻璃片上,冷静自若地放到显微镜下观看,并留神不用手指弄脏被观察物;他必须有能力使自己再次产生的类似感觉不去干扰对初次反应的理解进程(可以把这叫作男子气概),必须有一种超脱感,不介意自己满足的东西到底会被发现诗什么。"[1] 他认为诗人分析诗歌既要能够抓住诗歌

---

[1] 〔英〕威廉·燕卜荪:《朦胧的七种类型》,周邦宪、王作虹、邓鹏译,杭州:中国美术学院出版社,1996年,第382页。

的情感抒情，又要能够抽离出具体文本以理性的视角来客观审视诗歌作品。这种诗歌批评的方法使他开创了文学文本细读批评的范例。此外，作为诗人的燕卜荪在西方诗歌界具有一定的地位。他的诗歌作品意象、内容独特，"以哲理和艺术的纯真体现著称的《蜘蛛》被叶芝编入《牛津现代诗抄》，而《最后的痛苦》《书简》则入选 M.罗伯兹所编的《新歌手》，被认为是新的技巧、意识和意象的完满结合"[1]。这样一位现代派诗人和诗歌批评家为西南联大学生带来了西方现代主义诗风。

西南联大成立前，燕卜荪在北京大学担任西语系的教授，长沙临时大学在战争中成立以后，燕卜荪跟随学校辗转南迁、西迁直到赴昆明、蒙自办学。他见证了西南联大从无到有、从散到聚的过程。自长沙临时大学开设课程以来，或许是因为燕卜荪教授在最初的蒙自课表上已有了"英国诗""现代诗"。总之"这位诗人兼批评家对西方现代诗歌第一手的导读与传播，让联大学子们看到了诗歌的另一片新天地"。[2] 燕卜荪给西南联大学生带来的震撼是巨大的，王佐良从中国新诗的发展角度认为："中国新诗也恰好到了一个转折点。西南联大的青年诗人们不满足于'新月派'那样的缺乏灵魂上大起大落的后浪漫主义；如今他们跟着燕卜荪读艾略特的《普鲁弗洛克》，读奥登的《西班牙》和有关中国战场的十四行，又读狄仑·托玛斯的'神启式'诗，他们的眼睛打开了——原来可以有这样的新

---

[1] 倪贝贝：《论燕卜荪与西南联大诗人群的关系》，《华中师范大学研究生学报》2012年第19卷第2期。
[2] 余斌：《西南联大，昆明天上永远的云》，昆明：云南人民出版社，2015年，第104页。

题材和新写法！"[1] "从某种角度说，如果没有燕卜荪，西南联大学生与世界——当然主要是英美——'当代'诗歌的接轨要迟滞几年甚或不可能发生。燕卜荪的意义，绝不仅止于顶着红通通的鼻子给学生们讲莎士比亚，讲乔叟，更在于他对20世纪优秀现代诗人艾略特、奥登等人由衷的推崇，对他们的作品的精当、准确、切中肯綮的语言分析和技巧批评，在于他的'以晦涩为优秀诗歌的根本要素'的文学观念，以及他自身呈现的'诗人'完全真率放松沉醉的生命状态的示范作用。"[2] 燕卜荪架起了一道虹桥，使得西南联大学生接触到了英国现代诗，西方现代派诗歌在西南联大学生中得以传承。

通过整理《国立西南联合大学史料三：教学、科研卷》[3]的各院系必修、选修学程表，我们可以发现燕卜荪在西南联大的教学记录和教学安排，以及他开设诗歌课程的情况，他在西南联大主要讲述"莎士比亚研究"和"英国诗""现代诗"等课程。其授课方式据学生回忆，说是骨架式的英语教学："他每次上课都将一节课的重点知识如数抄写在黑板上，稍加解释，然后继续板书新的内容。"[4] 可想而知这样的课堂氛围不会很活跃，但从另一方面来讲，骨架式教学却能系统地传授教学内容。燕卜荪在"英国诗"的讲授中习惯系统全面地梳理英国历代诗歌流派，他会"从哈代、叶芝、艾略特一直讲

---

[1] 王佐良：《谈穆旦的诗》，《读书》1995年第4期。
[2] 姚丹：《西南联大历史情境中的文学活动》，桂林：广西师范大学出版社，2000年，第153页。
[3] 张思敬等主编，北京大学等编：《国立西南联合大学史料三：教学、科研卷》，昆明：云南教育出版社，1998年，第117—139页。
[4] 张金言：《怀念燕卜荪先生》，《博览群书》2004年第3期。

到迪兰·托马斯（Dylan Thomas），同时也包括与他同时期的奥登、斯本德等诗人"[1]，这样的课堂内容与他独特的骨架式教学模式相得益彰，使得穆旦、王佐良等西南联大学生受益匪浅。王佐良曾经回忆道："我们——一群从北平、天津的三个大学里跋涉到内地来的读英国文学的学生——是在湖南南岳衡山第一次听他的课的。那时候，由于正在迁移途中，学校里一本像样的外国书也没有，也没有专职的打字员，编选外国文学教材的困难是难以想象的。燕卜荪却一言不发，拿了一些复写纸，坐在他那小小的手提打字机旁，把莎士比亚的《奥赛罗》一剧硬是凭记忆，全文打了出来，很快就发给我们每人一份！我们惊讶于他的非凡的记忆力：在另一个场合，他在同学们的敦请下，大段大段地背诵了密尔顿的长诗《失乐园》；他的打字机继续'无中生有'地把斯威夫特的《一个小小的建议》和A.赫胥黎的《论舒适》等等文章提供给我们……然而我们更惊讶于他的工作态度和不让任何困难拖住自己后腿的精神——而且他总是一点不带戏剧性姿态地做他认为该做的事，总是那样平平常常、一声不响的。"[2] 这段回忆带我们回到燕卜荪的教学现场，让我们真切地感受到一个外籍老师的投入和敬业精神，那逼真的情境让我们不禁换位思考，西南联大的学子们看到教育岗位上如此忘我的外籍老师，他们该怎样在学习中回馈老师的恩情。燕卜荪传授的已经不止于诗歌的技艺和流派的概念，他带领战时的中国大学生去体悟和思考应当

---

[1] 张金言：《怀念燕卜荪先生》，《博览群书》2004年第3期。
[2] 王佐良：《怀燕卜荪先生》，载刘洪涛、谢江南选编《语言之间的恩怨》，天津：天津人民出版社，1998年，第105—106页。

如何完成生命诗学的现代性表达。

在课堂上，燕卜荪从不照本宣科，他介绍给学生的多是"书上找不到的内情"，这足以让学生满怀热情和期待地聆听："他的那门'当代英诗'课，内容充实，选材新颖，从霍普金斯一直讲到奥登，前者是以'跳跃节奏'出名的宗教诗人，后者刚刚写出充满斗争激情的《西班牙》。所选的诗人中，有不少是燕卜荪的同辈诗友，因此他的讲解也非一般学院派的一套，而是书上找不到的内情、实况，加上他对于语言的精细分析。"[1]上课模式看似拘谨，但着实为学生带来了实实在在的启示："无形之中我们在吸收着一种新的诗，这对于沉浸在浪漫主义诗歌中的年轻人倒是一副对症的良药。"[2]通过燕卜荪，西南联大学生了解了艾略特，喜爱上了奥登，知晓了里尔克、叶芝。

说燕卜荪是20世纪40年代中国现代诗歌的引路人丝毫不为过，穆旦等人与他的现代诗风有鲜明的师承关系，他的课与诗歌创作无形中决定了一部分学生的诗艺方向："作为燕卜荪的学生，穆旦在燕师影响下顺利地接触到并成功地接受了西方现代主义，他的诗歌充满了现代主义的特征，既继承了燕卜荪的朦胧诗风特征，又有着自己的特色，在中国特殊的时代背景下，为中国诗坛打开了新局面。"[3]诗人杜运燮在谈论这位未能亲身聆听教诲的燕卜荪教授对他自身的影

---

1 王佐良：《穆旦：由来与归宿——诗人逝世十年祭》，《外国文学》1987年第4期。
2 同上。
3 曾伟姝：《燕卜荪与穆旦诗歌风格比较》，载曾凡贵主编《大学英语教学改革多元视角探索》，上海：上海交通大学出版社，2012年，第422页。

响时说:"我进联大不久,就听说一两年前英国青年诗人燕卜荪曾在外文系任教,讲授过'现代英诗'。他介绍的诗人中,有些就是他的诗友,因此讲得特别生动、深刻。后来的事实证明,他在联大课堂内外介绍的英国现代诗给联大学生留下了深远的影响,包括像我这样没有亲聆他授课的学生。英国现代诗人成为我们当时经常谈论的话题。我们热烈讨论他们的现代派表现技巧。越读得多,也越谈论得多。"[1] 1939年秋杜运燮进入西南联大就读时,燕卜荪已结束在外文系的任教回到英国,他虽未曾亲身蒙受燕卜荪的教育,但当他来到西南联大外文系伊始,燕卜荪教授在此留下的诗歌经验就在他的身边发酵并持续影响着他的创作。

对西南联大校园诗人颇具影响的还有英国著名现代诗人奥登(W. H. Auden,1907—1973),1938年2月到6月,奥登与小说家克里斯托弗·伊舍伍德应英国费伯出版社和美国兰登书屋之邀,写一本关于中国的东方旅行杂记,因为当时正是抗日战争时期,于是就选择了来到中国。奥登来中国并不意外,作为一名受到欧洲左翼思想影响的诗人,1937年1月为了支持西班牙共和国的正义事业,奥登曾不顾战争的危险,奔赴西班牙,参加抗击佛朗哥法西斯政府的战争。但因为种种原因,他在西班牙待了几个星期就回国了。他想要的答案并没在西班牙得到,奥登试图用自己的行动证明诗歌存在的价值,因为他认为"我们的父辈想象着诗歌存在于自己的私有花园之中,完全与日常生活世界没有联系,而只有纯粹的美学标准来

---

[1] 杜运燮:《我和英国诗》,《外国文学》1987年第5期。

判断。我们现在知道这是虚幻的，无法达成的"[1]。他想要在中国寻找到诗歌与现实的平衡，"当时往西班牙也许还出于压力，'无所表示简直就是耻辱'。但到中国乃是自愿，与他探究萦心的'人类人性的堕落与技术的进步成正比'，寻找比原罪说更符合当代状况的对'人性堕落'的解释"[2]。无论出于怎样的考虑，奥登与伊舍伍德来到了中国，并且还留下了作品，即两人合写的《战地行》一书。全书包括四个部分：到达前的旅行诗、在中国的旅行日记、人物照片、战地诗《战时》和《诗解释》。其中《战时》共有23首十四行诗，20世纪70年代后期被穆旦完整地翻译成中文。"《战时》这组十四行诗，写于1938年奥登中国行之后，他在当年8月至9月寓居布鲁塞尔期间完成了这一作品，印行于世，是在翌年由蓝登书屋出版在《战地行纪》中（法伯出版社同步在英国出版），后面并附有副标题《十四行组诗附诗体解说词》。此一组诗的标题，卞之琳先生译为《战时》，穆旦先生译为《在战争时期》。"[3]《战时》这组十四行诗，其中前12首奥登运用西方神话中的意象完成了自己对于社会现实的隐喻，而从第13首开始直到第23首诗人直接用诗歌描绘了战争中的中国。可以说，"《战时》组诗是奥登诗歌中的一座丰碑，是三十年代奥登诗歌中最

---

1 Wystan Hugh Auden, *Poems, Essays and Dramatic Writings 1927—1939*, London: Faber and Faber, 1977.

2 姚丹：《西南联大历史情境中的文学活动》，桂林：广西师范大学出版社，2000年，第263页。

3 〔英〕W.H.奥登：《奥登诗选：1927—1947》，马鸣谦、蔡海燕译，上海：上海译文出版社，2014年，第252页。

深刻、最有创新的篇章"[1]。诗中记录中国战争的场面成为日本侵华暴行的重要见证，组诗也成了记录中国抗战的史诗。奥登的《战时》组诗带给中国的不仅是另一种眼光的战争审视，更重要的是他引领了一代诗人尤其是西南联大校园诗人的诗歌创作道路。

四、校园教育与学生阅读趣味的养成

"新诗教学问题不止是选篇问题，还有教学操作问题、学生如何接受问题。"[2] 新诗教学的成功与否，取决于新诗课堂教学的理念问题。郑敏在西南联大的诗歌创作受到了艾略特、庞德、约翰·顿、华兹华斯、里尔克等西方诗人的影响。其中对郑敏影响最大的是约翰·顿、华兹华斯和里尔克，郑敏曾自述三位诗人对她的影响："在我长达半个世纪的写诗和研究诗中，我经过不同的阶段。但下面的三位诗人也许是我最常想到的：他们是17世纪的玄学诗人约翰·顿；19世纪的华兹华斯和20世纪的里尔克。"[3] 英国浪漫主义创始人之一华兹华斯一直受到郑敏的青睐。郑敏在中学时代就喜欢华兹华斯的诗歌，在大学期间，华兹华斯继续成为郑敏欣赏和研究的重点对象。华兹华斯的作品经常被郑敏引为诗歌创作的范本，或作为阐释个人

---

[1] 赵文书：《W. H. 奥登与中国的抗日战争——纪念〈战时〉组诗发表六十周年》，《当代外国文学》1999年第4期。

[2] 刘真福：《建国以来中学教材新诗教育的发展·选篇论》，《江汉大学学报（人文科学版）》2007年第4期。

[3] 郑敏：《不可竭尽的魅力》，《诗歌与哲学是近邻——结构—解构诗论》，北京：北京大学出版社，1999年，第58页。

诗论的有力论据。如郑敏曾专门撰写过《英国浪漫主义诗人华兹华斯的再评价》，对其诗歌创作成就进行过详细分析和高度评价，同时针对其此前受到的曲解和误读进行大力反驳。在《诗和生命》一文里，郑敏引用了华兹华斯关于写诗即"在宁静中重记感情"的著名创作理念。在一次访谈中，郑敏明确表达自己对华兹华斯的欣赏，称其诗作为"西方浪漫主义诗歌中最有境界的"[1]。郑敏对华兹华斯的创作理念一直怀有深刻印象，而其创作过程中一贯较为冷静、克制、理性的抒情方式也不妨被视为对华兹华斯的一种推崇方式。

约翰·顿是郑敏20世纪40年代末在布朗大学硕士毕业论文的研究对象，在此期间，郑敏接触了大量艾略特等玄学诗倡导者的诗学。郑敏在许多评论文章中也提及以约翰·顿为代表的英国玄学诗派。郑敏对约翰·顿的玄学诗的理解基本可以概括为"感性与知性互为表里的现代性特点"，而这一理念也在郑敏的创作中得到多次实践。

19世纪的浪漫主义和艾略特时代的玄学诗所启示的现代主义在郑敏的西方诗学中占了很大的比例。而对郑敏在西南联大时期的诗歌创作影响最大的西方诗人，是象征主义大师里尔克。郑敏对里尔克的接受得益于她的恩师冯至，她曾多次强调里尔克对她的影响。[2] 郑敏坦言：冯至、里尔克、歌德"决定了我此生诗歌写作的重要色

---

[1] 郑敏：《探求新诗内在的语言规律——与李青松先生谈诗》，《思维·文化·诗学》，郑州：河南人民出版社，2004年，第258—276页。

[2] 郑敏：《遮蔽与差异——答王伟明先生十二问》，《诗歌与哲学是近邻——结构—解构诗论》，北京：北京大学出版社，1999年，第452页。

调"[1]。郑敏的诗歌不仅具有知识女性的沉思气质,也有深沉的男性风格,这与其受到里尔克影响有很大关联,里尔克是郑敏的心灵导师。里尔克对郑敏的影响主要体现在对郑敏诗思技巧和诗歌精神的影响。在诗思技巧方面,里尔克诗歌的雕塑性,在郑敏诗歌创作技巧上有着重要的影响。灵石指出郑敏早期诗歌受到以里尔克为首的现代主义诗人影响,作品具有"雕塑般的质感"。郑敏本人表明过里尔克诗歌的雕塑性对她的巨大吸引力和借鉴意义,在里尔克的启发下,郑敏形成了里尔克式的把握世界的方式:冷静地观察事物,以敏感的触须去探索事物的本质,用图画、用雕塑的效果来表达绵长的思绪。因此,我们在郑敏的诗中始终可以看到她从客观事物中引发深思,通过生动的形象展开联想,而洞悉事物的本质。

除了诗思技巧上的借鉴,郑敏与里尔克还有着心灵上的默契,郑敏对里尔克诗学的汲取不仅限于诗思技巧的借鉴,同时也重视与里尔克生命体验的沟通。除了华兹华斯、约翰·顿、里尔克外,郑敏还受到其他西方诗人的影响。在郑敏20世纪40年代的诗作中,除了用"客观对应物"的手法避免过去浪漫派存在的情感泛滥之外,其诗中还经常创造一种具有生命力的直觉意象,用间接抒情的方式,达到深刻而凝练的审美效果。

综上,在20世纪40年代的战时中国,战争成为人们生活和文学创作的主题,但对于西南联大诗人来说,他们所处的校园文化无比丰

---

[1] 郑敏:《诗歌与哲学是近邻——关于我自己》,《诗歌与哲学是近邻——结构—解构诗论》,北京:北京大学出版社,1999年,第474页。

富而开放,多元而自由。冬青社、文聚社[1]、新诗社等文学社团将校园诗人集中在一起,其推出的校园诗人超过现代教育史上任何一个时期的大学社团——这一部分诗在下一章继续研究。他们深受中国知名学者和杰出诗人的影响,开拓新诗现代化之道;而西方当代著名诗人来西南联大讲学,打开了学生们的眼界和视域。诸上为西南联大在成立八年时间内,能够如雨后春笋般涌现出穆旦、杜运燮、郑敏、袁可嘉、王佐良、何达、林蒲等一大批优秀的校园诗人的主要原因。这也是西南联大校园诗人在离开校园走向社会后持续探索"新诗现代化"、不断完成自我超越的原动力所在。南方等人创办了《诗创造》,后有加入;1948年,相近的新诗构想和诗艺追求将穆旦、杜运燮、袁可嘉、郑敏与陈敬容、辛笛、杭约赫、唐湜、唐祈等人联合起来,他们会聚于《中国新诗》,被文学史称为"中国新诗派",这也是后来在20世纪70年代末重新聚集、80年代初被追溯命名的"九叶派"[2]。

---

[1] 出版文艺杂志《文聚》月刊,林元、马尔俄编,由昆明崇文印书馆出版。《文聚》杂志的发起人有林元、马尔俄、李典、马蹄等人,发起人中有部分为群社社员,有部分为冬青社社员。《文聚》创刊于1942年2月,一直出版到1946年。冬青社社员刘北汜、杜运燮、林元、马尔俄和社外的沈从文、冯至、卞之琳、李广田、穆旦等都在《文聚》上发表过作品。

[2] 20世纪70年代末,由曹辛之发出邀请,辛笛、曹辛之、唐祈、唐湜、陈敬容、袁可嘉、杜运燮、穆旦和郑敏九位诗友在北京相聚相识。曹辛之希望每人各选一组40年代的诗作,汇成一本诗歌合集。就如何给九位诗人定位,辛笛随口说:"那就算作陪衬社会主义新诗之花的九片叶子吧。"《九叶集》由此而来。

第四节 "重造青年"与"开创一种新文化":李瑛与沈从文"集团"

沈从文"集团"援引自1947年在《泥土》[1]杂志第4期上刊出的文章《文艺骗子沈从文和他的集团》,署名初犊,文章将李瑛与沈从文"集团"联系在一起,以此为发端。本节以北京大学复员后的校园诗人李瑛为研究对象管窥20世纪40年代末复员后的北京大学师生交往,从诗歌作品发表、艺术品格塑造、创作观念承袭等方面,还原和再现复员后北京大学教授对学生的培植。

初犊在《文艺骗子沈从文和他的集团》一文中认为,沈从文借由主持北方几个较大报纸的文艺副刊的便利,对文坛中的新生力量进行打压,并集合了一群"喽啰",形成了一个所谓的沈从文"集团"。他们"拼命反对一切战斗的呼声,反对一切鼓舞人生的艺术,斥'十年来新诗的直线发展'由于'拜伦式浪漫气氛的作祟',而'深陷错觉'而'不克自拔',斥其为'危害文学'(所引见袁可嘉:《新诗现代化》)"[2]。以这样的方式打击异己,"把一切人生的真实的声音消灭,而代之以自己们死白的颓废的呻吟,让死亡统治全世界了"[3]。在通过运用自身所拥有的话语权力对文坛上的不同声音进行压制之后,沈从文"集团"还借助"同行估价","使连充数都不够格

---

[1] 《泥土》杂志于1947年4月15日在北平创刊,出刊时间和每一期的页数都不确定,1948年11月1日出版第7期后即停刊。就已有的资料来看,《泥土》的编者应当为北平师院和北大文学院的学生。
[2] 初犊:《文艺骗子沈从文和他的集团》,《泥土》1947年第4期。
[3] 同上。

的'诗人',去'承受在文学史上留下那个地位'"。[1]而在初犊看来,李瑛就是沈从文"集团"当中对不够格的诗人进行吹捧的评论家之一:"在李瑛君的笔下,郑敏君是一位有'赤裸的童贞与高贵的热情'的女诗人,是消化了艾略特、惠特曼、第金生、里尔克及雪莱和拜仑的'优长',而已'达到艺术最高一点'的伟大的天才女诗人的地位是完完全全确定的了。"[2]而在初犊那里,郑敏根本是一个连听都没听过的末流诗人。对于这篇充满谩骂和人身攻击的文章,李瑛在接受笔者的访谈时说道:"他们不了解详细的情况,他们这样写是为了表现他们很先进。"[3]虽然初犊在这篇文章当中的指责大部分都是出于偏见和误解,但是也从反面确证了一个事实,那就是李瑛在北京大学读书期间,不管是从文学观念上还是从师承关系上,都更加偏向于沈从文一派。

除《文艺骗子沈从文和他的集团》以外,张羽的《南北才子才女的大会串——评〈中国新诗〉》、舒波的《评〈中国新诗〉》,也都将在《中国新诗》上发表诗歌的诗人群体以及沈从文作为批判的对象,认为"《中国新诗》,以一种代表的姿态出现了,它不但包罗了上海的货色,而且也吸收了北平的'沈从文集团'的精髓,真是集中国新诗中一种歪曲倾向的大成"[4]。甚至在校园内举办的社团活动当中,都有人发言指责京派"几乎把持了平津各大报的文艺副刊,一

---

[1] 初犊:《文艺骗子沈从文和他的集团》,《泥土》1947年第4期。
[2] 同上。
[3] 孙晓娅、寇硕恒:《"对诗歌心存敬畏"——李瑛访谈录》,《新文学史料》2019年第3期。
[4] 张羽:《南北才子才女的大会串——评〈中国新诗〉》,《新诗潮》1948年第3期。

个人编两个，两个人编四个，其实，还不是一群小喽啰们，顶着他们的名字干，期期登着些莫名其妙和现实不关痛痒的文章"[1]。

初犊在这里所定义的沈从文"集团"，实际上很难被归纳为一个明确的文学派别，但是他们在文学理念上却有着明显的趋同性，表现出与"京派"文学类似的"学院派"倾向。而以沈从文为中心的这一文学团体，大致可以包含以下两个层面的人员：一是沈从文以及同沈从文一样在北京大学任教，隶属于20世纪30年代"京派"作家群体或者与其有紧密联系的北京大学教授，如杨振声、朱光潜、冯至等；二是西南联大以及复员后北京大学所培养的一批校园作家，如穆旦、郑敏以及杜运燮。作为北京大学学生的李瑛与这两个层面的人员都有十分紧密的联系，正是与他们的交往为李瑛提供了作品发表的渠道，同时也对他诗歌艺术观念的形成起到了积极的引导作用。

一、与沈从文的交往

1939年9月，沈从文开始在西南联大担任授课教师，主讲课程包括"国文读本""国文作文""各体文习作""中国小说史""民国时期文学"等。[2] 西南联大解散之后，沈从文返回北平，进入北京大学。沈从文在复员后的北京大学一方面继续担任中国语文学系的教师；另一方面又积极开展文学活动，编辑文学杂志和报纸的文学副

---

[1] 杨汇：《一个聚会——北大文艺社和清华文艺社的联欢》，《清华文艺》1947年第3期。
[2] 参见西南联合大学北京校友会编《国立西南联合大学校史（修订版）：一九三七至一九四六年的北大、清华、南开》，北京：北京大学出版社，2006年，第91页。

刊，扶植培养年轻的校园作家。

沈从文20世纪40年代末所负责编辑的报刊包括：天津《益世报·文学周刊》《大公报·星期文艺》《平明日报·星期文艺》《经世日报·文艺周刊》等。沈从文在北京大学教授写作，一面掌握着几个大报的文学副刊，这就为学生们提供发表的平台创造了机会。如沈从文的学生诸有琼就回忆说，沈从文每次都会认真批改学生们的作文，并将修改意见写在文章的末尾。有的时候沈从文甚至会为一篇习作写数百字的评语，并且遇到好的作品，他还会拿去在报刊上发表。[1]

天津《益世报》创办于1915年10月10日，抗战结束以后，《益世报》开辟出专门发表文学作品的副刊《文学周刊》。1946年10月13日《益世报·文学周刊》出到第10期的时候，正式改由沈从文主编，该期发表了沈从文的《文学周刊开张》。直至1948年11月8日，《益世报·文学周刊》共出了108期，是沈从文编辑时间最长的一份报纸副刊。在《益世报·文学周刊》上发表文章的既有俞平伯、朱自清、戴望舒、朱光潜这样的老牌作家，也有袁可嘉、郑敏、穆旦这样的青年作家。而李瑛也是其中之一。现查《益世报·文学周刊》，将李瑛于该报发表的诗文统计如下：《眼睛》（1947年2月16日第28期）、《读郑敏的诗》、《拥抱及其他》（1947年3月22日第33期）、《在可骄傲的日子里》（1947年4月12日第36期）、《雨前（外一章）》（1947年6月7日第44期）、《夏天的阳光》（1947年7月26日第50期）、《诗三章》

---

[1] 诸有琼：《星斗其文 赤子其人——怀念沈从文教授》，载北京大学校友会编《北大岁月：1946—1949的记忆》，北京：北京大学出版社，2013年，第248页。

第五章 薪火相传：教育情境中的师生圈

（1947年8月23日第54期）、《我们固执的偏爱大陆》（1947年9月13日第57期）、《读〈穆旦诗集〉》（1947年9月27日第59期）、《让我领你走上这条路》（1947年12月6日第69期）、《诗：砂》（1947年12月13日第70期）、《赞美——给娟》（1948年1月31日第76期）、《甘地之死》（1948年3月13日第82期）、《死和变》、《散步的夜》、《表现》（1948年4月3日第85期）、《冰场》（1948年10月18日第115期）。

《大公报·星期文艺》的情况则稍显复杂。《大公报》于1945年12月1日在天津复刊，其《星期文艺》副刊于1946年10月13日创刊，1949年1月2日停刊，共出112期。《星期文艺》的主编三次换人，"先后由沈从文、朱光潜、冯至先生主编，最后半年由我（袁可嘉）收场"[1]。其中前50期，也就是从1946年10月13日到1947年9月，由沈从文主编；1947年4月6日的第26期至1948年9月的第100期由冯至主编；最后到停刊之前，则是由时任北京大学西方文学系讲师的袁可嘉主编。[2] 而在沈从文编辑期间发表的李瑛的诗作包括：《山水》（1947年1月18日）、《脊背》（1947年4月6日）、《炉边》、《一个年轻人》（1947年4月20日）、《花·果实·种子》（1947年5月25日）、《鹰》（1947年6月8日）、《诗二章》（包括《谣言》《饥饿》，1947年7月13日）、《我歌颂你，马额马甘地》（1947年7月20日）。其他报刊的情况类似于此，本书不再赘述。

由上文所列情况不难看出，沈从文所主编的报纸副刊上发表了

---

[1] 袁可嘉：《诗人穆旦的位置——纪念穆旦逝世十周年》，载李怡、易彬编《中国文学史资料全编·现代卷：穆旦研究资料》（上），北京：知识产权出版社，2013年，第274页。
[2] 参见冯至《〈大公报·星期文艺〉编辑记录》，《新文学史料》2001年第4期。

李瑛数量众多的诗文作品。这对于一个刚刚登上文坛的年轻诗人来说，不仅可以激发其创作信心，也为其提供了一个进入文学场域当中的有效渠道。而沈从文之所以乐于推举扶持年轻作家的文学创作，也与他的文学理想密切相关。沈从文在自己所主编的文学副刊上推荐校园作家的诗文作品，实际上构成了他教育活动的一个延伸，一方面为学生提供了发表的机会；另一方面也实现了他"重造青年"的文学理想。

在沈从文看来，时下的文坛已经被老一辈的作家所占据，因而失去了新文学原本所具有的进取性与活力。因此，沈从文认为，现阶段文学创作问题多、机会多、而伟大作品并不多。针对文坛所展露出来的这一弊病，沈从文提出的解决方案就是鼓励青年作家，而沈从文恰恰又直接参与到了大学校园的教育活动之中，因此在大学校园中发现有创作潜力的年轻人，也就变得顺理成章了。沈从文在《益世报·文学周刊》所发表的一篇文章中，曾不无自豪地谈道，这些写作者中年龄最小的甚至才十六七岁，并且特别强调穆旦当时只有二十五六岁，郑敏也才25岁。"写穆旦及郑敏诗评文章极好的李瑛，还在大二读书。"[1]而从校园当中发掘新文学作家，也同沈从文重建文运的构想密切相关。因为在他看来，"文运与大学一脱离，就与教育脱离，萎靡、堕落、无生气，都是应有的结果"[2]。

在与沈从文的交往过程当中，李瑛更多的是获得了一条作品发

---

1 沈从文:《新废邮存底·三二四》，《益世报·文学周刊》1947年10月25日第63期。
2 沈从文:《文运的重建》，《中央日报》1940年5月4日。

表的有效渠道。沈从文在无形之中为李瑛提供了从创作到讲评再到发表的更为完整的教育系统，这对李瑛文学创作的助益，要比简单的课堂知识的讲授要有效得多。同时，不可否认的是，沈从文在20世纪40年代末的平津文坛具有不容忽视的影响力。不仅曾在许多的报纸副刊担任主编，而且也有许多文学创作者特别是青年作家围绕在他的周围。因此，沈从文在为李瑛提供一个作品发表平台的同时，也将他引入了所谓的文学场域当中。正像李瑛在回忆当中所提到的那样，他一开始撰写关于郑敏以及穆旦的诗歌评论，正是因为有沈从文的引荐。沈从文将郑敏和穆旦等人的作品拿给李瑛看，建议李瑛以他们为对象，撰写相关的诗歌评论。[1] 沈从文这样做的目的，不仅仅是为李瑛提供诗歌阅读方向上的引导，同时也用自己所掌握的作品发表渠道以及所吸引的作者群体，将李瑛吸纳到自己的影响范围之内。这对沈从文来说，是为了实现其发掘青年作家，使文学重获进取性与活力的目的。而对李瑛来说，则拓宽了他对诗歌艺术的认识，在具体作品及诗人的解读过程当中，对具有现代主义倾向的诗歌作品有了更深入的体认。这也为李瑛接近郑敏、穆旦等"中国新诗派"诗人并在一定程度上认同他们的诗学观念提供了基础。

二、与其他教师的交往

《文学杂志》是20世纪30年代"京派"作家所创办的一份重要刊物，在编辑方面集结了诸如朱光潜、叶公超、沈从文、朱自清、废

---

1 孙晓娅、寇硕恒：《"对诗歌心存敬畏"——李瑛访谈录》，《新文学史料》2019年第3期。

名、杨振声等重要的"京派"作家,成为体现"京派"创作实绩的一块重要园地。但是随着抗战全面爆发,"京派"文人纷纷南下,《文学杂志》也就随之停刊了。抗战后北大、清华等高校重返北平,《文学杂志》也于1946年12月复刊。朱光潜、沈从文等人希望通过《文学杂志》来重新振兴北平的文坛,但是,正像朱光潜所说的那样:《文学杂志》"胜利后出了几期就衰落了"。30年代北平文坛的繁荣已经不复存在,但是杨振声、废名等教师仍然寄希望于文学创作的发展,意图为新文学"打开一条生路"。

朱光潜在为《文学杂志》所写的《复刊卷头语》当中,秉持了一贯的自由主义文学立场,表示"我们认为文学上只有好坏之别,没有什么新旧左右之别"[1]。也就是说文学虽然无所谓派别的区分,却是有好坏的分别。而那些为了商业利益而恶意竞争,把精力放在讨好读者上的作品,往往是坏的作品,它们寄希望于一蹴而就地生产出伟大的作品,实际上并没有脱离叫嚣浮躁的状态。《文学杂志》的目的是办成一个"理想底文学刊物"[2],把30年代"京派"文学的努力重新恢复起来。这种强调文学并不隶属于政治或者商业的主张,实际上是与李瑛早期的文学理想相重合的。在1946年8月发表在《文艺时代》上的《两种"危机"》当中,李瑛也表达了同朱光潜、沈从文等自由主义作家类似的观点:"当今文坛上有两种危机,一种是政客们把文学曲解为'宣传品',一种是奸商们把文学制成'毒素'……

---

[1] 编者:《复刊卷头语》,《文学杂志》1947年第2卷第1期。
[2] 同上。

把文学作为'宣传品'用时，是艺术的罪人，而且抹杀了真善美。用文学作'商品'，是艺术的耻辱，那些商人是不可饶恕的'骗子'。"[1]这篇文章发表时，北京大学刚刚从西南联大分离出来，还没有完成全部的复校工作，因此李瑛也还没有直接受到沈从文、朱光潜等教师的指导。但是显然李瑛已经表现出了对30年代"京派"与"海派"论争当中"京派"文人所持有的文学理想的认同，这也就为他在此后接受北京大学教师的自由主义文学立场并参与他们的人际关系网络当中打下了基础。

抗日战争的结束以及原有高校重返北平，这些都被自由主义作家看作一个重建新文学的契机，实现他们20世纪30年代被中断了的文学理想。在他们看来，北平这座刚刚回到中国人民怀抱的城市，刚好可以作为他们实现重建文坛目标的园地。因此，他们积极鼓励高校中的青年作家参与文学创作当中，为建设新文学而做出努力。并且这种呼吁也确实得到了平津文学青年的回应，他们逐渐成长为北方文坛中的新生力量。由于这些青年作家往往都是以校园环境为依托，因此他们更多地表现出一种现代化的文学创作倾向。

新文学作家们返回北平以后，即开始了一场关于"打开一条生路"的讨论。在《大公报》1946年10月13日第1期的《星期文艺》上，刊载了一篇杨振声的《我们要打开一条生路》。所谓的"打开一条生路"，就是在"整个文化的衰落"的语境之下"埋葬起过去的陈腐，重新抖擞起精神做这个时代的人"，"开创一种新文化去处理这

---

[1] 李瑛：《两种"危机"》，《文艺时代》1946年第1卷第3期。

个新世界"。而新文学在这种开创新文化的努力当中，充当着重要的角色：现在的文艺不像前任那样吟咏风月，也不像和平时代的作家那样把玩日常的闲适生活，而是要在艰难的岁月当中，为了打开新的生活而尽到自己的责任。"从它，将发育成一种新人生观，从新人生观造成我们的新国民；也从它，将滋育出的一种人类相处的新道理，新方式，来应付这个'天涯若比邻'的新时代。"[1]文学被赋予了"开辟生活"、培植新文化的使命，再通过新文化来实现再造社会的目的。

对于杨振声的这篇文章，废名表示了认同。1946年12月1日第8期的《大公报·星期文艺》上，刊载了废名的《响应"打开一条生路"》，直接对杨振声的观点做出回应。对于如何打开"生路"，废名认为："我们要自信。从态度上说，我们不妨自居于师道；从工作上说，我们要发扬民族精神，我们的民族精神表现于孔子，再说简单些，我们现在要讲孔子。"[2]在废名看来，要想做到"打开一条生路"，就要从中国传统的民族精神当中寻找资源，而孔子则是传统精神的代表，因此首先要从孔子讲起。如果只是单纯地借鉴西方文学，只会没办法实现文学的独立，创造出真正的中国的新文学：随着西方文学观念的引入，我们开始认识到文学所具有的社会价值，开始把小说和戏剧当作正式的文学，"我们也要来写小说，写剧本，写散文，而关于文学的内容却还没有民族的自觉，于是还是没有根本的

1　杨振声：《我们要打开一条生路》，《大公报·星期文艺》1946年10月13日第1期。
2　废名：《响应"打开一条生路"》，《大公报·星期文艺》1946年12月1日第8期。

文学"[1]。在废名的这篇文章末尾，附有杨振声的一段按语，针对"生路自然要打开，但是怎样打开"的问题，杨振声回应说："在文艺方面看，我们（一）打开新旧文艺的壁垒；（二）打开中外文艺的界限；（三）打开文艺与哲学及科学的画界。"要将一种融会贯通的理念来作为文学发展的基本精神，从融汇中西和贯通古今两个方面来使我们的新文学具有焕然一新的面貌。[2]

不管是在抗战前的清华大学还是在西南联大、复员后的北京大学，杨振声一直秉承着融汇中西、贯通古今的文学创作理念。因此经由杨振声、沈从文等北京大学教师提携鼓励而成长起来的新生创作群体，都明显受到西方文学特别是现代派文学理念的影响。这些青年作者已经从简单地模仿西方现代派艺术的表现手法和外在样貌，发展为体察西方的社会思潮，对文学的深层结构进行探寻。李瑛作为20世纪40年代末活跃的校园诗人，在与这些教师的交往过程当中，自然而然地受到了这种创作观念的影响，并且参与到"打开一条生路"的文学探索活动当中。作为一名在抗战沦陷区成长起来的爱国青年，李瑛对于北平文坛这种开创新文学的活动也是充满欣喜的："屈辱与忍受与教训，到处打动着每个青年英雄的思想，而在文化上正胎育了一个艺术突起的狂潮，于是在战争结束之后，内地文风冲击而来，各方面的突进是必然的。"[3]

1　废名：《响应"打开一条生路"》，《大公报·星期文艺》1946年12月1日第8期。
2　同上。
3　李瑛：《读郑敏的诗》，《益世报·文学周刊》1943年3月22日第33期。

第六章 个人与复数：教育生态场域中诗人们的成长与交汇

　　课堂教育是大学教育的核心，它为学生提供了文学创作生发的可能。然而，单纯的课堂教育只是学校教育的基础，不仅大学教师的教学活动会溢出课堂的范畴，学生在上课之余，也会参加一些丰富多彩的校园活动。用布鲁纳文化教育观来阐释就是：学校不是孤岛，而是整个文化大陆的组成部分。教育的功能是将年轻人导入文化的规范之道。学校是教育的一条途径，而教育则是文化的一个功能。因此，要认识学校的本质，不能将视野局限于学校内部，而应放眼于学校赖以存在的整个文化体系。[1] 毋庸置疑，仅以课堂教育为中心考察教育现场远远不够，欲全面探寻校园诗人们的成长，还要关注校园中同学之间的交往，关注学生参加社团或学生活动的情况。可以说，置身学校文化环境中，学生自我成长更是学生个性成长的

---

[1] 杰罗姆·布鲁纳：《布鲁纳教育文化观》，宋文里、黄小鹏译，北京：首都师范大学出版社，2011年，第7页。

关键。"嘤其鸣矣，求其友声"，正如曾经就读西南联大物理系的杨振宁所说："一个学生在念书的时候学到的东西，多半的情形下都是从同学那学到的，不是从课本上也不是老师那学到的，因为同学之间接触辩论的时候，可以真正地深入，跟老师之间不能接触时间太久，跟同学可以继续地不断地讨论。"[1]"独学无友，则孤陋而寡闻"说的正是求学生涯中个人与复数的关系。

在中国新文学的发展历程中，社团是现代高校与诗人群体发生交互关联的重要枢纽，社团的活动与发展不容忽视，它是大学教育生态场域中很重要的存在，更是大学校园教育、校园活动、师生或诗友之间互动的一个镜像，是校园诗人之间相互交流影响和自我发展提升的重要平台。学者陆耀东认为："从学生社团、学生刊物中也可以产生大作家、大学者，五四时期的新潮社，抗战时期的西南联大都为新文学贡献了大批人才。"[2]梅贻琦校长在阐释学生社团的重要性时说："至若各种人文科学、社会科学学程之设置，学生课外之团体活动，以及师长以公民之资格对一般社会所有之，或为一种知识之准备，或为一种实地工作之预习，或为一种风声之树立，青年一旦学成离校，而于社会有所贡献，要亦不能不资此数者为一部分之挹注。"[3]上述观点均充分肯定了学生课外团体活动的重要意义。早年就读于东吴大学的杨绛、朱雯等人的文学经历，则更是大学学生社

---

1 纪录片《西南联大启示录》(第三集：天地课堂)，云南师范大学西南联大博物馆 https://bwg.ynnu.edu.cn/info/1133/2110.htm，发布时间：2013年5月9日。
2 马睿：《当代大学生诗歌创作研讨会综述》，《长江学术》(第4辑)，武汉：长江文艺出版社，2003年，第242页。
3 梅贻琦：《大学一解》，《清华学报》1941年第13卷第1期。

团经历对未来成长与素质培养的绝佳例证。历史已经证明，大学学生社团是一个培养人才的重要摇篮。学生们"从学校社团的小试身手，到走向社会更大的舞台，从而完成了人生阶段的重大转折"。[1]

本章首先以国统区西南联大的冬青社、北京大学复课后的文艺社为例，考察它们与大学师生之间千丝万缕的牵连，在史料爬梳的基础上侧重分析社团对诗人自我人格建构、人生取向以及诗歌创作的诸多影响。其次，以开放的学术视野突破教育生态场域的既有研究模式，试图从图书馆、学生运动等教育研究领域的边缘议题勘察诗人的思想转向和自我价值的重新确认。最后，从校园诗人在大学场域交会的维度，研究他们的交往对诗歌创作和心灵延伸的深层影响，还原文学史上鲜少谈及的特殊友情和感人至深的诗魂应和；再现西南联大诗人穆旦和杜运燮在战时语境中以诗会友、互相鼓励的诗心相连。无论从哪种研究路径出发，最终都回归到诗人的精神向度、自我成长和诗歌创作上。本章研究也有试图延展新诗史和新诗教育研究面向、深入拓垦诗歌教育新领地的学术展望。

第一节　杜运燮与冬青社：
诗人在社团中的自我成长

单纯的课堂教育只是学校教育的基础，学生在校园中的自我建

---

[1] 张燕：《东吴大学学生社团研究（1901—1952）》，合肥：合肥工业大学出版社，2018年，第228页。

设也是诗人自我成长的关键。本节以杜运燮在西南联大的校园生活和学习为例，深入探析诗人如何通过自我成长逐渐完成诗人身份的建构，究竟哪些外界的因素参与并促进了其身份建构的形成。在西南联大学习期间，杜运燮加入了学生文艺社团冬青社，冬青社作为联大历史上活动方式最多、存在时间最长的社团为西南联大学生搭建起了一个良好的诗歌交流与创作的平台。杜运燮在冬青社中不仅是社团活动的积极组织者，同时也积极地参与诗歌创作活动。杜运燮在冬青社参与创办的《革命军诗刊》《文聚》等期刊上发表了多篇诗歌作品，这些作品的发表使得杜运燮的诗歌创作走向成熟。

一、冬青文艺社

据不完全统计，西南联大先后组织过一百多个社团，包罗各个学科，并涉及生活、娱乐、休闲等诸多方面。[1] 社团的组成使得有着同样爱好的个体凝聚成目标一致的团体，学生在团体中寻找到了各自的心理归属。冬青社是西南联大历史上活动方式最多、存在时间最长的文艺社团。据《中国社团党派辞典》中记载："冬青社是抗日战争时期西南联合大学学生组织的进步文艺社团，主要活动是组织研讨文艺问题，并在校内外进行抗日民主宣传活动。"[2] 它于1940年[3]

---

1 参见李光荣《西南联大与中国校园文学》，北京：人民出版社，2014年，第6页。
2 张光宇主编：《中国社团党派辞典》，西安：陕西人民出版社，1992年，第218页。
3 冬青社创建的具体时间有多种说法。《国立西南联合大学校史》称"1940年初"，《闻一多年谱长编》称"1940年11月"，但就目前的资料来看，冬青社成立于1940年。

建立，一直延续到1946年联大结束，是由中共联大地下组织领导的群社中的文艺团体独立而成的。因为这样可以"更广泛地团结更多的进步和中间同学，开展更丰富多彩的活动"[1]。冬青社"聘请闻一多、冯至、卞之琳三位教授为导师，在李广田先生来到昆明后，又增聘李先生为冬青文艺社的导师"[2]。

作为西南联大历史上著名的文学社团，冬青社为繁荣校园文学艺术做出了巨大的贡献，曾经出版了《冬青》壁报，以及《冬青文抄》《冬青诗抄》《冬青小说抄》《冬青散文抄》等刊物，同时与《贵州日报·革命军诗刊》合作刊发了10期《西南联大冬青文艺社集稿》。可以说，冬青社作为一个文学社团在文学创作方面积极主动并且成果卓著。但因冬青社发表的壁报、刊物等第一手资料的遗失，国内对于冬青社的研究也非常稀缺，仅有李光荣教授的《冬青文艺社及其史事辨正》[3]、《冬青社的小说创作》[4]两篇较为系统地阐述了冬青社历史发展脉络的研究成果。

冬青社在社团组织分工方面有着具体的规定和安排。据《中国现代文学社团流派辞典》的记载，冬青社的文艺活动包括："编辑壁报、手抄本杂志出版、创作街头诗页、为报纸编文艺专页、出版文

---

[1] 杜运燮：《白发飘霜忆"冬青"》，《热带三友·朦胧诗》，北京：中国戏剧出版社，2006年，第188页。

[2] 刘北汜：《雪霁集》，银川：宁夏人民出版社，1986年，第217页。

[3] 李光荣、宣淑君：《冬青文艺社及其史事辨正》，《中国现代文学研究丛刊》2007年第6期，第125—142页。

[4] 李光荣：《冬青社的小说创作》，《现代中国文化与文学》2008年第1期，第88—95页。

艺杂志五大类文艺活动。"[1]而冬青社这五类文艺活动，都有专门人员负责。

1.《冬青》壁报，由田堃任主编。"《冬青》壁报是冬青文艺社最主要的刊物，也是冬青社出版时间最长，同时是西南联大各文学社团以及各种社团所办壁报中时间最长的壁报。"[2]这个壁报在西南联大校本部出版，以刊登杂文为主，多用一事一议的形式，抨击时弊。每期刊出10多篇短文。"壁报针对国民党统治区的社会现实，进行尖刻的剖析，隐晦的批评。这一种颇具有特色的文风和鲜明的政治倾向，使《冬青》壁报在联大众多的壁报中站住了脚跟，吸引了众多的同学，也吸引了更多的人参加冬青文艺社。"[3]《冬青》壁报是冬青社在西南联大校园中开展文学活动最主要的形式，冬青社在七年时间内出版过各种刊物，"但只有《冬青》壁报是随冬青文艺社的起伏而起伏，并与冬青文艺社相始终的"[4]。张贴在西南联大"民主墙"上的《冬青》壁报，成为冬青社团的符号代表。刊头《冬青》两字由中文系教师吴晓铃所写。另据李光荣学者考证，《冬青》壁报发展到后来因稿件太多，随即又在另外几个校舍刊出，分别称为"南院《冬青》版""师院《冬青》版""工学院《冬青》版"。但遗憾的是，这些壁报最终没能保留下来，成为西南联大冬青社的记忆。

---

[1] 张光宇主编：《中国社团党派辞典》，西安：陕西人民出版社，1992年，第218页。
[2] 李光荣：《民国文学观念：西南联大文学例论》，北京：商务印书馆，2014年，第160页。
[3] 西南联合大学北京校友会、校史编辑委员会编：《笳吹弦诵在春城——回忆西南联大》（第1集），昆明：云南人民出版社；北京：北京大学出版社，1986年，第327页。
[4] 李光荣：《民国文学观念：西南联大文学例论》，北京：商务印书馆，2014年，第160页。

2.手抄本杂志出版。主要编辑人员有萧荻、马西林、刘北汜、王凝等[1],另外林元负责《冬青小说抄》的编辑工作。[2]另据诗人的采访记录,杜运燮承担过出版《冬青小说抄》的任务。[3]冬青社在出版《冬青》壁报之后,编辑部相继推出4部手抄本,每本2万—3万字,每两月出一册,用稿纸抄写后装订成册,加上封面,放在学校图书馆期刊架上,供读者阅读。冬青社筹办的手抄本文学杂志是西南联大社团中独有的文学活动现象。学生自己创立的手抄本杂志凝聚着学生对文学创作的一片赤诚,学生在自己创办的刊物中得到了文学的锻炼。

3.《冬青诗刊》《中南文艺》:为报纸编文艺专页,由刘北汜负责。1941年6月在贵阳《革命日报》(后改名为《贵州日报》)上列出,每月1期,半版篇幅,共出版10期。在《冬青诗刊》上发表作品的,除社员杜运燮、刘北汜、汪曾祺等人,社外人员冯至、卞之琳、李广田、闻家驷、杨刚、力扬、方敬、林庚、金克木、谢文通、汪铭竹、穆旦、孙望、陈赤羽、李白凤、姚奔、黑子、吕亮耕等也都发表过诗作或译诗。西南联大《冬青诗刊》是冬青社在学校沉寂的那段时间坚持校外活动的社团。1940年皖南事变发生后,国内政治形势剧变,西南联大的群社及其所属社团都停止了活动。冬青社的

---

1 西南联合大学北京校友会、校史编辑委员会编:《笳吹弦诵在春城——回忆西南联大》(第1集),昆明:云南人民出版社;北京:北京大学出版社,1986年,第327页。
2 方龄贵:《忆林元》,载《云南文史资料选辑》(第34辑 西南联合大学建校五十周年纪念专辑),昆明:云南人民出版社,1988年,第350页。
3 潘耀明:《字游:大家访谈录》,北京:人民日报出版社,2014年,第117页。

第六章　个人与复数：教育生态场域中诗人们的成长与交汇

不少社员离开西南联大，转移到滇西或其他地区。留校的一些社员仍然坚持从事文学创作和一些分散的宣传活动，在重庆、桂林、昆明、贵阳的报纸副刊上，常有社员的作品发表。公唐先生详细地回忆起冬青文学社沉寂的那段日子："一九四〇年四月×日，人们在早晨从梦中醒来，突然听到国内的政治环境急趋恶劣，连学校里的团体活动也受到了威胁。于是，群社解体了，'冬青'的文艺活动也沉寂了。此后，群社虽不复存在，但'冬青'仍旧维持着，为适应环境起见，它不再和大家见面，社友们沉静地互相研究和埋头写作。这种情形一直继续到1944年夏季。在这长时期里，'冬青'虽不常为外人所知，但它是更坚实地锻炼了自己。社友们的写作技巧进步了。表现在外的有在《贵州革命日报》（即后来的《贵州日报》）发刊的《冬青副刊》，撰稿者除社友以外，经常有冯至、卞之琳、李广田、方敬、林庚等文坛名作家。《副刊》的篇幅虽小，但有独特的作风。"[1] 公唐先生讲述的《贵州革命日报》即《革命军诗刊》，在刘北汜联络下，《革命军诗刊》实际刊出9期[2]《西南联大冬青文艺社集稿》，在此刊物发表的诗歌中不乏优秀作品，冯至的《十四行集》的部分作品、穆旦的《春》《赞美》等极具艺术价值的作品，都在此刊首次发表。[3] "一九四三年冬季，社友们计划出版冬青文艺月刊，筹备

---

[1] 西南联大《除夕副刊》主编：《联大八年》，昆明：国立西南联合大学学生出版社，1946年，第133页。

[2] 注：第1期、第7期未有西南联大作品，参见李光荣《西南联大与中国校园文学》，北京：人民出版社，2014年，第77页。

[3] 范泉主编：《中国现代文学社团流派辞典》，上海：上海书店出版社，1993年，第216页。

多时，创刊号的稿件也已部分集好，终因领不到登记证和印刷条件的过分困难而流产。那年春天，又和一书店接洽，计划在桂林印刷，后来也因故作罢。但，刊物虽没有出成，社友之间的联系却更加密切，而写作也更勤了"[1]。在此之后，冬青社未再在《革命军诗刊》发表作品，在9期的《革命军诗刊》西南联大集稿中共发表师生作品30余首[2]。

1942年、1943年间[3]，刘北汜和王凝在昆明《中南三日刊》报上编了《中南文艺》和《社会服务》两种副刊。《中南文艺》与《革命军诗刊》类似，也是刘北汜主要负责，它是昆明小报《中南三日刊》的文艺副刊，因时间久远，《中南三日刊》未能保留下来，现只能从当事人的回忆中发现一些《中南文艺》的情况。"昆明《中南三日刊》是四开报纸，1943年间刘北汜在《中南三日刊》中编了《中南文艺》副刊。占一版的版面"[4]。据刘北汜自己回忆：巴金的夫人萧珊曾经"摘出过他（巴金先生——引者注）来信中的一些片断交给我发表在当地小报《中南三日刊》由我编的《中南文艺》副刊上，可惜这个小报现在已很难找到"。[5]同时，刘北汜在回忆李广田先生时，也提到《中南文艺》："当时，冬青文艺社在《贵州日报》上编了《冬

---

1 西南联大《除夕副刊》主编：《联大八年》，昆明：国立西南联合大学学生出版社，1946年，第133—134页。

2 参见李光荣《西南联大与中国校园文学》，北京：人民出版社，2014年，第76页。

3 注：据《中国现代文学社团流派辞典》记载时间为1942年，而在《故宫沧桑》中却记载1943年间，所以《中南三日刊》文艺副刊《中南文艺》刊出的时间存疑。

4 刘北汜：《故宫沧桑》，北京：紫禁城出版社，2004年，第199页。

5 刘北汜：《雪霁集》，银川：宁夏人民出版社，1986年，第191页。

青诗刊》，后来又在昆明《中南三日刊》上编了《中南文艺》副刊，李先生都曾写稿支持，以黎地笔名在诗刊上发表过《华伦先生》，在《中南文艺》上，用真名发表过文学论文。"[1] 另外，据《中国社团党派辞典》中介绍，在《中南文艺》上发表过作品的有李广田、缪崇群、卞之琳、辛代、刘北汜、魏荒弩、黄丽生等；[2]《社会服务》以刊发杂文为主，保持了《冬青》壁报的风格，但现今已无可考。

4.出版文艺杂志：《文聚》文艺月刊。林元、马尔俄编，由昆明崇文印书馆出版。《文聚》杂志的发起人有林元、马尔俄、李典、马蹄等人，发起人中有部分为群社社员，有部分为冬青社社员。《文聚》创刊于1942年2月，一直出版到1946年。[3] 冬青社社员刘北汜、杜运燮、林元、马尔俄和社外的沈从文、冯至、卞之琳、李广田、穆旦等都在《文聚》上发表过作品。有关《文聚》期刊的缘起，以及具体内容，李光荣学者在《中国现代文学研究丛刊》上发表的《中国现代文学的劲旅——文聚社》中已有详细研究[4]。

5.《冬青街头诗》：即《冬青街头诗页》，杜运燮编，不定期刊，以发表短诗、讽刺诗、打油诗为主。他们把作品抄成大字报，张贴在学校附近的文林街和凤翥街上固定的地点。寒暑假中，冬青社社员下乡宣传抗战，或外出旅游时，也在乡下或外地张贴《冬青街头诗》。

---

[1] 刘北汜：《雪霁集》，银川：宁夏人民出版社，1986年，第217页。
[2] 张光宇主编：《中国社团党派辞典》，西安：陕西人民出版社，1992年，第218页。
[3] 参见秦林芳《李广田评传》，天津：天津教育出版社，2001年，第263页。
[4] 李光荣：《中国现代文学的劲旅——文聚社》，《中国现代文学研究丛刊》2011年第3期。

冬青社除了发表文艺作品之外，社团还组织了各种诗歌朗诵会、文艺晚会、演讲会、座谈会。李广田、闻一多、朱自清、卞之琳等都曾在冬青社组织的演讲会上做过文艺专题讲演。当时路过昆明的巴金和老舍也曾应邀参加过文艺座谈会和演讲会。冬青社也曾多次举行过诗歌朗诵会，邀请过闻一多、冯至、闻家驷等先生参加，冬青社常常举办诗歌朗诵会，有一次的诗歌朗诵会"是由闻一多先生建议而举办的，主要着眼于体会和研究各种格律诗的普遍规律，以及诗的音乐性问题。冯先生在会上朗诵了尼采的德文诗，闻家驷先生朗诵了雨果的法文诗，另外还有老师朗诵英文诗及中国古典诗歌，他们朗诵前都作简明扼要的介绍与说明；同学们也用几种方言朗诵"[1]。同时还举办有社外学生参加的集体活动，如联欢、游园等。寒暑假时，冬青社成员也参加由群社组织的下乡宣传抗日的活动。"1943年之后，冬青社因骨干社员离校，一度趋于沉寂。但在1943年后，冬青社又吸收了一些新社员，人数由10多人增加到30多人，活动又转为活跃。恢复了《冬青》壁报，除了在校本部出版，还在女生宿舍、师范学校和工学院出了3种《冬青》壁报，发表的也都以杂文为主。"[2] 1946年，西南联大复员北上，冬青社也随之解散。

冬青社以其丰富的社团活动、高质量的文学作品发表，在西南联大社团历史中写下了深刻的一笔，并且在当时高校中已经小有名气，牛汉就曾经回忆说："最初我并没有什么'七月派''九叶派'的

---

[1] 杜运燮：《热带三友·朦胧诗——杜运燮散文集》，北京：中国戏剧出版社，2006年，第151页。

[2] 范泉主编：《中国现代文学社团流派辞典》，上海：上海书店出版社，1993年，第218页。

第六章 个人与复数：教育生态场域中诗人们的成长与交汇

派系概念。1941年我在上中学时，曾给《诗星》投稿，《诗星》上好多作者是'九叶派'诗人，在西南联大读书的杜运燮也在这个刊物上发表过作品，他比我大三四岁。当时我还给他们写过诗，他们'九叶派'在西南联大有个社团叫冬青社，出壁报，冬青社有个具体负责人刘北汜，那时我跟他通信，给他寄诗，他告诉我我的诗在《冬青》壁报上发表了。我们在后来还有来往，他曾在上海《大公报·文艺副刊》任主编，1949年后在故宫博物院。"[1] 这里，牛汉的回忆中提及他和西南联大诗人杜运燮的两个交会点，一是他们都曾在《诗星》上发表过文章，二是都与冬青社有过关联，但后者牛汉在20世纪40年代的时候并不知晓。冬青社培养了一批优秀的诗人、作家以及编辑者，在冬青社时写作的西南联大学生后来依旧坚持写作，杜运燮、汪曾祺、穆旦、萧珊、林元、卢静等后来成为优秀的文学家，刘北汜、林元以及杜运燮后来也成为优秀的报刊编辑者，这一切都离不开西南联大冬青社，可以说冬青社培养人才的功绩不容忽视。

二、杜运燮与冬青社

关于冬青社的领导人，在1944年西南联大训导处登记为社长何扬、副社长袁成源，但杜运燮所在的西南联大前期，冬青社一直没

---

[1] 孙晓娅：《牛汉访谈录（2001年9月30日）》，《跋涉的梦游者——牛汉诗歌研究》，长春：北方妇女儿童出版社，2003年，第319—320页。

有明确的社团领导人，只是几位主要负责人。[1]据西南联大《除夕副刊》主编的《联大八年》中记载："冬青社，二十九年三月成立，导师是冯承植、卞之琳两先生，现在已为人熟知的杜运燮、刘北汜等校友，都是当时的发起人。"[2]另据杜运燮本人在与《闻一多年谱长编》的编者的通信中说："当时林抡元和我作为公开的冬青社负责人，专程前往邀请他（闻一多），他很爽快地答应了。"[3]另外在多年之后回忆西南联大校园生活时，杜运燮谈道："在这期间，我积极参与校园文艺活动，主要是参与创立联大冬青文艺社。这个学生社团聚集了许多有才华的文艺爱好者。我们办过《冬青》壁报、手抄本不定期刊物《冬青诗抄》《冬青散文抄》《冬青小说抄》及《冬青街头诗页》，举行演讲会、诗朗诵会等。冬青社的伙伴们既互相鼓励，也取长补短，相扶着继续前进。"[4]可以看出，杜运燮在前期的冬青社中很大程度上是一个组织者、领导者。

杜运燮是西南联大冬青社社团活动的组织者。从现有资料中来看，杜运燮曾多次参与冬青社演讲活动的组织工作，邀请导师来为社员演讲并做演讲记录。冯至先生曾经在回忆西南联大时谈道："1939年暑假后，我初到西南联大，人地生疏，只知认真上课，改作

---

[1] 参见李光荣：《西南联大与中国校园文学》，北京：人民出版社，2014年，第81页。
[2] 西南联大《除夕副刊》主编：《联大八年》，昆明：国立西南联合大学学生出版社，1946年，第50页。
[3] 闻黎明、侯菊坤编：《闻一多年谱长编》，武汉：湖北人民出版社，1994年，第598—599页。
[4] 杜运燮：《海城路上的求索：杜运燮诗文选》"自序"，北京：中国文学出版社，1998年，第4—5页。

业一丝不苟。过了一些时候，渐渐认识了少数同学，有听过我的课的，有没听过的。在1940年的日记里有这样一段：'10月19日冬青文艺社纪念鲁迅逝世四周年，约我作讲演，接洽人为袁方、杜运燮。'"[1] 另外，闻一多先生也曾专程来为冬青社作演讲。杜运燮回忆时说："闻先生那天是专程来联大为冬青社作演讲的，我和林抡元到联大新校舍后门去接他。"[2] 像这样的学术演讲冬青社还举办了几次，卞之琳先生也曾在冬青社发表过演讲。杜运燮在回忆中讲道："他的讲题是《读书与写诗》，是由我记录的，发表在1942年2月20日香港《大公报》上。那次演讲会在昆中南院'南天一柱'大教室举行，听众众多，我介绍时特别指出，卞之琳不仅是知名的诗人，而且大家都知道他前不久刚从解放区回来，并发表过在那里写的新作《慰劳信集》。"[3] 西南联大邀请教授演讲的记录多数都有杜运燮的直接参与，在一次次组织活动中，杜运燮成为冬青社中的骨干力量。

据《中国现代文学社团流派辞典》中记载，杜运燮负责冬青社《冬青街头诗页》版块的编写工作。"由于抗日时期的经济困难，纸张供应紧张，广大诗人们还采取各种形式发表自己的作品，杜运燮编辑的'街头诗页'就是其中之一。它主要采取诗歌传单的形式，贴在昆明市文林街、凤翥街的墙壁、大树上，以宣传抗日的短诗、

1　冯至：《阳光融成的大海》，昆明：云南人民出版社，2011年，第104页。
2　闻黎明、侯菊坤编：《闻一多年谱长编》，武汉：湖北人民出版社，1994年，第598页。
3　杜运燮：《白发飘霜忆"冬青"》，《热带三友·朦胧诗》，北京：中国戏剧出版社，2006年，第177页。

讽刺诗、打油诗为主，多采用'马雅可夫斯基体'和'田间体'。"[1]现如今，研究者已经很难寻觅到杜运燮曾经带有"田间体"的诗歌文本了。学者姚丹也对此做出了解释："作为'宣传'的诗作，和作为独立艺术作品的诗作，在他们是做了有意识的区分，虽然这种区分无法绝对。区分了不同的写作功用和不同的拟想读者，'宣传的'作品和'平常的'作品就不用互相迁就，而可以并行不悖，朝着各自艺术的'极致'发展。"[2]

同时，杜运燮也是西南联大冬青社诗刊的积极投稿人。《冬青》壁报就曾刊登过杜运燮的诗歌《粗糙的夜》。而从校外的诗歌发表情况来看，杜运燮更是积极的诗歌写作者。以发表在《革命军诗刊》上的《西南联大冬青文艺社集稿》来说，《革命军诗刊》共出刊11期联大冬青社集稿。第1期诗刊没有发表联大师生作品，从第2期开始到第11期结束大多为联大冬青文艺社集稿作品。其中在1941年6月9日第2期诗刊上发表了杜运燮的《风景》，7月21日第3期上发表了杜运燮的《我们打赢仗回来》，9月12日第4期上发表了杜运燮的《十四行二首》，值得注意的是，第4期上仅有杜运燮作品发表，且未标明"冬青文艺社集稿"字样。另外11月27日第6期上发表了《天空的说教》，第7期无西南联大作品，1942年2月27日第8期上发表了杜运燮的《诗二首》，5月26日第9期出刊杜运燮的《机械士——机场通讯一》，7月13日第10期出刊《在一个乡下的无线电台里》，以及最后8

---

[1] 吕进等著：《大后方抗战诗歌研究》，重庆：重庆出版社，2015年，第176页。
[2] 姚丹：《西南联大历史情境中的文学活动》，桂林：广西师范大学出版社，2000年，第225页。

月30日出刊的第11期中的诗歌《向往》。可以看出，除去第7期无西南联大作品发表，第5期没有诗人杜运燮的作品之外，在全部《革命军诗刊》中，杜运燮是发表诗歌频率最高的诗人，甚至在第4期中仅有杜运燮的诗歌作品出现。此外，杜运燮在《文聚》期刊上也发表了《滇缅公路》《马来亚》《风景》等具有代表性的诗歌作品。众多诗歌作品的发表，不仅增强了诗人的创作信心，提高了诗人的诗歌写作能力，而且使得诗人完成了从诗歌爱好者到诗人的转变。

第二节 "文艺社"·子民图书馆·学生运动

与许多在北平读书的大学生一样，李瑛最初考入北京大学是希望能够安下心来读书，无奈置身动荡的时代与社会，这一基本的诉求根本无从实现。在北京大学校园，李瑛目睹并参与了很多历史事件，民主广场以及民主墙都曾留下诗人参加学生运动、参与斗争的身影，"在这里，我认识到该怎样根据新的原则建设新世界。我懂得了文学，懂得了诗，懂得了艺术，我发现它们的力量可以创造新的生命。……在这里，我真正懂得了什么是革命，什么是幸福，我变得聪明起来，我找到了通向未来的光辉的道路"[1]。暗存于北京大学的政治导向和教育环境逐渐改变了李瑛的个人身份归属感，潜移默化地影响使他由在社会现实中存留许多困惑的大学生转变为一名坚定的无产阶级革命战士。

---

1 李瑛:《迎接黎明——给我美丽的勇敢的爱自由的北大》,《李瑛诗文总集》(第12卷),北京: 中国文联出版社,2010年,第190页。

一、北京大学"文艺社"对诗人诗歌观念的熏染

1943年,还在唐山读中学的李瑛就曾参加过由市内各中学学生联合组成的"田园文艺社",他们的作品常在北京《时言报》副刊《文艺》和《诗刊》上发表,1944年他们出版了一册五人新诗合集《石城的春苗》,这可以说是李瑛加入学生社团的先声。[1] 此后,李瑛在北京大学求学期间曾加入学生社团"文艺社",参与了"文艺社"所组织的众多文学活动,后期还参与了"文艺社"的组织工作。

1945年3月,"文艺社"成立于西南联大,西南联大解散后,"文艺社"也随三所高校转移到平津地区,分化为北京大学"文艺社"、清华大学"文艺社"等。据北京大学"文艺社"的组织者王景山回忆,"文艺社"的活动主要包括以下几个方面:一是继续出版《文艺》壁报,由王景山和赵少伟负责。《文艺》壁报每半个月发行一期,每期总字数在两万左右,登载的文学作品既有诗歌,也有小说、散文以及评论等,这些作品被用钢笔誊录在白纸上。二是"组织社员就某些文学作品或文艺问题进行阅读、学习、讨论,如'色情文学'问题,如路翎的小说等。这项工作主要是朱谷怀负责"。三是"独立举办或协同举办一些文艺活动"。[2] 北京大学"文艺社"所组织的文学活动包括系列文学讲座,每周日举行,并且不限于校园之内,

---

[1] 参见罗执廷《民国时期中学生的新文学接受研究》,广州:花城出版社,2019年,第173页。

[2] 王景山:《回忆北大文艺社》,《粉笔生涯》,北京:首都师范大学出版社,2007年,第52—53页。

第六章　个人与复数：教育生态场域中诗人们的成长与交汇

因此影响很大。讲座题目包括《文学批评的课题》(李长之)、《谈诗》(朱光潜)、《好与妙》(朱自清)、《作家与作品》(李广田)。[1]四是成立文学小组，阅读和讨论解放区的文学作品，如《白毛女》《李有才板话》《王贵与李香香》《白求恩大夫》等。[2]

李瑛在"文艺社"期间，不仅参加了该社所举办的各种文学讲座、作品研讨会，还曾经化名在社团主办的壁报上面发表一些进步诗歌作品。1948年11月，由于国民政府对进步学生的高压政策，北京大学"文艺社"和"新诗社"中的学生骨干先后离开北平，转移到解放区。因此"文艺社"和"新诗社"无法再进行正常的活动，便由李瑛代表文艺社、柳嘉代表新诗社将两社合并，更名为"北大新文艺社"。

北京大学"文艺社"的社团活动最初给李瑛的影响主要体现在文学艺术层面，从文学讲座到作品研讨，诗人得以从文学创作和艺术观念上有所进益："似乎一开始，大部分的社员就是单纯的'学习写作''学习技巧''获得文学修养'。"[3]但是后期的"文艺社"明显增注了进步的思想，社员对"文艺社"的期待转变为"推进现实历史斗争，推进现实人生斗争"，他们视诗歌为进步学生运动的组成部分，认为诗作为时代的号角理应为实现民族解放而努力。李瑛在北京大学后期诗歌艺术风格的转变与社团氛围的熏陶密切相关。

1　参见贺家宝《北大红楼忆旧》，北京：大众文艺出版社，2007年，第71—86页。
2　参见王景山《回忆北大文艺社》，《粉笔生涯》，北京：首都师范大学出版社，2007年，第53—54页。
3　《北大的社团·文艺社》，载王学珍、郭建荣主编《北京大学史料》(第4卷)，北京：北京大学出版社，2000年，第937页。

二、作为思想通道的子民图书室

相较于北京大学"文艺社"对进步思想传播的笼统性，子民图书室在这方面对李瑛的影响则更为具体。大学图书阅览室是一个封闭而敞开的阅读空间，它对学生思想和精神的影响极为重要，是大学教育场域中不容忽视的存在。不过，在以往的研究中，鲜少关注图书阅览室的资料储备、环境建设以及管理方法对大学建设、师生教学、学生研习的重要意义，这无形中遮蔽了现代大学教育研究中一个极具生长点的问题。1947年10月21日，由北京大学院系联合会的学生发起并管理[1]的子民图书室正式成立并开放。子民图书室的图书由学生向北京大学教师募集而来，并发动捐款活动来作为管理运行的资金。通过上门拜访和向社团、学生、书店、作家等募集的方式，子民图书室在很短的时间内征集了千本以上的图书。子民图书室表面上以北京大学校长蔡元培（字子民）的名字来命名，考虑到他在新旧两派人中，都具有影响力，容易得到外援，而且这个名字相较"五四"等更为温和，刺激性小。不过，名义上是"为了纪念故校长蔡子民先生"[2]，实际上却是由中共地下组织直接领导的。"中共地下组织领导的北京大学子民图书室创建并发展壮大，在解放战争时期的第二战场上发挥了重要的作用。"[3]

1　参见《北大子民图书室今日起开放》，《益世报》1947年10月21日。
2　北京大学学生自治会北大半月刊社编：《北大1946—1948》，1948年。
3　庄守经：《英烈千秋开伟业，书城百载谱新篇——纪念北京大学图书馆建馆九十周年》，《北京高校图书馆》1993年第1期。

第六章　个人与复数：教育生态场域中诗人们的成长与交汇

1948年3月，罗歌在子民图书室成立一年后接受采访时，详细介绍了图书室的有关情况："目前她已有二千多册书籍，一千多册杂志、资料。这些书籍的来源大半是同学捐出来的，另外一些是教授、校外文化界人士、书店、出版家捐赠的，另外有四十几个杂志社经常赠送杂志。无疑的，她是北京大学沙滩区同学的一个新的精神食粮的仓库，是一部分教授、职员、工友借书的地方。目前很快地又变成中学同学的家了。据我粗略的估计，平均每天借书的人在八十左右，阅览的人在百人左右。"在回忆中，罗歌不仅对子民图书室的建设做出全面的描述，还将它生动地比喻为"精神食粮的仓库"，再看看他讲学校中不同身份的人对子民图书室的评价："北大同学对子民图书室的反响都很好，这自然是因为北京大学没有一个好的图书馆，而且这种工作直接对他有利益，所以一般的说来很不错。教授方面，大部分教授觉得这是一种学术性的东西，所以不会理解到她所起的别的作用。至于学校当局自然是反对这种东西，起初在表面上反对，现在表面上也敷衍敷衍，骨子里仍然采取反对的态度。校外同学对她的反映很好，文化界对她的反映也很好，像作家曹靖华、许广平、叶圣陶、巴金……都送了很多书，并且来信鼓励，表示愿意支持她。"[1] 可见，子民图书室作为思想通道，将解放区出版的文学作品以及进步书籍带入北京大学，对进步思想的传播起到实际推进作用。同时，它还成为北京大学师生与外界沟通、关联的纽带，这个纽带

---

1 张莉莉、罗歌：《关于北京大学"子民图书室"的有关档案史料（续）——正在成长中的子民图书室》，《北京档案》1987年第5期。

不仅不会引得相关部门的拆解，还堂而皇之地进入官方视野，持续输入进步的思想书籍："在加强社团活动的同时，地下党还通过院系联合会设立了两个公开出借进步书刊的图书馆，即五四图书室和子民图书室。前者主要收集进步的刊物报纸，后者主要收集马列主义理论书籍。"[1] 不难想见，对于一众北京大学进步青年，子民图书室在他们心中已然超越一般意义上的图书馆，化身为先进思想输入的源头。如同架起一座桥梁，思想激进的李瑛通过阅读图书室中的进步书籍，对马列主义以及左翼的进步文艺有了深入的认识，并在其思想中产生了一定的激荡："我从学校图书馆、后来在学生院系联合会自己筹办的子民图书室和小小的文化服务社里，读到了许多对我一生产生重大影响的书籍。"[2] 这些书籍为李瑛此后参与北京大学学生的进步活动，进而加入党的地下组织奠定了关键的思想根基，更为他后来毅然加入解放军随军南下埋下了伏笔。

身为校园诗人，李瑛在思想和人生方面的重要抉择与一个小图书馆就此发生了不容忽视的联结，反观其中的必然和偶然，值得我们深刻反思的恰恰是教育场域研究中长期以来最易为人忽略的空间——图书馆。它提供给校园诗人的是立体的、敞开的、流动的教育空间、学习空间以及交流空间，这种精神维度和阅读层面的影响，我们无法套用既有的模式去评价。不过可以确定的是，对其研究的

---

1 萧超然等编：《北京大学校史（1898—1949）》，北京：北京大学出版社，1988年，第437页。
2 李瑛：《迎接黎明——给我美丽的勇敢的爱自由的北大》，《李瑛诗文总集》（第12卷），北京：中国文联出版社，2010年，第189页。

加强和关注，有利于祛除我们对校园生态理解的陈旧范畴，可以丰富教育场域曾经被框定的空间。

三、学生运动的触发

李瑛考入北京大学以前，华北地区一直被日本侵略者所统治。长期目睹沦陷区的社会现实以及在唐山与天津之间的流浪生活，使李瑛对社会的现状极为不满，但同时又找不到解决这些不满的方式。甚至直至进入大学之后，"最初是怀着政治上的苦闷、精神上的压抑在彷徨和思考"，但是在北大特殊的校园环境感召下，李瑛"后来则变成了积极的反抗和对革命的追求"[1]。这种思想转变的发生，在一定程度上与他受到学生运动的感召有关。

在谈到20世纪40年代的校园生活时，李瑛认为在国民党反动派发起全国性的内战之后，北平的学生运动风起云涌，从"沈崇事件"到1948年7月的"七五血案"，北平的学生们一次次站出来，提出自己的正当要求，与国民党反动派展开正面的较量。这些抗争总是遭到国民党当局的疯狂镇压，却激起了学生们一浪高过一浪的正义抗争。这"使我逐渐认识到这样的大环境是难以安稳地放下一张书桌的，必须到斗争的激流中去"[2]。置身残酷的社会现实中，只专注于封闭的个人世界已经变得不合时宜，历次学生运动归根结底都涌动着

---

[1] 李瑛：《〈李瑛诗选〉自序》，《李瑛诗文总集》（第14卷），北京：中国文联出版社，2010年，第172页。
[2] 李瑛：《我的大学生活》，《新文学史料》2001年第1期。

思想变革问题，作为爱国青年，校园中的李瑛责无旁贷地投入到现实斗争之中，并欣然于其中的历练和成长。

北京大学的学生运动首先使李瑛接触并信仰了无产阶级思想："在大学里，我得以接触到党的地下组织，使我有可能读到一些马克思列宁主义的书籍，一些关于哲学、政治经济学、文学和美学方面的书籍、报纸。马列主义的科学指导了我对世界的认识，提高了我的觉悟，回答了我许多不解的问题，使我在思想上和感情上逐渐地坚强、深刻起来。"[1] 李瑛在将无产阶级的思想作为终生奉行的科学信仰之后，积极参与中共地下组织在北京大学的活动。一次次的学生运动之外，他还与大学室友艾治平一起，编印进步书刊。艾治平结识北京大学史学系地下党员岳麟章以后，遂在其介绍之下参加地下党的外围组织。后艾治平又介绍李瑛一起，把岳麟章从解放区带到北京大学的报纸等剪裁编辑成两本小册子，一本叫《新中国在前进》，一本叫《新中国目击记》。[2] 为了躲避国民党的查禁，李瑛和艾治平用《秉烛后谈》作为这些小册子的封面，印出来之后再寄发出去[3]，在收信人当中还包括北京大学中文系教师沈从文。也正是在岳麟章的介绍之下，李瑛在离校之前秘密加入了中国共产党。

1　李瑛：《〈李瑛诗选〉自序》，《李瑛诗文总集》（第14卷），北京：中国文联出版社，2010年，第171页。
2　参见艾治平《我在北大的读书生涯》，《北大岁月：1946—1949的记忆》，北京：北京大学出版社，2013年。
3　参见李瑛《风停雨霁惊回首——自传〈人生有情〉序》，《李瑛诗文总集》（第13卷），北京：中国文联出版社，2010年，第340页。

对无产阶级思想的信仰以及对共产党的忠诚，使李瑛自觉地将自己的诗歌创作纳入为人民革命服务的目标中，初入北京大学时那些具有明显的现代主义艺术特色的诗歌逐渐减少，代之以《窗》《暴风雨之前》《枪》《石像》等洋溢着斗争激情的诗歌。特别是《中国学联，我们的旗》这首诗，诗人赤诚地呼吁"我们高高举起你来啊／中国学生解放的大旗／就用我们在昨天'反迫害'的手／就用我们在昨天'反饥饿'的手／就用我们曾经为控诉反动罪行而高举的拳头／就用我们曾经抬过死难兄弟们尸体的手"，类似于口号的诗行澎湃着年轻校园诗人昂扬的诗情，他的视野果断地从校园跃然而出，遥遥看到"千万个人""千万双手""高举着你""前进"："中国学联，我们的旗／千万个人仰望着你／高举着你／前进啊／向着毛泽东大路／向着新民主主义的新中国。"从他这类诗作中我们很容易回到曾经熟悉的革命诗歌话语体系中，而且也难以将这类诗作和北京大学校园的创作原产地关联起来。不过，这首诗发表时确实署名"北大新文艺社"，以北京大学学联的斗争传统为主题，通过具有强烈感召力的语言呼吁青年学生为新中国的到来而战斗，这与李瑛20世纪五六十年代的诗歌艺术风格大大缩短了差距。

与此同时，北京大学的学生运动也使李瑛接触到了进步的文艺作品和文艺政策。在北京大学读书期间，李瑛接触到了毛泽东的《在延安文艺座谈会上的讲话》，虽然距离这篇讲话最初发表日期已经过去很长时间，但是初次读到《讲话》还是给李瑛带来极大震动，他"开始认识到自己很幼稚、苍白，必须到火热的斗争中去锻炼、充实自己"[1]。也正是学生运动的感召,点燃了李瑛接触进步的左翼文学作品的热情,他这一阶段除阅读当时在北平高校中广泛传播的《王贵与李香香》《马凡陀的山歌》等来自解放区的诗,也读到来自国统区的进步诗歌:"绿原的政治抒情诗是比较进步的,当年搞学生运动的时候经常朗诵绿原的诗。"[2]李瑛还专门写了一篇诗歌论文《论绿原的道路》,发表在《诗号角》上面。文中他呼吁诗人要"扩大写作对象,到工厂、乡村和军队中去,当现在革命向全国积极扩展的今天,当革命深入农民的穷乡僻壤和战争在原野日夜推进的时候,大众的启蒙实在是一件长期艰苦的工作,因此领导大众向上,增强大众战斗意识以及教育普及的责任,便应该为我们所强调"。李瑛还根据延安文艺座谈会提出的"文艺大众化"的思想,号召诗人"要学习群众的语言和改造自己的思想情绪,方能使自己所写的文艺大众化"。[3]这一方面是李瑛对绿原等诗人的希冀,另一方面也是李瑛对自己诗歌创作的一种勉励。

在北京大学特殊的校园环境的熏染下,李瑛在思想层面完全接受了中共地下组织所传播的无产阶级革命思想;在文学创作层面,他明确认同以《在延安文艺座谈会上的讲话》为指导方向的进步文艺,这也就不难理解为何在北京大学在读后期,其诗作中现代主义倾向逐渐消退,而现实主义的、战士的突进精神得以明确凸显。如

---

[1] 峭岩:《创造时代的精神美——访诗人李瑛》,载万叶编著《李瑛诗歌研究文选》(下卷),北京:华艺出版社,2016年,第1017页。
[2] 孙晓娅、寇硕恒:《"对诗歌心存敬畏"——李瑛访谈录》,《新文学史料》2019年第3期。
[3] 李瑛:《论绿原的道路》,《诗号角》1948年第4期。

此，李瑛从怀揣着现代主义诗情的校园诗人果断踏上政治抒情诗的道路，也就具有了思想承袭和诗学转向的合理性。需要指出一点，李瑛的转向并未削弱他对诗歌艺术的尊重，在此后漫长的诗歌创作中，李瑛始终坚守着诗歌的真诚品格，不断巡弋于诗性和意识形态的罅隙中，反观他持久保持的写作姿态，与其出道时的学生诗人身份不无关系。

第三节 "精神圈子"：以诗会友的西南联大诗人群

西南联大不仅会集了20世纪40年代中国不同阶段优秀的诗人教授，还活跃着一众校园学生诗人。他们意气风发，热爱文学和诗歌，在战时中国的大西南，置身"移动"的校园，因为共同的文学爱好在精神层面互相影响，并确定了自己的写作方向，形成创作氛围浓郁的"精神圈子"。正如美国著名的小群体社会学家西奥多·M.米尔斯所言："在人的一生中，个人靠与他人的关系而得以维持，思想因之而稳定，目标方向由此而确定。"[1]

一、诗歌"精神圈子"构成的战时语境

西南联大诗人群的联络与交往多发生于校园内，主要通过社团活动进行沟通、交流。比如，穆旦、杜运燮、赵瑞蕻、林元、刘北

---

[1] 〔美〕西奥多·M.米尔斯：《小群体社会学》"引言"，温凤龙译，昆明：云南人民出版社，1988年，第3页。

氾、汪曾祺、肖荻、张定华等都参加过"高原文学社"或"冬青文艺社"等进步学生文艺社团的活动，还得到过朱自清、卞之琳、冯至、李广田等老师的指导与支持。[1] "高原文学社"是1938年12月1日由"南湖诗社"改名成立，其宗旨是"以新文学创作为宗旨，以创作服务于抗战和反映现实的作品为主要方向，以崇高的艺术品位为追求，以壁报为发表作品的基本园地，积极开展各种活动，壮大组织"[2]。高原文学社打破南湖诗社创作题材的局限，扩大了文学体裁，诗歌成为他们特别重视且主推的创作文体，不仅产生了穆旦、林蒲和赵瑞蕻等颇受西南联大学生喜欢的校园诗人，而且还凝聚了一批优秀的诗人、作家，按照年级可以列出：王佐良、赵瑞蕻、杨周翰、汪曾祺、罗寄一、巫宁坤、陈时、萧珊（陈蕴珍）、杨苡、郑敏、袁可嘉、何达等，他们在西南联大校园构成了一个诗性的交往圈子，互相促进和成长，构成了西南联大独特的诗歌"精神圈子"。

三十年后，当穆旦再次回忆起当年在浓郁的诗歌校园氛围和战时的环境中共生的友谊时，他深情地写下了《友谊》《秋》等感人的诗篇：

> 我珍重的友谊，是一件艺术品
> 被我从时间的浪沙中无意拾得，
> 挂在匆忙奔驰的生活驿车上，

---

[1] 参见李方编《穆旦（查良铮）年谱》，《穆旦诗文集（2）》，北京：人民文学出版社，2007年，第352—353页。
[2] 李光荣：《高原文艺社始末及其意义》，《新文学史料》2007年第2期。

有时几乎随风飘去,但并未失落;

又在偶然的遇合下,被感情底手
屡次发掘,越久远越觉得可贵,
因为其中回荡着我失去的青春,
又赋于我亲切的往事的回味;

受到书信和共感的细致的雕塑[1],
摆在老年底窗口,不仅点缀寂寞,
而且像明镜般反映窗外的世界,
使那粗糙的世界显得如此柔和。

1976年6月
——《友谊》[2]

这大地的生命,缤纷的景色,
曾抒写过他的热情和狂暴,
而今只剩下凄清的虫鸣,
绿色的回忆,草黄的微笑。

这是他远行前柔情的告别,

---

[1] 作者手稿作"雕琢"。
[2] 《穆旦遗作选》,原载《诗刊》1980年第2期。又见李方编《穆旦诗文集(1)》(增订版),北京:人民文学出版社,2014年,第335—336页。

然后他的语言就纷纷凋谢;

为何你却紧抱着满怀浓荫,

不让它随风飘落,一页又一页?

1976年9月[1]

——《秋》[2]

二、心灵的沟通者：杜运燮与穆旦的交往

在西南联大读书时，穆旦、杜运燮和郑敏并称为"联大三诗人"，正如"九叶诗人"唐湜的描绘："这三个人里，杜运燮比较清俊，穆旦比较雄健，而郑敏最浑厚，也最丰富。"[3]作为"联大三诗人"，杜运燮和穆旦不仅接触亲密，而且与穆旦的相识，对杜运燮的诗歌创作影响重大。

杜运燮在回忆自己的诗歌创作道路时说："其实，写诗还是迟迟疑疑、犹犹豫豫地走过来的。有相当长一段时间，总觉得自己的特长是在理科方面，怀疑自己是否有文艺'细胞'，特别是写诗'细胞'。后来终于坚持下去，热爱'成癖'，主要是靠一些诗友不断鼓励着、搀扶着、拉着走上路的。在这条路上，很幸运，遇到好多对

---

[1] 作者手稿落款作："良铮，76.9.16晚"。
[2] 《穆旦遗作选》，原载《诗刊》1980年第2期。又见李方编《穆旦诗文集（1）》（增订版），北京：人民文学出版社，2014年，第343—345页。
[3] 唐湜：《静夜里的祈祷——郑敏论》，《九叶诗人："中国新诗"的中兴》，上海：上海教育出版社，2003年，第184页。

我厚爱的诗友。"[1]而穆旦就是其中重要的一位。

穆旦于1935年考入北平清华大学外文系，1940年在西南联大毕业后留校任教，1942年参加中国远征军，离开联大进入缅甸抗日战场。在杜运燮1939年来到西南联大之前，穆旦早在1937年11月就已完成了第一首较为成熟的作品《野兽》。1939年到1940年在校期间，穆旦已写下《防空洞里的抒情诗》《在旷野上》《蛇的诱惑》《玫瑰之歌》《从空虚到充实》《劝友人》《不幸的人们》《我》《五月》《智慧的来临》等诗歌作品，他的一系列优秀的诗篇与他的才华一起早已使他成为同学们心中羡慕的校园诗人。另外，穆旦也是校园诗社的重要力量。从"湘黔滇旅行团"中走过来的刘兆吉出于对诗歌的爱好，邀请闻一多、朱自清作为导师与同学一起成立了南湖诗社。穆旦是南湖诗社的创始成员之一，同时也是诗社最热心的支持者之一，贡献也最大。"在南湖诗社成立之前，首先征求他的意见，他欣然同意，以后凡大会小会，他都按时参加，每次出刊，他都带头交稿，有时协助张贴等工作，有时请他帮忙审稿，提出修改意见。"[2]穆旦的《我看》《园》、赵瑞蕻的《永嘉籀园之梦》、林蒲的《忘题》、周定一的《南湖短歌》等优秀诗歌作品最初都发表在了《南湖诗刊》上。这样热爱诗歌创作的穆旦自然地与文学爱好者杜运燮成了朋友，当杜运燮回忆起与穆旦的相识经历时，他特别清楚地记得"见面的

---

1 杜运燮：《海城路上的求索：杜运燮诗文选》"自序"，北京：中国文学出版社，1998年，第4页。
2 《刘兆吉文集》，编委会编：《刘兆吉诗文选》，重庆：西南师范大学出版社，2003年，第130—131页。

第一次，他穿着褪色的蓝布大褂，那是当时联大学生最普遍的服装。他大概也已经知道我也爱写诗。没有人介绍，他就问我是否从厦门大学转学来的，是否原来念生物系，听说林庚先生在那边开'新诗习作'课等。他那对人热情诚恳的态度使我们很快就熟悉了，谈得很愉快。我们在校门前两旁有由加利树的马路上来回走了好几趟"[1]。在杜运燮的眼中，他与穆旦是一见如故，认为"写诗的人一下子就会有共同的语言，可以开门见山，无须客套，而彼此就理解了"[2]。

穆旦是杜运燮诗歌道路上的启蒙者。从入学的时间来讲，穆旦是杜运燮的学长。穆旦1935年入校，1940年毕业，1942年离校。杜运燮是1939年转学进入联大外文系二年级，1941年年底离校，1945年毕业。根据《北京大学史料》第3卷[3]中长沙临时大学学生名录中所见，外国语文学系穆旦在1937年就已经是原清华大学外文系三年级学生。查长沙临时大学1937年度校历[4]，由于长沙临时大学在1938年1月被迫迁校，第二学期改为1938年5月2日开始8月18日结束，所以穆旦于1940年才毕业留校任教。杜运燮大学二年级的时候，穆旦已经是将要毕业的毕业生。杜运燮曾经这样描述自己与穆旦的关系："穆旦是我最谈得来的诗友。他早慧，很早就写诗，当时已发表一些较成熟

---

[1] 杜运燮：《热带三友·朦胧诗——杜运燮散文集》，北京：中国戏剧出版社，2006年，第156页。

[2] 杜运燮、袁可嘉、周与良编：《一个民族已经起来——怀念诗人、翻译家穆旦》，南京：江苏人民出版社，1987年。

[3] 王学珍、郭建荣主编：《北京大学史料》（第3卷），北京：北京大学出版社，2000年。

[4] 张思敬等主编，北京大学等编：《国立西南联合大学史料三：教学、科研卷》，昆明：云南教育出版社，1998年，第19页。

的作品……在写诗方面，我们有越来越多的共同语言，我也就怀着更浓厚的兴趣继续写诗。有时几乎天天写，每天写一首或数首。"[1]穆旦与杜运燮之间这种诗歌交流从长沙临时大学燕卜荪教授那里就已经存在，爱好诗歌的联大学子在接受燕卜荪教授传授的西方现代派诗歌艺术之后，已经开始有意识地学习。穆旦本人是一位专注喜爱西方现代诗歌流派的诗人。奥登、艾略特、叶芝等是他最喜欢的外国诗人，赵瑞蕻在回忆自己同窗穆旦时，印象深刻的是"穆旦有一部美国教授佩其编选的《十九世纪英国诗人选集》影印本，视为珍品，时常翻阅，反复吟诵……，他尤其醉心其中《威士敏特斯教堂》这一篇，都背熟了穆旦还时常念，也十分喜欢惠特曼，他爱《草叶集》到了一个发疯的地步，时常大声朗诵"，《啊，船长，我的船长啊！》等篇都烂熟于心；后来他又转向读叶芝、艾略特、奥登等——他读的都是英文原著。[2]爱好诗歌的穆旦在面对同样对诗歌感兴趣的杜运燮时，自然就将自己喜爱的诗人、作品介绍给了杜运燮，"从他那里，知道了燕卜荪和英国'粉红色30年代'奥登等诗人群，以及他们所推崇的前辈英国诗人"[3]。杜运燮从穆旦那里得到了诗歌的启蒙，由此开始写诗、读诗、讨论诗，从某种意义上讲，作为学长的穆旦是杜运燮诗歌道路上的领路人。

1　杜运燮：《海城路上的求索：杜运燮诗文选》"自序"，北京：中国文学出版社，1998年，第5页。
2　参见赵瑞蕻《南岳山中，蒙自湖畔（下）——怀念穆旦，并忆西南联大》，《新文学史料》1997年第4期。
3　杜运燮：《海城路上的求索：杜运燮诗文选》"自序"，北京：中国文学出版社，1998年，第5页。

穆旦是杜运燮心灵的沟通者。在1941年11月27日出刊的《革命军诗刊》里，刊登了穆旦的作品《潮汐——给运燮》，据《穆旦诗文集（2）》（增订版）介绍，此诗为穆旦1941年1月所作。1941年穆旦已从联大毕业，并留校担任外文系助教，此时的杜运燮为联大外文系三年级学生。穆旦给杜运燮的这首诗显示的是两个人之间的应答。"当庄严的神殿充满了贵宾／朝拜的山路成了天启的教条／我们知道万有只是干燥的泥土／虽然，塑在宝座里，他的容貌／／仍旧闪着伟业的，降服的光芒／已在谋害里贪生。而那些有罪的／以无数错误铸成历史的男女／那些匍匐着献出了神力的／／他们终于哭泣了，自动离去了……"[1]在这首诗中，穆旦以强烈的自我意识对既有价值观产生了怀疑："庄严的神殿原不过是一种猜想"，同时表现出诗人想要表达的主题"现代人的无处皈依"："以无数错误铸成历史的男女／那些匍匐着献出神力的／／他们终于哭泣了，自动离去了。"然而这种穆旦式的诗歌表达在杜运燮诗歌作品中也有所反映。发表在1941年11月19日香港《大公报》文艺副刊的《赠友》一诗，同样表现了诗人对自我存在的反思。在《赠友》中，诗人同样对世界抱以怀疑与否定："我有眼泪给别人，但不愿／为自己痛哭；我没有使自己／适合于这个世界，也没有美丽的／自辟的国土。"[2]诗歌表现出了同样的自我认知感受即我"不适合于这个世界"，这是诗人对自我存在的一种反思。《潮汐——给运燮》与《赠友》不约而同地将他们对生命存在的

---

[1] 李方编：《穆旦诗文集（2）》（增订版），北京：人民文学出版社，2014年，第375页。
[2] 杜运燮：《赠友》，载王圣恩选编《九叶之树长青——"九叶诗人"作品选》，上海：华东师范大学出版社，1994年，第132页。

思考在诗中完成了对答，这是穆旦与杜运燮用诗歌形式对世界的应答，同时也是朋友之间思想的沟通。

杜运燮在西南联大与穆旦结下了一生的友谊。杜运燮不止一次地谈起他与穆旦的关系。自穆旦去世以后，杜运燮先后写了《忆穆旦》《忆穆旦（查良铮）》《穆旦著译的背后》《穆旦为爱女译书》等回忆性的文章，同时参与编选《穆旦诗选》《一个民族已经起来——怀念诗人翻译家穆旦》等多部穆旦的诗歌选集。在所有杜运燮的回忆类文章中，除去他本人在海外生活的回忆，几乎全部记载的是有关西南联大的内容，而在这些内容当中，很大一部分有穆旦的身影。从穆旦的角度来讲，他也把杜运燮看成了自己一生的好友。杜运燮与穆旦的友谊直到老年依旧深厚。在穆旦生命的最后时期，分别在1975年、1975年6月28日、1976年12月9日、1976年12月29日、1977年2月4日、1977年2月18日给杜运燮写信。[1] 这六封信是研究穆旦的珍贵文献，同时它也见证了杜运燮与穆旦相连一生的友情。在信中穆旦为杜运燮夫妇手抄的《友谊》《秋》也让世人看到那份相交于诗的真挚与感动。

---

1 李方编：《穆旦诗文集（2）》（增订版），北京：人民文学出版社，2014年，第143—153页。

第七章 "她"的心智书写：现代大学生的诗思生成

教、学、实践，是大学教育运行体系中最核心和关键的三个流程，既有的民国文学教育研究多局限于教与学的二元模式，文学实践作为教育体系中的重要构成元素常常被省略，有时也被放置在新诗讲义研究之中一笔带过，研究者对此重视不够。以新诗为例，新诗教育实践包括诗歌写作、朗诵、诗剧展演等，其中诗歌写作最易表达实践主体的个体生命经验。第七、八两章着重研究大学生在读期间所创作的诗歌，通过代表性诗歌文本的研究，再现校园诗人对在校日常生活、青春情感的表达，重点关注大时代语境下大学生个体生存境遇与现实经验书写，从他们的青春理想和气质、生命感悟和现代情绪、民族家国情怀和人生选择等路径寻踪他们的心智走向、诗性的在场以及对现实生活的介入。

我们依据创作主体的性别划分出两章，如此分章是为了彰显民国文学教育研究中始终被淡化的性别意识问题。第七章和第八章分别选择三位具有代表性的校园女诗人和校园男诗人，这样划分出于如下考虑：

1.中国几千年文学史始终是男性书写的历史，女性诗歌创作始终潜伏于诗歌史流脉之下，这一固定格局被五四新文化运动打破。毋庸置疑，女诗人与男诗人确实存在书写风格和精神向度的诸多差异，那么，落实到校园经验诗写，不同性别的诗人在经验表达和写作视角选取方面有无相通；是否存在经验表达的差异；女诗人主体意识的觉醒与男诗人主体意识的觉知有无差异……这些都是很有价值的议题，有助于延伸既有的新诗教育研究视域。

2.集中选择五位大学期间有相应诗歌创作成就的校园诗人进行研究，兼及新诗教育研究、诗学研究、性别研究这三个维度的考量，虽然所选五位诗人在教育经历、诗学观点、美学向度等方面毫无交集，在诗歌创作成就、百年新诗史的地位、诗人自我身份的觉知、诗歌创作中的校园归属感、就读期间的阅读史等方面迥然有异，但是通过他们在校时期的诗歌创作我们可以寻踪青春的诗歌、青春的生命、青春的思想、青春的情感、青春意识观念中的政治选择是如何发生与演绎的，通过对诗人个案的逐一探察我们可以捕捉到校园诗人在校写的主体情感流变与大学教育、校园文化生态、大时代变革乃至政治话语之间隐秘的关联和影响，通过细读他们的诗歌文本——在某种程度上，他们在校期间完成的诗歌创作本身也是一种史料，走进大学生读书与生活的多元处境，捕捉校园诗人繁复的现代情绪如何融入新诗现代性进程之中，在教育视域下反思在校青年大学生诗歌创作中的主体性建构、对时代和现实的关注、情感表达方式的不同选择和诗歌创作路径的转变与当时学校教育的交接所在。

3.大学校园不仅仅是大学生读书生活的场所,它还是诗歌创作的展演空间,校园承载着诗人的情感,不同的校园环境、校园文化生态、校园的政治氛围在不同性别诗人写作中产生过不同的影响,具体到第七、八两章所选的六位诗人,他们的诗歌创作从1919年持续到1949年,从五四新文化运动到中华人民共和国成立,完整地跨越了30年民国历史、社会思潮与政治文化的激变。一方面,我们通过诗歌文本感受不同性别诗人的青春情绪与感叹;另一方面,他们的诗歌关注的意象与景观、日常经验与时代语境又带我们回到民国诗歌教育现场,走入不同性别诗人的校园经验书写和现实关怀之中,进而管窥性别差异对校园诗歌写作是否会产生影响或产生了什么样的影响。

近年来,文学教育研究的生长点几乎停滞了,从性别研究入手打开新诗教育的疆域是这两章研究的一个尝试,具体到章节上,第七章选择徐芳、郑敏两位女大学生诗人基于如下共性:(1)初涉诗坛便值遇到就读大学中赫赫有名的诗人教授的悉心指引,比如胡适之于徐芳,冯至之于郑敏,老师都是民国文学前辈级导师——当然,因为她们卓然的文学天赋和笃定的创作态度而得到文坛前辈和恩师的肯定也是她们共同的文学幸事。(2)本章(包括下面的第八章)所关涉和研究的诗作,多是在大学读书期间完成的作品。在此期间,两位女诗人都经历了诗人身份的无意识到自觉确立的路径——这看似不是一个问题,但如果我们和男诗人身份的确知生成过程略做比较,即可发现性别身份背后潜存着很多值得讨论的议题。比如,女诗人身份建构的过程与现代女性主体性的生成和建构，比如男女诗人身份的确立与现代大学教育呈现出不同关联。（3）两位女诗人都有潜在的对话语境，徐芳以女学生心态感受生活，同时关注诗歌史的撰写问题；郑敏始终沉浸于探索人类思想和女性知性写作，最后走向现代诗学建设之路。同为女性，她们分别为民国不同阶段女大学生诗人的代表，因为时代语境和大学教育理念的不同，她们在文学资源储备、教师影响、诗学倾向、审美风格上都各有千秋。在对她们进行分节研究中，我们很容易从她们在读大学期间的创作差异中找到大学教育带来的深度影响。

要言之，在民国文学与教育的相关研究中，性别意识研究始终缺失，如何以新的视角和方法拓展性别研究的新路径，是第七、八两章试图解决的问题。

第一节 "明丽的诗风"与"读书时代的你"：典型的女学生风格

徐芳祖籍江苏无锡，自小生长在北京，她的曾祖父是中国近代化学启蒙者和造船工业先驱，筹办了中国第一种科学技术期刊的徐寿，她的爷爷是现代兵工学家徐建寅。徐寿、徐建寅父子在传播西方进步文化、翻译和引进西方先进科学技术、创立并发展现代科学技术教育等方面功勋卓著。出身名门的徐芳自小接受了良好的教育，受到禀赋和兴趣的影响，尤其在文学方面所受熏陶最足，在20世纪30年代的北京大学校园及北平新诗坛上已是一位"一时声名鹊起"的女诗人。

1949年后,徐芳随丈夫迁往台湾定居,基本停止了文学创作活动,她的诗名不再流播于大陆,迟至2006年,徐芳的本科论文《中国新诗史》和诗歌合集《徐芳诗文集》在台湾出版,这位"新诗史上的'失踪者'"才重新进入学界的视野。

一、"爱像冬雪一样的洁白":纯净的心境

根据《徐芳诗文集》的"自序",可以推测徐芳对新诗产生兴趣或要追溯至少年时期,而这种发生的可能性亦是被植根在她早年的教育背景当中的。徐芳随家人定居北平后,因体弱多病一直在家静养,直到9岁才进入小学就读;毕业之后,徐芳首先选择了"数位学人开办"的"私立适存中学",因学校停办而后转往北平市国立第一女子中学念初中二年级。极具意味的巧合发生在她读女一中期间,当时徐芳的老师包括庐隐、石评梅、陈学昭和朱湘等一众新文学的创作者。据徐芳回忆,石评梅那时所教授的是全校的体育课,然而,真正使徐芳记忆深刻的却是石评梅伏案写作的形象。

进入大学之前,徐芳的"早期习作"[1]带有明显的自娱性质,如其所叙:在纸店里看到好看的本子便会买下来,用以写随笔、记心事。最早呈现在纸页上的新诗多是"小诗体",恰如徐芳对冰心的

---

[1] 《徐芳诗文集》中的诗歌被切分为"早期习作"(1930)、"随感录"(1930.9.17—1932.3.2)、"我的诗"(1932.5—1932年秋)、"茉莉集"(1934.11—1935.11)、"已刊诗作"、"未刊诗稿"、"译诗集"。前四部分基本按照写作时间排序。此处的"早期习作"沿用徐芳的说法,主要检视徐芳进入北大之前的习作。

第七章 "她"的心智书写：现代大学生的诗思生成

评价——"文笔清丽、诗意柔美"，"诗的内容，多半是个人的闲情。诗体既然小了，其表现的情绪也大体是小巧的，细腻的"。[1] 徐芳的小诗称得上情真意切，充满了少女的意趣，这一阶段的诗风可以《飞燕》作为代表：

> 春光照遍了大地，
> 芳草萋萋，
> 杨柳依依，
> 燕子忽忽，
> 在半空中来去。
> 美丽的燕子呵！
> 你是不是在那里，
> 忙着为人们传爱的消息？[2]
>
> 　　　　　　一九三〇年

整体看来，徐芳和冰心都属于重视个体经验、情思纯净的女性诗人，尤其在抒发女性经验、情怀方面，时见二人的相似性。但和冰心相比，徐芳的诗思世界更趋近于自我，表达形式更加平直，语言习惯更加浅易，所涉话题也更趋小众与私密。试比较二人分别在20岁左右书写的小诗，表达青春易逝时，冰心写下："光阴难道就这

---

[1] 徐芳：《中国新诗史》，台北：秀威资讯科技股份有限公司，2006年，第49页。
[2] 同上，第269页。

般的过去么／除却缥缈的思想之外／一事无成！"(《繁星·三〇》)而徐芳的"自勉"语句是："徐芳呀！／读书时代的你，／不要抬头去望四方的繁华，／你要垦直地向读书之路走去。／但是，／你要览尽那自然界之美；／因为那自然界之美是会促你去向前努力的。"[1]这之间的差别不仅源于诗人个性，背后更有大时代的影响：冰心是1900年生人，成长于五四时期，经历各种汹涌的"运动"后，才逐渐节节拔高："我的朋友！／你不要轻信我／贻你以无限的烦恼／我只是受思潮驱使的弱者阿！"(《繁星·四〇》)语词间潜藏着不易被发觉的谦卑。徐芳则晚于冰心十余载，1912年出生，在她踏进北京大学的校园之前，社会已历经"大革命"带来的血与火的洗礼。虽同有相似的优渥家境，但二人成长时所面临的社会环境已大相径庭，加之文化教育重心从"解放"移向"革命"，落脚到文学创作的诗风上，差别自然也是显著的。然而，这也是最能凸显徐芳个性意识的地方：在"早期习作"当中，徐芳的诗歌书写远未与社会发展的步调达成一致，她深陷在时代的背面，通过细致呵护内心的个人情思，向读者展示了一个相当纯净的女性世界，亦如温室中的玫瑰。以《夜莺》为例：

> 夜莺，玫瑰花的情人，
> 他为了她，终日里不断他的歌声。
> 但是，在她那天真无知的梦里，
> 只能听到歌声，而不能领会他的深意。

---

[1] 徐芳:《中国新诗史》，台北：秀威资讯科技股份有限公司，2006年，第38页。

诗人，他时常为自己的诗句歌唱，

现在少女的心灵中，充满了他的热望。

他那热烈的感情，充满每个音调，

但是温柔的少女，还不曾明了。

她问：

这个歌儿是为谁而唱？

他又为何唱的这样怨伤？[1]

纵览徐芳在1932年进入北京大学之前的写作，诗人常常不断地聚焦于生活小事，着眼在自然风光之间，并对此做出切己的生命感悟。这些融汇于"小诗"中的体会，既是一种性灵的表征，同时也流露着可能的"危机"。徐芳在后来对此亦有所觉察："记得我开始练习着写诗，是在一九三零年的秋天。那时我还在女师大读书，那时便不注意去看诗，或写诗；不过偶然写几行而已。前面的十多首便是那时写的。说来自己一心想考北京大学，便也没有写什么诗句。直到近年来，尤其是最近，我忽然感觉到写诗的兴趣了，便把这本诗集给写满了。现在我已觉到我的诗不太像了，自己看了都害羞。真好笑。"[2] 当主体的世界囿于她所能直接触及的一切，想象桎梏于现实，若无外部契机的打破，主体的停摆只能通向形式的停滞。

---

[1] 徐芳：《中国新诗史》，台北：秀威资讯科技股份有限公司，2006年，第23页。

[2] 同上，第104页。

二、"读书时代的你"——徐芳在北京大学读书期间的诗歌创作

外部确是一次"个体的完成"。过去因为家境优渥、处境平顺，徐芳才能顺利地走向"彼岸的梦想"：1931年，徐芳从北京女子师范大学国文系一年级转学，考入北京大学国文系一年级当插班生。去北京大学读书，一直是少女徐芳的"彼岸的梦想"，徐芳不止一次在日记与追叙中提到过北京大学对自己的吸引力。从后设眼光去看，对于徐芳而言，她在北京大学寻找着"自我"——从观季节变迁、看花鸟回落再到归拢于自身，几乎是顺承着低吟浅唱的古典文学传统，在温厚的士大夫家庭里成长，徐芳难有机会触及社会的"暗面"，这也从侧面证实了一个"明媚少女"是如何长成的。而北京大学作为民国文学教育的起源地、多种社会革命运动的发展中心，不仅有效助力了徐芳在新文学方面志趣的发展，也为徐芳的"象牙塔"生活撕开一道向外张望的口子。进入北京大学之后，徐芳的诗作风格亦出现"陡转"——"小诗体"长度增加，早期歌颂"爱"和"美"的主旋律渐渐消隐，她开始书写与现实社会直接相关的题材，到1932年之后，徐芳的写作技巧更加成熟，视域也有明显扩展。

目前有证可考的由徐芳作为主体且常为人津津乐道的有三件事：一是参与主导校内学生运动，二是参加北平最负盛名的两大诗歌沙龙，三是与胡适发生情感纠葛。徐芳在北京大学读书期间的诗歌写作也基本与以上三个板块相联系。

徐芳就读北京大学的时期，正值北平学生运动频发的阶段，这

期间，左翼诗歌写作的态势如火如荼。作为学生运动中的激进者，徐芳在诗歌习作中，偶尔会闪现出"革命"的影子：

> 去吧！爱我的人！
> 烦了的是你那
> 低低的细语，厌了的是你那
> 美丽的诗文。
>
> 新的大道已开了门，
> 你哟！
> 干什么还要游移，
> 干什么还有依恋，
> 还不去踏上时代之轮！
>
> 我知道，你有爱国的热诚，
> 你要拿出来，
> 拿出来——
> 去洗涤我
> 中华民国的血痕！
>
> 我认为，你是群众的明灯，
> 为什么？
> 为什么不离开了我

> 跑向前去
> 领导人民往前奔腾？
>
> 去吧！我爱的人！
> 我将为你去摇——
> 摇响那革命之铃。
> 再不要说啊！
> 是我系住了你的灵魂！[1]

这种铿锵的声调与过去浅唱"明月之歌"、低吟"爱是什么颜色"的篇目已有天壤之别。与上述"革命"思想联动的是,徐芳从这时开始自觉关注底层人民。在过去,徐芳更多的是平视生活周遭,此时目光向下的打量方式体现出徐芳视界的拓宽:

> 您也要叫我笑,
> 他也要叫我笑。
> 唉,我哪有那么些笑脸
> 来给你们瞧？
> 快乐？
> 是的。我知道——

---

[1] 徐芳:《去吧！爱我的人》,《中国新诗史》,台北:秀威资讯科技股份有限公司,2006年,第76页。

世上原是有快乐的苗。

可惜，

它只长在你的心里，

挂在他的嘴角。

说我也有快乐？

先生，您别哄我，

别说我眉眼生得俏。

（泪珠子又滚下来了。）

唔，先生，这并不是撒娇。

一九三四年一月七日作[1]

但这些毕竟不是徐芳写作的主要话题。随着时代与诗学思潮的演进，"新诗"面对的诗学资源、创作语境、建构目标均在变动。作为立足诗学前沿阵地、同时在北京大学校园和北平新诗坛崭露头角的新诗人，徐芳更积极游走于不同的刊物和"沙龙"之间，完成了个人在诗歌实践上的增进。

徐芳性格开朗，谈吐大方。在朱光潜的"读诗会"上，大家云集，文化界的名流更是各展风姿，但徐芳却丝毫没有怯场，她高声朗读，积极展现着自己对新诗的热情。徐芳在诗歌方面的交流圈层已隐现她的诗学趣味。1934年之后，在《茉莉集》等创作中，能够明

---

[1] 徐芳：《笑——酒店女侍》，《中国新诗史》，台北：秀威资讯科技股份有限公司，2006年，第154页。

显看出徐芳诗风相对于之前的转变,徐芳依然热衷于描摹自己的生活感悟,尤其是把情感层面融写在诗歌当中,但表现形式已有所变更,最明显的变化莫过于将过去流于浅白的直抒胸臆逐步陌生化与哲理化了:

> 幽思
> 像一双白色的帆船,
> 在绮丽的月光下,
> 顺着银蛇似的海波飘到陌生的辽远的地方。[1]

> 先是美人的容颜
> 树上笑。
> 如今是女子的红唇
> 枝头不语了。[2]

这些技巧的源头多半要归功于徐芳在"学院"内部受到的熏陶。徐芳与胡适的师生缘并非本节探讨的重点,但徐芳此期的诗歌书写中的确有不少胡适的影子。应当说,徐芳对于胡适的崇拜和仰慕自始至终是"女学生式"的,受制于"学生"身份,无论是学业、事业还是生活本身,徐芳都只能用懵懂的眼光去追随作为导师的胡适。

---

[1] 徐芳:《无题》,《中国新诗史》,台北:秀威资讯科技股份有限公司,2006年,第161页。
[2] 同上,第162页。

第七章 "她"的心智书写：现代大学生的诗思生成

从生涩但纯净的低诉到技巧趋于圆融的叙写，这些诗歌作品十分忠诚地见证了一个少女的成长历程，而最能形容徐芳诗歌灵魂的莫过于这首《少女之歌》：

> 你听啊！少女们的唱歌；
> 多么真率呀！多么坦白！
>
> 你不要说我是不怕羞，
> 我愿嫁一个流浪的歌者；
> 我将挽着他的衣袖，
> 跟着他唱，跟着他游。
>
> 你不要说我是那么笨，
> 我愿嫁一个古怪的诗人；
> 我将在他的肩上，
> 听他读诗，看他作文。
>
> 你不要说我是在发痴，
> 我愿嫁一个威武的战士，
> 凭他那个样的勇猛，
> 所有的敌人都由他杀死。
>
> 你不要说我太糊涂，

> 我愿嫁一个可敬的叛徒；
> 凭他那个样的思想，
> 准能辟出一条新的道路。
>
> 你听啊！少女们的唱歌；
> 多么真率呀！多么坦白！[1]

这首诗以清新自然的诗歌形式完成了少女的祈祷，徐芳真率大胆地吐露出自己对理想爱情的追求，一扫传统女性温柔敦厚的闺阁形象。在新文学的浸染下，她悉心凝定青春岁月中的所见所闻所感，用轻盈柔软的笔触把爱和美定格在随感录中，她祈求能将所有的瞬间延长为永恒。大学教育赋予新女性成熟的文学观和健康的人生观，她诗歌创作的风格变化与外部世界具有紧密联系，无论是自我关怀式的低语，还是带有革命色彩的高歌，都体现出一个女大学生逐渐蜕变的成长轨迹，而这些变化正是来自新式教育的启蒙与滋养。

第二节 从"晚会"的爱丽丝到 "人类的一个思想"：女学生的感性与知性

1937年，在南京读高一的郑敏因"七七事变"爆发，随同养父母

---

[1] 徐芳：《少女之歌》，《中国新诗史》，台北：秀威资讯科技股份有限公司，2006年，第252页。

经庐山移居重庆并在重庆读完高中，1939年考上西南联大后，她与养父朋友的女儿从重庆出发，途经贵州抵达昆明，开启了坚执漫长的新诗创作之旅。求学期间，西南联大教授冯至对郑敏走上诗坛起到了诗途领路人和精神导师的关键性作用，冯友兰、汤用彤、郑昕、冯文潜等先生的哲学授课亦是郑敏"一生中创作和思考的泉源"[1]；哲学专业的多年训练赋予了郑敏诗歌深沉的哲学底蕴，也使她成为一个风格独具的思考型诗人。而哲学兼文学课程的熏陶，使郑敏在现当代女诗人阵列中脱颖而出，就艺术成就和创作历程而言，至今尚无哪个现当代女诗人能出其右。

一、"开放在暴风雨前"的"时间之花"

唐湜对郑敏有一段精妙的评述："她仿佛是朵开放在暴风雨前历史性的宁静里的时间之花，时时在微笑里倾听那在她心头流过的思想的音乐，时时任自己的生命化入一幅画面，一个雕像，或一个意象，让思想之流涌现出一个个图案，一种默思的象征，一种观念的辩证法，丰富、跳荡，却又显现了一种玄秘的凝静。"[2] 郑敏的处女作《晚会》就暗含着一股"玄秘的凝静"。在西南联大就读期间，郑敏受徐志摩的《偶然》和废名诗歌的启发，创作了她的第一首诗《晚

---

1 郑敏：《诗歌与哲学是近邻——关于我自己》，《诗歌与哲学是近邻——结构—解构诗论》，北京：北京大学出版社，1999年，第473页。
2 唐湜：《静夜里的祈祷——郑敏论》，《九叶诗人："中国新诗"的中兴》，上海：上海教育出版社，2003年，第184—185页。

会》。《晚会》是郑敏在大学一年级时创作的诗歌,这首诗的诞生与当时的郑敏对新诗的阅读和接受有着紧密的联系:"在大学一年级阶段,闻一多、徐志摩、卞之琳、废名(冯文炳)等人20世纪30年代的新诗进入了我的阅读范围。特别是徐志摩的《偶然》和废名的一些极富禅意的诗对我这个喜爱诗的哲学系学生有着异常的魔力,在这类诗的启示下,我写了自己的第一首诗《晚会》,并且在当时由一些联大师生主编的昆明报纸的副刊上登出。"[1]

郑敏表明《晚会》的创作受到了徐志摩《偶然》的启示,而《晚会》确实从多方面体现了徐志摩《偶然》对它的影响。从诗歌表面上看,《晚会》和《偶然》就有着一些相似之处。首先,两首诗的核心事件都是"相遇",两首诗都为"相遇"这件事找到了客观对应物,徐志摩把"相遇"比作云投影在波心、两条船在黑夜的海上相逢,郑敏把"相遇"比作小船受晚风召唤而归来。其次,两首诗都选择"海"的意象,并且都是"黑夜中的海",更能够渲染出静谧的氛围。此外,两首诗都使用了"你""我"这两个人称,以对话的形式构成整首诗;不同的是,《偶然》只写了"我"的视角,而《晚会》不光有"我"的视角,还有"我"对"你"的视角的想象,第一到五句是"我"对赴约的叙述和想象,第六到十一句是写"我"对"你"迎接"我"的到来的想象。从这些相似之处可以发现徐志摩对郑敏的诗歌创作有着表层的影响:

---

[1] 郑敏口述,祁雪晶、项健采访整理:《郑敏:跨越世纪的诗哲人生》,载刘川生主编《讲述:北京师范大学名家口述史》,北京:光明日报出版社,2012年,第459页。

第七章 "她"的心智书写：现代大学生的诗思生成

> 我不愿举手敲门，
> 我怕那声音太不温和，
> 有一只回来的小船，
> 不击桨，
> 只等海上晚风，
> 如若你坐在灯下，
> 听见门外宁静的呼吸，
> 觉得有人轻轻挨近……
> 扔了纸烟，
> 无声推开大门，
> 你找见我。等在你的门边。[1]
>
> ——《晚会》

《晚会》作为郑敏诗歌创作的处女作，在她的众多诗篇中占有一席之地。但这首诗与郑敏最为人称道的那些哲理诗相比，却看似不像出自同一个诗人之手，可实际上，这首诗与郑敏后来的哲理诗是一脉相承的，因为它融汇了郑敏的诗歌创作理念，既表达了她对知性的审美要求，也表达了她对境界的追求。也正是有了《晚会》的最初实践，才有了其后来众多优秀诗作的出现。这首诗显露出大学时代郑敏敏锐的感知力、充沛的想象力和情感的节制性。诗中没有

---

[1] 《晚会》作为《诗九首》中的第二首刊登在1943年5月陈占元主编的《明日文艺（桂林）》第1期，后于1949年收录在巴金主编的《文学丛刊》（第10辑）之一的《诗集（一九四二——一九四七）》第1辑。

371

华丽的辞藻,也没有使用平仄、对仗等使诗歌富有音乐性的手法。诗人巧妙地避开了那些能为好诗添光增彩,也能为劣诗掩盖不足的外在形式,保留了近乎赤裸的诗意。这首诗的每一行诗单独拆开看,都像是高度日常化的口语,而合在一起却又能够酝酿出异常馥郁的诗味。全诗语言平淡朴实,却支撑起了一个密度很大的精神情感世界,也初次展现出深埋在诗人无意识中的诗歌"爱丽丝"形象。

诚如诗人的自我概括——"宁静、安谧","静"也是解读郑敏诗歌的一个重要符码,在郑敏的诗歌中常常能见到"寂静""宁静"等与"静"相关的词语,郑敏对宁静之美的热爱源于她自身性格的安静。"宁静"既是郑敏性格的底色,也是郑敏所追求的境界。郑敏在西南联大期间听取了冯友兰的"人生哲学"课,冯友兰有关人生境界的哲学使郑敏认识到诗的灵魂就是诗人的"境界",诗歌比其他文学类型更加能够反映诗人的"境界","境界"同时也是决定诗歌品位的重要因素。《晚会》就是郑敏追求宁静的境界的一种表现,从深层看,这首诗不仅描绘了一次无言的心灵相会,更由相会显露出郑敏所向往的艺术境界,即宁静。

新诗在20世纪40年代开始由抒情转向智性,而郑敏从感性向智性转变的诗歌审美观念,正契合了新诗的发展变化。作为在校大学生,郑敏时时被学院气氛熏染,体现在诗歌创作上,她非常智慧地选取凝视之姿来联动其内心和诗绪中的"静"。"凝视"使人轻易想起郑敏与里尔克的渊源,郑敏就读于西南联大时期,从冯至的课堂上接触到里尔克的诗歌。在她心中,里尔克是"我心灵接近的一位诗人"[1]，里尔克以视觉艺术家为师，学习"观看"，其意味着使事物如其所是地呈现，而并非以"文学性的方式"[2]观看，后者则要求忽视事物本身，仅仅获取观看者投射其上的抒情信息。他像视觉艺术家那样从客观物的物质形式开掘美，实现"美"的含蓄、如实、深远，并使主体获得从个人抒情中的超越。

回到郑敏的"凝视"，在这黑夜渐次发生的过程中，在远距离的审视中，如其所是的"是"指向什么？郑敏在《求知》中写道："那些壮年和儿童继续走着，朝向／呵，什么地方？是果园？是荒冢？还是一个透过厚雾的容貌，是神的，还是人自己的容貌？"[3]"透过厚雾的容貌"与夜雾中的石像是相似的意象，前者指生命的解答。郑敏在这首诗中流露出不可穷尽生命之究竟的焦虑，神的容貌与人的容貌指向两种解答道路：宗教或人的理性。遮掩其上的厚雾表现人的所求扑朔难寻。《永久的爱》中，石像也象征生命的解答。在《爱的复活》中她写道："既然上帝允许你在我的心头踏过，／来吧，我将如草原，等待你骋驰而去。""你"的出现伴随着一阵深切的颤抖："这颤抖从我的心底，不，身体里"；不可直视："更不能把眼睛向你举起"，她将"你"称为"爱"，对"爱"的领悟带有坦然失却

---

1 郑敏：《天外的召唤与深渊的探险》，《世界文学》1989年第4期。
2 〔奥地利〕里尔克：《沃尔普斯韦德》，《永不枯竭的话题：里尔克艺术随笔集》，史行果译，北京：东方出版社，2002年，第224页。
3 郑敏：《求知》，载王彬编《中国现代小说、散文、诗歌名家名作原版库：郑敏诗集》，北京：中国文联出版公司，1998年，第96页。

的痛楚："因为你不过／醒来又熟睡，复活为了另一次的死去。"[1]因为"我"无法控制这种"爱"，因此与其说它是对他人的感情，不如说它是偶然发生的灵光，是"来自辽远的启示"。《永久的爱》所描述的倏忽消失在掌心的鱼，夜雾中逐渐淹没的石像都带有这一偶然降临、蓦然消逝的特征。这偶然发生的一切也正是生命的解答。全然的寂静中一条鱼曾从无尽的暗处短暂到访；一尊石像曾短暂显形，最终弥漫的夜雾使凝视失效，事物不再显形，这一次"复活"已结束。"爱"发生的过程游荡着一股超验的力量，它在郑敏诗中时时可见，如《求知》中向人召唤的不朽的"微笑"；如"你愿意经过一个沉寂的空间／接受一个来自辽远的启示吗？"[2]；又如《永久的爱》最末节的"只有神灵可以了解"[3]。这种超验力量大部分时候依托于"上帝""造物"等基督教文化中的概念。郑敏与基督教的渊源可追溯至她在11岁到13岁的三年间，在一家教会办的"贝满女子中学附小"读小学的经历。郑敏虽并未谈及基督教对自己的直接影响，但她坦承自己在20世纪40年代"继承西方的东西比较多"[4]，其诗中除了"上帝""造物"之外，还有其他基督教文化中的意象，如表示祥和的

---

1 郑敏：《爱的复活》，载王彬编《中国现代小说、散文、诗歌名家名作原版库：郑敏诗集》，北京：中国文联出版公司，1998年，第99页。
2 郑敏：《舞蹈》，载王彬编《中国现代小说、散文、诗歌名家名作原版库：郑敏诗集》，北京：中国文联出版公司，1998年，第47页。
3 郑敏：《永久的爱》，载王彬编《中国现代小说、散文、诗歌名家名作原版库：郑敏诗集》，北京：中国文联出版公司，1998年，第47页。
4 郑敏、李青松：《探求新诗内在的语言规律——与李青松先生谈诗》，《郑敏文集·文论卷（下）》，北京：北京师范大学出版社，2012年，第798页。

第七章 "她"的心智书写：现代大学生的诗思生成

钟声"在我的心里钟声却在乱敲着／唱出一个永恒的欢乐的歌"[1]，取材于基督教题材。郑敏的宗教和哲学资源可称庞杂，其亲生父母信佛，受此影响，她亲近废名的禅诗；上大学后学习康德哲学、魏晋玄学、中国哲学史、人生哲学、西洋哲学史等。我们不能说郑敏诗中的"神"在内涵上源出基督教文化，但或许可以说"神"与"爱"的指称借自基督教。"基督教称，其本质是'爱'的宗教，耶稣思想的核心也是'爱'。"[2] 基督教在"神爱我，我爱神"的观念之外强调实践，《永久的爱》并非德行实践手册，而仅强调对"爱"的感受。这"爱"是来自超验力量的"神"之爱，是生命的解答、苦痛中的启示。"神灵"表现的是和谐、智慧、宁静的境界，在它给予的爱中，人得以从与生俱来的"苦痛"中获得解脱。作为其反面的"苦痛"具有广远的内涵：在《求知》一诗中，人在无解的奥秘前"绝望的死去，因为发现一切只是恶意的玩笑"；在《白苍兰》一诗中，她从花朵中看到没有什么东西"在这有朽的肉体里不朽长存"；在《静夜》一诗里，追求金钱的人"怀着难动摇的惆怅"；情人"想要压碎横在彼此间的空隙"；外交家在沉思"人类的恐惧成了凶猛"；在对《寂寞》的领悟中，她看到"'死'在黄昏的微光里／穿着他的长衣裳"；在《小漆匠》一诗中，通过细微动作的描写发掘孩子的内心世界以及黑暗社会带来的伤害；还有战争中的《死难者》；贫穷苦

---

[1] 郑敏：《Fantasia》，载王彬编《中国现代小说、散文、诗歌名家名作原版库：郑敏诗集》，北京：中国文联出版公司，1998年，第23页。
[2] 徐世强：《基督教和儒家之"爱"略述》，《宗教学研究》1999年第3期。

难的《人力车夫》《清道夫》等。[1]闪现在诗末的"苦痛"一词,基于郑敏多思敏感的性格,以此为出发点,蕴含着郑敏对"人"在存在上的关怀与怜悯,表现出她对人类命运的深切关注。

二、沉潜着灵魂的意象:学生诗作经典化探析

大学期间,郑敏渴望跟踪内心变化莫测的思绪,借由凝重静穆的诗歌形象,而获取一种雕塑般的诗歌品格。创作中,她追求雕塑或油画的凝定的美,有意寻找生命的强烈震波,领略生命的崇高,这无疑深受里尔克的影响。她尝试融汇里尔克雕塑式的手段、艾略特的象征手法、约翰·顿的玄想,描绘出一幅米勒式的秋日田野油画。

> 金黄的稻束站在
> 割过的秋天的田里,
> 我想起无数个疲倦的母亲,
> 黄昏的路上我看见那皱了的美丽的脸
> 收获日的满月在
> 高耸的树巅上
> 暮色里,远山是

---

[1] 参见王彬编《中国现代小说、散文、诗歌名家名作原版库:郑敏诗集》,北京:中国文联出版公司,1998年,第26—99页。

第七章 "她"的心智书写：现代大学生的诗思生成

> 围着我们的心边
>
> 没有一个雕像能比之更静默。
>
> 肩荷着那伟大的疲倦，你们
>
> 在这伸向远远的一片
>
> 秋天的田野低首沉思
>
> 静默。静默。历史也不过是
>
> 脚下一条流去的小河
>
> 而你们，站在哪儿，
>
> 将成了人类的一个思想。[1]

《金黄的稻束》是时任西南联大教授冯至先生推荐发表的，首次发表于《明日文艺》（1943年第1期），初题为《无题（之二）》[2]，后改名为《金黄的稻束》。这首诗在内容题旨和艺术手法上均有创新，是新的技巧、意识和意象的完满结合，它不仅是郑敏个人早期的代表作，充分体现出诗人对西方现代诗人的借鉴和吸收，也颇为出色地表现了"九叶派"共同追求的现代主义诗学主张，堪称中国百年新诗的经典佳作。

优秀的诗篇往往都沉潜着灵魂的肖像，从"金黄的稻束"到"无数个疲倦的母亲"，郑敏完成了一个伟大灵魂肖像的刻绘。这首诗的灵感来自某种更广阔的构思，起于具象细节而终于深广的哲思。

---

[1] 郑敏：《黄金的稻束》，载王彬编《中国现代小说、散文、诗歌名家名作原版库：郑敏诗集》，北京：中国文联出版公司，1998年，第7页。

[2] 同期的《明日文艺》共发表了郑敏九首诗作，均为冯至推荐。

从丰收时"金黄的稻束"联想到劳作后"疲倦的母亲",饱经沧桑的"皱"脸同时也是"美丽"的。诗思跳跃,情思推移,将实物逐渐抽象,从对生命的感知到对历史变迁的流动思考,思想层层推衍递进。"满月""树巅""远山"等意象一方面立体可感,勾勒出视觉性极强的图画,同时富有绘画感以及雕像感,表明诗人极善于捕捉物象的静止凝固之美;另一方面,明晰的意象描绘出一个苍茫的意境,为诗末哲理的抒发做了恰如其分的铺垫。

现代主义诗歌与传统古典诗歌一种鲜明的分野即在于,现代主义诗歌已不再满足于单纯地写物、状景抒情,对宇宙、历史、人生的哲理性关注不仅深深浸入诗人的思想,也介入诗歌的艺术中。《金黄的稻束》便极为成功地运用了艾略特"客观对应物"的手法——一旦某种外部事实出现,便能立刻唤起某种情感。这首诗以"金黄的稻束"为核心意象,它不单单是一个诗人描写的客体形象,而且是一个"理性和感情的复合体",在诗人的沉思当中,它成为"人类的思想"的"客观对应物"。

这首诗塑造出现代诗歌史上的经典意象——"金黄的稻束",诗人把文学的超越性建立在坚实的意象和深邃的洞察力上。"金黄的稻束"象征收获的仪式,伟大而沉默,即使在最辉煌和丰盈的秋日,也只是"低首沉思",一个习见的意象却因"站在"这一动作而变得富有力量感和生命的韵致。"金黄"是多么神圣的色彩,流溢着光芒,晃动着收获时节欢欣的情感。第一句起笔简约不凡,有具象有色彩有情状有姿态,诗人用白描的手法和拟人的修辞拉近了读者与诗歌情境的距离。"秋天的田里"向我们敞开了浑厚广袤、饱满丰

第七章 "她"的心智书写：现代大学生的诗思生成

硕、蕴含着无数可能的生命空间，不过，无穷的辽阔与"割过"的残缺并置时，就充满了对撞的张力，已完成的收割状态触动了诗人的情思，从收获的实景蔓延开去，从一垛垛"金黄的稻束"的如实直观转变为形象性很强的"类似联想"，随即整首诗核心的灵魂——"无数个疲倦的母亲"登场。"我想起"让"稻束"与"母亲"两个跨度很大的意象在"秋天的田里"相遇，也推动诗人的情思从实景中游移开。"无数个"和"疲惫"是富有深意的细节，凸显了母亲的伟大和被人类化，没有过多的渲染，诗人默默完成了对她们的心灵致敬。在此，会有人问，诗人是如何完成由"金黄的稻束"转向为黄昏路上无数个"疲倦的母亲"的意象转换，也就是说庄严的象征符号意义如何被关联起来的？从外部关联看，丰收后垂着稻穗的稻束与母亲都被沉甸甸的重担压弯了腰，她们都是负荷的形象；从生命内质看，她们的生命价值在于无私的奉献和孕育，而又以此自矢；从隐喻层面看，稻束是眼前大地收获的状态，而"疲倦"的母亲是当时祖国的处境。随后诗人采用蒙太奇的手法将视线从午后的田野移动到黄昏路上"皱了的美丽的脸"、满月和树巅、远山，意象由近及远，由实到虚，透着米勒油画《拾穗者》的既视感，在极具兴发感动力的浓郁"静穆的"氛围中，一层层揭开现代中国被战火硝烟所笼罩着的辽阔和苦难，最终定格于静默的"雕像"，"雕像"被置于富有意境的氛围中，显出格外的肃穆、庄严与神秘，"没有一个雕像能比之更静默"，直接点明了诗中意象的雕塑感和静默感。随着诗绪的流转，"雕像"走向旷远的延伸："肩荷着那伟大的疲倦，你们／在这伸向远远的一片／秋天的田里低首沉思。"这是一个如此静默的意象群体，它特具宁静致远的感发功能，以致使抒情主体直觉到一次极其旷远的生命顿悟："静默。静默。历史也不过是／脚下一条流去的小河／而你们，站在哪儿，／将成了人类的一个思想。"本诗由眼见的实体的"稻束"到想象中的"疲倦的母亲"，再到"人类的一个思想"，虚实结合，达到了"形似"与"神似"的完满统一，"思想"也因为有着雕像般静默而沉厚的支撑而给人以"抽象的肉感"，同时在既形象立体又含蓄蕴藉之中展现出了丰富的生存宇宙意蕴。这无疑是抒情主体的一次大智慧的闪光，诗人以冷静的观察和深沉的思考，借助象征和联想，将知性与感性糅合为一体，在连绵不断、新颖别致的局部意象转换中，含蓄地表达出对稻束、田野、土地、母亲、远山等平凡又伟大的事物的赞美。她充分发挥形象的力量，将抽象的观念、深厚的情感寓于可感的形象之中，使"思想知觉化"，带着我们穿越历史的"小河"，感受雕像般的静默所蕴含的坚韧生命与永恒伟力。欣赏这样的充满灵思的知性诗歌文本，我们生命的感动与震撼更多不再来自情感或情绪的激发，而是来自文本所闪射的智慧之光。

在学习西方现代诗人的创作技法时，郑敏逐渐形成了自己沉思静默又浑厚深切的创作风格。郑敏所侧重的是历史长河中母爱的博大与深厚，她彰显出以谦卑之姿支撑起民族繁衍的"永恒的女性引领我们向前"的象征意味。在默想与沉思中，诗人对母亲的讴歌达到了一种新的高度，她成功复活了稻束和母亲在我们心中的形象。稻束兀然耸立，仿佛一座丰碑，显示出群山一般厚重敦实的品格和不可藐视的力量，正是它们支撑起了真正的历史。那些由一串英雄的名字连缀结成的煊赫历史，不过是其下"一条流去的小河"，只有这些静默的"稻束"，才能以始终沉默的姿态，进入人类的思想。哲思的渗入，使密集的意象不再流于浮艳，使那片立于满月之下、秋野之上、暮色远山之围中的质朴稻束变得如雕像般凝重、静穆，充满内在的坚实性。

三、于时代烽烟中雕塑思想

蓝棣之先生曾在《论四十年代的"现代派"诗》中，对郑敏的作品做过经典的概括："郑敏的诗轻柔倩婉，构思新巧，细腻端庄，对所写的每一个诗题都有独特的感受和独到的开掘。"[1] 体现出"独特的感受和独到的开掘"，20世纪40年代写作当中对战争的直陈与爱国主义的抒发。身处一个连个人主义者都难以独善其身的烽火年代，作为西南联大的学子，作为内心有热度的知识分子，郑敏在《最后的晚祷》《战争的希望》等诗作中给出了富有个人特色的清亮的呐喊。

在备受欺凌的年代，郑敏发出爱国的沉吟。尽管这一时期知识分子在智识上取法西方文明，但诗人在《时间》《学生》等诗作中，始终保持着一种与现实的距离感，同时针对西方对于中国并非全然的正向影响做了客观的考量。在《诗人的奉献》一诗中郑敏将视点对准各类人群的描摹：死难者、清道夫、学生、残废者、诗人和孩童……也是为了实践一个诗人的担当。

---

[1] 蓝棣之：《论四十年代的"现代诗"派》，《中国现代文学研究丛刊》1983年第1期。

郑敏的创作中虽呈现出自觉的"超性别意识"——写女性不一定强调女性意识，不写女性一样可以表现女性意识，但书写女性境遇、女性内在经验确然贯穿了郑敏半个多世纪的诗路历程。郑敏善于用女性的个体经验展开想象，再以普遍的人民与民族经验展开结构，使得个体的经验更获得了一种具有普遍性的深度。郑敏前期的诗作就有部分诗歌直接涉及女性的爱情主题、母性主题，以《云彩》一诗为例，这首诗写少女的恋爱心理，语调俏皮，灵动活泼的形象跃然眼前。此外，诗并不局限于表露少女美好的娇羞和纯真，而是深入女性对爱的忠贞与坚定的追求，可以说是少女心理的一种成熟。郑敏诗作中的母亲形象有着极其丰富的维度：她既是个体概念上的，又是普泛意义中的。从母性这一角度生发出的是，作为生育者对生命的来之不易、有限与脆弱的理解能力，这些理解能力是潜存于女性本体而应该由女性写作深入开掘的人性资源。

　　　　母亲，秋天带伤疤的苹果／在酒桶里等待压汁／冷风搅起缤纷的落叶／彩色的童装嬉戏而过／但她却看见／一件染成黑色的上衣／黑洞的眼睛，迷惘的眼神／一只迷路的小鸭／自远处踯躅而来／唯一的鲜艳是那颈上／滴血的领巾。[1]

这首诗以母亲的视角，注视在十年动乱里，因受父母牵连而饱

---

[1] 郑敏:《给失去哭泣权力的孩子们》，载吕进主编《中国诗歌年鉴（1996卷）》，重庆：中国新诗研究所，1997年，第149页。

经离乱的孩子们，通过意象色彩的明暗对比突出母亲的喜悦与疼痛，视觉上的强化凸显了心境的悲凉。《金黄的稻束》中绘写了为人类的延续辛苦劳作的"疲倦的母亲";《旱》一诗中，则洞察了人类的苦难与作为"荒废的土地"无声啼哭的祖国母亲。在这类形象中，我们可以更清晰地看出，相较于第一代女诗人冰心的母爱颂歌，郑敏诗作中的母亲形象超出了单一女性意识的范畴，上升到了更博大的人文主义关怀当中。

20世纪40年代，郑敏即开始关注诗歌创作的结构感。她曾说，结构感是打开诗歌的一把钥匙。她在诗歌创作中一直把结构作为诗歌魅力的重要本源，将结构磁力场发射信息量的多少，作为判断诗歌质量可倚重的标准。培养对一首诗的结构意识是一个内行读者必备的素质："诗的结构像一座桥梁，连接了诗人的心灵与外界，连接了诗人与读者。诗人是通过这种结构给他的精神世界以客观的表现。诗的真意存在于它的结构里，在读诗时如果较清晰地掌握了一首诗的结构就可以对它有深刻的理解。"[1]郑敏有意识地在自己的写作中建构高层结构，这种诗歌结构经常会体现出两个相互交融的信息源——写实和象征——在写实的基底上有一层超写实的象征光晕。比如在《树》中，描述物象之余，读者总能收获到背后隐藏的一种精神蕴涵，却无法得到直观表达。这种诗的结构特点在于既抵达具象，同时又超越具象；既再现实体，又力图重构实体背后的超验含义。

---

[1] 郑敏：《诗的内在结构——兼论诗与散文的区别》，《诗歌与哲学是近邻——结构—解构诗论》，北京：北京大学出版社，1999年，第26页。

按照通常的表达途径，诗人的情志或是循着由此及彼逐层展开的起兴模式，或者采取树与人的情景交融，但在这里，郑敏却毅然采取了高层结构，将写实与象征压制为一层，用以展现其运思方式的独异性。诗人注视着室外"悲伤""忧郁"的树，在无意识的作用下，联想到丧失自由的人民。在这种情境下，树与人民两个形象叠合在一起，彼此交融。这种幻觉对诗人产生了积极作用，因而能够将自己对人民的想象移情到"树"的形象上。如此这般，"树"既是树，又多于"树"，建立了在现实情境和象征秩序中的多重蕴涵。在此过程中，诗人不但追求联想顿悟，而且也追求转换升华之后的联想，这只能依靠那些丰富、动态、有张力的意象才能实现，这便是出现在《树》中的"婴儿""春天""手臂"等充满运动感的意象。郑敏诗歌屡屡在这种高层结构中将作品的象征含义和智性风格统摄在一起，并相得益彰，让有限的诗歌文本空间召唤出无限的沉思和意义。

通过对上文中所选取的郑敏在西南联大读书时的创作（很少几篇例外）进行分析，可以清晰地看到郑敏从一个女大学生到一位成熟女诗人的思想及诗艺转变的路径与过程，这其中更重要的是心智成熟和丰盈的轨迹。郑敏在百年新诗教育史上是一个典型的诗教案例，就读西南联大前她没有创作和发表过诗歌作品，走出西南联大时她已经成为20世纪中国最优秀的女诗人之一，她在校园的诗歌创作经历呈现出阅读与写作、教育与诗歌相互催生的多元影响，是我们做诗歌教育研究不能绕开的一个经典案例。

第八章 "他"的在场与介入：现代大学生的校园经验与时代书写

仅限于新文学教育并不一定能够培养出优秀的文学作家，但不可否认的是，大学中新文学教育的存在，确实为新文学的发生和成熟提供了有利而必要的环境，本章重点讨论的三位诗人便是极好的佐证。新文学的合法性与新文学教育之间存在一种双向互动的关系："一方面是现代大学为新文学提供了良好的生存与发展空间，大学校园的文化环境在一定程度上生成和建构了新文学的精神风貌与传播方式，新文学正是以大学校园文学为起点，在发展中逐渐形成和确立了自己的文学传统……而另一方面，新文学也极大地影响了大学校园的精神氛围，在促进大学现代化的同时，也使得大学校园更加具有诗意和人文气息……更能对创作产生良好的影响。"[1]文学教育是不能放到一个相对孤立的环境中进行考察的，它有很宽泛的研究空间。由此，新文学教育也不是简单地培养学生的审美鉴赏能力，它

---

[1] 汪成法：《中国现代大学与新文学传统》，南京：南京大学出版社，2016年，第3—4页。

更有可能从课程设置、校园文化、师生关系等层面对接受者产生影响，改变他们的文学观念，作用于他们的具体创作。新诗教育作为新文学教育的一个重要组成部分，同样适用于以上所提出的这一研究思路。正如陈平原所言，课堂只是教育活动的组成部分之一，除此之外还涉及许多层面，比如"启蒙论述""文化政治""文学传播""权力运作""学科规训"等。[1] 本章之所以选取焦菊隐、杜运燮、李瑛三位诗人作为观照对象，一方面，试图通过引入教育这条线索，考察现代中国新文学特别是新诗教育对诗人的成长以及写作方式的内在影响；另一方面，通过对他们的个案研究，管窥文本与校园、诗艺养成与教育教学的关系。

第一节　从"盔甲厂"到"燕舫湖畔"
——"青年欲望"与校园日常书写

焦菊隐（1905—1975）是中国现代文学著名剧作家、诗人。长期以来，他的诗人身份不为人所知，更未引起学界重视。我们选他作研究对象，一个重要的原因是他在燕京大学读书期间的诗歌创作几乎都取自学校的生活、景观、信仰和日常情绪、个体生命的感叹，表现了"青年的欲望"（沈从文语），这些与同时期诗坛主流话语和社会时代思潮格格不入，但是却丰盈了中国现代大学校园诗歌写作的题材和面向。

---

[1] 陈平原：《知识生产与文学教育》，《社会科学论坛》2006年第2期。

第八章 "他"的在场与介入：现代大学生的校园经验与时代书写

一、少年诗人保送至燕京大学

焦菊隐的诗歌创作主要集中于两个阶段：第一阶段为中学练笔时期（1922—1923）；第二阶段（1924—1925）为燕京大学创作期，其间逾50首作品发表于各类报刊或收录在诗集里，包括小诗、散文诗、叙事诗。1922年，焦菊隐17岁，就读于直隶省立第一中学。在新文化的感召下，焦菊隐对文学创作产生了浓厚的兴趣，开始创作抒情的自由体小诗并向刊物投稿。这一年，他创作了《秋风》《晚的桥上》《微风》《泥泞的街上》《小诗》。1923年焦菊隐在《晨报》副刊上发表了《城外》《火车声》《头痛》等7首创作，以及一篇译波德莱尔的《月亮的恩惠》。1923年1月，由焦菊隐主编的文学季刊《虹纹》正式出刊，这份天津最早的大型新文学刊物创刊号共134页，登载诗歌近70首，另有小说、评论、译作若干。《虹纹》的刊名还是由周作人题写的。据赵景深回忆，身为新文化的追随者，他和焦菊隐对"导师"周作人非常憧憬，"当时我们都是孩子，在文学的路上乱闯，总想找到一个指路的人，我们把周作人先生当做我们私淑的导师，稚气的以得到他的复信为荣"[1]。彼时的焦菊隐哪里想到仅一年半之后他就来到了燕京大学，有机会走进课堂一睹文学偶像的风采，亲听周教授讲新文学之背景。1923年2月，焦菊隐、赵景深、于赓虞等人共同筹办文学社团"绿波社"，在20世纪20年代的新诗坛小有名气。焦菊隐同年创作的《雾中的邂逅》《晚霞》《歌鸟》《蝶心》《邂

---

[1] 赵景深：《我与文坛》，上海：上海古籍出版社，1999年，第157—158页。

逅》《迎春花》《梦中的诗》7首诗作就分别发表在"绿波社"三种主要刊物《绿波旬刊》《文学周刊》《爝火旬报》上。之后,天津新教育书社又出版了"绿波社"同人诗歌合集《春云》,《春云》收录焦菊隐16首诗歌。[1]这一时期,诗人初次提笔写诗,透着少年的稚气清新。诗人的个性和诗情不可谓不真诚,但在技艺上还不成熟,表达比较直白,并且还存在模仿和跟风的痕迹。[2]新诗打开了焦菊隐的文学创作之门,这两年的练笔也为他后来的诗歌创作奠定了基础。

1924年,焦菊隐在汇文中学得到保送燕京大学的机会并通过考试入学,1924—1928年就读于燕京大学,初入学时主科欧洲语学系德文专业,副科政治系国际问题专业,后来在北京此起彼伏的学生运动中,有感于革命的热情,将副科改作了主科。在燕京大学读书期间,焦菊隐的生活境况、人际交往、宗教意识等各方面对他的诗人气质、诗歌创作产生了影响。童年和少年的成长经历与燕京大学教育场域共同完成了对焦菊隐诗歌的塑形。最初从天津来到北平,诗人仍是

---

[1] 《春云》(天津:天津新教育书社,1923)诗集中收录的焦菊隐诗作共16首,分别是:《蝶心》《晚霞》《微风》《泥泞的街上》《秋风》《晚的桥上》《蝴蝶之心》《歌鸟》《雾中的邂逅》《沉寂》《小诗》《梦中的诗》《邂逅》《迎春花》《头痛》《蝴蝶》,现在这本诗集已经很难见到了。

[2] 20世纪20年代初在新诗坛风靡一时的小诗引来许多模仿和跟风的创作,焦菊隐最初的诗歌作品中,《星》发表在1923年6月14日《京报·诗学半月刊》第6号,一同刊出的还有其他几位作家(在当时也都是学生)的作品,在同一栏目下。同时,该刊还登载了批评文章《"繁星"的格言》,作者姚道培认为:"这些哲理诗在国内诗坛里多么受欢迎呀!为了受欢迎,于是这一般作家都拼命的作去;为了拼命的做去,这些诗不免矫揉造作了,不免成了他们简单的思想句子了。简单的思想句子把它排成诗的形式,也说它是诗吗?哈哈,中国竟可成了诗国了。"

第八章 "他"的在场与介入：现代大学生的校园经验与时代书写

"绿波社"的骨干，新诗创作也进入高峰期。

与之前不同的是，1924—1925年焦菊隐创作的大部分新诗作品不再受限于社团刊物，而是走向更高的平台，有些发表于《晨报》副刊，也有少量刊于《京报》副刊及其他刊物。1925年年底，焦菊隐把他两年间的大多数诗作共31首汇成《夜哭》一集，1926年年中由北新书局出版。于赓虞言《夜哭》是中国第一本散文诗集[1]，这样说虽然有失偏颇[2]，但从《夜哭》所展现的文字魅力而言，并不夸张。这本诗集中的诗歌意象具体可感，文字流畅不晦涩，抒发的感情也都是处在世纪之交的文学青年常有的失落感、孤独感和不安，具有明显的时代烙印。沈从文也对这部"表现青年欲望最好的"诗集给予很高的评价："若我们想从一种时行作品中，测验一个时代文字的兴味高点，《夜哭》是一本最相宜的书。"[3] 事实证明，《夜哭》确实在20世纪20年代末30年代初流行了一阵，自从初版面世，又分别在次年、1929年和1930年多次再版，也受到青年学生的喜爱。[4]

1　据于赓虞《夜哭序》："但用这种文体写诗，而且写得如此美丽深刻的，据我所知，在中华的诗园中，这是第一次的大收获。"焦菊隐：《夜哭》，上海：北新书局，1927年，第6—7页。
2　据王光明考证，新文学史上第一本散文诗集是徐玉诺的《将来之花园》。参见王光明《散文诗的世界》，武汉：长江文艺出版社，1987年，第94—95页。
3　沈从文：《沈从文全集》（第16卷·文论），太原：北岳文艺出版社，2002年，第119页。
4　在育英中学读书时，夏淳接触到了焦菊隐的诗，喜欢并且学着也作起诗来。"在语文课堂上，老师给我们讲了不少当代的白话诗。其中，我很喜欢焦菊隐的诗，不无病呻吟，很容易懂且有形象感。……于是我就摹仿着焦菊隐的诗的样子写了一篇诗……投到报刊上去，也居然给发表了。"朱以中编：《夏淳》，北京：北京十月文艺出版社，1995年，第23—24页。

二、校园景观与青春感叹

散文诗集《夜哭》发行之后,1928年毕业之前,焦菊隐保持着大致平均每个月一首的速度持续创作,第二本散文诗集《他乡》在1929年面世。20世纪40年代,诗人又重新起笔写诗,但是数量不多。可以说,在燕京大学的四年是焦菊隐诗歌创作数量最多、文笔也相对更成熟老练的阶段。诗人拥有敏感的神经,对生活环境的变更自然有深刻体会。在北平,燕京大学的校园环境、焦菊隐的日常生活,参与的校园活动都在动机和内容上直接影响了他的诗歌创作。

1924年焦菊隐刚到燕京大学时,燕京大学尚分为女校和男校,没有合并,燕京大学男校位于盔甲厂,偏居在北平城东南一角,与盔甲厂紧挨着的是泡子河。盔甲厂和泡子河难免引起诗人"往事俱如烟,曾是繁华终落寞"的感慨。1926年燕京大学搬迁,校址从原先的盔甲厂搬到了燕园。在当时,燕京大学校园面积大、校园风景优美是出了名的。早在司徒雷登选址考察的时候,就对西山一带的自然和人文风景赞不绝口:"宫殿和寺庙,飞檐连绵,色彩绚丽。"[1] 西郊美景如忘忧草一般麻醉了诗人的神经,在极大程度上安抚了诗人的灵魂。焦菊隐在诗歌中不惜笔墨赞美西山,甚至想"每天写一首诗"抒发自己对西山的沉醉和迷恋。住进校园的第一个冬天里,诗人感到最幸福的是"每天上德文在早上七点钟,这样我就可以在寒风扑面的夜间,起来围湖边跑一二圈,然后往课室的道上走着时,正对

---

[1] 〔美〕约翰·司徒雷登:《在华五十年——司徒雷登回忆录》,程宗家译,北京:北京出版社,1982年,第82页。

第八章 "他"的在场与介入：现代大学生的校园经验与时代书写

着西山"[1]。有感于西山四时景致不同，一日之间颜色的变幻，焦菊隐把自己的爱与哀愁，欣慰与悲怨都化于其间，创作了六首诗作构成了一组《西望翠微》，达到了物我两相融的境界。

从诗歌内容和落款来看，焦菊隐在燕京大学后期即1927年和1928年两年，在语感上向古诗词靠拢的诗歌多写于"西郊""海淀""燕舫湖畔"，即燕京大学新校园或其周边。在建设燕园的时候，司徒雷登明确要求按照中西结合的方式令中式的校舍外部结构能巧妙地与自然山水相融合，现代化的内部装修能最大程度上为师生提供便利的生活设施，并"以此作为中国文化和现代知识精华的象征"[2]，这些要求在美籍建筑师亨利·墨菲（Henry K.Murphy）的主持和设计下得以实现。建设落成的燕园校舍正如焦菊隐《蔚秀》中所说，是"绿椽，红藻，彩画梁，／彩画梁，红柱夺辉光。／任凭是贫贱，／也会把贫贱忘"[3]。令"夜哭"多年，"无时不潦倒失意"[4]的诗人得以暂忘贫贱，可以说十分难得。不得不承认，焦菊隐这一时期的诗歌，比如《无题》《日暮》《蔚秀》《幻念》等，显露出的风格与此前任何时期的作品都不同。由于长短句交错的运用，这些诗歌无论在感情上是沉醉、赞美，还是落寞、感伤，在节奏上都偏明快，措辞上也更加精练，用典比以往任何时候的作品都更密集，甚至在新诗写作

1　焦菊隐：《他乡》，上海：北新书局，1929年，第15页。
2　〔美〕约翰·司徒雷登：《在华五十年——司徒雷登回忆录》，程宗家译，北京：北京出版社，1982年，第82页。
3　焦菊隐：《焦菊隐文集·第4卷（作品）》，北京：文化艺术出版社，2005年，第149页。
4　焦菊隐：《他乡》，上海：北新书局，1929年，第15页。

中直接出现仿写或化用古诗词的句子，比如"无愁强赋伤心词"[1]"归何处？／把英才空负！"[2]"自慰惟有开卷读，／又是'梦里不知身是客'"[3]等等。应该说诗人或多或少在潜移默化中受到了新生活环境的影响。对此，焦菊隐也体察到了这一时期写诗的变化，表示"近来以为写诗多泛泛之词，而且于声律也觉散漫。所以竭力想使字句缜密（condensed）；然而结果遂成了这种所谓词化的诗。可是里边用字用句究竟还有作诗人的自由，总不致似那类'方块板'式诗的毫无自由呢"[4]。富于古典韵味的山水和建筑让诗人在不知不觉中回归到古典文学中寻找给养，但与此同时，焦菊隐时刻不忘自己创作的是白话新诗，努力使语言活泼起来，在表达上"新"起来，不陷入生硬刻板的格律窠臼中去。居住在燕园，行于湖畔，望着西山，新的校园如同老朋友见证着焦菊隐大学生活的悲喜，在他的诗歌里留下了痕迹。

焦菊隐出身寒门，又是非教徒，这样的学生在燕京大学是少数。1924年，燕京大学学生中非基督教徒的比例仅占约27%[5]，另据统计，

1　焦菊隐：《焦菊隐文集·第4卷（作品）》，北京：文化艺术出版社，2005年，第114页。
2　同上，第147页。
3　同上，第153页。
4　同上，第115页。
5　据"Statistical Report of Colleges and Universities in China"，*China Christian Educational Association Bulletin*，No.8，1925，《中国基督教教育会1925年统计》，1924年燕京大学男校有学生422人，女校学生99人，共计531人，其中男校基督徒314人，女校71人，共计385人，因此得出焦菊隐入学这一年学生中非基督徒比例约为27%。另，若据Philip West, *Yenching University and Sino—Western Relations, 1916—1952*，Harvard Press，1976，引自《北平私立燕京大学》公布的学生人数统计，1924年燕京大学共有学生438人，其中基督徒385人，则学生中非基督徒比例仅占约13%。

第八章 "他"的在场与介入：现代大学生的校园经验与时代书写

燕京大学学生中出身于工农劳动人民家庭的不到10%。虽然严格意义上焦菊隐并非出身于劳动人民家庭[1]，但考虑到他家复杂的实际情况，入不敷出是常态。从他在燕京大学创作的诗歌中流露出的感情来看，诗人在这里的生活并不如意。穷、病、孤独感常常折磨着焦菊隐。虽然冰心曾提到燕京大学其实在经济上很困难，甚至不如一些公立学校，但燕京大学的大多数学生家里的经济条件平均水平在北平算是比较高的。对于因为家贫而险些没能上大学的焦菊隐来说，在这里学习和生活无疑压力巨大。同为"绿波社"骨干的于赓虞在1925年夏考入燕京大学，但在物质和精神的双重压力下不得不于第二年退学。[2] 于赓虞和焦菊隐一样，都因家道中落而生活困苦多年，以前者为参照，完全可以想见焦菊隐的大学生活状况——课业压力、经济压力都是压在年轻学子身上的重担。另外，从石评梅给焦菊隐的信中也能看得出，焦菊隐在学校看不惯一些同学的不上进，信中说："你的家庭和环境，我也深知，你不能看这一般时髦少爷去过花天酒地浪漫生活的，你应该努力求学上进，将来自然可以骄然于世。你这样自己找钱为自己念书的意志，我早已佩服。"[3] 焦菊隐才华横溢而家贫，身边却有这样一群生活条件优渥的公子哥儿，焦菊隐身在其间难免在无法摆脱的孤独感中发出"我是几被风霜摧残倒了的

---

1 参见焦菊隐《我的童年》，《焦菊隐文集·第4卷（作品）》，北京：文化艺术出版社，2005年，第2页。
2 参见秦志希《于赓虞和绿波社》，《新文学史料》1985年第3期。"一九二五年夏，于赓虞到北京，考入燕京大学国文系。因基础差，经济困难，心情欠佳，一年后即自行退学。"
3 石评梅：《寄焦菊隐之笺四》，载杨扬编《石评梅作品集：戏剧 游记 书信》，北京：书目文献出版社，1985年，第102页。

懦弱的人！呵，懦弱的人！""伟大的世界里，有谁是我的知心"[1]的感叹。

除了生活的拮据，体弱多病也是长期困扰焦菊隐的一大问题。1925年4月中旬诗人在生病，同年9月焦菊隐在写给姜公伟、于赓虞等人的信中提到"我这病人的腿都颤了""小病月余，腕都软了"[2]。石评梅在与焦菊隐的通信中常常关心他的病体，比如，"你今天不舒服，不知回去怎样？不要看书，不要吃酒，不要赌，不要沉思，大概会快好"[3]。又如，"你胃疼还是去看看好"[4]。1926年6月17日石评梅再次情真意切地叮嘱他切切注意保重："你病须快治……我真怕，当你那天咳嗽时，我真觉心跳。……弟弟！你须治，不然不只你不幸，将来还须遗伤别人的不幸……酒少喝，书少读，最要宽怀你的胸襟，使他得以自由舒展，而不有梗制才好。"[5] 从时间上看，"在病中"几乎是焦菊隐大学生活的常态，躯体的病痛时常攻击诗人本已脆弱的精神，更加剧了诗人病无所依的无助和孤独感，恐怕唯有把寂寞、愤愤都宣泄在纸上，才能稍稍缓解和释放身上心头的病和痛。

1　焦菊隐：《谁是我的知心》，《夜哭》，北京：北新书局，1929年，第26—28页。
2　焦菊隐：《焦菊隐文集·第4卷（作品）》，北京：文化艺术出版社，2005年，第210—211页。
3　石评梅：《寄焦菊隐之笺六》，载杨扬编《石评梅作品集：戏剧　游记　书信》，北京：书目文献出版社，1985年，第104页。
4　石评梅：《又致焦菊隐信之二》，载杨扬编《石评梅作品集：戏剧　游记　书信》，北京：书目文献出版社，1985年，第107页。从编者注可知这封信似是1926年4月1日寄出，可推知焦菊隐在此之前在信中提到自己的病。
5　石评梅：《又致焦菊隐信之三》，载杨扬编《石评梅作品集：戏剧　游记　书信》，北京：书目文献出版社，1985年，第107—108页。

值得一提的是,焦菊隐从1925年成为《燕大周刊》第四任主编,统筹了周刊第73期至第96期的出版,但直到他卸任主编,也从不将自己的任何诗作发表在周刊上。可能的原因有二:其一是防止"公器私用"落人口实;其二,他任主编期间正处在周刊改换风格的阶段,从原先偏重文艺转变为偏重校务[1],才尽量少刊文艺作品。焦菊隐在燕京大学读书的四年里,校级刊物从未刊登过任何署名"焦菊隐""焦承志""承志"的诗歌作品,恐怕又有其他原因了。不过以焦菊隐非教徒的身份,在一所教会大学里能够担任重要校级刊物的主编,并且在《燕大周刊》改组变更为《燕大月刊》后继续任编辑,这本身就足以证明燕京大学给予学生充分的宗教信仰自由和平等地参与学校文化建设工作的权利,这在20世纪20年代的燕京大学已实属难能可贵。

三、教会学校的叛逆者

焦菊隐的诗歌创作正如周作人所说"是一种非意识的冲动,几乎是生理上的需要"[2]。他多愁多病的身体中包裹着躁动不安的灵魂,矜持、孤僻的性格背后掩藏着迫切寻觅知音人的渴望,从未间断的贫穷和苦痛混合以青年时期的一腔热血,再加上对周围环境的敏感

---

[1] 据姜允长《关于本期的话》:"第二,我诚恳请求你们认清《燕大周刊》的新使命。在过去三年的历程中,其重心点由文艺转到校务,此后的变程如何,我不愿现时有所规划。"[《燕大周刊》(欢庆号),1926年10月2日,第99期,第3页]事实上,焦菊隐任主编期间明显可见周刊刊登更多校务消息,比如新闻、通知之类,且姜是焦的继任主编,他的编者按也证明了这一点。

[2] 周作人:《自己的园地》,长沙:岳麓书社,1987年,第17页。

捕捉，直接造就了其沉毅哀婉的诗美特质，也间接促使其宗教意识的转变。

除了诗歌之外，焦菊隐也创作小说、散文，翻译外国作家的戏剧的同时也进行戏剧创作。他在戏剧上取得的成就最高，但诗歌对于青年的焦菊隐而言有特殊的作用，因为诗歌最贴近内心，最能抒发情绪，最能表达自我。尽管按焦菊隐自己的说法，诗歌只是诗人在一刹那或一时间诗情激荡的产物，不能代表他"整个的思想"[1]，依然不能否认诗人想象的方式、对意象的选取、对措辞的斟酌都会轻易"出卖"诗人对事物的认知和人生态度。诗歌成形，代表诗人已经进行了对价值的判定。焦菊隐通过诗性的文字表达心底的寂寞和诉求，因此，从他泣血的诗歌中透视出他对宗教的态度是一种可靠且可行的办法。

在对焦菊隐诗歌流露出的宗教观流变的考察中，最明显的是对神的指称问题。在1925年以前，焦诗中出现的"神"不成系统。中学时代的诗人每每在诗中提到"神"，尽是"春之神""爱之神""青春之神"这类泛称。随着诗人在燕京大学接受的教会学校教育不断深化，日积月累地被基督教气息所包围，诗歌传达出的诸神逐渐集中于"上帝"或"耶稣"这类基督教词汇。

焦菊隐从高二开始接受教会学校的教育，直到完成燕京大学的学业，也从未信奉哪种宗教。但是，宗教氛围不容小觑，他一直被基督教教育影响着，连他仰慕的对象石评梅也深受欧洲宗教文化的

---

[1] 焦菊隐：《自叙》，《夜哭》（增订四版），北京：北新书局，1929年，第20页。

第八章 "他"的在场与介入:现代大学生的校园经验与时代书写

影响,她源自叔本华哲学的"生死观""生命之罪恶"等观点上都与基督教所谓的"原罪说"在根本上没有差别。这些影响作用在焦菊隐身上不但没有令他顺从于教旨,反倒加剧了他的叛逆。这个历经困顿的苦学子在大学时代创作的诗歌中几乎从不像冰心那样浓墨重彩地歌颂爱——神之爱、母爱、友爱,等等。恰恰相反,他不崇敬耶稣的人格,也没有"爱的哲学"。二十年来的人生际遇使焦菊隐对基督教的态度呈现出自我分裂、自相矛盾的发展轨迹。

起初,焦菊隐对"上帝"的存在是不排斥的。高中时,他在《假如我是个弱者》一诗里将上帝作为倾诉对象,希望上帝听他所想、知他之难。上帝对于诗人也许是个头脑里瞬间冒出来的任意的神,他已经把心里的苦倾泻在笔尖纸上,上帝的任务也就达成,最后提出的疑问实际上是自问自答。上大学后,陷入困苦中无法自拔时,诗人在倾诉之余会更进一步,求助于上帝,希望得到庇护、获得解脱。如《夜祷》里诗人在深深的痛楚中呼喊:"我面对了那令人生悸的自己的灵魂。细看出它一点一点的廿载伤痕。""当我苏醒时,四下里仍旧是昏昏……我的心,和你,上帝,又重新诞生!胸里回旋着如腾燃的焦思,我又悴然匍匐在祭坛上,留着悔恨的热泪。终夜默祷之后,我颤颤地微微发出一声'阿门'!"[1] 这首诗中的"我"仿佛一位虔诚的信徒,以全部的热情忏悔,通过整夜的祈祷以平缓内心的焦灼,最终涤荡灵魂。

然而随着时间的推移,焦菊隐的诗中再没有出现这种"虔诚"

---

[1] 焦菊隐:《他乡》,上海:北新书局,1929年,第36—37页。

的场景。上帝没有抚平他的伤痛和焦虑，没有治愈他的孤独，于是他质疑宗教，不相信上帝与耶稣，不相信基督教所谓的救世。1925年4月15日，正在病中的[1]焦菊隐在《上帝》一诗中用讥讽的口吻写道："世上有两个上帝，／一个为穷丑，一个为富丽：／穷人千万别求富神怜惜，／他的职责不在拯救你！／——阿门！"[2]"富神"既指诗中所谓的专门关照富人的上帝，又因为与"父神"（God the Father）发音相同而构成双关，抨击上帝只是专门为富人而存在，挑战上帝面前人人平等的基督教基本理念。最后一声"阿门！"本是祈祷用语，穷人祈祷无用还得用，增加了反讽的力度，语气几乎是怀着怨恨的。此时的焦菊隐进入燕京大学才一个学期，作为大一新生写下这种诗歌可以说是"大逆不道"的。燕京大学不限制学生的宗教信仰自由，从其校训"因真理，得自由，以服务"（Freedom Through Truth For Service）就可以看出学校把自由看得极重，只是所谓的自由，前提是"因真理"，或翻译成"通过真理"，在教会学校，抨击上帝和基督教毫无疑问是该遭到压制的。虽然没有任何证据表明燕京大学当局会因为一首诗对学生施压，限制其写作，妨碍其发表，但值得玩味的一个事实是，这首诗是在两年半后，也就是1927年10月才发表在《晨报》副刊上，并标明是旧作，而焦菊隐其余刊发的作品，与其创

---

1 4月14日，诗人创作了《病中》，描写了自己病中无人可依的孤苦。因此，笔者有理由推测焦菊隐在创作《上帝》时身体上正经受着痛苦。
2 焦菊隐：《上帝》，《晨报》副刊，1927年10月19日。《焦菊隐文集·第4卷（作品）》中收录的《上帝》一诗与刊发在《晨报》副刊的这一版在个别文字和创作时间上都有出入，此处以后者为准。——作者注

作时间必不超过半年,绝大多数是即写即发。由此看来,这不啻一次对教会大学当局的妥协。当然,一次形式上的妥协并不意味着焦菊隐改变了自己对基督教的看法。念大三时,他又写下"无意中我已走到湖滨,湖水在喃喃低语,说主宰这黑暗的,只是同一赐人幸福的上帝"[1],以示世间黑暗丑恶也一样有上帝的参与。即便已经离开燕京大学多年,诗人在创作中提到教会时态度仍满是鄙夷。

焦菊隐之所以在教会学校学习多年仍如此"叛逆",究其深层原因是他童年时期就已经成型的孤独感作祟。父母之爱常年缺席,再加上因为贫穷而遭人冷眼、受人欺负,让焦菊隐早早地认清了人生在世苦、世间无人可依的道理,孤独感如痼疾毒瘤占据了他整个思想。他写诗批判基督教、批判教会只是他对接受教会学校教育,被灌输宗教观的反弹。事实上,不仅是上帝,旁的神仙在焦菊隐的心中也一样不顾惜世人。《七夕》一诗中,诗人劝人们不要拜牛郎织女星以求爱情,"这一天家家姑娘小姐们,/(东床无人)/都愿讨一对仙人个欢喜,/替他们作个会,庆宴良辰。//其实她们都是情令智昏,/期望太深,/双星连自己都无力解放,/哪还有工夫管你们旁人!"[2]

焦菊隐带着始于童年的满身疲惫走进"充满爱"的教会大学,最终也没能将心中的伤口弥合。任何神明在他孤独的人生哲学面前都结结实实地撞了南墙,"每当落日照在影壁上时,我孤零零地就想

---

[1] 焦菊隐:《他乡》,上海:北新书局,1929年,第40页。
[2] 焦菊隐:《焦菊隐文集·第4卷(作品)》,北京:文化艺术出版社,2005年,第106页。

哭"是焦菊隐对自己童年的写照,也是伴随其一生的噩梦,正如同他诗句中所言,"因为世界昏沉,无处可栖"[1]。焦菊隐在回忆文章里曾表达出这样的想法,他说学校所宣传的接受教育的目的是为了"富国裕民,强国强种",但实际生活总是与这种美好的愿望相悖,"学校教育是一种空想,现实生活是一种实际。这二者,在我的思想意识上矛盾着,摆动着,同时在相互争取着我。我就是在这种矛盾中成长着的"[2]。事实上,不仅焦菊隐有这样的感叹,对于燕京大学的每一个学子而言,生活在剧烈动荡的年月中,一方面感受着"落后就要挨打"的无奈痛苦;一方面又接受着学校为他们构建的国将富民将强,社会生活将和谐美好的愿景,如此巨大的落差激荡着所有进步青年的心。

第二节 "生的死亡"
——战时语境·学生视角·现代生命观

西南联大的存在是战时中国教育的特殊形态,在西南联大校园中成长起来的校园诗人,无不受到战争背景的影响。面对亲身体验的空袭、爆炸、死亡、动荡的战争环境,西南联大诗人穆旦、杜运燮、王佐良、俞铭传、杨周翰、罗寄一、陈时等都自觉地寻找适合的诗歌表达方式,希望用诗歌创作来表达对现实世界的态度。

西南联大的教育体制为校园诗人的诗歌创作提供了全方位的保

---

1 焦菊隐:《他乡》,上海:北新书局,1929年,第46页。
2 焦菊隐:《粉墨写春秋》,天津:百花文艺出版社,2008年,第12页。

障。纵观中外文学史,虽然没有哪位杰出的诗人是学校教出来的,但是我们却不可以低估教育的力量,教育不仅可以增进知识储备,影响其写作路向,还可以进一步扩展诗人的诗歌才能、诗歌纵深表达的意涵,杜运燮就是一个很好的例子。在西南联大他系统地接受过近三年的课程教育,无论是"欧洲文学史"中关于西方文学的概括,还是"英诗课"上诗歌流派的介绍抑或是"中英文诗比较"等选修课程的学习,他都受益其中。西南联大为外文系学生开设的一系列专业必修课,使得理工科出身的杜运燮初步感受到了"文"的美妙,自然地接受了"文学"的教化,课堂知识的学习客观上提高了杜运燮的文学素养,为他日后的文学创作打下了良好的基础。在课堂教育之外,西南联大还拥有浓郁的校园诗歌氛围:有大师级的诗人教授团队、有活跃的文学社团、有精神同契的诗友……诸上种种,孕育滋养了西南联大校园诗人创作的根脉。

当然,诗人的自我成长是杜运燮完成诗人身份转变的关键,这也充分佐证了书中提出的新诗教育的两个维度中的后者——所"育"。单纯的课堂教育只是学校教育的基础,学生在校园中的自我建设是诗人成长的必由之路。在西南联大学习期间,杜运燮加入了学生文艺社团"冬青社"。"冬青社"是西南联大历史上活动方式最多、存在时间最长的社团,它为学生搭建起了一个良好的诗歌交流与创作的平台。杜运燮在"冬青社"中不仅是社团活动的积极组织者,同时也积极地参与诗歌创作活动。杜运燮在"冬青社"参与创办的《革命军诗刊》《文聚》等期刊上发表了多篇诗歌作品,这些作品的发表使得杜运燮的诗歌创作走向成熟。在社团活动之外,杜运燮在校园内还主动结交了热爱诗歌的朋友,例如与穆旦的交往。穆旦不仅是杜运燮诗歌道路上的引路人,同时也是杜运燮心灵的沟通者,两个热爱诗歌的挚友在诗歌道路上彼此鼓励,共同前进。另外,杜运燮本人还积极主动向校外刊物投稿,力求获得更多进步。这些问题在本书第四、五、六章中均已有研究和论述。

一、诗笔投向战时中国:校园诗人的"战时"书写

杜运燮以在场的诗人身份书写"战时"题材,介入现实生活,在很多方面都深受奥登《战时》组诗的影响。在《战时》组诗中,奥登不止一次用平静、克制的语言来表现苦难的现实并对此寄予了博爱的人道主义关怀,也对战争根源做出了深刻反思。他关注被历史遗忘的英雄伤兵,关注四散逃命的中国难民,关注在西方社会以外的这个古老民族所遭受的入侵,以及南京大屠杀后中国军民的反抗……奥登亲自踏上战时中国满目疮痍的土地,他以平视的视角真切地讲述着普通人所遭逢的苦难,雕刻出坚毅不屈的民族精神,这在同时代的中国人心中引起了强烈的共鸣,也影响到与他精神相通的西南联大同代诗人,杜运燮是受益最深的一位。

唐湜说:"一个浪峰该是由穆旦、杜运燮们的辛勤工作组成的,一群自觉的现代主义者,T.S.艾略脱与奥登、史班德们该是他们的私淑者。"[1]直接将穆旦、杜运燮看成艾略特、奥登的弟子。这句话勾

---

1 唐湜:《诗的新生代》,《诗创造》1948年第8期。

第八章 "他"的在场与介入：现代大学生的校园经验与时代书写

勒出奥登对西南联大诗人的影响及他们之间的传承关系。杜运燮没能赶上奥登在西南联大授课，他是通过穆旦对奥登产生的深入了解，"从他那里，知道了燕卜荪和英国'粉红色30年代'奥登等诗人群，以及他们所推崇的前辈英国诗人"[1]，并且"很快就喜欢上被称为'粉红色的30年代'诗人的那一批英国青年诗人（奥登、斯本德、C.D.路易斯、麦克尼斯等）的诗篇，特别是奥登的诗"[2]。奥登独特的现实描写是感染他的主要因素："奥登等人的诗，特别是他的名作《西班牙，一九三七》和《战时》等，为我们开了新的眼界，使我看到反映重大现实的诗，也可有另一种新写法，而且他们那种写法也迎合像我这样的知识分子的口味：在反映重大社会现实的同时，也抒写个人的心情，把个人抒情与描绘现实结合起来。"[3]为什么《战时》组诗满足了战争时期中国学子的表达期待呢？这是一个很值得深入挖掘的问题，战时的大学生不及奥登亲临过血腥对阵的战场、巡弋于中国的不同区域，他的组诗带领校园诗人进入超验的真实局势，点燃了他们澎湃的家国情怀，引领大家走进独立的个体反思之中，这些有关战争题材的诗，"有的愤怒谴责，有的辛辣讽刺，有的是理性的沉思，我读来感到特别亲切，许多诗行与我当时的心情是相通的"[4]。相同的历史体验造就了相通的诗歌交流，杜运燮吸收了奥登的诗歌表

---

1 杜运燮：《海城路上的求索：杜运燮诗文选》"自序"，北京：中国文学出版社，1998年，第5页。
2 杜运燮：《我和英国诗》，《外国文学》1987年第5期。
3 同上。
4 杜运燮：《在外国诗影响下学写诗》，《世界文学》1989年第6期。

403

现主题,发扬了奥登反映现实的诗歌风格,以现代的隐匿了个人视角的姿态创作出一系列抗战主题的诗歌,这些写于西南联大校园中的诗作,代表了西南联大诗群同题材的最高水平,他们的精神实践和文学实践远远超出既往校园诗歌的写作范畴。

(一)歌唱无名英雄

奥登通过捕捉小人物的悲哀来展现战争的残酷以及战场中的人性光辉。这种透过小人物参透大人生的创作手法,为杜运燮带来了创作灵感和写作方向。他模仿奥登,在诗中没有正面描绘战场的场景,而是摄取其中细微的剪影。奥登在《中国兵》一诗中,对中国士兵倾注了无限的同情和赞颂,并为无名的中国兵铸起一座丰碑。杜运燮的《无名英雄》将这一感情再次扩大,由一个兵到士兵群体,杜运燮将奥登的"他"转变成了"你们":

> 你们被认出在人类胜利的
> 史页里,在所有的心灵深处:
> 被诚挚地崇敬,一天天
> 为感激的眼泪所洗涤,而闪出
>
> 无尽的光芒,而高高照见
> 人类有一个光明的未来:
> 建造历史的要更深地被埋在
> 历史里,而后燃烧,给后来者以温暖

第八章 "他"的在场与介入：现代大学生的校园经验与时代书写

> 啊，你们才是历史的生命
> 人性庄严的光荣的化身
> 太伟大的，都没有名字
> 有名字的人才会被人忘记[1]

显见，《无名英雄》是《中国兵》的续篇，在奥登诗中并未完全流露的赞美在杜运燮的诗中得以尽情展现。这类歌颂无名英雄的诗，在杜诗中不在少数，有在夜深树寒中前进的战士（《给永远留在野人山的战士》），有肩负着沉重的担子，佝偻着为自由而战斗的无名模范（《给我一个同胞》），这些诗歌都有着奥登《中国兵》的痕迹。其中诗歌《给我一个同胞》甚至直接借用了奥登《中国兵》中的"笑话"一词，从"他的笑话已过时"变成"虽然你并不了解政治的潮流／给一个问题，还会闹大笑话"。[2] 虽然杜运燮在诗中用带有微讽的语句调侃他们的知识、财产、体型、环境，但越是这样带有冷笑的语言，越是能够激发出诗人更大的赞美。诗人以先抑后扬的姿态为读者诠释出无名英雄的意义：他们"完成了'人'的意义"，他们照见了人类光明的未来。

---

[1] 杜运燮:《无名英雄》，载杜运燮、张同道编选《西南联大现代诗钞》，北京：中国文学出版社，1997年，第149页。

[2] 杜运燮:《给我一个同胞》，载杜运燮、张同道编选《西南联大现代诗钞》，北京：中国文学出版社，1997年，第152页。

（二）开阔丰盈的生命意识

杨周翰早在1944年即注意并挖掘出奥登诗歌"俯瞰"式视角的特别之处[1]，袁可嘉后来对此进行了补充："在意象营造上，奥登还喜欢采用现代飞行员置身高空，应用电影技术中水银灯聚光照射的方法，使某些事物在突然扩大或缩小中清晰呈现，产生一种特别强烈的感觉。……这些都是居高临下鸟瞰式的观察中得来的形象，精确地把感情色彩传达出来，也是奥登那一路现代派诗中常见的。"[2] 奥登独特的视角源于他的"临床的"诗观，杜运燮对"临床的"诗观阐释极为到位和形象，他说："诗应有'临床的'效果，诗人应有临床的心灵，像一个医生戴着橡皮手套，嘴上挂着微讽的微笑一样来处理诗的各方面。于是他主张诗应是古典的、'临床的'而且严肃的。这样的主张不知他坚持了多久，由他的诗看来，他今天似还仍然保持着。他的诗就是那么直接，有力，一刀一针都立刻触到伤处，指给我们看。"[3] 这种诗观使奥登用一双犀利的眼睛以"高空俯瞰式"的目光审视人与自然，以新异的修辞手法洞见人类存在的无意义和短暂性，他"采用远距离的物理视角，将对照的手法融汇其中，而这些含义是暗示出来的，富有戏剧性"[4]。因为理解和认同，杜运燮在创作中自觉地借用和模仿着"俯瞰式"与"临床的"这种极富个性化的现代

---

1 杨周翰：《奥登——诗坛的顽童》，《时与潮文艺》1944年第4卷第1期。
2 袁可嘉：《西方现代派诗与九叶诗人》，《文艺研究》1983年第4期。
3 杜运燮：《海外文讯》，《明日文艺》1943年第1期。
4 〔英〕W.H.奥登：《奥登诗选：1927—1947》，马鸣谦、蔡海燕译，上海：上海译文出版社，2014年，第253页。

第八章 "他"的在场与介入：现代大学生的校园经验与时代书写

诗歌表现手法。《滇缅公路》"在气魄上磅礴、逶迤、壮美"[1]，很大程度得益于对奥登"俯瞰式"视角的承袭。怎样在诗中展现滇缅公路带给中国的意义，表现全民族可贵的勇气与真切的欢乐，杜运燮的《滇缅公路》给予了我们最好的回答。他通过从飞机向下观察的视角捕捉到大地上的"村落""轻烟"以及流水穿过城市的景象，这种描写手法是"对抗战相持阶段亟须鼓舞士气之形势要求的自然回应"[2]。其中"俨然在飞机座舱里，发现新的世界／而又鹰一般敏捷，画几个优美的圆弧"直接化用了奥登诗句中"在我们的时代／正如雄鹰或戴头盔的飞行员所见"的"雄鹰""飞行员"两个俯瞰主体，这种"凌空式的打量，有很高的思想高度和开阔的生命意识"[3]。诗人换身为火星派来的记者，站在了地球之外表现对地球的怜悯："面对着山水、人物、汽车／我是火星派来的记者，在欣赏和怜悯这一切。"[4]《月》中诗人又去往了月亮，俯瞰着地球的月亮，获得的正是一种超越的视角。《登龙门》中诗人又站在造物者的角度凝神思索人类生活的种种遭际：

---

[1] 姚丹：《西南联大历史情境中的文学活动》，桂林：广西师范大学出版社，2000年，第262页。
[2] 秦弓：《抗战文学中的滇缅公路》，载李建平、张中良主编《抗战文化研究》（第2辑），桂林：广西师范大学出版社，2008年，第105页。
[3] 蒋登科：《论杜运燮诗歌的价值取向》，《西南师范大学学报（人文社会科学版）》2003年第5期。
[4] 杜运燮：《浮沫》，载杜运燮、张同道编选《西南联大现代诗钞》，北京：中国文学出版社，1997年，第167页。

> 人类在那边喧嚣着居住
>
> 结群而隔离,他们没有快乐
>
> 营造各式的房子,一样的封闭
>
> 穿着鞋子,诅咒命运的刻薄
>
> 美树为自己画朦胧的倒影
>
> 还围绕一道小堤,鸭步婆娑
>
> 每家的田里都有好看的绿色
>
> 只是有田埂,涂写太多的"你""我"[1]

奥登式的俯瞰视角给予杜运燮的不仅是诗歌风格的借鉴,更重要的是开阔的生命意识的获取——通过想象的全视野角度打开有限的现实维度。诗人站在高空凌空俯视地球上渺小人类的悲欢离合、祖国山水的壮丽辽阔、战争中人民的生灵涂炭——这三个维度在同一诗歌场域中发生碰撞,产生震荡心灵的冲击张力。同时,抛开细节,专注描绘广阔图景的写法,也带给我们深邃的哲理思考和厚重的生命意识。

(三)机智悲悯的反讽,轻松犀利的幽默

奥登的诗歌提供给杜运燮一个介入现实极为有效的方法——机智悲悯的反讽,犀利轻松的幽默:"吸引我的还有奥登诗里特有的那

---

[1] 杜运燮:《登龙门》,载杜运燮、张同道编选《西南联大现代诗钞》,北京:中国文学出版社,1997年,第168页。

种反讽、机智、犀利和幽默，他那种寓严肃于轻松的写作风格对我启发很大。"[1] 奥登被认为是诗坛的顽童，战争在他的眼里变得滑稽而又荒诞，他在诗中描写的战争是："战争就是拖着腐烂的瘸腿躺在马厩里；战争就是深陷囹圄还在想着别人的老婆；战争就是山上一大群疯狂的恐惧的人们向山脚下移动的个体开枪扫射；战争就是无所事事的等待，对着断线的电话大吼，过着没有睡眠、性交、洗澡的生活。"[2] 杜运燮在评价奥登的讽刺诗时说，奥登"的讽刺诗辛辣而含蓄，常寓严肃于轻松，具有高层次的幽默感，又有令人痛快的对现实（包括国际的）的针砭，我爱读也使我动心开始写起讽刺诗"[3]。20世纪40年代的杜运燮不仅以奥登为诗歌榜样写起讽刺诗，还创造了中国的轻松诗。杜运燮本人对此作出解释："关于'轻诗'……这个名字，是从英文'Light verse'译来的。40年代，我曾把它译为'轻松诗'。""何谓轻诗？我没有仔细研究过，只是觉得并不等于中国的打油诗。着眼点是轻快性，机智、风趣，目的主要是逗趣，给人愉快。我最早是在40年代读奥登诗时接触到的。我喜欢他的那种轻松幽默，带有喜剧色彩，内含微讽的手法，觉得可以很容易用之于写讽刺诗，加入严肃的内容。"[4] 奥登式的讽刺被杜运燮大加运用，以

---

[1] 转引自金海曙、王中忱：《西南联大与中国新诗——郑敏、杜运燮访谈》，《滇池》1999年第8期。

[2] Wystan Hugh Auden, *Journey to a War*, New York: Princeton University Press, 1996, pp.603—604.

[3] 杜运燮：《在外国诗影响下学写诗》，《世界文学》1989年第6期。

[4] 杜运燮：《杜运燮六十年诗选》"自序"，北京：人民文学出版社，2000年，第3—4页。

《追物价的人》[1]为例，这首诗通过讽刺的反写来讥刺抗战后期国统区物价的飞涨："应该说，国统区本身就是一首讽刺诗：反动当局的许多行径本身就构成了绝妙的自我讽刺。抗战后期国统区的民主运动勃兴。作为这个时代大潮的反应。讽刺诗也掀起竞写潮。"[2]诗中，"物价"被拟化为"抗战的红人"，这一怪诞的形象并不排斥它在本质上的高度真实性：在那些囤积居奇、大发国难财的要人、阔人的"宠信"之下，物价大大"走红"，"如灰一般轻"地"飞"起来了，这是对现实生活所做的艺术概括。全诗用一个"追"字描述出国统区人民苦苦维持的现状，在不能左右自身命运的日子里，物价的"身体便如灰一般轻"，为了追上它，底层百姓就得丢掉一切，连自己的生命也得丢掉，使自己"轻如鸿毛"，变成"灰"。但他们并不计较，因为"抗战是伟大的时代，不能落伍"啊。诗人以反话透露正意，在反说之中蕴含了愤怒之情。《追物价的人》抓住了那些要人、阔人身上言与行、表与里、形式与内容等一系列矛盾，诗人通过讽刺发现、强化、撕裂这些矛盾，以完成鞭挞的目的，最后一针见血地讽刺了社会现象，让读者在讽刺中痛恨统治者的无能，悲悯痛苦中挣扎的人民。

此外，杜运燮在《被遗弃在路旁的死老总》中，以死者的口吻呻吟出生命最后的恳求，巧借黑色幽默："给我一个墓／黑馒头般的墓／平的也可以／像个小菜圃／或者像一堆粪土／都可以，都可以／只

---

[1] 杜运燮：《追物价的人》，载杜运燮、张同道编选《西南联大现代诗钞》，北京：中国文学出版社，1997年，第181页。
[2] 吴奔星主编：《中国新诗鉴赏大辞典》，南京：江苏文艺出版社，1988年，第767页。

第八章 "他"的在场与介入：现代大学生的校园经验与时代书写

要有个墓／只要不暴露／像一堆牛骨。"[1]杜运燮的轻松诗"即便在表现死亡等严肃题材时依然能够写得凝重中透着轻松"[2]。《一个有名字的兵》是杜运燮最长的一首轻松诗，他用30节、120行叙述了张必胜悲惨的一生。这类诗歌不同于普通的叙事诗，他以反讽的手法、轻松的笔调，揭示出隐藏在战争背后巨大的罪恶，它让生不可以生，人不再是人。杜运燮的轻松诗将滑稽杂糅于悲剧，讽刺挪揄现实中的丑与恶，以"轻松诗"体现悲悯的情怀、对抗残酷世界的做法是杜运燮对中国新诗的贡献。

除诗艺的习得、表现手法的借鉴，杜运燮从奥登战争诗中还获得很多启示，无论是讴歌无名英雄，舒展开阔的生命意识，还是讽刺中浸透的悲悯，杜运燮已然成为奥登诗歌在中国最得其真传的实践者。不过，除技艺师从于奥登，细究杜运燮的"战时"诗歌创作的根源却离不开战时中国的生存境况。

二、正视现实　拥抱生命

战时状态的西南联大是校园诗人诗歌创作的巨大源泉，不仅促进他们思考时代生活的本质，也连通了"小我"与"民众"的情感。虽然西南联大并非处于战争前线，但每一次空袭、爆炸、死亡、伤

---

[1] 杜运燮：《被遗弃在路旁的死老总》，载杜运燮、张同道编选《西南联大现代诗钞》，北京：中国文学出版社，1997年，第182页。
[2] 李晓璐：《论杜运燮20世纪40年代的轻松诗》，《山西大同大学学报（社会科学版）》2010年第2期。

痛都已深深印刻在学生的记忆里。杜运燮在谈论他们的诗歌创作时说："诗与现实的关系，对我们那个时代的学生，从开始写诗就不曾成其为问题。我们的心与正在救亡图存的全国人民的心一起跳动。那个时代深化了我们的忧患意识和参与意识。我们有紧紧拥抱现实、正视现实、表达现实的责任感与历史感。"[1]这种责任感与历史感表现在联大师生创作的战争诗中。

面对在战争中遭受空袭的校园以及饱受战乱痛苦的人民，西南联大学生创作了不少战争诗，面对侵略者，他们同仇敌忾、一往直前。在日军疯狂的空袭中，联大诗人赵瑞蕻愤怒地呐喊："从地上来的，从地上打回去！／从海上来的，从海上打回去！／从天上来的，从天上打回去！／这是咱们中国人的土地！／这是咱们中国人的海洋！／这是咱们中国人的天空！"[2]诗人教授卞之琳写下"要保卫蓝天，要保卫白云"[3]；学生沈季平唱响出征的奏章："奔驰啊！／你强大的巨人行列／向鸭绿黄河扬子怒江／奔流的方向／和你们的在苦难中的弟兄／长白太行大别野人山／拉手啊！／／当你们面前的太平洋掀起胜利的狂涛／山啊！／我愿化为一道流星／为你们飞传捷报！"[4]……这些充满战斗豪情的诗句表现出西南联大师生对日军的满

---

[1] 杜运燮：《在外国诗影响下学写诗》，《世界文学》1989年第6期。

[2] 赵瑞蕻：《一九四〇春：昆明一画像——赠诗人穆旦》，载杜运燮、张同道编选《西南联大现代诗钞》，北京：中国文学出版社，1997年，第417—418页。

[3] 卞之琳：《空军战士》，载杜运燮、张同道编选《西南联大现代诗钞》，北京：中国文学出版社，1997年，第20页。

[4] 沈季平：《山，滚动了！》，载杜运燮、张同道编选《西南联大现代诗钞》，北京：中国文学出版社，1997年，第134页。

第八章 "他"的在场与介入：现代大学生的校园经验与时代书写

腔怒火和抗战决心，相较同时代抗战主题诗作，西南联大诗人却具有独特的艺术风格。

从诗歌意象看，西南联大诗人常常用"乌云"影射时局和个人对战争的表达：西南联大1941级哲学系学生叶华在诗歌《迎敌》中直接以"乌云"代指日军空袭部队："乌云，这一旅黑骑兵／我在荒野仰立，期待着／／我不撑着伞作盾牌／我不离去，不逃脱／让万箭射击我底头颅／／来，驰近点，驰近点／不能退却，不能退却！／我招手，挑衅你们：／／从天方，往地面驰近／这兵团将万矢齐发！／／我不披雨衣作胄甲／我偏偏爱／我的脊背，我的胸膛／／不能转向，不能哄散／疑懦的黑兵团呵／立刻，把万箭发射！／／这片刻我身上要不雨血淋漓／我将郁积：带些甚么创痕归去？"[1] 杜运燮在《给——》的战斗诗歌中借"乌云"的意象表达抗战的决心："注视而准备，不要怕／那乌黑的云块不是来／强迫你们匍匐屈降的，而是／藏有丰饶的暴风雨，给你们以／结实，勇敢，和坚定的信心／／……坚决是胜利的开始，你们／不再屈忍，而坚决着手战斗／你们踏着荆棘是对的，不流血／不能欣赏红色的美丽，而且／你们的血不会白流，我们／将看见沿途有发强光的灯火／在招引千万人的大队伍／跟随你们前进，回家一样前进。"[2] "乌云"来了，那就用万箭发射；"乌云"压迫，那就在乌云下前进。在"乌云"意象的描写中，诗歌将悲愤、

---

1 叶华：《迎敌》，载杜运燮、张同道编选《西南联大现代诗钞》，北京：中国文学出版社，1997年，第130页。
2 杜运燮：《给——》，载杜运燮、张同道编选《西南联大现代诗钞》，北京：中国文学出版社，1997年，第212页。

屈辱、痛恨的感情转化为结实、勇敢、坚定的信心。

　　诗歌中的情感来源于现实的经验，西南联大校园诗人最直接的战争体验来自日本飞机的空袭，"乌云"成为诗人情感表达的平台："站在旷野上感受风云的变化，我们必须以血肉似的感情抒说我们的思想。"[1] 另一个平台是防空洞，空袭中，防空警报、防空洞成为西南联大师生的战争常态体验，"防空洞"成为西南联大诗人正视现实、表达战时情感的又一平台。然而，"防空洞"与"乌云"的不同在于，"防空洞"超越了单一的战争隐喻，承载着诗人们的生命思索，穆旦以防空洞为意象（《防空洞里的抒情诗》），表面上写躲避空袭，实际上揭示出现代人的生存状态，防空洞成为诗人思想的表达空间，在其中注入了他对现实的思考。诗人对苦难本相和生命存在的想象、抒情与思考、探究，通过防空洞这个现实的而非虚拟的空间得以全方位呈现，这是西南联大诗人群钟情于"防空洞"的一个原因。赵瑞蕤的长诗《一九四零春：昆明一画像——赠诗人穆旦》以"防空洞"为意象，以讽刺的手法在叙述中揭示出战争中人世的万象。在他的诗中"防空洞"成为战乱中鲜活人物的展演场，展现出1940年的现实昆明。综上，"乌云"与"防空洞"作为西南联大诗人塑造的意象标签，它们既是校园诗人对战争和现实的表达，也是生命的群体化体验。

　　从诗歌主题看，不带政治色彩的生命忧思是西南联大校园诗人书写战争的共性。与同时代沦陷区以及大后方的诗歌相比，西南联

---

1 《我们呼唤（代序）》，《中国新诗》1948年第1集。

第八章 "他"的在场与介入：现代大学生的校园经验与时代书写

大诗人诗歌主题重点是对生命的观照，他们以拥抱生命的姿态"展现了对于生命之交流交往的玄思"[1]。面对战争带来的苦难，他们没有像七月诗派"总是更多地注重于表现人民大众的意志和感情，表现最普遍的时代精神"[2]，也没有像沦陷区诗人那样对于正面战场的直接描写，时代赋予校园中的他们的最大使命在于"我们必须生活着，必须工作着。不被扼杀即将坚持我们的生长；我们必须有所挣扎，有所突破，有所牺牲，也有所完成。我们必须搏斗而前，在历史的道路上跨出自己沉重的脚步，不为一切'法虚妄'所动"[3]，他们认为，自己应该"严肃地思想一切，首先思想自己，思想自己与一切历史生活的严肃的关连"[4]，秉持这种诗歌创作态度，他们"不再拘泥于个人的小圈子单纯去追求瞬间的感觉或印象的真实，也不再热衷于在主客体之间营造那种朦胧的意象，而是在腐朽污浊的社会环境和战乱动荡的世界面前冷静地观照和深沉地思索，表现历史进程在个体心灵深处的震响，带有强烈的理性色彩"[5]。基于战争体验之上的战争诗歌出现了许多关于生命和命运的思考。以杜运燮《悼死难的"人质"》为例：

---

1 赵东祥：《论四十年代国统区文学的中国特质——以郭沫若、夏衍的剧本和七月诗派、九叶诗派的诗等为例》，载黄永林、闫志、张永健主编《新文学评论》(19)，武汉：华中师范大学出版社，2016年，第144页。
2 朱德发：《朱德发文集》(第3卷)，济南：山东人民出版社，2014年，第76—77页。
3 《我们呼唤（代序）》，《中国新诗》1948年第1期。
4 同上。
5 朱德发：《朱德发文集》(第3卷)，济南：山东人民出版社，2014年，第79页。

> 我们都是痛苦的见证者
> 又一次人类在被迫扮演
> 热闹的悲剧，又一次万千
> 善良的心灵整体被撕裂
> ……[1]

并未登临战场的校园诗人将人民的忧患和战争造成的灾难以"见证者"的视角写进生命体验中。面对战争，诗人发出"我们都是痛苦的见证者"的悲叹，然而，人类在面对自己造成的悲剧时却无能为力，只能眼见善良的心灵被整体撕裂，诗人在见证后开始思考人"生"的价值与"生"的无奈，整首诗充溢着忧愤而哀婉的色调。同样发表于1941年的《赠友》[2]一诗，也体现出诗人对生命存在意义的思索。

有学者用"洗礼"和"沉潜"概括他们战时的诗写经验："他们经历战乱又远离战乱，在西南一隅找到了书写现实人生的精神乐园。在战争的洗礼中，这些诗人把国家民族命运和人生思索紧密结合起来，并做出艺术性的'沉潜'，形成了现代校园诗歌的显著特点。"[3] 事实上，置身校园内，杜运燮并未经过战乱的流离，从未踏上社会

---

[1] 杜运燮：《悼死难的"人质"》，载杜运燮、张同道编选《西南联大现代诗钞》，北京：中国文学出版社，1997年，第152页。

[2] 杜运燮：《赠友》，载杜运燮、张同道编选《西南联大现代诗钞》，北京：中国文学出版社，1997年，第150页。

[3] 任毅：《校园诗歌：百年传承与世俗化转向》，载黄永林、阎志、张承健主编《新文学评论》（十五），武汉：华中师范大学出版社，2015年，第75页。

第八章 "他"的在场与介入：现代大学生的校园经验与时代书写

的他，跨越了青春的憧憬，超越了学生的视野，为20世纪40年代的诗坛展现出一个时代深刻的痛苦和纠结。这种基于校园视角完成的战争体验，在西南联大诗人群中频繁出现，他们格外深切地将现实的忧思、个体的警醒刻印在中国新诗史上。比如，郑敏的《死》《时代与死》《墓》《对于灭亡的默想》，穆旦的《活下去》《森林之魅——祭胡康河上的白骨》等诗作，在表现生命以及死亡主题上，呈现出深刻的生命关怀，也"在诗歌中表现了现代人的孤独感和内心的矛盾冲突，展现了知识分子在时代中的困惑与追求。时代使命感、人生的忧患意识和个体生命意识构成了九叶派诗歌的主体特征"[1]。

杜运燮在评价西南联大的诗歌时表示："西南联大校园诗不是羽毛般飘逸的潇洒，而是凝聚的、黏着的、沉厚的、具有雕塑的力。它是中国现代诗的高峰状态。"[2] 诚然，西南联大的教育体制、学生的自我成长、战时环境的激发共同作用于其中的诗人群，他们的创作基于现实的灾难和民族的苦难，深入个体生命的思考和现代生命的体验中，不仅超越于普通战争诗歌的主题、情感表达层面，还真切地呈现出特殊历史时期中国现代大学生的使命与情怀、责任与诗才。尤为重要的是，他们的战时诗歌开拓了现代大学校园诗歌的表达深度、丰富了校园诗歌的写作向度和艺术经验。战时环境与教育经历使他们最终成长为有独立风格和独特个性的诗人，也扩充了现代中国诗歌的教育图景。

---

1 张俊彪、郭久麟主编：《大中华二十世纪文学简史》，南京：江苏人民出版社，2012年，第73页。
2 杜运燮、张同道编选：《西南联大现代诗钞》，北京：中国文学出版社，1997年，第592页。

第三节 现实的"里面"与现代的"外壳"——诗艺探索与风格转变

诗人李瑛的创作贯穿现代与当代，但是，既有研究多关注其当代时期的创作，[1] 并且有关他的评论多附加上"军旅诗人"的标签：比如萧三称李瑛为"解放军的诗人"[2]，艾青称李瑛的诗歌为"战士诗"[3]……事实上，在近七十年的创作生涯中，李瑛的诗歌艺术风格经历过数次转折，呈现出迥异的艺术质素和丰富的艺术风貌。仅用"军旅诗人"身份框定李瑛整体的诗歌创作会模糊其诗歌创作的变化与多重面向。殊不知，李瑛在大学期间即奠定了诗学观念的根基。本节立足复员后北京大学（下面统一为北京大学）教育场域，考察其在校期间的诗艺探索、青春生命的诗性表达与大学教育场域的内在关联。

初中时期李瑛就已开始诗歌创作，曾同诗友杨金忠一起主持唐山一家小报的文艺副刊，取名为《田园》文艺半月刊。[4] 1944年5月，李瑛与五位"田园"诗友一起，出版诗歌合集——《石城底青苗》，

---

[1] 不可否认的是，李瑛当代时期的诗歌作品在读者中拥有更广泛的影响力。如叶延滨在《我谁都不像，我就是我自己——叶延滨答〈中华读书报〉记者舒晋瑜问》(《中国诗人》2019年第2期）一文中所说的那样，他最早是在大山中接触到了李瑛的《红花满山》，他觉得很美，并因此而产生了创作诗歌的念头。
[2] 萧三：《漫忆四十年前的诗歌运动》，《诗刊》1982年5月号。
[3] 艾青：《中国新诗六十年》，《文艺研究》1980年第5期。
[4] 杨金忠：《诗海初泳——忆与诗人李瑛同窗的岁月》，《劳动日报》2001年10月18日。

第八章 "他"的在场与介入：现代大学生的校园经验与时代书写

其中选录了李瑛17首诗歌。[1] 李瑛此时的创作更多受到中国古典诗词以及沦陷区诗人作品的影响，诗歌中存在大量传统意象，内容也多为旅人的感怀、知识分子的忧愤等。这与沦陷区诗坛普遍追求的"古典派的内容"与"现代派的手法"的融合密不可分。在散文《平民》文末，附有一段简短的作者简介："李瑛为本名，自己年纪很轻，然而已被生活压得出不过气来，拿笔的年限很浅，到现在也不过四年，起初写诗，总摸不着头脑。后来改写剧本和散文，曾帮忙友人编印小刊物和在《冀东日报》办文艺副刊，不过那已是四个月前的事了，现在仍在黑土烟硝的唐山，寂寞地活着。"[2] 文中诗人表达了他对人生以及社会现状的迷茫，也有对诗歌创作的困惑。

幸运的是，大学的求学经历斩断了他的青春"困惑"："我从中学开始写诗，但对文学没有多少正确认识，也没有判断好坏的能力；直到大学，读了大量古今中外的书籍，接触了比较宽阔的生活，了解了社会的纷纭复杂，特别是处在这样一个非凡的年代，接触了这么多有才学的先生，大大开扩了我的胸襟和视野，提高了辨析的能力，逐渐较深地懂得了文学是什么，艺术是什么，诗是什么，美是什么。"[3] 北京大学的诗歌教育确立了李瑛的诗歌创作导向，并对诗人此后的创作产生了深远影响。

1　《石城底青苗》于1944年5月初版，李瑛（诗集中以郑梦为笔名）被收入其中的诗歌包括《布谷鸟的故事》《雪夜》《晚巷》《秋景》《恋别》《除夕》《挽歌》《归客》《曲》《风吹萎了一个故事》《系念》《征辞》《笛》《古长城》《夜街这颗红唇》《伽蓝怨》《冥祭》。
2　李瑛：《平民》，《中华周报》1945年第2卷第3期。
3　李瑛：《我的大学生活》，《新文学史料》2001年第1期。

一、诗艺风格的初步形成

就读北京大学时期，李瑛的诗歌多种创作倾向共存，并不存在截然不同的艺术划分，不过具体阶段尚存在创作倾向的差异性。我们可以将李瑛北京大学时期的创作分为三个阶段：初入北京大学时期（1945年至1946年夏），诗艺探索时期（1946年夏至1947年年底），学生运动时期（1948年至1949年年初）。相较于此前的"青苗时期"[1]，在前两个创作阶段诗人自觉于诗歌理论摸索，初步形成了个人的诗艺风格，诗歌创作逐渐成熟。这种转变一方面与诗人的笔耕不辍密不可分；另一方面与其在北京大学所接受的文学教育以及以北京大学为中心的师友关系网络的引导和熏陶有关。

首先，诗歌主题日益丰富。据李瑛中学时代的诗友杨金忠回忆，"李瑛很喜欢丽尼的《鹰之歌》、何其芳的《画梦录》，还有戴望舒、徐志摩等人的诗。有一次他父亲下狠心用工资为他买了一本泰戈尔的《飞鸟集》，他高兴极了，还向我推荐这本带有哲理味的诗集"[2]。与诗人的阅读经验相对应，李瑛中学时期的创作更多地表现出对诗歌艺术性的重视，诗歌作品具有明显的唯美、忧郁的倾向。"青苗时期"的诗歌创作虽开始关注侵略者统治下破败死寂的社会现实，但大部分作品所表现的仍是少年的迷惘和困惑。这些诗大多借助古典诗词中既有的文学主题，来反映李瑛在特殊年代颠沛流离的个人经历。如《系念》《征辞》《归客》等诗，所表现的仍是传统文学中的

---

[1] 指李瑛中学时期的诗歌创作，大部分收入诗合集《石城底青苗》当中，因此得名。
[2] 杨金忠：《诗海初泳——忆与诗人李瑛同窗的岁月》，《劳动日报》2001年10月18日。

第八章 "他"的在场与介入：现代大学生的校园经验与时代书写

羁旅主题，与诗人早年不断变换生活地域的个人经历构成一定的对应。而《秋景》选用大量古典诗词的意象和形式，表现传统的悲秋主题："断草尖滴碎了露珠／池沼中有征鸿作归计／今宵燕子没入梦／芦荻和山林也憔悴了。"不难看出，"青苗时期"的诗歌主题相对陈旧、单一，虽偶有关注社会现实，也多出于少年敏感，或是对流浪途中所见所闻的咏唱。如《流浪札记——从唐山到天津》一诗，记述了诗人因"思想不良"被唐山中学开除以后，从唐山流浪至天津的沿途经历。从内陆小城进入港口都市，流徙空间的转变冲击了诗人的视域，他如同本雅明笔下的"拾荒者"，为城市的现代化创造所深深"震惊"。如《广告·夜街》一诗：

  以霓虹灯作广告

  以麻醉人灵魂的乐曲作广告

  以条纹布的蝴蝶作广告

  以彩色的纸条的荡动作广告

  以少女的面颊和嘴唇作广告

  那些华丽的坚硬的商店门旁

  以模特儿作广告

  各式各样的广告

  突兀的奇特的广告

  广告们喜悦地跳跃着

  在商店的门口

/ 庠序有诗音

> 展开贪婪的雄辩[1]

城市的现代化商业气息以其贪婪疯狂的本性使诗人感到无所适从。

进入北京大学以后，李瑛诗歌的主题得以丰盈扩展，既有对"青苗时期"诗歌主题的延续，又有对新主题的探索，还有对既往流浪经历的追述。李瑛在考入北京大学之前，曾经历过一段时间的流浪生活。诗人往返于日本侵略者占领下的平津地区，生活无着。不管是唐山还是天津，在其笔下都呈现出破败压抑的景象，如诗人1944年12月所写的《苍白的战栗之夜歌》，城市被肃杀死寂的氛围所笼罩："寒冷封锁的／恐怖封锁的／快死了的城／暴怒的风要索走谁的生命呢／城里的人都是良民呀／矿工，铁匠，学徒，小贩，人力车夫……"李瑛考入北京大学后，日本侵略者已经宣布投降，但战后的伤痛仍然是李瑛心中挥之不去的阴霾，如1946年2月所写的《塘沽》："塘沽——我的家／祖国肌肉的伤口……"李瑛初入北京大学时期的诗歌，既有个人漂泊生活的投影，又随处可见对祖国破败景象的忧虑以及对国家前途的迷茫，一个苦闷的爱国青年的形象在诗歌文本的背后若隐若现。

在度过初入北京大学时期（1945年至1946年夏）以后，李瑛进入诗意探索时期，其诗歌中哲理性思考的成分逐渐增加。在这两个时段的诗歌创作里，虽然有《把手握成拳头》《起来！军号响了》《石

---

[1] 李瑛：《广告·夜街》，《李瑛诗文总集》（第1卷），北京：中国文联出版社，2010年，第32—33页。

头：奴隶们的武器》等直接关涉现实的作品，但是占据数量优势并且相对突出的仍然是那些具有智性倾向的诗作。除上文提及的《树叶》，还有诗歌《死与变》。这首诗涉及现代主义诗歌当中常见的主题"死亡"，与中国传统诗歌将蝉视为情操高洁、将蚕视为无私奉献的象征物不同，李瑛在这里将它们与死亡相互关联，但死亡并不是终点，而是为了"它们的生命，第二次诞生"。诗人从自然界现象出发，进一步思考人类的觉知以及我们所栖身的社会时代："我们抚摸着自己的肉体在感觉里，／像是刚刚苏醒，刚刚成形。""不断地分裂，不断地遗忘，／这是一切适应的顶峰：／对于自然的匆忙，这是秩序，／对于愚蠢的人类，这是觉醒。"诗人把死亡当作新变的一部分，没有死亡，也就没有新的诞生。自然界的死和变是为了维持整个生态的秩序，而人类社会的死和变，是为了让更多浑浑噩噩的人觉醒。诗人以相互对照、相互象征的手法，含蓄地传达出他对新的社会革命思想的理解。又如在《相对论》一诗当中，诗人使用了大量的科学术语，通过疑问的方式使自然科学的确定性与人类思想领域的复杂性形成对照，颇具学院风格：

> 巴力士坦有两个海
> 世界上有两种人
> 我不能辛苦地测出海的深度
> 更不能测出人的心
> A. Einstein 先生请你讲一下

> 一只鹰认为自己是鸟中最大的
> 一只苹果坠地泄露了宇宙的秘密
> 一句谣言比真实流传更广、更久远
> 斯芬克斯也讲不尽美丽同丑陋
> A. Einstein先生请你讲一下[1]

这里的A. Einstein即著名物理学家爱因斯坦,他可以探寻宇宙的秘密,却无法用科学的眼光穷尽人类的心灵、明辨美丽和丑陋。诗人提出了一系列问题并非为寻求答案,而是意在说明和探触人类社会以及思想层面的复杂性。

对社会现实的关注贯穿李瑛大学期间诗歌创作的始终。这两个时期现实题材的诗歌不仅在数量上低于学生运动时期,在诗歌艺术风格上也表现出些微的差异。如《脊背》一诗中,诗人没有直接描写中国人民所受到的奴役,而是将"脊背"的意象凸显出来:"在你的脊背上,/燃烧着一群奴隶的命运;/在你的脊背上,/竖立着酒店和牢狱。""我听见一个沉沉稳稳的声音,/是你心脏的跳动,坚强而有力;/一声一声,震撼着这没落的时代,/一声一声,召唤着明天和胜利。//在你的脊背上,/我觉得世界多么贫穷;/在你的脊背上,/终将建起新的世纪!""脊背"所象征的祖国的土地虽然贫瘠、枯槁,但是它并没有失去生命力。正是这种潜藏在祖国大地内

---

1 李瑛:《相对论》,载《李瑛诗文总集》(第1卷),北京:中国文联出版社,2010年,第82—83页。

部的生命力,终将给人民带来希望,引领人民建设一个充满希望的新的世纪。整首诗虽然寄托着诗人对社会现实最直接的思考,却含蓄平和,在情感表达方面表现得极为克制。除上述所论及的诗歌主题外,李瑛就读北京大学期间还创作了一定数量的爱情诗,如《赞美——给娟》《羞》等,这些诗以精致柔美的笔触传达出诗人身处爱情中所感受到的柔软幸福的心境,洋溢着青春美好的情感。

李瑛丰富的诗歌主题与他在北京大学所接受的诗歌教育息息相关。他于1945年9月考入北京大学中文系,诗人回忆说:"西南联大搬回来前,有一个敌伪时期的北大。我们上学时,日本已经投降,就叫临大补习班。"[1] 李瑛于临大补习班学习满一年后,被直接分入北京大学二年级。[2] 因此,李瑛实际上并没有学习北京大学中国语文学系大一的公共课程,而是随复员后的北京大学一起参与了二年级的教学活动。

复员后的北京大学支持沈从文、杨振声开设新文学及新文学创作的相关课程,而沈从文在课堂上对民国文学经典作品的分析以及对李瑛文学习作的修改,一方面使李瑛对什么是优秀的文学作品有了更深入的认识,提高了他的鉴赏阅读能力;另一方面又为李瑛提供了创作实践的机会,激发了他的创作热情,任课教师对新文学创作的重视对学生形成了一种无形的感召力量。与任教于清华的李广

---

[1] 刘士杰:《诗坛的常青树——访诗人李瑛先生》,载万叶编著《李瑛诗歌研究文选》(下卷),北京:华艺出版社,2016年,第1087页。

[2] 《教育部特设北平临时大学补习班补习期满分发北京大学学生名单》,北京大学档案馆·全卷宗(一),案卷号:436。

田一样，沈从文、杨振声是以新文学作家的身份参与了北京大学中文系的教学活动。杨振声在抗战前就已经认识到创造新文学的必要性，因此，他力主在中文系的课程当中增加民国文学研究的比重，这一诉求也得到了校方的回应和支持。复员后的北京大学将沈从文的"现代文选及习作"设置为必修课，这从很大程度上显示出新文学研究在学院体制当中学科地位的上升。

对此，前文已有详尽论述，不复赘言。总之，正是这些任课教师保证新文学课程在大学校园拥有了生存的土壤，并通过新文学的创作传授来实现中国新文学的创造性发展，这一举措对中文系的学生起到了激励和示范作用。同时，这对投身于新文学创作和新诗书写的李瑛来说，更是直接激起了他以文学为志业的决心："我在大学读书的四年……我有幸参加了当时的革命斗争，有条件接触了许多学识渊博的教授和学者，读了许多古今中外的文学名著，开阔了视野，找到了方向；根据自己的认识，我才能有意识地进行了文艺寻求、思考和实践。这一切，才使我对文学有了较为正确的理解。"[1]

其次，自觉的艺术表现手法。李瑛在北京大学不仅接受了系统的文学教育，他所处的师友关系网络也为他诗歌艺术观念的形成提供了必要的理论资源。因此，之所以说李瑛在北京大学时期初步形成了自我的诗歌艺术风格，就在于其诗歌创作有了自觉的理论追求，运用了成熟的诗歌艺术表现手法，下文结合具体诗歌文本，对李瑛

---

[1] 李瑛：《关于诗歌创作的访谈》，《李瑛诗文总集》（第14卷），北京：中国文联出版社，2010年，第266页。

第八章 "他"的在场与介入：现代大学生的校园经验与时代书写

的艺术表现手法进行研究。

李瑛在接受访谈时提到："我所写的自由体诗，明显地受了西方某些文艺思潮的影响，像冯至研究里尔克、歌德那样。冯至的十四行诗也对我有很大的影响，因此我早期的诗歌会有一些洋化的味道。"[1]这种"洋化"并不是指语言上的西化倾向，而是更多地体现在表现手法上，最突出的体现为象征手法的运用。如在《花·果实·种子》一诗当中，诗人分别用花、果实和种子三种意象象征"生活和斗争""生命和希望""信念和明天"三类价值取向的人群，从而对这三类人进行歌颂。而《圆圆的露珠滴下来》则表现出更多的现代性倾向：露珠随时可能从草叶上滴落，象征着"短暂的命运"，"在宇宙一切实体之中／露珠是最危险的一种"。但是，每一颗露珠都像是一个神奇的星球，"坟头草尖的露珠／是个个智慧的伊甸"。每一个个体的生命都是短暂易逝的，却又拥有无限的丰富性。"于是我想起郊野／水里有无数无数粒珍珠／山里有无数无数粒石子／而且我想起了农园／夏天有无数无数颗露珠／秋天有无数无数粒谷米／那些都是数计不清的"[2]，当它们汇聚起来的时候，又可以组成庞大的数量。

李瑛在北京大学所接受的学院教育为其提供了融汇古今中外的诗歌创作理论的可能，而这也正是此一时期李瑛诗歌创作中先锋性成分得以强化的主要原因。李瑛在谈到自己的诗歌创作时曾经提到：

---

[1] 孙晓娅、寇硕恒：《"对诗歌心存敬畏"——李瑛访谈录》，《新文学史料》2019年第3期。
[2] 李瑛：《圆圆的露珠滴下来》，《李瑛诗文总集》（第1卷），北京：中国文联出版社，2010年，第110—111页。

| 序序有诗音

"五十年代初期,曾有的战士说我的诗是'洋化'的,甚至当时部队一个文艺刊物不发新诗,只发快板诗,理由也是新诗'洋化'。"[1]在20世纪50年代的文学环境中,李瑛诗歌源于西方诗学观念的质素尤为彰显。诗人在大学期间除了完成本学科的相应课程以外,还选修或旁听了西方文学系的课程,如朱光潜的"西方文学名著""美学"等。朱光潜所撰写的《无言之美》《给青年的十二封信》等文章给了李瑛颇多启示,同时,他在西方文学系开设的课程也颇具吸引力。这些思想养分激发了李瑛的思考,打开了他的视野,让诗人"觉得十分新鲜"[2]。

复员后,北京大学打通中西文化的校园环境,使李瑛接触到丰富多元的诗歌创作和诗学观念,这种良好的交流氛围提高了他的理论眼光。诗人回忆说,在大学期间他得以接受沈从文、冯至、朱自清的教育,在人文精神和文化底蕴层面都受到了深刻的影响,他们在文学创作上的成就也让诗人难忘。除此之外,"歌德的反映资产阶级上升时期欧洲文化和他基本建筑在唯物主义基础上的哲学、美学思想,以及海涅提出的积极浪漫主义的主张,和他坚持艺术必须具备本质的真实等,也给我留下很深印象,我这时所写的诗,从艺术倾向到语言表达,有较浓的知识分子气息"[3]。相关的影响在李瑛大学

---

1 李瑛:《关于诗歌创作的访谈》,《李瑛诗文总集》(第14卷),北京:中国文联出版社,2010年,第269页。
2 李瑛:《我的大学生活》,《新文学史料》2001年第1期。
3 张大为:《李瑛访谈录》,《李瑛诗歌研究文选》(下卷),北京:华艺出版社,2016年,第1099页。

期间创作的《树叶》《短歌》《死和变》等诗歌中得到印证。

　　如果说李瑛成熟时期的诗歌表现出明朗浅易的诗歌风格的话，那么《树叶》一诗则要艰深晦涩得多。这首诗运用了象征手法，诗人将自我与树叶相互对照："围绕在我四周的花树的枝叶／摇摆在六月七月的时间／而在这时间，在我窗前，它们／都袪除了恐惧的生长着"，夏季的树叶在阳光和风雨中努力地生长，虽然平凡简单，却在时间里蜕变，做着吐露自我的尝试。诗人惊讶于生命的蜕变，"于是我发现我自己了／我会比一片树叶还简单／而在他们喜悦的喧哗之中／我仿佛看见／有声响的阳光，开始／泼在那些有强烈欲望的树叶上"。至此，诗人从树叶身上发现了自我，看到了生命蓬勃的欲望以及展现自我的努力。这首诗所表现出的哲理性色彩以及寻找诗歌对应物的探索，明显地与西方现代主义诗歌有更多的相似性。

　　在《短歌》这首诗中，诗人纳入大量西方文化意象："当你记起我的时候／让你先记起崇高的涅丽／因为——／我占有了三支箭／——火种、毒药和铅块／／当你记起我的时候／让你先记起克瑞西达／因为——／我承受了三种赐予／——希望、嫉妒和懊丧。"其中"涅丽"为《被侮辱与被损害的》中的主角，"克瑞西达"则见于莎士比亚的戏剧《特洛伊罗斯与克瑞西达》。"火种""毒药""铅块"则出自古希腊神话，寓意则分别是诗歌末句的"希望""嫉妒"以及"懊丧"。这首诗借用大量西方文化意象，表现诗人身处爱情中的复杂心境，既为拥有这样的情感而痛苦，同时又为受到这样的赐予而感到幸福。

　　李瑛北京大学时期的诗歌创作除了像"中国新诗派"诗人一样注重对西方象征派诗歌艺术手法的借鉴，他还对冯至的诗表现出浓厚的兴趣。冯至在以《十四行集》为代表的诗歌作品中，集中采用了从日常生活和自然事物中提炼智性思考的写作方法，这一策略被李瑛借鉴，体现在这两个时期的诗歌创作当中，李瑛模仿得极为真切且富有意味，如《拥抱》一诗，诗人选取"小河"和"树林"两种自然物象，诗人先写从田野边流过的小河以及环绕房屋而种的树林，这不过是简单的自然景物描写，但随后诗人笔锋一转，写小河以及树林在孤独中获得温情，而"我"却只想学会如何在爱情当中撒谎。这里诗人从自然物象直接转向自己，让人对诗歌想要传达的意思充满了困惑。随即诗人在第二段给出解答：当森林过于靠近房屋的时候，会将屋子压塌，而当小河与平原失去河岸的阻挡时，便有可能淹没平原。只有存在一定的界限才能维系事物与事物之间的联系，抛开界限之后的爱情反而会导致无休止的争吵和哭泣。

　　由自然物象到智性思考的艺术手法也影响到李瑛以小见大的意象运用方式，所谓以小见大即是说诗人所选取的主体意象往往是次要甚至是毫不起眼的，却能从一个相对小的角度切入更大的诗歌主题，从而传达出诗人对现实人生的思考。如《桥》一诗，诗人以"桥"这一常见的意象来影射整个民族所经受的苦难和对充满希望的民族未来的展望："从不同方向汇集而来的／无数条道路／重叠在桥的古老的背上""桥是坚强和勇敢的／桥是水族的保姆"，诗歌开篇描绘了桥所内蕴的坚强、勇敢并且承担一切的品质，毫无怨言地承受着它所负担的一切。随即诗人转换视角，以桥的眼光审视周围环境："河水两岸的灌木丛／永不理会地坐着／蓬着散乱的头发／而岸边低矮的／粪草的土屋里／穷苦人怎样过他们惨淡的生活呀……"围绕在桥周围的，是那些为了生活而辛劳的穷苦人民，他们与桥的坚韧品质构成对照关系。最后，诗人转而描写"七七事变"中的卢沟桥，点明侵略者的入侵是造成人民遭受灾难的主要原因。这首诗立意新异，格局开阔，诗人从一个看似不起眼的"桥"入手，一方面展现了中华民族所经受的巨大苦难；另一方面又从桥和人民的对照中点亮民族的希望，洋溢着青年学子蓬勃昂扬的勇气和斗志。

相较杜运燮，李瑛算是早慧的诗人，这一点与焦菊隐比较相近。中学时期的李瑛已经创作大量的诗歌作品，由于李瑛当时过多沿用古典诗词主题，也沉迷于对何其芳、戴望舒等人诗歌艺术风格的模仿，并未走向自觉的诗艺探索之路，当然也不可能形成自己的艺术风格。正是在北京大学读书期间所接受的诗歌教育使李瑛初步确立了诗歌艺术风格，又因为大学时期特殊的校园文化的影响，在读书阶段后期，艺术风格又发生转向，以此为线索，我们寻迹到大学教育和校园文化对诗人成长轨迹的影响，反过来进一步考察文本、诗人与诗歌教学之间的隐含的关联。

二、诗艺风格的转变

在北京大学的学习对诗人的价值观念形成了多方位的积极影响，李瑛回忆说："更重要的是在这期间树立了我科学的人生观、世界观，坚定了我的政治信念、信仰和理想，理解了自己在历史上的位置和价值，以及在生活和工作中所应遵循的指导原则，看准将来自己要走的路勇敢地走下去，以期在今后继续成长中使自己渐臻完美些。"[1]抗战胜利后北平高校日渐发展的左翼力量使李瑛最终确立了未来的人生理想和人生方向，这与他诗学道路的选择产生了共振。创作上的逐渐转变首先从诗歌中现实成分的凸显开始，在北平风起云涌的学生运动中，李瑛将自己的诗歌与现实斗争紧密结合起来，创作出一系列有艺术水平又关联时代和现实的优秀作品，这些诗作被学界认为是诗人这一时期的代表作。谈及李瑛北京大学早期的诗歌作品，孙玉石的评论精准而有概括性："读李瑛当时的一些诗，感觉到其诗作的外壳很现代，有的甚至很朦胧，但诗的内里面，却饱含着最现实、最阔大的人类爱、民众爱的襟怀，饱含着一个青年的诗心对于那个不公平的世界所蕴含的'神圣的愤怒'。"[2]李瑛以青年人的身份关注着国家的命运，以其热忱的真心把握着时代的脉搏，他在主动承担介入性的诗学责任时，也不忘其追求现代性诗艺的初心，诗歌的社会功能与艺术探索在他的诗作中得到了较好的平衡，其诗歌中深厚的民族意识与民族情感更是感人至深。

李瑛最初考入大学是希望能够安下心来读书，但由于现实原因，他必须在独善其身或兼济天下中做出抉择，这一次他自觉地担负起了救亡图存的使命，并从一个懵懂的学生成长为一名坚定的革命战士。在北京大学的校园中，李瑛亲眼目睹并参加了众多的历史事件，不管是民主广场还是民主墙，都留下了诗人参加学生运动的身

---

1 李瑛：《我的大学生活》，《新文学史料》2001年第1期。
2 孙玉石：《为民众和大地的"新的战栗"——读李瑛早期诗作随想》，载万叶编著《李瑛诗歌研究文选》（上卷），北京：华艺出版社，2016年，第33页。

第八章 "他"的在场与介入：现代大学生的校园经验与时代书写

影，"在这里，我认识到该怎样根据新的原则建设新世界。我懂得了文学，懂得了诗，懂得了艺术，我发现它们的力量可以创造新的生命。……在这里，我真正懂得了什么是革命，什么是幸福，我变得聪明起来，我找到了通向未来的光辉的道路"[1]。李瑛在参与学生运动的过程中，将实践与理论进行了有机的结合，并对学院知识进行了深化，他充分认识到了新文学启发民智和鼓舞士气的力量，他宝贵的"战斗经历"使其能以亲历者的姿态去书写个人经验，而非凭借想象去复现，他的诗歌既有非虚构的纪实性，也有虚构的艺术魅力，而这一切的改变都与北京大学的教育环境密不可分，客观环境的变动使李瑛对初入学时期的诗学观念做出了及时调整，他的诗歌作品拥有了更加坚硬的质地：民主斗争的现代精神取代了唯美悲忧的古典诗词元素，他的诗歌日渐显现出政治性的思考，人民性的诗学立场与政治主张形成同构关系。

对无产阶级思想的信仰以及对共产党的忠诚，使李瑛自觉地将自己的诗歌纳入了为人民革命服务的更高目标中，初入北京大学时那些现代主义的审美风格逐渐被民主、国家、学生运动等关键词冲淡，呈现出在场的时代感和政治关怀。在《窗》《暴风雨之前》《枪》《石像》等诗作中，他毫不掩饰地表现出内心高扬的战斗精神，在《中国学联，我们的旗》一诗中，诗人直接呼吁"我们高高举起你来啊／中国学生解放的大旗／就用我们在昨天'反迫害'的手／就用

---

[1] 李瑛：《迎接黎明——给我美丽的勇敢的爱自由的北京大学》，《李瑛诗文总集》（第12卷），北京：中国文联出版社，2010年，第190页。

我们在昨天'反饥饿'的手／就用我们曾经为控诉反动罪行而高举的拳头／就用我们曾经抬过死难兄弟们尸体的手","中国学联，我们的旗／千万个人仰望着你／千万双手高举着你／前进啊／向着毛泽东大路／向着新民主主义的新中国"。特别值得一提的是，该诗发表时署名"北京大学新文艺社"，李瑛对个人身份的弱化可以看出他试图融入时代洪流的"大我理想"，"毛泽东大路"和"新民主主义的新中国"这些诗句更是直接表明了他对未来中国道路的选择。他有不少诗作是以北京大学学联的斗争传统为主题的，他通过具有强烈感召力的语言号召青年学生为新中国的到来而奋斗，这与李瑛20世纪五六十年代的诗歌风格非常接近。可见，李瑛的诗歌探索与外部世界有着不可分割的联系，北京大学正是连接他个人与时代的重要枢纽，诗人在四年的学习生活中，逐步建立了自我的诗学人格，在完成主体性建构的现代性命题后，他又以饱满的战斗热情唤醒了国人沉睡的灵魂。

如果说初入北京大学时期李瑛的诗歌主题呈现出丰富性，那么学生运动时期则开始趋于单一，集中于现实的革命斗争。"对于一个尚未入世的青年而言，文学就是一种自我情感的表现，是抒发自己内心的情感和情绪的"[1]，青年人通过情感感受外在的世界，即便在"社会表现"时，也是将自我情感作为衡量的标尺。李瑛走向街头，走向广场，这彻底改变了以往学院封闭式的教育结构，他们成

---

[1] 王富仁：《创造社与中国现代社会的青年文化》，《灵魂的挣扎——文化的变迁与文学的变迁》，长春：时代文艺出版社，1993年，第197页。

第八章 "他"的在场与介入：现代大学生的校园经验与时代书写

为时代精神的抒发者和代言人，这种代言不是文字形式的书面表达，而是真正意义上的对话与呼告，他们在革命的公共场域中抢占着反抗侵略的话语权。《欢迎我们的伙伴》一诗，是对学生运动的直接描写："抛掉怯懦和软弱／到民主广场去吧。""去亲亲民主广场，在那儿／举起我们叛逆的旗∥朋友，你们就在这广场上了／我们曾在这里列队宣誓／我们曾在这里分发旗帜／我们曾在这里高唱战歌／然后浩浩荡荡地出发／历史，赞许地望着我们。"《枪》曾被选入李瑛的第一部同名个人诗集，此诗以一位佃农的口吻，讲述了革命武器给农民带来的翻天覆地的变化："是的，枪是我的／最亲密、最亲密的朋友。∥从前，我只是一个卑微的佃农，／卑微得没有籍贯和身份；／春天，／拿犁头去耕耘别人的土地，／秋天，／推完了石磨给别人装到仓里。"诗人由衷地为这些变化感到欣喜，他在以人民的立场诉说着人民最需要的部分，这些诗歌虽然转向了以现实斗争为主要内容的"社会表现"题材，却并不是简单的口号罗列，而是糅合了诗人真挚的个人情感，具有"鼓动性"的力量："读李瑛四十年代的诗，最直接的感觉就是他的诗能发出光、发出热。诗人总是在诗歌中点燃自己的情感，用情感熔化客体，用情感赋予形象以生命，他的诗是一种具有鼓动性的艺术。"[1]

李瑛学生运动时期的诗歌较少由自然物象升华至形而上的思考，而是将诗人的所见所思熔铸进情感当中，发为直接的倾诉与呐喊。

---

[1] 李骞：《诗心如火：论李瑛四十年代的诗歌》，《昭通师范高等专科学校学报》2000年第4期。

诗人以大海般澎湃的激情倾吐着对黑暗社会现实的激愤以及参与斗争的勇气:"当然,对于普通一个白种,/海只是欣赏,沐浴和出航/而对于我——一个被愤怒击痛的中国人,/海只是太阳的火块和火山的岩浆。""那浩瀚的唱着明日战斗之歌的海呵!/以他冲霄排山的力量,/永远的呼啸着我们[1],/像一面暴风雨抽卷的旗/哗啦哗啦的飘进了宇宙和神州。"(《海永远呼啸着我们》)大海在诗人情感的熔铸之下,具有了排山倒海摧毁一切的力量,而光明的世界在摧毁后得以重建,李瑛在创作中表露出青年人投身革命的决心和对新世界到来的渴望,他的诗歌积极昂扬,充满战斗精神,诗人/战士的二重形象在李瑛身上得到了高度的统一。

与此同时,诗人并没有放弃对诗歌艺术性的追求,只不过在启蒙与救亡的时代需求下,现实干预的因素被放大和突出。如在《让我领你走上这条路》一诗中,诗人表达了与旧社会决裂的宣言以及对新世界的向往。诗人以首尾呼应的两段括号里的诗行,通过长衫来象征旧有的思维方式:"(朋友!你脱下笨重的长衫,/让我领你走上这条路……)""(唉!朋友!/原来你还没肯换下长衫呢。)"[2]整首诗看似在描写一条实际存在的小路,所传达的却是作者与旧世界划清界限,勇敢地承担探索者角色的决心。从这首诗可以看出诗人受到穆旦的影响,比如"路!让我拥抱你吧,在朋友面前,/我要以独轮的木车,老旱船,驴子的铁蹄,/我要以野花的蔓,庄禾的

---

[1] 李瑛:《海永远呼啸着我们》,《大公报·星期文艺》1948年6月13日第85期。
[2] 李瑛:《让我领你走上这条路》,《益世报·文学周刊》1947年12月6日第69期。

叶片，草木的须根，／我要以一切拥抱你"[1]，与穆旦《赞美》当中的诗句"我要以荒凉的沙漠。坎坷的小路，骡子车，／我要以槽子船，漫山的野花，阴雨的天气，／我要以一切拥抱你，你，／我随处可见的人民呵"极为相似，这就是现代性诗歌艺术的"外壳"。整首诗以明快清新的笔触描写道路沿途的风景："路有不少小故事，小神话，小传奇，／你听那些怒发的花树，怒语的虫声，／那架架扑着翅膀的朗朗的水车，／那叫着的布谷，飞着的小鹰，小斑鸠。"[2]诗人将自然的风光染上人文的眼光，在人化的自然中，表露着独特的"景语"与"情语"。

北京大学的文学教育对于李瑛的诗歌创作起到了明显的引导作用。大学课堂不仅为李瑛提供了系统化的文学知识，也为他提供了一个丰富的新文学场域。李瑛在北京大学开放包容的教育环境中，不仅培养了融会贯通的艺术理念，还对诗歌创作有了更为深入、全面的了解，坚定了诗歌创作的志向。在日益高涨的学生运动的感召下，李瑛对社会现实与诗歌创作都有了全新的认识，现实性内容的比重也逐渐加大。对于艺术的追求与对于现实的关注成为此后李瑛诗歌当中此起彼伏的两种重要质素，而北京大学的诗歌教育则对这两种质素起到了奠基作用。

---

[1] 李瑛：《让我领你走上这条路》，《益世报·文学周刊》1947年12月6日第69期。
[2] 同上。

结　语

历史想象之外的追问

现代教育与现代文学创作之间具有一种共生互促的关系，现代教育推动现代文学创作，而现代文学作品又成为现代教育的重要资源。20世纪90年代以来，中国现代文学界一批学者逐渐认识到教育在新文学发展中的重要作用，认为其为"'文学外部关系的研究'打开一个新的思路"。钱理群主编的《二十世纪中国文学与大学文化丛书》[1]分别选取了"五四新文化运动时期的北京大学""二十年代的东南大学""二三十年代的清华大学""抗战时期的西南联大""抗战敌后根据地的延安鲁迅艺术学院""七十年代末与八十年代的北京大学"以及"九十年代的北京、上海地区的大学"这七个"点"[2]，以

1　丛书一共有《北大与五四新文化运动》《东南大学与"学衡派"》《二三十年代清华校园文化》《抗战时期的延安鲁艺》等七部著作，从校园文化对现代文学发展的影响入手，探索20世纪不同时段、不同办学模式下，大学校园文化与现代文学发展的关系。丛书十分重视对原始材料的挖掘和历史细节的重现，具有强烈的历史现场感。

2　钱理群：《现当代文学与大学教育关系的历史考察——"二十世纪中国文学与大学文化"丛书序》，《中国现代文学研究丛刊》1999年第1期。

历史眼光考察了现当代文学与大学教育的关系。相隔五年，罗岗在《危机时刻的文化想像——文学·文学史·文学教育》一书中，引发了"作为现代知识的'文学'是如何生产出来的"的讨论。[1] 十余年后，陈平原一系列以大学为研究对象的著作，进一步拓展相关研究视域，除前面提及的《作为学科的文学史》[2]、《知识、技能与情怀（上、下）：新文化运动时期北大国文系的文学教育》[3]、《教育：知识生产与文学传播》（合著）[4]之外，还有《老北大的故事》[5]、《大学何为》[6]、《大学有精神》[7]、《抗战烽火中的中国大学》[8] 等论著以及文集《北大旧事》[9] 等相继推出。它们在对史料进行整合、考辨的基础之上，还原了高等院校特别是北京大学具体的历史样貌。张玲霞的《清华校园文学论稿（1911—1949）》[10] 从校园文学角度切入，探索现代教育和新文学之间的联系。著作分为三编，上编对清华校园内的文学社团、文学刊物、文艺争鸣等进行了介绍；中编从创作论的角度对小说、诗歌、散文、戏剧等成果进行了论述；下编选取了校园内有名

---

[1] 罗岗：《危机时刻的文化想像——文学·文学史·文学教育》，南昌：江西教育出版社，2005年。
[2] 陈平原：《作为学科的文学史》，北京：北京大学出版社，2011年。
[3] 陈平原：《知识、技能与情怀（上、下）——新文化运动时期北大国文系的文学教育》，《北京大学学报（哲学社会科学版）》2009年第6期、2010年第1期。
[4] 陈平原等：《教育：知识生产与文学传播》，合肥：安徽教育出版社，2007年。
[5] 陈平原：《老北大的故事》，北京：北京大学出版社，2015年。
[6] 陈平原：《大学何为》（修订版），北京：北京大学出版社，2015年。
[7] 陈平原：《大学有精神》，北京：北京大学出版社，2016年。
[8] 陈平原：《抗战烽火中的中国大学》，北京：北京大学出版社，2015年。
[9] 陈平原、夏晓虹编：《北大旧事》，北京：北京大学出版社，2009年。
[10] 张玲霞：《清华校园文学论稿（1911—1949）》，北京：清华大学出版社，2002年。

的18位作家,进行了专门的作家论研究。该著对于作家作品的研究十分细致,且有丰富的史料,但割裂了校园文化与作家之间的关系,并未阐释清楚清华校园文化的特殊性。翟瑞青的《现代作家和教育》[1]对现代作家与教育之间存在的关系进行了研究,该书引入教育和文学双重视角展开研究,但在实际研究中更侧重于追踪现代作家教育思想的形成过程,书中对相关作品展开具体分析,但整部著作更偏向教育研究而不是文学问题。王翠艳在《女子高等教育与中国现代女性文学的发生》一书中,不仅厘清了中国现代女子教育的发展脉络,还从课程与师资、社团与专刊等角度探索了女高师教育场域的特殊性及其具有的文学生长土壤,最后从发生学的角度对"女高师作家群"进行了创作综论。就课程设置而言,陈平原的《新教育与新文学——从京师大学堂到北京大学》与罗岗的《现代"文学"在中国的确立——以文学教育为线索的考察》均站在大学国文学科发展变化的角度展开研究,探索现代大学教育课程设置与现代文学发展之间的关系。前者具体到学科设置、课程、教材等文学教育的细枝末节,细致而又直观地呈现了现代文学教育的发展、演变与现代文学的形成过程;[2]后者从知识分化、学科设置、专业开设等方面探索文学教育怎样建构社会对于文学的想象以及教育视域下文学知识体系的不断形成。此外,还有在绪论中提到的李宗刚、汪成法、姜涛、姚丹、李蕾、王晴飞、李俊杰等几位学者的具有代表性的研究

---

1 翟瑞青:《现代作家和教育》,北京:国际文化出版公司,1999年。
2 陈平原:《新教育与新文学——从京师大学堂到北京大学》,《北大精神及其他》,上海:上海文艺出版社,2000年。

成果。诸上所陈，均为本书的研究打开了新视点、提供了重要的学术给养。

前人已经取得如此丰硕的研究成果，我们如何再出发，这是本书自写作之初即开始警惕的问题。除已经掌握的部分珍贵材料和学术思路外，给予我们学术灵感的是郑敏在论及20世纪40年代的大学教育时说过的一句话："40年代由于大学教育在中国与世界文化交流方面起到了重要的桥梁作用，大学里的诗歌课、翻译课、诗人、教授们的创作实践对不少诗歌爱好者起了好作用，使他们渴望将中国新诗的发展向20世纪中期推进，而不是停留在19世纪的传统里。"[1] 寥寥数语很感性地将20世纪40年代的大学新诗教育如何参与到新诗建设之中，以及对新诗建设的意义等极为复杂的问题概括了出来。比较而言，在上述众多著作中，新诗教育通常被视为文学教育的有机构成，对其进行系统研究还有待深入，对新诗教育在大学中的处境、通过新诗教育管窥不同大学不同时期新文学课程比重的调整以及对新文学学科建设的努力等细节还有待深究。

新诗自发生以来一直面临着合法性危机的问题，面对强大的古典诗歌传统，新诗如何寻获自我主体性？一方面，当我们跳出"传统/现代"二元对立的观念便会发现，新诗之"新"绝不是一种"纯文学"意义上的"新"，而是基于现代中国的新型文化场域、新的发表标准、新型阅读共同体等种种混杂意义上的"新"，其背后反

---

[1] 郑敏：《诗人与矛盾》，载李怡、易彬编《中国文学史资料全编·现代卷：穆旦研究资料》，北京：知识产权出版社，2013年，第360页。

441

映的是现代中国知识分子生存体验、认知结构的"新";另一方面,新诗始终内在于古典诗歌传统中,诗人在不同时期汲取"传统"的不同资源,参与了新诗现代化的建构。譬如胡适与旧体诗词建立进化论意义上的联系以期为新诗寻求合法性,叶公超赞成诗人大胆读旧诗则是为了扩展写作的材料,而朱光潜提倡传统则是他汇通古今的研究思路使然……可以说,在现代诗人这里,"传统"不是固定的经典,而是一直变动不居的序列。根植于上述两个层面,本书择取传统诗教向现代诗歌教育转型为切入点,探究这一文化转轨所带来的诗质嬗变以及诗人精神结构的变化。新诗教育在现代教育场域中进行知识生产,这对新诗本体建构产生了极大影响,出现诗体、声音节奏、抒情方式等方面的现代转型,又作用于诗人的文化理想、人格养成、启蒙诉求与民族国家想象等方面,影响了诗人的聚集形态、日常生存状态和情感取向,成为新诗现代化进程中不可忽视的一个环节。

　　本书择取北京大学、北京女子高等师范学校、燕京大学、延安鲁艺、西南联大五所学校作为个案。首先,校园新诗教育文献的开掘与整理是我们的基础,这意味着首先应当打破过去在现代文献学层面的局限性,将更为繁杂多元的文献纳入我们的研究视域,从校园文学期刊到课程表、成绩单,从师生档案到教师给学生习作的批注评语,从班级花名册到学生本科毕业论文……这些过去被文学史遗忘的文献中恰恰隐藏着打开新诗教育的无限可能性,一张纸片、一封信件、一个批注中都可能隐含着"教"与"学"古今流变的深意,挑战着过去对新诗研究路径的依赖。其次,文献的搜集整理及考辨工作固然重要,但我们的目的不仅在于以此勾勒1919—1949年中国新诗教育的丰富存在形态和表现样式,更重要的是回应上述教育如何参与新诗现代化建构这一重大问题。在历时性的层面上,这五所学校分别呈现了不同历史时期新诗教育的不同面貌,涵括了从发生期到20世纪40年代新诗在不同阶段的探索。与此同时,我们也引入了空间性的研究视野,在历史性脉络梳理的同时兼顾历史细节的展开和基于具体社会历史情境的探究,从而进一步勘破新诗"进化"的迷思。上述五所学校的办学理念、院系设置、教师队伍配置、校园文化均呈现出迥异的特点,而同一所学校也伴随社会历史的变化而发生内部嬗变,这意味着每所学校均勾连着独立的诗歌教育形态与新诗现代化的建构方案,而不同学校之间的诗歌教育理念与实践相互交融、碰撞,它们也合力展现了现代新诗教育的丰硕成绩,共同推动了传统诗教的现代转型。

而以学校这一物质实体为单位切入,在新诗的文本内外寻找缝隙,更意味着我们打破了将诗歌视作一种"纯文学"的研究对象,在思想史、社会史、文化史、政治史的交错地带,重新厘定中国现代诗歌的历史品格与文化品性。生活于校园的诗人正是通过校园这一载体来观察社会现实,青年学生以"某校某生"的身份或投稿,或结成社团,或参加社会运动;而从校园走出的诗人身上则保留着不同教育理念留下的印迹。然而,中国现代诗人普遍遭遇着理想与现实的龃龉,即便他们的校园生存空间也绝不是想象中浑然天成的"象牙塔",它们不断与社会现实发生关系,在不同层面回应现代中国的诸种社会文化命题:启蒙思想的传播、性别议题的争鸣、宗教与文学关系的讨论、诗歌的政治化转型、战争中人的存在问题……因此,无论是校园内部的知识生产、诗歌资源的传输还是校园以外的结社或组织活动,都使得新诗的传播方式迥异于古典诗歌,而传播的内容也往往超越了诗歌本体而掺杂了社会议题的论述甚至带有政治意涵。从教育的维度考察中国新诗发展史,可以发现,"校园"这一研究对象本身的非透明性——校园内外各种政治、文化力量的角逐与争夺,使得新诗教育呈现出一种众声喧哗的状态,而中国现代诗人所追求的审美理想也始终熔铸在这复杂的社会历史之中。我们试图把捉的一个重要方面,正是诗歌在教育场域之中呈现出来的"非文学"性底色。另外,本书始终将研究聚焦于现代诗歌史具体的"人"之上,这意味着这一研究在探求外部现实世界对诗歌教育影响的同时,仍不失于文学的品性。教育的主体是人,因此本研究从外部入手探究新诗发展的最终目的,仍是为了落回到人的精神活动轨迹。新诗的写作不仅仅追求"技艺"的成熟,还有诗艺的更新、诗歌理论的探索,它们推动着新诗艺术不断走向成熟,这些固然是重要的。但更为重要的是,在诗艺的更新与诗歌理论的不断深化背后,既有诗人对社会文化和民族国家的深刻思考,更具备了通过诗歌写作或诗歌研究回答日常生活中思索或困惑的特性。因此,本研究以"教育"为透视镜,典型地折射出具体的个人如何在教育场域中安身立命,展开诗艺与思想探索的过程。

在研究中,本书涉及的大学院系、教师构成、学生创作、校园期刊和社团比较多,我们努力把不同高校的课程设置、师资建设、"校园内外"、"课堂上下"的繁复现象和独特性加以整理和汇聚,生动而全面地再现出来，以期完整地呈现新诗教育与新诗文体建设是如何被建构得动态而丰富的历史图景，尽可能挖掘新诗进入课堂的历史细节以及对传统或西方经验、视角及理论资源的包容态度。我们以几个贯穿始终的问题为主线，串联起如珠贝般异彩纷呈的史料、现象和诗人、文本，比如：北京大学中国文学系新旧冲突中新诗如何进入大学课堂并成为一门课程，这个近乎"元诗"的问题是贯穿我们对不同大学进行现代中国新诗教育研究的一条主线；诗人教师在新诗教育的构建中担任什么角色的问题则始终以潜文本的方式存在于研究中；校园诗人身份的归属和确立及其在大学期间的创作实践，是我们深入探察和评析现代诗教的一个角度；将诗人在校期间的诗歌创作作为一种史料回述及勾勒诗人的青春气质、青春理想与青春探索的方法，是我们对校园写作经验的探视；打开新诗教育与知识生产和传播之间的研究张力以回视新诗教育现代化道路上的丰富景观，是我们探索的核心问题；诗人读大学时期的诗学积累或风格养成如何融入新诗现代性进程，是我们梳理现代诗学的一个触角；通过朱自清、叶圣陶在新诗吟诵教育中所走的两条道路总结现代诗教从传统诗教中承袭了哪些经验又如何得以超越，则是我们对百年新诗教育经验的一个反思。

全书立足于1919—1949年中国新诗教育史料的研究与整理，从"能教"和"所育"这两个维度，统摄三十年间新诗教育中多维纷繁的诗性交汇，旨在对当下和未来的交叉学科研究提供可资借鉴的经验，为相关基础研究打捞沉埋的史料，提供思想的启发及灵动的视角。

本书系在笔者所主持国家社科基金项目"教育视阈下民国诗歌史料的整理与研究"（项目编号：16BZW115）成果基础上整理完成，该项目结项等级为优秀，项目研究中得到过刘福春、李怡、张松建、王翠艳等教授的支持和鼓励。此外，李扬、田伊、田硕苗、寇硕恒、张留哲、董延武、朱瑜、李佳悦、彭杰等人均参与过项目的撰写，其中，李扬、田伊、田硕苗、寇硕恒、张留哲几位的硕士毕业论文与该项目密切关联；王霄蛟、马富丽、张福超、朱俊青、谢心韵、王昊等人参与过项目结项的校对工作，在此一并深表致谢。其间，负责上编统稿工作的李扬是在项目研究中脱颖而出的优秀青年学者，近年在中国现代文学研究领域得到学界认可，她对本书付出尤多，也体现出青年学者优良的治学精神和严谨敏锐的学术态度。此外，由衷感谢孙郁先生百忙中拨冗作序，对先生高山仰止，我怀着忐忑的心情征求先生意见，先生看完书稿后欣然应允，这给予我莫大鼓励，也提供了继续深耕的无量动力。

　　最后，本书存有不足之处，诚望得到诸位方家的批评和指正，以期为中国新诗教育、新诗发展与研究，以及中国诗教传统的承继和推进，呈奉一份殷诚的努力。

图书在版编目（CIP）数据

庠序有诗音：新诗教育研究：1919—1949 / 孙晓娅著. — 北京：商务印书馆，2024. — ISBN 978 - 7 - 100 - 24564 - 7

Ⅰ. I207.25

中国国家版本馆CIP数据核字第20240EB572号

权利保留，侵权必究。

庠 序 有 诗 音

新诗教育研究（1919—1949）

孙晓娅 著

商 务 印 书 馆 出 版
（北京王府井大街36号 邮政编码 100710）
商 务 印 书 馆 发 行
山西人民印刷有限责任公司印刷
ISBN 978 - 7 - 100 - 24564 - 7

2025年4月第1版　　开本 889×1194 1/32
2025年4月第1次印刷　印张 14½
定价：88.00元